Donde los escorpiones

Novela
Crimen y Misterio

Lorenzo Silva

Donde los escorpiones

DESTINO

El papel utilizado para la impresión de este libro es cien por cien libre de cloro y está calificado como **papel ecológico**.

Ediciones Destino, un sello editorial de Editorial Planeta, S. A.
Avda. Diagonal, 662-664, 08034 Barcelona (España)
www.edestino.es
www.planetadelibros.com

Adaptación de la cubierta: Booket / Área Editorial Grupo Planeta
Imagen de la cubierta: © Charris
Fotografía del autor: © Manuel Cáceres - PIO FSB Heart
Primera edición en Colección Booket: mayo de 2017

Depósito legal: B. 7.225-2017
ISBN: 978-84-233-5230-2
Impresión y encuadernación: Liberdúplex, S. L.
Printed in Spain - Impreso en España

Biografía

Lorenzo Silva (Madrid, 1966) ha escrito las novelas *La flaqueza del bolchevique* (finalista del Premio Nadal 1997), *Noviembre sin violetas*, *La sustancia interior*, *El urinario*, *El ángel oculto*, *El nombre de los nuestros*, *Carta blanca* (Premio Primavera 2004), *Niños feroces*, *Música para feos* y la *Trilogía de Getafe*, compuesta por *Algún día, cuando pueda llevarte a Varsovia*, *El cazador del desierto* y *La lluvia de París*. Es autor del libro de relatos *El déspota adolescente*, del libro de viajes *Del Rif al Yebala. Viaje al sueño y la pesadilla de Marruecos* y de *Sereno en el peligro. La aventura histórica de la Guardia Civil* (Premio Algaba de Ensayo). Suya es también la serie policíaca protagonizada por los investigadores Bevilacqua y Chamorro de la que *Donde los escorpiones* (2016) es la última entrega, tras *El lejano país de los estanques* (Premio Ojo Crítico 1998), *El alquimista impaciente* (Premio Nadal 2000), *La marca del meridiano* (Premio Planeta 2012) y *Los cuerpos extraños* (2014), entre otras.

Para Noemí, la jaima de mi desierto

Advertencia usual

Como de costumbre, los lugares que aparecen en este libro están inspirados, con cierta libertad, en lugares reales. Algún personaje, y alguno de los hechos narrados, se inspiran también en sucesos reales, pero con idéntica libertad en su recreación. El relato que sigue ha de considerarse por tanto fruto de la invención del novelista y no debe inducir a atribuir conductas, acciones o palabras concretas a ninguna persona existente o que haya existido en la realidad.

Del XIXº grado del signo de Escorpión es la piedra a la que dicen *ceminez*, que quiere decir en caldeo llorador, porque el que la trae consigo á sabor de llorar e de estar triste, e por ende la aborrecen los que la conocen. En la color semeja al safir, mas no en ál, peró es oscura e sin luz, e fuert e dura de quebrantar. D'estas á muy pocas, porque los omnes no se osan aventurar a sacarlas por la mala vertud que á en ellas.

ALFONSO X, *Lapidario*

I

Os creéis que arregláis algo

El brigada López sacó de improviso su teléfono móvil del bolsillo, lo contempló durante una fracción de segundo y se volvió hacia mí para anunciarme, con aquella sonrisa suya, a la vez astuta y cordial:

—El alacrán está en la jaula.

Inmediatamente dio el aviso por la emisora del coche patrulla en el que esperábamos, además de él y yo, uno de sus guardias y la sargento primero Chamorro. Lo había aparcado en un lugar discreto, a poco más de medio minuto de la entrada de la cañada, de forma que no se tropezara con nosotros quien no debía tropezarse y a la vez estuviéramos lo bastante cerca como para intervenir sin demora. De todos modos, no nos correspondía a nosotros ser los primeros, y tampoco éramos quienes llevábamos la voz cantante en aquel baile.

Tras el aviso del brigada, en la radio tomó el mando el oficial responsable de la unidad especial de intervención, que tenía tres equipos apostados en coches camuflados en otros tantos puntos estratégicos. Fueron ellos los primeros en lanzarse dentro del poblado chabolista, quemando el asfalto y levantando a continuación el polvo del camino y de las callejas improvisadas entre los chamizos de tablas y chapas. Varios coches patrulla, entre ellos el nuestro, acudieron segundos después para bloquear todos los accesos e impedir que nadie saliera de la zona. En ese mismo momento, el helicóptero se hizo presente en el aire, con su foco que hendía la oscuridad en busca de posibles fugitivos. La operación era de alto riesgo, porque no se trataba de una casa en la que cupiera irrumpir al modo usual, desde una vía pública a la que pudiera accederse de forma más o menos inadvertida. Sólo acercarse a cien metros de las casuchas implicaba poner sobre aviso a quienes las ocupaban. La única manera de sorprenderlos era aquella, desencadenar una invasión por tierra y aire y cruzar los dedos para que los nuestros, como debía de ocurrir, gracias a su entrenamiento, fueran más rápidos y hábiles que el pájaro al que tratábamos de atrapar.

Desde nuestro apostadero, ya a la entrada del poblado, oímos el alboroto que acompañaba a la incursión. A las voces de «¡Guardia Civil!» respondía un coro de gritos de mujeres y llantos de niños. Ni una sola voz masculina, tomé nota, y comprendí que era congruente: aquel era un lugar de hombres taciturnos. De pronto, oímos lo que por nada del mundo hubiéramos querido oír: cinco taponazos muy seguidos. Los cuatro que esperábamos en el coche, como el resto de los participantes en aquella razia nocturna, contuvimos el aliento hasta que en la radio entró la voz del jefe de uno de los equipos de intervención:

—Objetivo detenido y asegurado. Trató de responder y le hemos desarmado con fuego no letal. El objetivo está herido en la mano, todos los miembros del equipo ilesos. Solicito envío de atención sanitaria para el detenido tan pronto como se asegure el perímetro.

El brigada me miró con expresión satisfecha:

—Ya lo ves, Vila, esta vez sí. Esta noche sí estaba de Dios atraparle. O quizá sea que esta vez contaste antes con un servidor, en lugar de tirarte a la piscina en plan Orzowei sin haber hecho los deberes.

Encajé el reproche sin rencor. Tenía razón, no estaba haciendo toda la sangre que podía hacer y además me hallaba en deuda con él. A mis más de cincuenta tacos, me acababan de dar una lección que era de las primeras de la cartilla del guardia: nunca subestimes a los que patrullan el terreno y, sobre todo, nunca dejes de contar con su ciencia y su criterio antes de hacer un movimiento comprometido. En el caso del brigada López, por añadidura, se trataba de un tipo fuera de lo común. Antes de pedir destino a aquel puesto, en uno de los pocos municipios colindantes con la capital que eran de nuestra responsabilidad (la mayoría de ellos los gestionaba la Policía), había trabajado en Tráfico, en Información, en Policía Judicial y en Asuntos Internos. Era, por tanto, lo más parecido a una enciclopedia ambulante con todo el *know-how* que se podía adquirir en la empresa. Y sabía sacarle partido a sus conocimientos. Gracias a ellos, principalmente, teníamos al fin en el bote a la presa que se nos había resistido durante más de un año.

—Me lo merezco, López, así que no voy a replicar —acaté la reprimenda—. Eso sí, para ser más pedagógico, tienes que ir cambiando de ejemplos, seguro que el chaval no tiene ni puñetera idea de quién era Orzowei. Hay cosas que ya sólo sobreviven en la memoria de los caimanes como tú y como yo. El mundo nos va dejando atrás.

—Eso, ¿quién era Orzowei? —preguntó el guardia—. Y, ya puestos, ¿por qué llama López al brigada Atienza, mi subteniente?

—¿Se lo cuentas tú o se lo cuento yo? —dije.

—Cosas de abuelos —explicó López—. Orzowei era una especie de aprendiz de Tarzán de una serie italiana cutre que aquí el subteniente y yo veíamos de niños. Entonces había sólo dos canales, qué le íbamos a hacer. Y lo de López viene de una vida anterior de tu brigada.

—Que no siempre ha sido trigo limpio —apostillé.

—Lo dice porque fue entonces cuando me conoció y le jodía que yo supiera quién era él y él no supiera quién era yo. Me saca un grado porque es más antiguo, pero siempre he ido por delante de él.

Era una forma algo injusta de describir nuestro encuentro, cuando una de mis investigaciones de homicidio se cruzó con una de sus investigaciones de Asuntos Internos, función en la que disponía de la ventaja de poder operar con identidad falsa y parapetado bajo ese anodino *López*, mientras que yo iba por ahí con mi cara y mi nombre. Lo grande del caso era que López había dejado de ser López y de ir de incógnito para convertirse de nuevo en guardia de uniforme y recuperar su Atienza verdadero no por fatiga de aquella doble vida, que bien hubiera podido ser, sino por otra razón, mucho más simple y común: por amor. Se había echado novia y ella llevaba mal las largas ausencias que son el pan diario del poli que investiga a los polis malos, forzado a convertirse en su sombra durante semanas enteras. Al recordarlo, pensé que le debía una a la novia de López, por haberle empujado a pedir destino allí donde iba a acabar resultándome providencial.

—Ya ves —escarbó un poco más en la herida—, con todos esos aires de superioridad que siempre se dan los listos de la unidad central, aquí lo tienes, chupando rueda de los guardias de pueblo.

—Vale. No dejes de aprovechar tu gran noche, brigada —concedí.

—Y digo yo, ¿no deberíamos dejar la tertulia y acercarnos hasta el laberinto para agarrar al Minotauro? —terció Chamorro.

—Caramba, qué metáfora. ¿Tú no eras de ciencias? —bromeó López.

—¿Acaso es incompatible?

—No, sólo raro —opinó, y le metió la primera al todoterreno.

López demostró sus dotes de conocedor del lugar colocándonos en cuatro rápidos volantazos ante la chabola, a cuya puerta montaban guardia varios agentes de la unidad de reserva que había asegurado la zona después de la entrada de los miembros de la unidad de intervención. Eran todos tipos altos, serios y recios, y cada vez me parecían más jóvenes. Había llegado ya a la edad en que casi cualquiera de ellos podía ser hijo mío, lo que me causaba una extraña sensación cuando reparaba en el hecho de que estaban allí, entre otras cosas, protegiéndome de cualquier mala idea que se les ocurriera a los elementos hostiles que nos rodeaban. Nos adentramos en la infravivienda y llegamos hasta la pieza principal, donde a ambos lados de un colchón apoyado en el suelo y cubierto por una sábana astrosa, alumbrados más por las linternas de los nuestros que por la mortecina lámpara que se sostenía sobre una caja de madera, había dos personas maniatadas.

Una de ellas era Mircea, el objetivo. Un gitano rumano reclamado por un montón de causas criminales, la mayor parte de ellas por robo de cobre y por los daños infligidos a las líneas férreas y eléctricas con objeto de obtener su botín, pero también varias por lesiones y, en lo que a mí me concernía, por el brutal homicidio de un empleado de seguridad de la compañía ferroviaria que para su mal lo había sorprendido en mitad de uno de sus estragos y había tenido la funesta ocurrencia de intentar apresarle. La hemorragia de la mano ya se la habían contenido con técnicas de primeros auxilios los miembros de la unidad de intervención que lo habían neutralizado y que ahora lo vigilaban. El tipo estaba con la mirada vacía y perdida ante sí, como si nada de aquello fuera con él. Ni siquiera se me pasó por la cabeza la idea de hablarle, como no albergaba la menor esperanza de que nos sirviera de nada el interrogatorio al que por cumplir con el protocolo tendríamos que someterlo cuando lo curasen de sus heridas. Teníamos contra él otras pruebas, entre ellas el testimonio del compañero del muerto, que lo había visto y reconocido en fotografías. La única dificultad de la investigación había sido localizarlo y echarle el guante, porque Mircea, cuyo ámbito de actuación se extendía a toda la Península, era escurridizo como una anguila, no usaba teléfono móvil ni ninguna otra forma de comunicación interceptable y no se avenía a alojarse más de dos noches seguidas en el mismo sitio, al más puro estilo yihadista.

A la otra persona también la conocía. Era una mujer,

española. Alta y despampanante, incluso como ahora estaba, sentada en el suelo con las manos embridadas a la espalda. Al vernos, a sus ojos asomó un destello de amargura, pero nada dijo y nada dije tampoco yo. Esperamos a que vinieran los sanitarios y, previo el visto bueno del secretario judicial, que asistía algo sobrecogido a la entrada y registro de aquello que era legalmente un domicilio, sacaran al detenido de la chabola y lo metieran en la ambulancia, bajo la custodia de los dos guardias más altos y fornidos de la unidad de reserva. López me miró entonces, se agachó y tomándola del antebrazo levantó a la mujer del suelo. Con su 1,85 de estatura, le sacaba a López más de media cabeza.

—Tú te vienes con nosotros, Jessica —dijo el brigada—. Y nos explicas qué pintabas aquí, a ver qué tenemos que hacer contigo.

—¿A ti qué te parece? —respondió la mujer, desafiante.

—Yo no tengo imaginación —dijo López—. Andando.

A la puerta de la chabola, siguiendo con una mezcla de temor y de resentimiento nuestra conversación, pero sin perderse un detalle de lo que decíamos y hacíamos, había un grupo de mujeres y críos, junto a un par de hombres de cierta edad. Nos vieron subir a los coches y cuando arrancamos a alguna de las mujeres se le escapó una maldición en su lengua. Hube de deducirlo por el tono: como nos sucedía con buena parte de nuestra clientela, padecíamos el hándicap de que ellos entendían nuestro idioma pero nosotros ignorábamos el suyo.

López conducía, de modo que me correspondió sentarme atrás junto a la detenida. Iba muy erguida, y pese a la suciedad de sus ropas (un corpiño de indefinible color claro, una incómoda falda roja de tubo) poseía una innata elegancia. Sus hombros rotundos, su busto escueto y firme y sus brazos fibrosos daban fe de la sólida arquitectura de aquel cuerpo. Se decía que había sido jugadora semiprofesional de baloncesto, antes de acabar prostituyéndose por un puñado de euros en aquel agujero, el más tenebroso y profundo de Madrid, para pagarse la dosis de heroína que le vendían los mismos a quienes alquilaba sus favores. López me había contado toda suerte de espantos, acerca de cómo acontecía y en qué consistía aquel sexo mercenario y marginal, y no pude evitar pensar en alguno de los sórdidos pormenores mientras la sentía respirar a mi lado, prisionera y a la vez inalcanzable, con aquel orgullo impenitente de flor de estercolero. La barbilla siempre alta, la sonrisa aciaga trabada a los labios, con la rabia sin tregua que parecía haberse convertido en su modo de estar en el mundo. Mirándola de reojo, me acordé, por alguna especie de automatismo, de los versos de una canción que acababa de descubrir por aquellos días:

> Yo no robé del Olimpo este fuego, mi amor,
> fue del infierno este invierno buscando calor.

De pronto comprendí que yo estaba allí, en aquella noche de julio de 2015, avanzando en un todoterreno de la Guardia Civil por el camino que conducía hacia la Cañada Real, el supermercado de la droga de Madrid, desde el poblado aún más marginal de El Gallinero, el infierno dentro del infierno donde acababa de cobrar la pieza que tanto se me había resistido, pero ella, aunque pareciera ir sentada a mi lado, se hallaba a muchas galaxias de distancia. Vino a corroborarlo cuando se volvió para espetarme, con un ostensible aire de superioridad:

—Ya está, ya tienes tu premio. Te felicito, señor guardia.

Le sostuve la mirada a duras penas. Movido por el prurito que siempre tiene uno, o por la vergüenza de que Chamorro, que iba en el asiento delantero, me viera quedarme sin palabras, le repliqué:

—Gracias, pero yo no gano nada. Me pagan lo mismo a fin de mes.

—Bueno, has cazado al bicho. Estarás contento.

—No creas. Digamos que sólo deja de fastidiarme que esté libre.

—Eres muy gracioso, señor guardia. Todos sois muy graciosos. Os creéis que arregláis algo, pero no tenéis ni idea. Hay más bichos, sin salir de aquí, de los que en cien vidas podrías contar. Te lo digo yo, que les he visto la cara y lo que no es la cara a casi todos.

Su sonrisa degeneró sin previo aviso en una risa estridente, casi siniestra por el amarillo de los dientes que todavía aguantaban agarrados a sus mandíbulas. Según López, la chica no tenía arriba de treinta años, y su planta lo confirmaba, pero me pareció que tuviera mil.

Entonces vino a mi memoria la noche en que la había conocido, a Jessica, doce meses atrás, poco después de la cagada que me había llevado por primera vez a aquel paraje dejado de la mano de Dios. La noche en que, casualidades de la vida, también comenzó la historia que pretendo contar aquí, y que no es la de Jessica, ni la de Mircea, ni la de aquella investigación ni la del lugar zarrapastroso donde logramos ponerle fin, pero a la vez, porque todo tiene que ver con todo y nada en el mundo está exento de nada, tampoco deja de serlo.

En mi descargo puedo decir que aquella otra noche de julio, de 2014, llegamos hasta allí en una persecución en caliente, y que nuestro desconocimiento nos hizo evaluar mal la dificultad de la maniobra. Aparte de tres guardias de mi unidad, contaba en aquella coyuntura con cinco del grupo de seguimiento y un refuerzo de media docena de agentes del grupo de reserva; en condiciones normales, fuerza más que suficiente para ponerle la guinda a aquella operación, en la que a fin de cuentas se trataba de capturar a un solo hombre. Por otra parte, influyó en nuestra decisión de intervenir, sin perder tiempo en asegurar la jugada, el hecho de que el objetivo fuera tan sumamente escurridizo. Si no aprovechábamos aquella oportunidad, a saber cuándo volveríamos a disponer de otra. Teníamos constancia de que se había refugiado en el poblado apenas una hora antes y sin pensárnoslo dos veces fuimos y nos metimos allí, como unos perfectos insensatos.

El resultado: tal vez el más calamitoso de mi carrera profesional. No sólo se nos escapó aquel a quien perseguíamos, oportunamente alertado por sus ojeadores antes de que lográramos poner siquiera un pie en el poblado, sino que acabamos viéndonos rodeados de una turba que arremetía a palazos y pedradas contra nuestros vehículos. Al final, y vistos en el humillante trance de pedir refuerzos, acabó acudiendo a sacarnos de allí, entre otros, aquel a quien yo había conocido como el brigada López. Al verlo aparecer, cachazudo y risueño como siempre, pero con el uniforme verde que nunca le había visto puesto durante nuestra colaboración anterior, no pude reprimir el asombro.

—Coño, López, ¿se puede saber qué haces tú aquí? Ahora entiendo, debo de estar soñando, esto no es real, es una pesadilla.

—No es una pesadilla, Vila. Lo que pasa es que eres un pardillo. ¿Cómo se te ocurre meterte aquí sin avisarnos, hombre?

—Si hubiera sabido que estabas aquí... ¿Desde cuándo...?

—Chssst. Ya te contaré. Ahora vamos a sacaros de aquí, antes de que se haga más de noche y empiece la hora punta. Es viernes y no quiero que se nos mezcle este desaguisado con el circo habitual.

Una hora más tarde, después de sacar de allí con grúa nuestro destrozado coche, y mientras atravesaba en el de López la Cañada Real camino de la autovía y de la civilización, comprendí a qué se refería. Al amparo de las primeras sombras, llegaban por los caminos que convergían en la cañada coches de todos los precios y tamaños. Desde la antigualla destartalada y oxidada hasta el flamante todoterreno BMW. En su interior, los drogodependientes, de ambos sexos y de todas las edades y pelajes. Desde los despojos terminales que traían los *cundas*, taxistas informales que cargaban su coche con los clientes que los taxistas con licencia no estaban dispuestos a transportar, hasta los profesionales adinerados y bien vestidos que acudían a por su dosis al lugar donde siempre había abasto. Un bidón metálico en el que ardían restos de palés y embalajes señalaba, me informó López, cada punto de suministro. Junto a él, el machaca que avisaba al traficante de cualquier presencia indeseada; como la nuestra, sin ir más lejos. En lo que alcanzaba la vista divisé media docena de fogatas. Por las calles oscurísimas que flanqueaban la cañada, a la luz trémula de las llamas, caminaban como almas en pena los yonquis más deteriorados, pisando insensibles los charcos y los fangales que se veían por doquier.

—Aquí están, *The Walking Dead* —observó el cabo que conducía.

—Alucinante —exclamé—. A apenas diez minutos de la Puerta del Sol. Con todo el descaro. ¿No temen, qué sé yo, que os dé por entrar a mirar en alguna de esas chabolas que tienen un bidón ardiendo?

López se encogió de hombros.

—Cómo se nota que no sabes de qué va el paño.

—¿No entráis nunca?

—Para qué. De entrada, te recuerdo que hace falta un mandamiento judicial, salvo que queramos jugar al juego del delito flagrante. Tú no sabes el fondo que tienen esas chabolas. Para cuando llegáramos a donde tienen la droga ya la habrían hecho desaparecer y nos veríamos en la tesitura de explicarle a un juez por qué allanamos domicilios.

—O sea, que esto está consentido, de facto.

—No, hombre, de vez en cuando la pasma o los nuestros de antidroga montan una operación y desmantelan o dicen que desmantelan un clan, qué más da. Agarran un poco de jaco o de cocaína, si la casa era ilegal, como suele ser el caso, le pasan buldózer por encima y al día siguiente ya está montado el tenderete en la chabola de al lado.

—Ya veo.

—Es más eficaz entenderse con ellos. Nosotros no

entramos: cuando tenemos que pillar a alguno que está poniéndose dentro de uno de los picaderos que tienen, les pedimos que nos lo saquen. Y ellos nos lo sacan. Por lo demás, y como ves, hacemos acto de presencia para que nadie se desmande más de la cuenta. Y eso lo respetan. Hay otros que también tienen competencias y a los que apenas se les ve el pelo.

—¿Quiénes?

—No me hagas hablar.

Mientras avanzábamos por la cañada pude comprobar cómo López saludaba a varios de sus habitantes, que le devolvían el saludo con un respeto no exento de la inevitable prevención hacia las fuerzas del orden de quien vive en la ilegalidad. Al pasar junto a una de las callejas transversales vimos un coche nuevo aparcado en una esquina. En su interior, una mujer de unos treinta años, con buen aspecto y la mirada un poco perdida. López pidió al conductor que parara un momento y de ventanilla a ventanilla entabló conversación con la mujer.

—Buenas noches. Qué hacemos.

—Nada, consumiendo —dijo la mujer, un poco ida.

—¿Está usted bien?

—Sí, ya estaba para irme.

—¿Se va a casa?

—Sí, ahora, en seguida.

—Bueno. Tenga cuidado.

—Sí, sí, lo tengo.

Y seguimos camino. Por mucho menos de lo que llevaba encima aquella mujer, en condiciones normales, te sacaban del coche y te lo inmovilizaban. López me lo explicó de forma convincente:

—Poniéndonos estrictos podríamos imputar cada noche a quinientos y encontrarnos cada noche con quinientos coches inmovilizados. Con dos coches patrulla en la calle, ya me cuentas tú cómo se come eso. Esto es otra dimensión, Vila. Está el mundo donde rigen las leyes comunes y está este sitio, que a su manera presta un servicio público, es el apartadero adonde va a parar lo que nadie quiere ver.

Llegamos a la plaza, por llamarla de alguna manera, que se abría en mitad de la cañada. Era una especie de terraplén amplio y despejado y en su parte más alta se alzaba una iglesia. Por allí se veía a los yonquis en enjambres, algunos caminando sin rumbo fijo, otros pinchándose, apoyados en una tapia o dentro de los coches. En medio de aquella aglomeración de zombis, la vi de pronto. Una mujer alta y enhiesta, con una mano en la cadera y la otra apoyada en el muslo, que charlaba con un grupo de individuos entre los que sobresalía netamente su cabeza. Con el pelo recogido en un moño y un vestido corto y ceñido, era imposible no reparar en ella. López se percató de la impresión que la visión me causaba y se apresuró a ponerme en antecedentes.

—Jessica, la princesa de este pudridero. Tiene una historia deplorable detrás, pero no creas, las hay aún peores. Aquí ves niñas de quince años que se la chupan al camello por una micra de mierda.

Al llegar a su altura, López la saludó:

—Qué, Jessica, cómo va eso.

—Pues *na*, aquí, como siempre, cuidando de no darle la espalda a esta pandilla de cabrones.

—No me creo que ninguno de estos pueda contigo —dudó López.

—Si me vienen por la espalda, sí. Ojos en la espalda no tengo.

—Ya, eso es verdad. Y los que están contigo, en qué andan.

Jessica se volvió hacia el grupo de hombres con los que alternaba, y de los que se había apartado unos pasos para departir con López. Eran tipos de piel cetrina y parecían más recelosos que el resto.

—*Na*, señor guardia, buena gente. Lo que pasa es que los demás los tratan como perros, pero yo me entiendo con todo el mundo.

—Está bien. Cuídate, guapa.

—Hasta luego.

Se quedó mirando cómo nos íbamos, y entonces, incluso en la semioscuridad de aquel averno a las puertas de Madrid, vi cómo sus ojos verdes refulgían al reflejar la lejana luz de las hogueras. Ahí fue donde la conocí, a Jessica, y a su imagen y a la emoción turbia que provocaba su forma de ser y decir quedó anudado el comienzo de esta historia en la que estuvo sin estar, y en la que no puedo pensar sin acordarme, por absurdo que pueda parecer, de su infortunio y de la dureza de su existencia, que no fueron ni serán nunca, o al menos así lo espero, asunto de mis pesquisas. En su propósito de instruirme acerca del inframundo en el que había irrumpido como un incauto, López me explicó quiénes eran los que estaban con la mujer:

—Rumanos. El estamento inferior de este paraíso. Los gitanos de aquí no los quieren en la cañada, por eso se van a vivir a El Gallinero, donde creíste que podrías colgarte tu medalla y te dejaron el coche hecho unos zorros. Jessica, ahí donde la ves, es una tía pragmática: por piojosos y despreciables que los otros los consideren, los euros de los rumanos son igual de negros y valen lo mismo que los de los autóctonos. Y vete a saber, a lo mejor son más considerados con ella que los de aquí. No sé si esto te sugiere algo, ahora que me da la sensación de que vuelves a utilizar la cabeza para otra cosa que embestir.

Chamorro, que no había abierto la boca en todo el trayecto, presa del mismo estupor que su subteniente, intervino en mi apoyo:

—Mi brigada, dale cuartelillo, anda.

—Tranquila —dije—. Hasta me está viniendo bien. Como una terapia de choque. Había oído hablar de este lugar, pero verlo es otra historia. Como decía el viejo Stendhal, la verdad está en los detalles.

—Qué leído eres —se burló López—. Haces que me sienta un zoquete. Bueno, vamos a salir de aquí, y de paso os voy a llevar a conocer la otra parte de la Cañada Real. Veréis que no nos falta de nada.

Siguiendo la antigua vía pecuaria, que en otro tiempo veía pasar al ganado trashumante, circunstancia de la que venía su nombre y una protección urbanística especial que los actuales residentes se pasaban por el arco del triunfo, para construir cuanto y como les venía en gana, llegamos a una zona que se veía mucho más limpia y tranquila. También había más alumbrado, y por las calles apenas nos cruzamos a media docena de personas. Lejos de deambular, parecían moverse con rumbo bien definido y desaparecían raudas y sigilosas dentro de las casas. Su indumentaria no dejaba lugar a dudas sobre su procedencia, pero López, didáctico, no se privó de ilustrarnos al respecto:

—Ya lo veis, casi sin solución de continuidad, pasamos del apocalipsis zombi a los dominios de *Al-lahu akbar*. Uno de los focos más impenetrables del integrismo islámico en Madrid. Ahora tienen una mezquita nueva, porque por lo visto el imán de la anterior no era lo bastante fundamentalista para las aspiraciones del vecindario. Por lo menos en lo que es la vida diaria no dan problemas. Eso sí, de vez en cuando nos enteramos de que viene por aquí un coche con matrícula del cuerpo diplomático, la comprobamos y resulta ser de alguna embajada de un país árabe. Pasamos la información a donde corresponde y a otra cosa. Los guardias paletos no tocamos la geoestrategia.

—Veo que no te aburres, mi brigada —ironicé.

—Nunca jamás —y me guiñó el ojo—. Es una cuestión de actitud.

A la salida de la cañada, vimos un coche aparcado bajo una farola, a la puerta de una fábrica. En el interior, distinguí a una pareja en la sesentena, con cara de consternación. El coche no era malo y los dos iban correctamente vestidos. Ella, casi rígida, apretaba el bolso contra su regazo. Al reparar en ellos, a López se le congeló la sonrisa.

—No vamos a parar, ya sé quiénes son —nos informó—. Los he visto otras veces. Tienen al hijo desaparecido desde hace un mes, y se plantan a la entrada de la cañada con la esperanza de verle cuando venga a pillar droga. El lado más chungo de la paternidad.

Me volví a mirar a aquellos padres desesperados y derrotados por la vida, sin poder evitar pensar que yo también era padre, y que dándose mal las cosas igual podía verme, como ellos, arrojado a la más atroz de las vulnerabilidades. Creía conocer a mi hijo, que era un buen chico y tenía la cabeza razonablemente amueblada, pero al final nunca sabemos nada cierto de nadie, y menos aún de aquellos de quienes más angustiosa es nuestra necesidad de saber. La imagen de los dos infelices que al final del camino, en lugar de descansar de una vida de sacrificios, se veían obligados a estar de centinelas en la peor esquina que hubieran podido imaginar, hablaba con elocuencia de la traicionera e inagotable crueldad del mundo. Una tristeza espesa se apoderó de mi ánimo y se mezcló con el sentimiento de fracaso por la monumental torpeza que acababa de protagonizar. En ese momento, como casi siempre inoportuno, sonó mi teléfono móvil. Miré la pantalla y en ella leí justo las dos palabras que menos deseaba que me mostrase: *coronel Pereira*. Por cierto que tenía que actualizar la agenda del aparato, que me ofrecía en aquel extremo una información ya desfasada.

—A la orden de vuecencia, mi general, cuánto honor —respondí, procurando sonar todo lo animoso que distaba de sentirme.

Pereira carraspeó virilmente, como solía, ya antes de ser general.

—Ahórrate el vuecencia que te noto el cachondeo, Vila.

—¿Cachondeo? Ni remotamente, mi general.

—Lo primero, perdona por llamarte a esta hora. Sabes que te aprecio y te juro que no se me ha subido el fajín a la cabeza. Sólo quería avisarte de que he pedido que te asignen un marrón, te llamo para explicártelo y pedirte disculpas personalmente. ¿Por dónde paras?

—Pues según el GPS, en las coordenadas de Madrid, pero creo que acabo de darme un paseo por el último círculo del infierno.

—Vaya, y dónde estás, exactamente.

—Cañada Real, algo así como el culo del mundo. Y además, estoy aquí porque acabo de meter la pata hasta la ingle. Ya ve, mi general, a mis años y en la recta final de mi carrera, no me puede ir peor.

—Siento oír eso, y me haces sentir culpable, porque me temo que he pedido que te manden a un lugar todavía más jodido que ese donde estás ahora. Ya sabes que todo es susceptible de empeorar.

—En este caso, mi general, me permito dudarlo.

—No dudes nunca de la palabra de un superior, Vila.

—Está bien, me rindo. Decididamente, hoy no es mi día. ¿Se puede saber qué lugar es ese y qué es lo que lo hace tan terrible?

Volvió a carraspear, antes de clavarme al asiento con estas palabras:

—¿Te suena de algo Herat, Afganistán?

2

Información clasificada

En mi empresa, como en cualquier otra, todo fluye mucho mejor cuando un mandamás quiere algo de ti y se las arregla para persuadir al mandamás al que deben obediencia tus superiores. No necesité explicarle al comandante Rebollo, el hombre que presuntamente administraba mi trabajo, aquello que ya le había explicado el coronel jefe de la unidad, a quien a su vez había aleccionado el general del que dependíamos todos, y cuyo número había marcado el general Pereira antes de llamarme a mí. Ignoro si a alguno de ellos le incomodaba que Pereira, que había tenido mando en aquella plaza como coronel hasta hacía unos pocos meses, mangoneara y eligiera a la carta, entre sus antiguos subordinados, para esclarecer el oscuro asunto que acababa de estallarle en su nueva responsabilidad. Después de pastorear la unidad central durante años, sus muchos y variados méritos le habían anudado al fin en torno al abdomen el rojo, cálido y deseado fajín de general, y en su primer destino con esa graduación se le había otorgado la jefatura de las operaciones del Cuerpo en el extranjero. Una encomienda nada desdeñable, porque había guardias desplegados en cuatro continentes y en lugares tan poco rutinarios como Afganistán o la República Centroafricana, esto es, algunos de los más reputados parques temáticos del horror en el confuso y convulso siglo XXI.

La mañana comenzó pues con una breve conversación

con mi comandante, en la que se limitó a decirme que ya le habían avisado de la prioridad de aquella investigación y de que debía estar dispuesto a desprenderse, por un tiempo indefinido, de mí y de un equipo de tres personas que, eso sí, me tocaba negociar con él. Para empezar, le pedí a Chamorro, como él ya tenía previsto, por lo que no me puso ninguna objeción. Con ella me puse en camino hacia el nuevo despacho de Pereira, situado en la Dirección General, en el centro de Madrid. Era temprano y todavía encontramos algo de atasco: julio es un mes en el que muchos madrileños alteran su jornada habitual (y los más pudientes, cambian de residencia) y se notaba que algunos, los que no habían llegado a padecer con toda su dureza el derrumbe económico, pero por contagio del pánico habían moderado sus gastos, empezaban a creer superado lo peor y volvían a recurrir al coche para desplazarse. Entre eso y el petróleo barato, tocaban a su fin aquellos años en los que la red viaria madrileña funcionaba por debajo de su capacidad.

—Al final vamos a acabar añorando los tiempos en que estábamos arruinados —dije, poniendo en voz alta mis cavilaciones.

—Ah, ¿ya no lo estamos? —se preguntó Chamorro.

—Parece que hemos encontrado la forma de disimularlo.

—No todos, no creas. Te podría contar cuatro o cinco historias de terror bien actuales, sin salir del círculo de mis conocidos.

—Ya, pero al final lo que cuenta es esto, Virgi, toda esta gente que vuelve a cambiar de coche, mira cuánta matrícula reciente, y llena el depósito y sale a quemarlo al asfalto. Eso es PIB, el indicador supremo. Y quien se quedó por el camino se esconde, avergonzado.

—En eso tienes razón. Dónde está esa revolución que iba a haber.

—Están esos partidos nuevos, los que acaban de estrenar escaños.

—Sí, en ese Parlamento Europeo que no decide nada.

—Por ahora.

—¿Tú los ves gobernando algo? No sé —dudó—. Veo al personal muy sumiso, sobreviviendo como puede, aceptando cobrar seis horas por hacer ocho, y casi dando las gracias por poder respirar.

—No sé qué decirte. Es verdad que este es un país cada vez más viejo y más temeroso, pero de un tiempo a esta parte todo acaba saliendo a la luz, y con consecuencias cada vez más impredecibles para los que partían el bacalao. A falta de revolución, hay gente muy rebotada, han tensado mucho la cuerda y ya no cabe seguir manteniendo según qué impunidades. No me creo eso de que el miedo ha cambiado de bando, pero quizá empieza a estar un poco más repartido.

Chamorro alzó las cejas y torció la boca en una mueca escéptica.

—Hablando de miedos, mi subteniente, tú y yo deberíamos estar ahora mismo más preocupados por otras cosas, ¿no crees?

—¿En concreto?

—Anoche estuve mirando la página web de sanidad internacional. Deberíamos haber empezado hace días el tratamiento contra la malaria y tendríamos que habernos vacunado contra la hepatitis A. También contra la hepatitis B, si prevemos correr riesgos especiales.

—¿Riesgos especiales?

—Según dice la página, si piensas tener relaciones sexuales, por ejemplo —explicó, con una sonrisa malévola.

—Me temo que no va a haber tiempo, ni ocasión. En cuanto a lo otro, me pongo en manos de la Providencia. Dicen que el tratamiento de la malaria, además de tener que empezarlo con antelación, te produce alucinaciones. Y odio las alucinaciones. De niño me daban fiebres muy altas y es, de lo que recuerdo, lo más parecido al infierno.

—La malaria tampoco es moco de pavo.

—Oye, ¿desde cuándo eres tan aprensiva?

—Nunca sobra saber a qué te expones. A los que envían de misión a esos sitios los vacunan sistemáticamente. Nosotros vamos a ir allí a cuerpo limpio, y no sabemos todavía por cuántos días.

—Pero nosotros somos la Benemérita. Serenos en el peligro.

—También es verdad. En qué estaría yo pensando.

Media hora después, aguardábamos en la antesala del general Pereira, sometidos a escrutinio por el suboficial mayor que le ordenaba las visitas, y que parecía dudar de nuestras condiciones para afrontar aquella misión en zona de operaciones. Supongo que principalmente las dudas se las inspiraba yo, porque Chamorro era de esa gente que sabe disfrutar del ejercicio físico y estaba en forma, pero yo, que siempre me he aburrido mucho corriendo, y no digamos atrapado en alguna máquina de gimnasio, había dejado que me cayeran encima cuatro o cinco kilos de más. El mayor, en cambio, y no era más joven que yo, se mantenía flaco como un junco: debía de castigarse a diario.

Bruscamente, se abrió la puerta del general y en el umbral apareció Pereira, uniformado y bronceado. También era de los que madrugan para hacerse unos kilómetros, y transmitía energía y confianza, como siempre, aunque con una luz añadida gracias a los bastones cruzados y la estrella que brillaban, nuevos y dorados, en su hombrera.

—A la orden de vuecencia, mi general —me cuadré, y otro tanto, pero como siempre con más marcialidad, hizo Chamorro.

Pereira sacudió la cabeza.

—Descansad los dos, y pasad —dijo, tendiéndome cordialmente la mano—. ¿O estáis entrenando para cuando lleguéis a la base?

—Quizá debiéramos —dije—. La sargento primero tiene espíritu castrense, que para eso le viene de cuna, pero a mí se me ha olvidado casi todo, espero que no me pongan demasiado a prueba.

—Ya les avisaré de que les mando un verso suelto, para que no te veas en un apuro. En todo caso, no creo que te hagan formar.

—Me quita un peso de encima.

Una vez dentro de su despacho, amplio, pero sin demasiados lujos, con arreglo a la estética más bien anticuada del edificio, nos invitó a sentarnos en unos sillones en torno a una mesa baja.

—Te debo unas cuantas, Vila, y también a ti, mi sargento primero —comenzó, y que se mostrara así de franco con ambos me hizo ver que aceptaba que Chamorro, con cuarenta años a las espaldas y casi veinte de servicio, era alguien ante quien podía hablarse de todo; antes de entrar había tenido mis dudas, y celebraba comprobar que eran infundadas—. Tengo que reconocerlo porque el fregado en el que os voy a meter es de los más escabrosos en que os haya metido nunca.

Miré de reojo a mi compañera. Le escuchaba sin inmutarse.

—Para eso estamos —dije.

—Hemos conseguido retener la noticia, por ahora, pero hoy mismo habrá que facilitarla, para evitar que se filtre, a través de la familia o por cualquier otra vía, que con estas situaciones nunca se sabe.

—Me sorprende que no haya salido nada, aún —admití.

—Tenemos razones para ser prudentes. La gente de Defensa sopesó dar por hecho el atentado talibán, para comunicarlo de la manera más simple y para no perjudicar la memoria del difunto, pero en estas horas hemos conseguido convencerles de que informen sólo de la muerte, sin dar todavía una versión cerrada sobre las causas.

—Disculpe, mi general —intervino Chamorro—, ¿qué quiere decir con eso de no perjudicar la memoria del difunto?

Pereira adoptó un aire circunspecto.

—Mejor voy a empezar por el principio, si os parece

—repuso—. Como te adelanté anoche, Vila, el muerto es un sargento primero de infantería. Pascual González Barrantes, se llamaba. Pero como siempre el diablo está en los detalles, y el primer detalle es este.

El general abrió la carpeta que tenía sobre la mesa y extrajo de ella una fotografía impresa a color sobre un folio corriente. Me la tendió. La tomé de su mano y la examiné junto a mi compañera.

—¿Qué es esto? —no pude evitar decir.

Pereira me observó con expresión astuta.

—La sangre es bastante indicativa, ¿no? El arma del crimen.

—Hasta ahí imagino. Quiero decir, qué coño es esto. Con perdón.

Lo que mostraba la fotografía era un extraño artefacto, compuesto por un mango alargado y una hoja recta y afilada que adosada a uno de sus extremos formaba con él un ángulo recto. La hoja estaba en efecto ensangrentada, y también vi algunas salpicaduras en el mango, de color hueso en su primer segmento y metálico en la parte más próxima a la hoja. La cinta métrica junto a la que lo habían fotografiado permitía calcularle al mango unos veinticinco centímetros de longitud y a la hoja aproximadamente la mitad. Un artilugio nada fácil de manejar para arrebatarle con él la vida a un ser humano, pensé.

—Supongo que sabes de qué viven en Afganistán, principalmente —aventuró el general—. Lo cuentan los periódicos.

—No soy un experto, ni me ha dado tiempo a hacerme desde ayer por la noche, pero algo he leído, sobre el opio y sus derivados.

—Justo. Eso que ves ahí es una herramienta típicamente afgana, un *lohar*. En foros de internet dicen que es un arma, pero me cuentan que la utilizan como una especie de hoz para cortar la amapola de la planta de la adormidera. De la que sale esa heroína que luego acaba donde estabas anoche, para evasión de algunos de nuestros compatriotas, o la morfina con la que alivian el dolor a los enfermos incurables.

—¿Y no podían haber inventado algo más ortopédico?

—Es práctica, se pliega en tres y cabe en cualquier parte. Y aunque no lo parezca, tampoco es mala opción para matar a alguien.

—No parece sencillo utilizarla contra una persona.

—Todo depende de la intención y de la coyuntura. La víctima murió degollada. Algo para lo que este trasto resulta eficaz, si aciertas a ganarle la espalda a la persona o a sorprenderla desprevenida.

—¿Esa es la hipótesis?

—Una de ellas. No podemos excluir por ahora el suicidio.

Si yo no hubiera sido un investigador de homicidios veterano, habría podido encontrar delirante la posibilidad que acababa de exponer mi superior. Al cabo de un par de décadas en el oficio, había visto la suficiente cantidad de suicidios estrafalarios como para no apresurarme a descartarla. Recordaba un sin techo al que habían encontrado en el aeropuerto de Barajas, con una cucharilla de café partida y clavada en la yugular. Las cámaras de seguridad atestiguaron que había sido él mismo quien se la había clavado, lo que permitió exonerar de culpa a quien estaba sentado junto a él en el momento del hecho, un pobre tipo al que retuvo nuestra gente del aeropuerto, haciéndole perder el avión, y que juraba y perjuraba que de repente había visto cómo el otro se sacudía en espasmos y se desangraba por la herida.

—Complicado —aprecié—. Haría falta una postura muy forzada para encontrar el ángulo. Pero no imposible, desde luego.

—De todos modos, y partiendo de la mayor probabilidad de que lo matara otra persona —dijo Pereira— es buena opción porque el mango permite hacer fuerza suficiente sobre la hoja, usándolo como palanca, pero también porque, puestos a eliminar a alguien, servirse de algo así resulta mucho más limpio y silencioso que pegarle un tiro.

Algo en su tono me reveló que me faltaban datos.

—Lo de silencioso está claro. ¿Por qué más limpio?

—Las armas de fuego, y más en una base militar, están controladas. Usar una equivale a dejar la firma. Sin embargo estos cacharros se venden como souvenir por unos pocos euros en el mercadillo que ponen todos los domingos en la base. Según me dice el coronel que ahora está al mando, todo el mundo compra uno o varios para llevar a la familia, o como recuerdo propio, entre otras cosas porque por sus dimensiones y por ser de un solo filo no se considera arma prohibida según el reglamento, y los nuestros no tienen que confiscarlo cuando pasan el equipaje por el escáner. En resumen, es un objeto común, y por cómo se compra, de procedencia no controlada. Puede tenerlo cualquiera y a nadie identifica. Por eso, si es que lo mataron, quien lo hizo no tuvo reparo en abandonarlo en el lugar del crimen.

—Suena convincente.

—Por otra parte, él mismo podría haber comprado uno, y a la hora de la verdad, decidido a quitarse de en medio, haber preferido hacerlo así y no con su propia pistola para mandar a quien fuera un mensaje más horrendo. Entre los suicidas, ya sabes, hay de todo: desde los que se ahorran sufrimientos hasta los que se ensañan consigo mismos, por rencor a otro o por autodesprecio. Sea como fuere, no dejó nota.

—Se me hace muy raro que se suicidara así. ¿Dónde sucedió?

—Esa es otra. En una camareta que no era la suya, a la hora de la siesta. Apareció tendido y degollado sobre un catre de campaña.

Chamorro no pasó por alto el detalle:

—¿Una camareta que no era la suya? ¿Cómo es eso?

—Ya lo veréis sobre el terreno. Según me han explicado, la gente allí se aloja en una especie de barracones prefabricados, compuestos por unas camaretas en las que duermen de dos a cuatro personas, dependiendo de las necesidades. Ahora mismo hay en la base bastante menos gente que años atrás, por lo que dos de esos barracones están vacíos. Sucedió en uno de ellos. Según me ha explicado el coronel, debían estar cerrados, pero en la práctica no lo estaban. Me ha dado a entender que servían como lugar de esparcimiento informal.

—¿Esparcimiento informal? —repetí.

—Me temo que esa va a ser una de las primeras cosas que os toque averiguar, mi subteniente —sugirió, con malicia—. Y por cómo me ha mencionado el tema el coronel jefe, va a ser algo embarazoso.

—Estupendo. Y por curiosidad, para ir situándonos, ¿el coronel ese qué es? ¿Legionario, paracaidista o alguna cosa por el estilo?

Con esa conjetura acababa de dejarme llevar por el prejuicio más extendido entre la población acerca de las misiones militares en el exterior y del perfil de quienes se postulan para ellas. Como merece quien en cualquier contexto cede a la pereza mental, me encontré con un chasco que el general, lo noté, disfrutó poder infligirme:

—Nada de eso. Piloto.

—¿Piloto?

—La base la manda un coronel de Aviación. En la práctica, su función principal es logística y de apoyo avanzado, por eso la mayor parte de la gente que tenemos allí es del Ejército del Aire: mantienen operativo el aeropuerto por el que llegan los suministros a la zona.

—Ah, vaya, no tenía ni idea.

—Me parece un tipo práctico y creo que os será bastante accesible —juzgó Pereira—. Es muy consciente del embolado que acaba de caerle encima y de que sois su única esperanza de sacarlo adelante.

—Eso último es un arma de doble filo, mi general.

—Confío en tus tablas para gestionarla.

—En todo caso, me dijo anoche que no estaríamos solos.

—Por supuesto que no. Para eso está nuestra gente allí. Y no son unos pardillos. Tenemos un equipo de siete hombres. Un capitán, un sargento, un cabo primero y cuatro guardias. Hacen las funciones de Policía Militar del contingente, que es lo que nos atribuye la competencia sobre el caso, y de hecho podrían ocuparse ellos si no fuera por la carga de investigación que demanda algo así y porque tienen otras muchas tareas que no pueden descuidar. Ellos se están encargando de las primeras diligencias, con la oficial del Cuerpo Jurídico que está destinada en la base y que será vuestra juez instructora.

—¿Qué perfil tienen? Si puedo preguntar...

Pereira asintió.

—Inmejorable. Ya te digo, si no fuera porque son pocos para cubrir muchos frentes, podrían resolverlo ellos. El capitán está destinado en Información, especializado en terrorismo islámico. El cabo primero es de la Agrupación de Tráfico, dos de los guardias son del GAR, hay una chica destinada en seguridad ciudadana y el sargento y otro guardia vienen de unidades de Policía Judicial. Todos con buen dominio de idiomas y hoja de servicios intachable. A estas cosas no se manda a cualquiera, te aseguro que vais a estar bien respaldados.

—¿Y la jurídica?

—Un poco abrumada por el desafío, supongo, pero el capitán me ha dado buenas referencias. Es una comandante con experiencia.

—Va a ser toda una novedad para nosotros —constaté—. Para mal o para bien, estamos hechos a los vicios de la judicatura civil.

—Es la juez que toca esta vez. Tú haz como siempre.

—Procuraré, pero me concederá que es algo fuera de lo común.

En ese momento, Pereira se levantó y fue hasta su mesa, de donde volvió con una carpeta voluminosa y un librito, que me entregó.

—Os proporcionaremos un juego a cada uno. Ahí tienes la normativa que regula estas misiones, y que define hasta dónde podemos y no podemos llegar, tanto con los del Ejército como en el marco de la OTAN, que lidera esta operación, la ISAF, como se llama, por ahora y por lo menos hasta final de año. Será mejor que no olvidéis que allí vamos como auxiliares suyos, aunque como investigadores os tocará imponeros, contando siempre con el respaldo del coronel, que en la base viene a ser Dios. A todos los efectos, sois la policía responsable de esta investigación y el refuerzo de la unidad de Policía Militar del acuartelamiento, así que todos están bajo vuestra jurisdicción.

—¿De veras? —cuestioné.

—El capitán te ayudará con todas las dudas que tengas. En principio estás a sus órdenes, pero ya tiene mucha faena de la que ocuparse y le he hecho entender que saldremos ganando si te deja actuar con la máxima autonomía. Siempre manteniéndole informado, eso sí. Él se encargará de ponerme a mí al corriente de lo que sea necesario. En cuanto a tus jefes directos, te toca a ti tenerlos al tanto de todo.

—Entiendo.

—Salvo que disponga otra cosa la autoridad... competente.

—Ya —asentí, y en su mirada me pareció captar un doble sentido que iba más allá de lo que diera en ordenarme la instructora.

Hojeé el librito que me había dado. Era un manual sobre Afganistán editado especialmente para los integrantes de los contingentes de la ISAF. Contenía nociones básicas de geografía, cultura, historia, política y otros aspectos de la sociedad afgana, así como pautas para relacionarse, en su caso, con la población. Mientras lo hojeaba, tuve una sensación de irrealidad. Con todos mis respetos hacia los que se presentaban voluntarios para realizar aquellas misiones, a mí jamás se me había pasado por la cabeza, a mis años, meterme en esa clase de aventuras. Y de pronto, ahí me veía, sin comerlo ni beberlo.

Pereira prosiguió:

—En condiciones normales, os daríamos el cursillo que reciben todos los que parten de misión, para familiarizaros con todos los protocolos de actuación en zona de operaciones, pero como no hay tiempo para esas virguerías os toca estudiaros esa documentación por vuestra cuenta. Confío en vuestra capacidad de adaptación. Otra cosa: lo he comentado con mis superiores y con Defensa y hemos llegado a la conclusión de que es mejor que vayáis de uniforme. Así que en cuanto tengas formado el equipo nos mandáis las tallas de todos para que os proporcionen prendas áridas y el resto del equipo de campaña.

Confieso que era algo que ni se me había pasado por la cabeza. En los últimos veinte años, no serían muchas más de treinta las veces que me había puesto el uniforme de guardia civil. Y desde luego jamás me había embutido en un traje de guerrero del desierto. Me vi de pronto con toda la parafernalia encima y me lo representé como una imagen de lo más inverosímil. Como si me hicieran vestir un disfraz.

—¿Es imprescindible? —sondeé al general.

—Absolutamente —no dejó lugar a réplica—. Tenéis que parecer lo que sois en esta ocasión, policías militares.

—¿Y no podríamos llevar nuestro uniforme habitual? —intenté.

Pereira me observó con reproche.

—No te mando a Murcia, Vila, sino a Afganistán. Donde fueres, haz como vieres. Vestido de árido cantarás menos, y además es lo que fija la norma de uniformidad para ese destino. Eso sí, no tendrás que ponerte el casco de kevlar ni el chaleco antibalas, salvo que salgáis de la base. La prenda de cabeza reglamentaria es boina verde. Eso, y el brazalete de MP, es lo que os identificará como guardias civiles.

—¿Boina? Nunca me he puesto una.

Pereira gozaba visiblemente con mi desconcierto.

—Ya ves, para todo hay una primera vez. Y ahora, lo más importante: cómo y cuándo salís para allá. He estado hablando con Defensa y el siguiente vuelo ordinario que tienen previsto, para los relevos habituales en el contingente, demoraría mucho el viaje, así que van a mandar un Hércules ex profeso, para llevaros a vosotros y de paso también algunos suministros y repatriar el cadáver lo antes posible. Salís pasado mañana, a mediodía, desde la base de Torrejón.

—Eso deja poco margen para preparativos.

—Menos del que imaginas, porque quiero que hagáis algo antes de salir para allá. O sea, mañana. Quiero que os acerquéis a Sevilla.

—¿Y eso?

Pereira se echó atrás en el sillón y me clavó una mirada intensa.

—Esta es una de las razones por las que he pedido que fueras tú el enviado a deshacer el entuerto a esa tierra de bárbaros, mi subteniente. Hay otra persona con la que te tocará tener trato, y te sugiero que vayas a verla lo antes posible, una vez que aterrices y hayas presentado tus respetos a las autoridades del lugar. Supongo que congeniaréis, o por lo menos hablaréis el mismo lenguaje. Es una colega tuya.

—¿Colega mía?

—Ajá. La psicóloga de la base.

Sólo muy de vez en cuando recuerdo que sí, en efecto, en alguna remota época de mi juventud invertí cinco años de mi vida en superar el plan de estudios de una facultad de Psicología. Nunca he ejercido la profesión, más allá de lo que pueda entenderse como ejercerla el tratar con un buen puñado de tarados a lo largo de mi carrera como investigador criminal, y a decir verdad lograron inspirarme poca confianza los reconocidos santones de esa supuesta ciencia, mientras estudiaba sus a menudo estrambóticas y casi siempre precarias teorías. Aunque en los últimos tiempos, sería la edad, que todo lo ablanda, había trocado mi recelo sistemático hacia ellos por una suerte de transigencia; esa que antes o después desarrollamos todos hacia lo que forma parte de nuestra biografía, por descabellado, inconveniente o, sin más, erróneo que haya llegado a demostrarse. Lo que no veía, una vez más, era a dónde quería llegar Pereira, y así preferí reconocérselo:

—Me pierdo, mi general. ¿Y para qué hemos de ir a Sevilla?

—Justamente es la psicóloga la que nos ha puesto sobre esa pista. Lo suyo sería que te entrevistaras con ella antes de bajar a Sevilla, pero cuando puedas hacerlo estarás a seis mil kilómetros de la Península, así que tendremos que alterar el orden. El difunto había ido a verla un par de veces, en el último mes. De hecho, la psicóloga llegó a plantear la posibilidad de repatriarlo anticipadamente. Por la naturaleza de esa clase de misiones, y en particular la que le tocaba asumir al fallecido, se procura que no haya allí nadie que no esté en condiciones de prestarle al servicio toda su atención. Pascual González tenía en España, y en concreto en Sevilla, algo que le distraía más de lo que era deseable: una mujer que, mientras él estaba en Afganistán, le había comunicado su decisión de separarse de él y su negativa rotunda a compartir la custodia de los dos niños que habían tenido en común.

Asentí, tratando de asimilar. Hacía una eternidad, yo también me había visto separado de mi hijo. Estaba asumido, y el chaval, que ya no lo era, acababa de sacarse el grado en la universidad. Pero me acordaba de las horas más oscuras, cuando me tocó rumiar y aceptar la pérdida. Imaginé cómo habría sido si me hubiera pillado a seis mil kilómetros, sin más recurso que el teléfono, y encerrado en una base rodeada de territorio hostil. Me parecía muy juicioso el criterio de mi colega, la psicóloga militar. Y también, aunque me complicaba sobremanera los preliminares de aquel viaje imprevisto, y empezaba a ver que no iba a tener ni tiempo de despedirme de quienes debía hacerlo, me parecía más que pertinente lo que el general nos ordenaba.

—Entiendo —dije—. Habrá que resignarse a sufrir el calor de julio en Sevilla. Y lo que nos depare el trato con semejante viuda.

—Hay algo más —añadió Pereira.

—Me lo temía.

—Te supongo familiarizado con uno de los principios tradicionales del saber benemérito: conoce lo mejor que puedas el pueblo en el que te toca prestar servicio, o preocúpate de tratar con quien lo conoce. Según me cuenta nuestro capitán, el sargento y la guardia que tiene allí son unos maestros en esa disciplina, y se han tomado la molestia de aplicarla al microcosmos de la base. Ellos os darán más detalles cuando lleguéis, pero parece ser que nuestro hombre mostraba cierta tendencia a buscarse fricciones, en los dos sentidos en los que ahora puede uno buscárselas en una base militar. No sé si me explico.

—Algo me sospecho —dijo Chamorro.

Pereira dejó la cuestión en el aire durante unos segundos.

—Sospechas bien —prosiguió—. Por un lado, parece que había tenido un par de agarradas, y alguna un poco áspera, con gente con la que compartió alguna misión anterior. Y por otro, sólo durante la última rotación se le conocían al menos un par de líos de faldas, aunque la expresión no resulta muy afortunada en este caso, porque allí las mujeres, como los hombres, llevan pantalón de camuflaje.

El general hizo otra pausa significativa.

—Ahora entenderéis por qué no podemos descartar nada, *a priori*.

—Más o menos —asintió Chamorro.

—Una cosa, mi general —dije—. Ha mencionado antes la misión que desarrollaba el muerto. ¿Se puede saber qué era?

—Se puede, siempre que recordéis que esto, como casi

todo lo que os van a ir contando a partir de ahora, es información clasificada. Aún no se ha anunciado públicamente, pero en otoño se va a aumentar el contingente español para asumir las tareas de *Force Protection*.

—¿De qué?

—La seguridad perimetral de la base. El recinto lo compartimos con italianos, yanquis, eslovenos y gente de varias nacionalidades más; en el dossier encontraréis todos los detalles. Hasta ahora, de vigilar para que no entren los malos se ocupaban los italianos. A partir de septiembre nos encargaremos nosotros. El sargento primero formaba parte del equipo que estaba coordinando el relevo en esa misión.

—Una misión peliaguda —aprecié.

—Como todas allí —dijo el general—. Ya vais viendo la papeleta que nos ha tocado en suerte. Creo que los tres tenemos la experiencia suficiente como para saber que las casualidades no existen, y tienden a existir aún menos cuando aparece un cadáver. No digamos si se trata de alguien de carácter problemático, que muere mientras su vida familiar se está yendo al garete, y mientras está en un lugar que no es cualquier lugar, ocupándose de algo que no es cualquier cosa. Por eso he querido que vayáis vosotros. Espero que me perdonéis la faena.

—Lo intentaremos —dije.

Pereira se puso en pie y Chamorro y yo, como era preceptivo, le imitamos. Mirándonos alternativamente a ambos, nos dijo:

—Gracias. Y una última cosa.

Aquel silencio era suyo, y se prolongó hasta que él quiso romperlo.

—Id con cuidado.

Le sostuve la mirada. Nos conocíamos desde hacía veinte años y había veces que deseaba que confiara menos en mí. Sin embargo, y por idiota que eso me hiciera parecer, aquella no fue una de ellas.

3
Quien teme morirse

Ahora que me veía convocado, por una carambola del destino, a comparecer en aquel conflicto que duraba año por año todos los transcurridos del siglo presente, recordé haber conocido en mi juventud a un sargento cuyo abuelo había estado en otra guerra en tierra de sarracenos, allá por los años 20 del siglo anterior. Era un hombre con el que por mi carácter y por las circunstancias no debería haber intimado mucho, uno de mis instructores en la academia de guardias, pero por alguna razón mi extravagancia le cayó simpática y tuvimos un trato que desembocó en cierta confianza. Ello le llevó a contarme la historia de su abuelo, un pobre campesino de tantos al que con veinte años habían desembarcado en Larache en 1919, como quinto, y que después de reengancharse había subido como sargento en 1926 a otro barco que lo devolvió a la Península. Siete años, día por día, mirándole a la cara al enemigo, que en más de una ocasión, aseguraba mi instructor, a punto estuvo de llevárselo de un balazo al otro barrio. La experiencia de sobrevivir, en condiciones en las que llevaba todos los números para que se lo cargaran, le había inculcado una inevitable filosofía, que le legó a su nieto y este me transmitió a mí en estos términos:

—Quien teme morirse se muere varias veces al día, todos los días de su vida. Quien no, se muere cuando le toca y ya está.

En su sencillez, me pareció entonces una síntesis de

sabiduría, y más aún en contraste con la palabrería desaforada y vana que todavía tenía reciente en mi mente tras mi paso por la facultad. A lo largo de mi vida la sentencia de aquel soldado al que no conocí me ha acompañado como el asidero al que volverme en cualquier situación que pudiera implicar algún peligro. Quizá por eso, o porque hay un momento en la vida en el que uno acepta que todo cuanto es y tiene no pasa de ser una contingencia a la que tampoco hay que exagerar el apego, me sorprendí sintiendo que no sólo no me importaba que me despacharan a una guerra y al peor país del mundo, con un encargo de dificultosa solución, sino que casi me motivaba y me disparaba la adrenalina como al mozalbete que ya ni era ni podía volver a ser. Me cuidé mucho de compartir con mi compañera esta sensación, pero de alguna forma se las arregló para adivinar lo que pasaba por mi cabeza.

—Muy sonriente te veo, después de lo que acaban de echarnos a la mochila —dijo, mientras conducía de vuelta a la unidad.

—Hace tiempo que opté por el estoicismo, Vir —le respondí—. No esperar nada, aceptarlo todo, no formular quejas más que contra ti mismo. Te lo aconsejo. Evita frustraciones. Al final, no está en tu mano garantizar que nadie, aparte de ti, te haga el menor caso.

—Ya. La cosa es que tu general, abrazos y buenas palabras aparte, estará esperando de ti resultados apenas pongamos el pie allí. Ya sabes cómo es: la estrella que lleva en el hombro no colma sus expectativas; este va a por las otras dos, y no parará hasta que se las pongan.

—Lo conozco desde hace mucho tiempo, mi sargento primero. En el fondo es entrañable, y más fácil de contentar que quien tengo ahora mismo a mi izquierda. Tan sólo habrá que currar, una vez más.

—Me fascina esta especie de nirvana en el que flota mi superior inmediato, sobre todo con lo mal que nos va últimamente.

—Por eso mismo, Chamorro, de qué nos sirve amargarnos. Tómalo por el lado positivo, nos vamos al desierto a distraernos con otra cosa, mientras nos lamemos las heridas por el descalabro de anoche. A lo mejor volvemos con la cabeza más clara y se nos ocurre cómo echarle al fin el guante al diablo que se nos escabulló entre los dedos.

—Más bien se nos acumula la tarea que tenemos a medias, diría yo, pero trataré de contagiarme de tu optimismo. Entre tanto, habría que ir organizando las cuestiones prácticas, ¿no te parece?

Asentí. Eso era lo bueno de ella: nunca perdía de vista lo que debía hacerse, por más que a mí me diera por revolotear por las etéreas regiones de lo inútil. Antes de despedirnos, el general le había pedido al suboficial mayor que nos facilitara el nombre y el número del comandante del Cuerpo que se encargaba de la coordinación con el Estado Mayor de la Defensa, y con el que debíamos tratar para gestionar nuestro pasaje de avión y nuestro hospedaje en Afganistán. Me pareció que la sargento primero era la indicada para esa gestión.

—Tienes razón. Te adjudico la relación con el comandante ese que tenemos en el Estado Mayor de la Defensa. Entiéndete con él y ocúpate de que los cuatro estemos pasado mañana sentados en ese avión y provistos de todo el equipo necesario para ir a la guerra.

—Muy bien, pero me ayudará que me digas quiénes somos.

—Lo tengo que negociar con Rebollo, todavía. Tú ve haciendo el contacto y ya te facilitaré los nombres.

—Rebollo decidirá lo que tú le digas, y más con Pereira echándole el aliento en el cogote a nuestro coronel. Ya tendrás tu idea.

—La tengo, pero debo respeto a mi jefe natural.

—Vamos, anda. Desembucha.

—Le propondré, desde luego, que nos llevemos al flamante cabo. Necesitamos un machaca, que tú y yo ya estamos mayores.

—Ya contaba con él. ¿Y quién más?

—Eh, no era consciente de estar sometiéndome a tu aprobación.

—Ya sé que no tengo voz ni voto. Pero entiende que me pique la curiosidad, vamos a tener que convivir no se sabe cuánto tiempo.

—Lo que nos ha contado el general me aconseja reforzar la fracción femenina del equipo, hasta alcanzar esa deseada paridad que en el conjunto de la empresa distamos tanto de haber logrado.

Chamorro arrugó la nariz. Era inmune a mis chistes, después de tantos años de soportarme, y empezaba a intuir por dónde iba.

—¿Y eso?

—Ya lo has oído. Líos de faldas, o de pantalones con piernas de mujer dentro. Va a haber que meter la nariz en el gineceo de la base.

—Ya. ¿Y de las dos opciones que nos ofrece el grupo?

—Me temo que la guardia Lucía, pese a su innegable voluntad de servicio y de mejora, está un poco verde para esto, aún.

—Entiendo. Tu razonamiento nos deja como única solución a la flamante cabo primero Salgado. Por qué me lo temía.

—¿No iría siendo hora de que la tragaras, aunque fuera un poco?

—No te creas, no me importa tanto. Hasta te diría que he llegado a resignarme a su presencia, de un tiempo a esta parte. Es increíble lo que hace, el tiempo. Incluso parece que ha madurado algo.

—Te recuerdo que es un par de años mayor que tú.

—¿Estamos seguros?

—No es tan insensata como crees. Sólo tiene un concepto de la vida distinto del tuyo. Es algo que hay que aprender a conllevar.

—Siempre me he preguntado por el motivo exacto de tu tolerancia hacia sus peculiaridades. Y nunca me he querido responder.

—Aporta, Vir, es un hecho. Y aquí sólo valemos lo que servimos.

—Ya. Verás tú qué disgusto se lleva cuando le digan que se tiene que recoger el pelo para meterlo dentro de la boina.

—O no. Habrá a quien le ponga más así. Y lo sabe.

Mi compañera meneó la cabeza.

—No he oído nada. Para el trabajo, necesito seguir respetándote.

Tan pronto llegamos a la oficina ella se aplicó con su usual diligencia a lo que le había encargado y yo me fui a ver al comandante. Le participé todos los detalles del caso, sin guardarme ninguno, porque la vida me ha enseñado que la lealtad es una virtud, y el oficio que quien trata de medrar o de colgarse alguna medalla sorprendiendo la buena fe de sus jefes, si no anda muy atento y no está muy seguro de la firmeza de sus agarraderas y de su propia falta de escrúpulos, acaba descalabrándose tarde o temprano. Rebollo me escuchó con atención. Confiaba en mí, también me respetaba, pero en tesituras como aquella estaba además en juego su confianza en sí mismo y su necesidad de que le respetaran quienes, como yo, estábamos a sus órdenes.

—Muy bien, Vila —resumió—. Me hago cargo de que te vas a un sitio en el que vas a estar solo y bajo presión. Eso quiere decir que te sientas libre para hacer lo que creas necesario. Pero no olvides que allí representas a esta unidad, que ya no es la del general Pereira.

—Soy bien consciente.

Lo dije con celeridad y firmeza, por si acaso.

—Nuestro coronel actual, te lo digo porque me lo ha dicho a mí, quiere quedar bien; con Pereira, de entrada, pero tanto o más que con él, le preocupa que quedemos bien con el ejército. Sobre todo quiere que dejemos el sello de profesionalidad que se supone nos caracteriza, especialmente si al final hay que acabar inculpando a alguno de los suyos. Hay en Defensa quien no ve bien que seamos nosotros los que hagamos un trabajo como este; gente que no acaba de ver que seamos del todo militares, o tan militares como ellos. Lo que hagamos tiene que ser impecable, y no sólo desde el punto de vista policial.

—Entiendo. Y lo tendré en cuenta.

—Si hay cualquier problema, cualquier roce, el coronel quiere y por tanto yo quiero saberlo de inmediato. Dicho esto, ahora nos toca tratar el asunto de quiénes tengo que dejar de tener a disposición del grupo durante el tiempo que tardes en resolver este asunto.

Le comuniqué mi propuesta, y las razones que la abonaban. La consideró durante unos instantes con semblante reflexivo. Antes de darme su beneplácito, como esperaba, porque no me basaba en ningún capricho y él tampoco era caprichoso, impuso una condición:

—Por mi parte, está bien. Háblalo con ellos. Si es necesario, asumo la responsabilidad de mandar forzoso a quien sea, pero preferiría que quienes vayan hasta allí lo hagan voluntarios. Ya puteamos bastante a la gente en esta unidad, no quiero retorcerle el brazo a nadie.

Hice como me decía. El cabo Arnau me respondió como esperaba de quien había criado a mis pechos, desde que había llegado a la unidad siendo un joven guardia en periodo de prueba y con más probabilidades de no superarlo que de acabar quedando entre los elegidos. Asintió y me dijo que estaba a mis órdenes, como de costumbre. La cabo primero Salgado, mucho más curtida y bastante menos en deuda con su subteniente, de hecho los dos llevábamos casi el mismo tiempo en la unidad, se permitió dudar durante un instante. Seguía soltera, sin compromiso y sin cargas familiares (como el noventa y muchos por ciento de las mujeres de la unidad; dada la proverbialmente baja implicación del varón español en la crianza de la prole, aquel no era lugar para madres), pero tenía su vida y sus aficiones, y no podía dejar de calcular que irse a la guerra implicaba un paréntesis algo más serio que una investigación cualquiera en territorio nacional.

—¿Nos pagarán dietas de esas que cobran los militares?

—Te recuerdo que eres militar, mi cabo primero.

—Tú me entiendes. Dicen que les dan un pastón, y que por eso la gente se presenta voluntaria, que si no de qué.

La miré con reprobación.

—Dudo que den un pastón por nada que hagamos los peones al servicio del contribuyente; si esa es tu ambición deberías ir pidiendo la excedencia y hacerte traficante o comisionista de algo. En todo caso, no tengo la menor idea de lo que nos van a pagar, pero no puedo creer que eso sea lo que incline tu voluntad en un sentido o en otro.

—Claro que no, mi subteniente. Ya sabes: como todos los que viven debajo de un tricornio, aunque aquí apenas se use, soy un poco gilipollas, o por lo menos lo suficiente como para pringar sin recompensa. Sólo era por terminar de reunir todos los pros y los contras.

—¿Y bien?

—No me lo perdería por nada del mundo —dijo, con una sonrisa triunfal—. Así podré darles la brasa a mis sobrinos nietos, cuando los tenga, con las batallitas de la tía abuela. *I'm in*, cuenta conmigo.

—No vendrá mal el inglés, vamos a una base de la OTAN.

—*Then I'm your girl, and you know it.*

—Tampoco vendrá mal algo de seriedad. Se trata de un muerto.

—Pierde cuidado. Sabré ser adusta, cuando toque.

—No sé yo. A veces logras hacerme dudar.

—Vamos, mi subteniente, que nos conocemos.

—Ahora en serio: gracias por dejarte liar, Inés.

—No hay de qué —dijo, guiñándome un ojo.

De no ser por las muchas veces en que la había visto dar el callo como pocos y desatascar situaciones que nadie más habría podido resolver, en más de una ocasión habría tenido yo también la tentación de considerarla la muñeca inconsciente y frívola por la que la tenían quienes no acertaban a ver más allá de sus uñas siempre esmaltadas, su vestuario tan a la moda como el de ninguna otra guardia que yo conociera o su impecable arreglo capilar. Pese a las suspicacias de Chamorro, no la apreciaba por esos rasgos, sino que más bien me intrigaba la función que cumplían dentro de su carácter. Daba en pensar que eran una especie de disfraz, que no sólo le era útil frente a los malos, que ni en estado febril se podían imaginar que fuera un picoleto cuando se les acercaba de incógnito, sino también en su vida diaria. Bien mirado, quién no se disfraza un poco de quien acaba siendo a los ojos de los demás, para mantener a buen recaudo a ese otro o esa otra que cada quien es por debajo de su fachada, en ese bastión último del cerebro y el corazón al que jamás, por nuestro bien, y probablemente por el bien de otros, hemos de dejar que nadie tenga acceso.

Una vez resuelto aquel trámite, de lo que informé puntualmente a mi comandante, me acerqué hasta la mesa de Chamorro.

—Confirmado, Arnau y Salgado —le dije—. Pregúntales sus tallas y esas cosas. La mía ya la sabes. La misma de Papá Noel.

—No pretenderás que la pida así...

—La última vez no cupe en una americana de la 52, tuve que hacer de tripas corazón y pillar la siguiente. Utiliza esa referencia.

—Vale, pero luego no te quejes si te aprieta.

—No temas, lo sufriré como penitencia por mis muchas faltas. De hecho, si no quieres encargarte de estas minucias, pásaselas al cabo, que se entienda él con el departamento de vestuario. Quiero que hagas otra cosa por mí. El comandante ese de Defensa, ¿se enrolla?

—Esto es la prioridad número uno para él, me ha dicho.

—Seguro que tiene modo de averiguar el teléfono de la viuda. Consíguemelo, por favor. Quiero llamarla antes de ir a verla.

Era mentira: lo último que deseaba era hablar con alguien que acababa de ver disuelto su matrimonio de manera distinta a la que tenía ya planeada. De hecho, había sopesado durante un segundo pasarle el embolado a Chamorro, que tenía bastante más mano que yo para tratar con madres, viudas y demás mujeres bajo el impacto de una pérdida reciente, pero me lo impidió un repentino pudor. Por un lado, no quería cargarla a ella con todas las tareas; por otro, había visto demasiadas películas donde era el oficial el que asumía la escritura de la carta a la madre o la esposa de un soldado muerto en combate. Sin llegar yo a ese rango, era lo más próximo a un oficial dentro de mi equipo, y me pareció que me tocaba a mí comerme aquel marrón.

Pudo ser peor, aunque tampoco fue la conversación más grata de la que guardo memoria. Para empezar, tuve que insistir tres veces antes de conectar con ella. Cuando al fin me lo cogió, dijo secamente:

—Sí.

—¿Violeta Solozábal? —pregunté, leyendo mis notas.

—Soy yo. ¿Quién llama?

—Subteniente Bevilacqua. Guardia Civil. ¿Tiene un momento?

—¿Guardia Civil? ¿Qué quiere?

—Me encargo de la investigación de la muerte de su marido.

—Ah, lo van a investigar.

—Desde luego. De hecho nos estamos preparando para ir allí.

—Vaya, lo siento por ustedes.

—Antes de salir nos gustaría hablar con usted.

—¿Conmigo? ¿Para qué?

—Si no le importa, preferiría explicárselo personalmente.

—No me importa. Pero yo estoy en Sevilla. ¿Usted?

—Podemos estar en Sevilla mañana a primera hora. A la que usted nos diga y le venga bien para atendernos.

—¿Será largo?

—Un par de horas, como mucho. Vamos donde nos indique.

—Me han dejado libre en el trabajo estos días, por... Bueno, ya sabe usted por qué. Pueden venir a casa. ¿A las once les va bien?

—Perfecto. Ahí estaremos. No le saldrá mi número, pero si no le importa se lo envío por sms, por si hay algún imprevisto.

—No, no me importa. Hasta mañana entonces.

—Gracias. Siento su pérdida, de veras. Haremos todo lo que esté en nuestra mano para averiguar quién lo hizo.

—Qué más da eso. Pero se lo agradezco, por sus hijos. Adiós.

A lo largo de mi carrera profesional, me ha tocado tratar con más de una viuda. No todas estaban compungidas, ni siquiera contrariadas por la desaparición del que había sido, por más o menos tiempo, su compañero de vida o de hipoteca. Pero nunca, pensé, había hablado con una que exhibiera semejante frialdad ante el asunto que nos había puesto en comunicación. Traté de imaginar por un momento el tipo de agravio que aquella mujer le guardaba a su cónyuge, caído tan lejos de casa, pero como no es esa la clase de ocupaciones por las que me paga el contribuyente, y menos cuando a la vuelta de unas horas iba a tener la oportunidad de preguntárselo a ella, cambié de tercio y traté de hacer el plan de lo que me tocaba afrontar a continuación. Pasó por mi mente la idea de llamar a las tres personas a las que debía informar de que en cuarenta y ocho horas iba a poner, no sabía por cuántos días, seis mil kilómetros de por medio. Lo aplacé por la misma razón por la que lo había aplazado la víspera: con ninguna mantenía el hábito de hablar rigurosamente todos los días, y si podía ahorrarles uno más de preocupación, eso que ganaba yo y ganaban también ellas.

La mañana nos dio para dejar encarriladas la mayor parte de las gestiones que requería nuestro viaje. Las que no, se las pasamos a Salgado y a Arnau. Entre otras, formalizar el pasaporte de la OTAN que nos permitiría viajar a Afganistán sin necesidad de obtener el visado que con carácter general exigía la legislación del país (independiente y soberano, pese a estar infestado de tropas extranjeras) y que no íbamos a poder tramitar con tan poca antelación. Tras dar cuenta de un rápido y frugal almuerzo en el comedor de la unidad, Chamorro y yo agarramos un coche y pusimos rumbo a Sevilla. Apurando el madrugón, podríamos haber viajado a la mañana siguiente, pero mi compañera me hizo una petición de esas que un jefe con entrañas, y yo procuro serlo, se siente moralmente incapacitado para rechazar:

—Hace tres meses que no veo a mis padres. ¿Te importaría mucho hacer noche en Sevilla, y así me acerco a San Fernando a verlos?

Antes de las seis estábamos en Córdoba, donde el calor ya apretaba de lo lindo. Pudimos comprobarlo porque hicimos una parada para repostar y tomar un café, y para que Chamorro, que llevaba el volante, se despejara un poco. Mientras estábamos en la barra de la cafetería de la estación de servicio intercambió un par de *whatsapps* con su madre, para terminar de concretar su cita de aquella noche. Yo ya me había hecho a la idea de quedarme a cenar solo en Sevilla, y me preguntaba si sería posible encontrar algún lugar en el que hiciera algo de fresco, contando además con la limitación de movilidad que me imponía el hecho de que Chamorro se llevara el coche para ir a ver a su familia.

—Dice mi madre que si vas a cenar solo —preguntó de pronto.

—No recuerdo así a bote pronto haber dejado en Sevilla ninguna exnovia que vaya a cogerme el teléfono, si la llamo.

—Podrías tener algún amigo.

—Los perros de presa no tenemos amigos. Los perdemos al cabo de los años y las dentelladas.

—O sea, que sí, que ibas a cenar solo.

—Con mis pensamientos, mis recuerdos y mis sueños incumplidos.

—Me dice mi madre que si quieres venirte, pero si el plan es seguir toda la noche tratando de dar pena, me pienso si invitarte.

—Me comportaría, llegado el caso. Pero dile que no hace falta, no quiero ponerla en el compromiso y es una reunión familiar.

—Dice que te lo ofrece de corazón. Que me ha oído hablar de ti muchas veces y que le apetecería conocerte. Estoy tratando de recordar si alguna Nochevieja, demasiado borracha, exageré sobre ti.

—Lo dudo. Lo de que estuvieras tan borracha.

—En serio, si mi madre te invita, es de verdad. Qué le digo.

—¿Qué opinará el coronel?

Me miró como si acabara de decir una estupidez.

—El coronel lleva casi diez años en la reserva. Ya no manda nada. Lo que diga mi madre.

—Siendo así... Lo que tú veas más conveniente.

—Yo tampoco le llevo la contraria a mi madre. Te recuerdo que aunque se haya pasado más de media vida en Cádiz sigue siendo de Bilbao.

Súbitamente, la vi a una nueva luz.

—Es verdad, siempre me olvido de esos genes que, ahora que lo dices, explican algunas cosas. Siempre me quedo en que tu padre es de Burgos, que siempre me llamó la atención, por eso de que a alguien de tierra adentro le diera por meterse en Infantería de Marina.

—Y fue en Burgos donde la conoció, a mi madre, que se fue a vivir allí con siete años, ya que te veo de repente tan interesado por mis orígenes familiares y el modo en que eso modela mi temperamento. Se trata en todo caso de si te vienes esta noche a la ciudad donde nací yo, atendiendo la amable invitación de mi madre. ¿Qué dices?

—Que a sus pies. Y que le des las gracias de mi parte.

—¿No harás que me arrepienta?

—No me lo perdonaría, si llegaras a arrepentirte.

—Está bien. Que sea lo que Dios quiera.

Ya que iba a acompañarla a la cena, rehicimos sobre la marcha la logística que teníamos prevista y nos procuramos alojamiento en la comandancia de Cádiz. Era un edificio de reciente construcción, muy cerca del puerto, en el lado de la bahía. El suave viento de poniente dejaba la temperatura en 24,5 grados, lo que propiciaba una atmósfera mucho más llevadera que la que habríamos tenido en Sevilla, donde el termómetro exterior del coche, cuando pasamos por su circunvalación, marcaba unos inmisericordes 42 grados. A eso de las nueve, después de tomar posesión de nuestras habitaciones y en mi caso regalarme una ducha intensa y relajante, nos reunimos en el aparcamiento. Chamorro se había cambiado de ropa y, en vez de la mujer de dureza casi varonil en que se convertía con las prendas de faena, me vi de pronto junto a una chica dulce y rejuvenecida. Había elegido un vestido estampado, algo que muy rara vez se ponía. No somos por nosotros mismos, sino siempre en relación con otros, y estaba claro que aquella Virginia no era la misma que yo veía a diario.

Mentiría si dijera que las tenía todas conmigo al entrar en la vivienda unifamiliar, ni muy modesta ni en exceso pretenciosa, donde nos esperaban los padres de mi compañera. Llevábamos ya muchos años como pareja profesional y eran ingentes las horas que habíamos vivido juntos, solos o en compañía de otros, y casi siempre tirados por ahí, lejos de casa. Habíamos hablado mucho y sabíamos mucho el uno del otro, pero a la vez guardábamos reductos de desconocimiento recíproco, como quizá era inevitable, para tolerar y no echar a perder una convivencia que a aquellas alturas era la más larga e intensa que había compartido con ninguna otra persona, excepción hecha de mi madre. Encontrarme allí se me antojó una especie de invasión de uno de esos espacios de seguridad que ella mantenía, aunque nada en su actitud o en su gesto me diera pie a creer que mi presencia la incomodaba.

La madre de Chamorro, una mujer alta y recia como ella, apenas encorvada por la edad, se le abrazó con energía nada más abrir la puerta. Deduje del dramatismo de aquel encuentro que no sólo pesaban en ella los tres meses sin verla, sino también la noticia del inminente destino al que se dirigía el fruto de su vientre, y del que ya debía de estar sobre aviso. En cuanto al coronel retirado de Infantería de Marina, asistió al abrazo de las dos mujeres con contenida emoción, antes de apresurarse a tenderme la mano. Se la estreché y comprobé que a sus setenta y tantos mantenía intacta la fuerza. Se le veía también tieso y en forma, como si se calzara un desembarco cada mañana. Últimamente no paraba de recibir mensajes que de un modo u otro me afeaban el poco afán que le había puesto a desembarazarme del fardo acumulado poco a poco en torno a mi cintura. Una vez que hubieron agotado su abrazo, la madre de Virginia me ofreció la mano, y al ir a estrechársela vi que sus ojos se habían empañado de lágrimas.

—Soy Carmen, la madre de esta. Tú eres Rubén, ¿no?

—El mismo. Gracias por invitarme.

—Qué menos. Pasa, por favor.

He de decir que se las arreglaron para que no tardara en verme exento de cualquier escrúpulo que pudiera tener por inmiscuirme en aquella reunión familiar. La madre de Chamorro, pasado el primer momento de congoja, se reveló como una anfitriona torrencial y una conversadora sin pelos en la lengua. Nos puso una cena como no recordaba haberme regalado en el último lustro, con excelente materia prima del lugar, que debía de haber ido a comprar expresamente. En cuanto a su marido, se mantenía en un discreto segundo plano y no hablaba más que cuando era imprescindible. Adiviné entre ambos ese arreglo, por lo demás no infrecuente, según el cual un miembro de la pareja marca los objetivos y los tiempos y el otro se deja llevar, con lo que desarrolla una existencia cómoda y puede disfrutar mejor de los pequeños placeres que le son consustanciales, entre los que no se encuentra decidir en cada momento qué es lo que hay que hacer y cómo. Que este último papel lo asumiera de buen grado una persona que en su vida profesional había ejercido mando sobre otros era una paradoja sólo aparente, como me acreditaba mi propia experiencia.

Ayudé a recoger la mesa; aunque tanto la madre de Chamorro como ella misma se opusieron, me pareció que era la única manera que tendría mi compañera de hablar a solas con su padre, si es que necesitaban decirse algo. En la cocina, Carmen me acorraló en un momento dado contra el fregadero. Ni pensé en oponerle resistencia.

—Me tienes que prometer que no vais a mezclaros para nada con los talibanes esos —me exigió—. No quiero que a mi hija me la manden de vuelta en una caja, como alguno de esos pobres que luego les ponen la bandera encima y les pinchan una medalla. Ya el atontado del padre se me fue voluntario a lo del Golfo en el 91, quién me iba a decir que me iba a ver otra vez en las mismas, pero con la niña.

—No se preocupe, no vamos a hacer la guerra, sino a investigar, como siempre. Lo normal es que ni salgamos de la base.

—¿Y está bien defendida esa base? Quiero decir, ¿tienen cañones, helicópteros, para achicharrar a cualquier barbas que se acerque?

—Tienen de todo. Hasta drones, que ven venir al barbas y lo achicharran antes de que a él se le ocurra siquiera cómo atacarnos.

—No me fío yo mucho de tanta tecnología. Seguro que luego en el momento de la verdad se cuelga, como el puñetero Windows.

—Puede estar tranquila. Se la traeré de vuelta.

—Me respondes con tu vida —advirtió, y supe que así era.

Poco después, mientras madre e hija departían en la cocina, tuve con el coronel una segunda vuelta de aquella conversación, aunque en un tono mucho menos vehemente y algo más profesional.

—¿Os han dado alguna formación de autoprotección, por si tenéis que salir del recinto de la base? O para las amenazas que puedan presentarse allí dentro. En esos sitios casi es más peligroso el escenario *green-on-blue*, un posible ataque de afganos supuestamente leales.

—Lo sé —dije, para darle sensación de controlar—. Así se llevaron por delante a dos compañeros nuestros allí, hace unos años.

—¿Y entonces? —insistió.

—Nos han dado instrucciones básicas —mentí, y para calmar mi conciencia añadí algo que fuera cierto—: Además, tenemos un equipo de gente allí, personal entrenado y escogido, de nuestras unidades de acción rápida. Nos darán seguridad en lo que necesitemos.

El coronel sopesó la información. Pareció complacerle.

—Mejor así. La madre está insoportable. No vamos a descansar hasta que regrese. Cuídamela, te lo pido como favor personal.

—No tiene que pedírmelo. Mi gente es lo primero, para mí.

—Así debe ser —asintió, solemne.

A eso de la medianoche los dejamos allí, en su casita acariciada por la brisa de la bahía. Mientras Chamorro ponía el coche en movimiento, miré cómo quedaban atrás, en esa soledad desvalida que algún día es la de todos los que somos padres, cuando comprendemos que no estaremos para amparar frente a todo mal a nuestros hijos y que hemos de confiar en otros que tal vez no puedan, no quieran, no sepan.

4

Lo peor que te puede pasar

Mi reloj interno, a saber por qué remordimiento de los varios que a esas alturas de mi vida cargaba a cuestas, me despertó sobre las seis de la mañana y al cabo de una sumaria deliberación conmigo mismo decidí hacer algo inhabitual. Tenía un calzado que podía pasar por deportivo, una camiseta y los pantalones cortos que había utilizado como pijama. Con todo ello encima y la documentación me eché a la calle y, tras abandonar el recinto de la comandancia y calentar un poco a paso rápido, me obligué a trotar en busca de la orilla. Hube de callejear durante unos minutos para esquivar el recinto de los astilleros, que ocupaban buena parte del frente de la bahía en aquella zona de la ciudad, hasta que llegué a un paseo junto al agua, tomé una referencia al fondo y me propuse llegar hasta allí y regresar. En total no serían más de cinco kilómetros, pero no forcé el ritmo. Hacía tres o cuatro meses que no salía a correr, desde que mi hijo, que era quien solía obligarme a ello, se había entregado en cuerpo y alma a la preparación de sus exámenes finales, y no era cuestión de sufrir algún ridículo percance en vísperas de salir hacia donde me reclamaba el deber.

La temperatura era agradable: la noche todavía estaba bastante cerrada y no había un alma por las calles. Al otro lado de la bahía, a mi izquierda, se veían las luces de Puerto Real. De frente, al fondo, las de San Fernando. Calculé que aquella era la cuarta o la quinta vez que estaba en aquella ciudad y, como las anteriores, no pude por menos que alabarles el gusto a los fenicios que tres mil años atrás habían decidido asentarse allí y a todos los que en el ínterin la habían codiciado, defendido o conquistado, o fracasaron en el empeño de retenerla o tomarla. Vecino desde hacía más de cuarenta años del mesetario poblachón madrileño, algo incrustado en mi mente y mi corazón no olvidaba el horizonte liso que en mis primeros años se había llamado el Río de la Plata y que en otros paréntesis de mi vida se llamaba el Mediterráneo o el Cantábrico. Aquella bahía era quieta y dócil, como el horizonte de mi infancia, sólo muy de vez en cuando rizado por el viento que desbarataba en olas de espuma marrón las aguas revueltas del río por lo común manso y gris. En aquellos años lejanos, allá por los 60, ni en mi Montevideo natal ni en el resto del mundo se había generalizado la moda de correr para quemar el exceso de tejido adiposo de las sociedades desarrolladas, y lo que hubo en mi infancia fueron sólo largos y morosos paseos por la rambla despejada que corría paralela a mi calle; pero siempre que me veía junto al agua, como en aquel tibio amanecer gaditano, me entraba una nostalgia extraña, del que habría podido ser y no era, y el deseo de regresar algún día al lugar donde seguían quienes me habían dado el apellido y al fin y al cabo una parte del carácter, para reencontrar algo perdido que seguramente explicaba una porción de mis desajustes crónicos y mis pobres virtudes. Yo no podía presentarle a mi padre a Chamorro, como ella a mí el suyo; y eso era también yo, como mis kilos o mis cambios de humor, y lo sobrellevaba, pero mentiría si dijera que había aprendido a aceptarlo del todo.

Clareaba ya el cielo, más allá de las grandes grúas de los astilleros de Puerto Real, cuando regresé a la comandancia. Había pensado que la carrera me desfondaría más, y no diré que pasara junto al guardia de la puerta fresco como una lechuga, pero sí que lo hice con la compostura necesaria como para no invitarle a sopesar la necesidad de avisar a los equipos de emergencia. A las siete y media en punto, tal y como habíamos quedado, me encontré con Chamorro en la cafetería de la comandancia, donde coincidían los que entraban en el turno de mañana y los que salían del de madrugada. Me esperaba sentada a una mesa, tomando ya su café, con muy poca leche, mientras leía algo en la tableta. Pensé que podía ser la prensa del día, pero cuando fisgué pude comprobar que se trataba de una página web con información sobre Afganistán. Me procuré mi desayuno y me senté con ella.

—Hazme un resumen de lo más interesante —le pedí.

—Vamos a viajar en un momento estupendo: en pleno Ramadán, que en dari, la lengua de la familia del farsi que se habla en la zona occidental de Afganistán, y por tanto en Herat, se llama *Ramasán*. Están en lo que llaman *los cuarenta días de viento*. Temperaturas máximas de entre 40 y 50 grados y polvo en suspensión de manera permanente.

—Qué maravilla. ¿Y algo que anime a ir?

—Este fin de semana hay luna llena.

—Menos es nada.

—Tiene su cruz. Por lo visto es sobre todo en noches de luna llena cuando suelen darse ataques con morteros y cohetes contra las bases. Los talibanes apuntan a ojo, y con luna el que tira ve mejor.

—¿No te ha dado por mirar, qué sé yo, qué películas tienen ahora en cartelera, o si hay algún monumento que se pueda visitar?

—Monumentos hay unos cuantos: una ciudadela de la época de Alejandro Magno, la gran mezquita, el mausoleo de una reina cuyo nombre no se me ha quedado y la tumba de un famoso filósofo musulmán del siglo XII, un tal Al Razi, que parece que se adelantó a Galileo en lo de no creerse que la Tierra fuera el centro del universo y que defendía una especie de racionalismo que molestaba a los integristas. No todo está en buen estado, porque a lo largo de la historia la ciudad la arrasaron Gengis Khan y Tamerlán y también hicieron algún destrozo los talibanes cuando controlaban la región. En todo caso, la base está en Gozareh, a unos quince kilómetros del centro de Herat.

—¿Y todo eso lo has aprendido en este rato?

—Cinco minutos de Wikipedia, tres de Google Maps y otros cinco de prensa, búsqueda «Herat últimas 24 horas». Ahora estaba leyendo un artículo sobre el momento actual del país. Bastante problemático: acaban de tener unas elecciones y no termina de estar claro quién las ha ganado y quién las ha perdido. Hay dos tipos disputándose la presidencia y los americanos tratan de forzar un acuerdo entre los dos. Mientras tanto los talibanes, que dominan de facto buena parte del territorio, hostigan al ejército afgano y a la policía, que llevan ahora el peso de la guerra contra ellos. Entre otros sitios, hay combates en Shindand, a unos cien kilómetros de donde vamos nosotros.

—No se te ocurra contarle eso a tu madre. Ni a tu padre.

—Desde luego que no. Pero los dos están conectados a internet. No puedo evitar que lo miren, como lo acabo de mirar yo.

—También es verdad —dije, y pensé en mi propia madre, a la que en mala hora había regalado y persuadido de usar un iPad.

Durante el trayecto hasta Sevilla pensé varias veces en marcar su número, también el de mi hijo y el tercero de mi lista, el de Carolina, la única mujer que, me atrevía a suponer, podría dar en llorarme, aparte de la que me había dado el ser, si por alguna funesta aunque improbable conjunción de circunstancias me alcanzaba aquella guerra que sucedía extramuros de la base a la que me disponía a viajar. Volví a postergarlo porque, aun teniendo confianza con Chamorro, no era con ella delante como prefería tener ninguna de aquellas tres conversaciones. Sabía que las estaba retrasando demasiado, y que me estaba exponiendo a que cualquiera de los tres me llamara y tener que mentirles o contárselo en peor coyuntura, pero la procrastinación es un vicio al que no soy inmune, y menos aún cuando siento que no dispongo de los mejores recursos para afrontar la tarea de que se trata.

Violeta Solozábal, como hasta hacía un par de meses Pascual González, vivía en una urbanización bastante nueva, a las afueras de la ciudad. La componían bloques de viviendas de aspecto acogedor, con un gran recinto interior en el que había piscina y espacio para que jugaran los niños. Era un barrio de calles y avenidas amplias; la pega era que los árboles se veían aún demasiado enclenques para proyectar una sombra competente y hubimos de dejar el coche a pleno sol.

Fue Chamorro quien se encargó de descifrar y marcar en el teclado alfanumérico la combinación que según una tabla permitía hacer sonar el portero automático del 4.º B de la escalera 7. Como yo preveía, acertó en la primera tentativa. Violeta no tardó en responder. Un par de minutos después llegábamos a la puerta del piso, que nos aguardaba ya abierta. En el umbral, recortada a la luz que entraba a raudales por el ventanal del salón, nos recibió una mujer pelirroja, bastante atractiva, maquillada con esmero y vestida con una blusa blanca abierta y una falda de color azul vivo. Saltaba a la vista que la viuda de Pascual González no juzgaba necesario forzarse a simular ningún duelo.

—Son ustedes puntuales —dijo, a modo de saludo.

—Lo procuramos —dije—. Tratamos de tener en cuenta que la gente tiene cosas que hacer, además de atendernos.

—Muy considerado de su parte. ¿Quieren un café?

—Yo no le diré que no.

—Yo tampoco —se adhirió Chamorro.

—Mi compañera, la sargento primero Chamorro —enmendé sobre la marcha mi falta de urbanidad.

—Sargento primero —repitió Violeta, mientras le estrechaba la mano con una expresión absorta—. Como Pascual.

Mientras nos preparaba el café en la cocina, eché un

vistazo al salón. Estaba amueblado de forma sobria, pero con relativo buen gusto. Ni era todo de Ikea, como en las casas de las personas descuidadas e improvisadoras (verbigracia, yo mismo), ni tampoco dejaba de haber elementos de esa procedencia, allí donde encajaban o aportaban una solución práctica. Sin ir más lejos, el sofá-cama en el que estábamos sentados y que conocía porque en su día había sopesado adquirirlo yo mismo, antes de advertir que sus dimensiones excedían lo que cabía, sin causarme trastorno, en el espacio de mi salón. En las estanterías había fotos de un par de niños, varones los dos, y que en las imágenes en que aparentaban mayor edad debían de andar entre los seis y los diez años. Del cabeza de familia, todavía no formalmente destituido como tal cuando había sido expulsado del mundo de los vivos, tan sólo había dos fotografías. Una que podía comprender, en la que aparecía en la playa con sus dos vástagos; y otra que quizá, pensé, era la más anacrónica y la más inesperada que podíamos encontrar: una instantánea de la boda, en la que Violeta aparecía bastante más joven, aunque no más guapa, y Pascual llenando con razonable apostura el uniforme caqui, con guantes y camisa blancos y dorados galones de sargento. Los dos andarían por los veintitantos, y formaban ahí una buena pareja. La expresión de él transmitía confianza en sí mismo y un magnetismo natural. Ella, en cambio, parecía algo más insegura.

Nos trajo los cafés en una bandeja, en la que también venía el azucarero para servirnos y un par de servilletas rojas, perfectamente dobladas a lo largo de su diagonal. Una mujer detallista, anoté.

—Le agradecemos que nos haya hecho un hueco, en estos días y con tan poca antelación —dije, para romper el hielo.

—En realidad los días se me hacen largos, no crea. Ahora mismo no tengo otra cosa que hacer que esperar. Me han dicho que puede que lo traigan pasado mañana y que ese mismo día será el funeral.

—Lo decía porque además, en estas fechas en que estamos, con los niños de vacaciones...

—Por eso no sufra. Los niños están con mi madre, en Chiclana. Me ha parecido que lo mejor era mantenerlos lo más al margen posible de este circo. Al funeral viene el ministro, me han dicho, y no se sabe si acabará estando el rey. Ya se lo explicaré cuando sean mayores.

—Comprendo —dije, procurando ocultar el asombro que me producía la posibilidad de la presencia regia en el funeral de alguien cuya muerte no estaba aún esclarecida, y probablemente no lo estaría en cuarenta y ocho horas—. ¿Puedo preguntarle a qué se dedica usted?

Violeta Solozábal me miró por primera vez con cierta aspereza.

—¿Es eso relevante?

Lo era, desde luego. Una de las rutinas del investigador es ponderar el valor de los testimonios que reúne, y lo que uno hace o deja de hacer en la vida suele ser un criterio pertinente a esos efectos. En cualquier caso, no había ido allí para mostrarle todas mis cartas.

—No demasiado —dije—. Era una curiosidad.

—Soy abogada. Como miles de personas, sin salir de Sevilla. Una profesión devaluada, justamente por la inflación. Cuando dices que trabajas en un bufete la gente se cree que eres una profesional liberal, pero la mayoría no somos más que autónomos proletarizados.

Vi que trataba de quitarse importancia y me pregunté por qué. En cualquier caso, tomé nota de que era alguien que no iba a hablar al tuntún y, dato nada desdeñable, que no era una mujer de formación y posición laboral inferior a la del marido, sino que muy probablemente era a la inversa. Por poco que ganase un abogado, aposté que ella, que no andaba falta de aplomo, superaría la nómina de un suboficial de infantería, salvo quizá cuando el suboficial en cuestión se apuntaba para pasarse seis meses al otro lado del mundo jugándose la piel.

—Por su profesión ya se imaginará que si estamos

aquí es porque creemos que puede facilitarnos información útil para la investigación que tenemos entre manos —le reconocí, sin rodeos.

—Sí, lo imagino. Lo que no imagino es qué clase de información creen que yo puedo tener. Nunca he estado en Afganistán, y lo que nos cuentan los que van allí a los que nos quedamos aquí es siempre lo menos posible. Se lo digo porque tengo alguna costumbre. Si no me equivoco, esta era la quinta misión en el exterior de mi marido.

—¿Dónde había estado antes?

Lo pensó un instante y respondió con rapidez:

—En Kosovo, antes de casarnos; en Irak, en 2004; en Líbano y otra vez en Afganistán, antes de esta. Allá por 2011.

—En realidad —terció Chamorro—, no pensábamos que usted pudiera darnos pistas sobre cómo pasó lo que pasó en la base. La razón de venir a verla tiene más que ver con hacernos una idea de quién era su marido, para contar con todos los antecedentes del caso.

Violeta inspiró hondo.

—Me temo que no han venido a ver a la persona indicada —dijo—. Si hubieran venido hace diez años, tal vez sí; tal vez habría podido decirles con cierta aproximación quién era Pascual González. Al menos, por aquel entonces tenía la sensación de que todo lo importante de él estaba a la vista para mí. Eso cambió en 2004, y desde entonces cada vez tuve la sensación de que sabía menos. En los últimos tiempos era ya tan poco que me había decidido a poner fin a lo nuestro. Se lo digo porque no me gusta ser hipócrita, y quizá les interese...

—Para no ser hipócritas nosotros tampoco, le diremos que estábamos al corriente —le revelé—, y que esa es una de las razones por las que hemos creído necesario venir a hablar con usted.

—¿Estaban al corriente? —saltó, mosqueada—. Vaya, veo que la inteligencia militar es mejor de lo que yo creía. Y eso que les dicen que respetan la privacidad de sus comunicaciones personales.

—No hizo falta espiarle. Él se lo contó a la psicóloga de la base.

La viuda alzó las cejas.

—¿A la psicóloga? Qué poco propio de él.

—Parece ser que trató de alegar esa situación personal para que le acortaran la misión y le permitieran volver antes de tiempo a España. La psicóloga estaba en ello, pero no le habían respondido aún formalmente. Entenderá que ese detalle nos llame la atención. Nos sugiere que su marido no estaba pasando por un buen momento, y nos lleva a preguntarnos hasta qué punto y si eso pudo tener algo que ver.

—¿Con su muerte? ¿Creen acaso que se suicidó?

—No, aunque siempre es una posibilidad.

Violeta negó enérgicamente con la cabeza.

—Ya le digo que últimamente se me escapaba mucho de lo que era y hacía, pero eso me extrañaría mucho de él, la verdad.

—¿Qué pasó en 2004? —intervino Chamorro.

—¿Perdón...?

—En 2004. Antes nos ha dicho que hasta ese año lo conocía, y que fue entonces cuando eso cambió. ¿Qué cambió? ¿Por qué?

La viuda de Pascual González, o acaso la chica pelirroja de la foto que sonreía envarada y vestida de novia, es decir, lo que quedara de ella en la mujer que teníamos delante, suspiró con amargura.

—Lo que cambió y lo que pasó exactamente renuncié a averiguarlo hace muchos años. Lo que sé es que el hombre que volvió de Irak en mayo de 2004 no era el mismo que se había marchado cuatro meses antes. No me refiero sólo a que se despertara con pesadillas una noche de cada dos, o que estuviera irritable y a veces violento, cosa que no había sido hasta entonces. Era como si anduviera siempre medio ido, con la cabeza en otra parte, un hombre abúlico y reconcentrado que no tenía nada que ver con el chaval alegre con el que me casé.

—¿Violento, dice? —preguntó Chamorro—. ¿Qué violencia?

—A ver, entiéndame —aclaró la viuda—. Nunca me puso la mano encima, si eso es lo que se imagina. Pero sí le dio, de pronto, por romper cosas. Una vez le metió un puñetazo a una puerta y la astilló. Otro día estampó un vaso contra el suelo. Pero lo que me asustó más fue que un día, discutiendo por una tontería, se desahogara arreándole un puntapié al retrovisor de su propio coche; él, que era de esos que le sacan brillo todos los fines de semana. Lo mandó de una patada a veinte metros, el retrovisor. Y ni siquiera se molestó en ir por él.

—Pero está segura de que a usted no la agredió nunca —insistí.

Mis ojos se cruzaron con los de Violeta Solozábal. Eran de un tono verdoso claro, y en el brillo que despedían percibí que había algo más de lo que quería decir, y ella supo que yo lo había percibido.

—Nada de lo que nos cuente saldrá de aquí —le aseguré.

—Permítame dudarlo —dijo, rehuyendo mi mirada—. Si le da por escribirlo en un informe policial, ya sé yo luego lo que pasa con los sumarios a los que se acaba incorporando esa clase de informes.

—No lo escribiré en ningún sitio. Se lo juro.

—Verá, es que... Me resulta muy incómodo. Es verdad que no me puso la mano encima, quiero decir, en una discusión. Pero alguna vez, en otro contexto... No sé si me entiende. A lo que voy, y no me haga hablar más, es que sus gustos se volvieron algo más bruscos.

Dudé si quedarme en lo que suponía o si pedirle algo más de concreción. Mi compañera se aprestó a hacer el trabajo sucio:

—¿Diría usted que llegó a imponerle por la fuerza que hiciera algo que usted no quería hacer?

—Puede ser, pero eran situaciones... confusas. Tampoco estoy muy segura de hasta dónde quería llegar yo, por arreglarlo.

—¿Y diría que él podía ser consciente de estarla forzando a algo?

—De lo que pasaba por su cabeza no tengo ni idea. Él no contaba nada, de lo de Irak, digo, así que traté de averiguar preguntando a sus compañeros, los que habían estado con él allí. No me lo pusieron muy fácil, porque hay una regla no escrita a la que más o menos se atienen todos. «Lo que ocurre en zona de operaciones, se queda en zona de operaciones». Así es como dicen, si no lo estoy citando mal.

—¿Y acabaron diciéndole algo?

—Conseguí que una chica de su pelotón me contara algo, aunque no sé si ese fue el problema o sólo una parte. El caso es que una noche, mientras patrullaban por una de esas ciudades en las que estaban, Diwaniya, les montaron una emboscada. Tuvieron un par de heridos graves, entre ellos el oficial que mandaba la columna, y ellos les hicieron un muerto a quienes los atacaron. Fue una situación muy caótica, al parecer, en la que todos se pusieron muy nerviosos. Y el hecho de matar a alguien, que era algo que nunca había vivido ninguno.

—¿Fue su marido el que disparó? —indagué.

—Disparar, dispararon todos, como locos, por lo visto. Pero quien le dio al iraquí no fue él, o eso me contó la chica. Por eso digo, no sé si fue la causa o un incidente más que contribuyó a descentrarle.

—Sin embargo, y aun con todos esos problemas que nos cuenta, siguieron juntos diez años más. Y tuvieron dos hijos.

—El primero estaba en camino cuando se fue a Irak. El segundo... Supongo que fue una manera de intentar enderezar las cosas, que no dio resultado; nunca lo da, tener un hijo con esa idea. Lo que he ganado es que mi niño pequeño es un sol. Tiene todo lo bueno que tenía su padre cuando lo conocí: simpático, generoso, cariñoso...

—Y en las otras misiones —escarbó Chamorro—, ¿tiene usted idea de algo que pudiera sucederle y que empeorase las cosas?

Violeta hizo memoria y su rostro se iluminó momentáneamente.

—Del Líbano volvió mejor —dijo—. No sé muy bien por qué, pero allí parece que estuvo más a gusto; al parecer la base era bastante buena y no tuvieron problemas graves. Incluso vino más dicharachero, contando anécdotas de los israelíes, los de Hezbolá, y el lío que era todo aquello. Por un tiempo, hasta creí que saldríamos adelante.

—¿Y de la primera vez en Afganistán?

La fugaz distensión en su cara dio paso a un gesto sombrío.

—Ahí fue donde se terminó de arruinar todo. Si no hubiera sido por los niños, al tipo que me devolvieron de ese viaje lo habría plantado hace cuatro años. Quizá me equivoqué no haciéndolo.

—¿A qué se refiere? ¿Qué pasó?

—Esta me la sé mejor, o por lo menos él me contó mucho más, porque la situación entre ambos se hizo tan insoportable que lo acorralé y le hice estallar. Allí fue la primera vez, que yo sepa, que me puso los cuernos, con una compañera. Y allí le pasó también lo peor que te puede pasar en una de esas misiones, según dicen todos.

—¿El qué?

Las facciones de aquella mujer se volvieron de granito.

—Que te maten a un compañero. Que lo veas morir, te preguntes si estabas en tu sitio o no, y vuelvas para seguir preguntándotelo. De esa misión lo que regresó era un guiñapo. Y según pude ver en seguida, un indeseable. Y perdone que sea tan cruda, supongo que debería tenerle más compasión, y más en estas circunstancias y ante ustedes, pero es lo que me sale de las tripas. Y no me lo voy a aguantar.

—No estamos aquí para juzgarla. Ni a usted ni a nadie. No es a eso a lo que nos dedicamos —le aclaré—. ¿Por qué un indeseable?

Violeta volvió a enfrentarme la mirada.

—Empezó a vivir como le daba la gana. Entraba y salía a la hora que le apetecía, venía mamado a las tres de la mañana, hasta empezó, según supe de la manera más desagradable, a irse de putas. Se tiró a todas las soldados que estaban medio buenas y le daban pie, y lo peor es que ni siquiera se ocupó de disimularlo mucho. De vez en cuando le daba por sentirse culpable y me soltaba una llorera que yo, como una imbécil, le aguantaba, y hasta trataba de consolarle. Le amenacé con echarle de casa y entonces se regeneró algo. Dejó de salir a deshora, y también de beber. En fin, al menos en los últimos meses no hubo espectáculos, ni me faltó al respeto como había hecho antes, pero yo me di cuenta de que la cosa estaba perdida. Así que cuando hace un par de meses vino muy contento, diciendo que se volvía a la guerra, y que eso era lo que necesitaba, seis meses con la cabeza ocupada, para enfrentarse a los malos rollos y dejarlos por fin atrás, me dije que eso era también lo que necesitaba yo: perderle de vista, para terminar de decidirme y poner en marcha todos los papeles del divorcio, y que se lo encontrara como un hecho consumado cuando volviera de allí.

Chamorro aprovechó para sondearla:

—¿No temió que se lo tomara mal, quiero decir, peor que si...?

—Francamente, me importaba un bledo cómo se lo tomara. Hay un momento en el que una ha de mirar por sí misma, y en mi caso por los dos chavales que tengo que tratar de sacar adelante.

Me di cuenta de cómo se había crecido, de pronto, aquella mujer que nos había recibido con reticencia y sin tenerlas todas consigo, quizá, acerca de cómo debía mostrarse ante nosotros y qué era lo que tenía que decirnos o más le valía esconder. Comprendí que le estábamos dando la oportunidad de permitirse la catarsis que en otras circunstancias tendría que reprimir; en especial, cuando por sus hijos tuviera que acudir al funeral con ministro y toda la fanfarria. Nos venía bien que se sintiera así de suelta, y aproveché para incitarla a seguir:

—Hábleme de cómo fueron estos últimos dos meses.

—Tranquilos, de mucha paz. Al menos para mí.

—Pero supongo que no tanto para él.

—Si se refiere a cuando le dije que me divorciaba, sí, montó un poco de alboroto, pero es lo bueno que tiene Skype. Le das al botón rojo de cortar la comunicación, apagas el portátil y te vas a dormir.

—¿Eso hizo?

—Por supuesto. Ya le había aguantado mucho que me gritara, me recriminara y de propina me engañara. Tenía todo el derecho.

—¿Volvió a hablar con él?

—Le dejé una semana para que se le enfriaran las ideas, antes de volver a conectar. Me estuvo friendo a *whatsapps*, pero eso tampoco es problema. Con quitarle el pitido y no mirarlos, asunto arreglado. El caso es que cuando volvimos a hablar, hará de esto un mes, estaba mucho más suave. Quería recomponer las cosas, que me lo pensara mejor. Le dije que había tenido tiempo para pensarlo divinamente y que lo último que necesitaba era darle más vueltas a lo que estaba claro. Por lo menos esa vez reaccionó mejor, muy digno. Hasta fue él quien cortó la comunicación, como si aceptara que no había nada que hacer. Tuve que contenerme para no abrir una botella de champán.

—¿Y se comunicaron más veces, después de eso?

—Media docena de veces más, pero más que nada para que viera a los niños y los niños le vieran a él. Sólo en un par de ocasiones me pidió que me quedara yo un poco más. Una de las veces quería discutir sobre el asunto de la custodia, pero lo mandé a freír espárragos. Le hice ver que, aunque se buscara de abogado a uno de esos de las novelas de John Grisham, las probabilidades de que le dieran la custodia, o incluso de que le permitieran compartirla, a un tipo que se ausentaba de su casa seis meses para pegar tiros al otro lado del mundo, venían a ser las mismas que tenía Stallone de convertirse en chica Disney.

—No le diría eso...

—Tal cual.

—¿De qué hablaron la otra vez?

—Esa fue la última, hace siete u ocho días —dijo, en tono algo más grave—. Estaba bastante raro. Primero, no sé si en un intento de que le compadeciera, me contó una historia algo embarullada, que había tenido un mal día, un problema en el que se había visto metido, con gente que estaba en la base y con la que no se llevaba bien.

—¿Qué gente? ¿Algún nombre?

—No me dijo más. Luego cambió de estrategia, se animó o hizo como que se animaba y me contó que, ya que yo había decidido largarlo, se había echado novia, una americana. Supongo que esperaba que me molestara o algo así. Le dije que me parecía muy bien, que la vida era corta, aunque claro, ahí yo no podía imaginarme que...

La viuda se sumió de pronto en un silencio contrito. Intuí que acababa de reparar en que estaba hablando no sólo de un hombre muerto, sino del padre de sus hijos y de alguien con quien había compartido un pedazo de su vida. Por mucho rencor que acumulara hacia él, guardaba un rescoldo que le impedía encarnizarse más, o que incluso la invitaba a mostrarse generosa con quien le había fallado.

—¿Y le dijo algo más?

—Que le tocaba entrar de servicio y tenía que cortar. Le dije que muy bien, y colgó. Esa fue la última vez que hablé con él.

—¿Cómo diría que era su aspecto?

—Algo desmejorado, pero así estaba siempre que se iba de misión, y lo mismo dicen otras mujeres de militares. Suelen dejarse barba, y con el pelo tan corto y ese fondo tan desangelado de la cabina desde donde te hablan, siempre da un poco de pena verlos...

—Ya, me lo puedo imaginar —dijo Chamorro.

Violeta se quedó mirándola, desafiante.

—No sé, lo mismo les parezco una mala persona, alguien sin entrañas —dijo—. Sólo prefiero ser sincera. Me lo hizo pasar muy mal y, la verdad, no puedo lamentar que ya no esté. Trataré de mantenerme en mi papel, aunque no me apetezca, y fuera de lo que les he dicho nunca hablaré mal de él. Soy consciente de mis responsabilidades y de lo que es mejor para esos dos niños que llevan su apellido, pero ya que me preguntan, lo siento, esto es lo que tengo que contarles.

—Como le dije, no hemos venido a juzgarla —reiteré.

Intuí que Violeta tenía otras razones para soportar el papelón del funeral y comparecer como la viuda que de corazón no era. Las bajas en zona de operaciones devengaban indemnizaciones y pensiones de las que iba a beneficiarse, aun habiendo renegado de él. Luego pensé que aquel hombre había dejado dos huérfanos que ella tendría que criar sola. Al final, no dejaba de ser una forma oblicua de justicia. Y yo, nadie para decir lo que ella o él merecían o dejaban de merecer.

5
Move forward

Cuando intentamos meternos de nuevo en el coche, tras un par de horas expuesto al inclemente sol sevillano, descubrimos que su temperatura interior era incompatible con la vida humana y probablemente también con las formas de vida bacteriana menos resistentes. Hubimos de dejarlo al menos cinco minutos con las puertas abiertas y el aire acondicionado a tope, antes de atrevernos a poner en contacto con la piel alguna de las cosas que contenía el habitáculo. Cuando al fin arrancamos pasaban ya unos minutos de la una del mediodía, lo que nos ponía difícil llegar a Madrid antes de media tarde, salvo que le pidiera a Chamorro que se saltara las normas, y no estábamos en un apuro que me permitiera luego justificarlo si nos caía alguna multa. De modo que optamos por comprar unos sándwiches en la gasolinera en la que paramos a rellenar el depósito y a partir de ahí hacer el viaje del tirón. Mientras mi compañera se ocupaba del volante, confieso con mala conciencia que me permití echarme una cabezada, para compensar el poco sueño de la noche precedente. Cuando regresé de aquel plácido interludio, con el aturdimiento que siempre me provoca dormir de día, vi que Chamorro conducía con una expresión algo melancólica, lo que no era nada habitual en ella. Aunque sentí que la había estado observando con una ventaja en cierto modo indebida, ya que ella debía de creerme dormido, no me privé de preguntarle:

—¿En qué piensas, compañera?

Regresó trabajosamente de su abstracción. Mientras se frotaba los ojos, primero uno y luego el otro, dijo con aire resignado:

—En nada, en realidad.

—¿Estás cansada? ¿Quieres que te releve?

—No, no es para tanto. Y ya sabes que no termino de fiarme de tus reflejos como conductor —añadió, con gesto cómplice.

—No sé por qué lo dices.

—Ya sabes. Por alguna frenada demasiado apurada...

No me empeñé en descifrar el doble sentido de aquella frase.

—¿Estás bien? ¿Te preocupa algo? Pareces algo mustia.

—Si me preguntas por lo del viaje, no. No me hace tanta ilusión como parece hacerte a ti, lo de ir a comer polvo con los talibanes, pero es lo que hay y tampoco me agobia excesivamente. Sólo es que la conversación con esa mujer me ha dejado, no sé, mala sensación.

—En qué sentido.

—Es triste que las cosas y la gente se echen a perder así. ¿Te fijaste en la foto de la boda que tenía en la estantería?

—La duda ofende. Claro que me fijé, Watson.

—Y ya ves: en qué poco tiempo se queda eso en nada. En menos que nada: en un lastre que alguien larga como si apestase.

—Vamos, Vir, vives en el siglo XXI. La era en la que la pareja es uno más de los *gadgets* desechables que nos distraen la vida.

—A mí no me divierte verlo así.

—Ni a mí: preferiría por muchos motivos que volviera el mundo antiguo para el que me educaron. Pero es lo que hay y con lo que hay debemos conformarnos, o manejarnos, de todos modos.

—Supongo.

Me alertó su laconismo, y que no me discutiera más.

—Eso no es todo —dije.

—¿Cómo?

—Que eso no es todo lo que te pasa por la cabeza.

Bajó la guardia y reconoció, con voz apagada:

—No, no es todo.

—Suéltalo. Sabes que nadie te entiende como yo.

—No sé. ¿Estás seguro de eso?

—No, pero sí de que de nadie te podrás fiar más.

Volvió a quedar pensativa. Como si aún dudara, dijo:

—Ha habido un momento...

—¿Cuándo?

—Cuando nos ha contado lo que le pasó estando en Irak, lo de la emboscada de Diwaniya. Eso de que tuvieron que matar a uno.

—Ya. ¿Y qué es lo que has pensado, en ese momento?

—Bueno, te lo puedes imaginar.

Me costó arrancarle a mi memoria aquello en lo que ella estaba pensando, aunque lo habíamos vivido juntos. Llevaba once años más que ella alentando y enfrentándome a mí mismo y al mundo, y también había vivido más momentos feos que ella, dentro y fuera de la empresa, por lo que tenía más material entre el que escoger. Sin embargo, una vez que di con ello, no me cupo ninguna duda.

—Ah, ya.

—Lo sé, es una tontería, pero...

—¿Has visto alguna vez *Mad Men*, Virgi? —la interrumpí.

—¿Y eso a qué viene?

—Draper, Don Draper. ¿Sabes quién es?

—He visto sólo algún capítulo suelto, la verdad es que ese tipo de serie me aburre un poco. Es el guaperas, el protagonista, ¿no?

—El mismo. No vamos a caer en ese esnobismo *hipster* de que en las series están los Shakespeare del siglo XXI, pero hay que reconocer que entre quienes las escriben no falta talento. Y el que le escribe las líneas de diálogo a

Draper ha tenido algún día bastante inspirado. ¿Sabes cuál viene a ser la divisa del tipo, un sujeto que ha echado abajo varias veces su vida y que de hecho vive suplantando a otro?

—Pues no, la verdad.

—*Move forward*, ve hacia delante. Lo que ha pasado y te pesa no existe, ni pesa, si no te obligas a pensar en ello. Cada día, al final, es todo nuevo. Y nada importa lo que dejaste atrás, bien o mal.

—Eso no es así. No del todo. Nunca.

—Claro que no. O claro que sí. Tú decides.

—No es tan fácil.

—Nada es fácil. Pero tú deja de pensar en aquello. No es de este momento. No es lo que en este momento necesitas. No es.

—¿Y ya está? ¿Así funcionas tú?

—No todo el rato, pero sí la mayor parte del tiempo.

—¿Y cómo se hace?

—No se hace. Pasa. En mi caso, cuando me di cuenta de que mis huesos tenían medio siglo de antigüedad y que lo que venía a partir de ahí sería cada día un poco menos apetecible, si no espabilaba. Pero las mujeres sois más precoces. Puedes lograr que te pase antes.

—Tampoco estoy segura de querer que me pase.

—No es tan malo. Si no olvidas del todo quién eres.

—Tú no lo has olvidado.

—Claro que no. Mi apellido no me deja. Me recuerda cada vez que me lo preguntan o lo escribo que soy un sudaca que en cierto modo lleva una vida prestada, como el pobre Don Draper. Y trato de hacerlo lo mejor que sé, ya que se me permite llevarla. Eso es todo.

—Creo que me dejas con una sensación más rara que la que tenía.

—Por eso hice bien no ejerciendo de psicólogo.

—Bueno, por lo menos me has hecho pensar en otras cosas.

—Si es así, tampoco soy tan malo.

—Nunca he dicho que lo fueras.

—Basta. Si sigues por ahí acabarás haciéndome la pelota.

—Eso ni lo sueñes, mi subteniente.

Durante el resto del viaje, mientras la tórrida tarde de julio caía a plomo sobre la meseta, llegó mi turno para la melancolía. A diferencia de Chamorro, a mí no me la provocaba un recuerdo o un hecho en particular, sino una vieja disfunción del ánimo que desde que tengo memoria me asalta en las tardes de verano. De niño te acostumbran a esperar el paréntesis estival como una especie de alivio del resto del año, como una promesa indebidamente alimentada por los sofisticados y persuasivos espejismos de la publicidad. Si uno se deja arrastrar por los anuncios, el verano ofrece espacio para la diversión, para la libertad, para la aventura, para la conquista. Pero luego la verdad del verano es el bochorno insoportable, los mosquitos por la noche y el ruido de chicharras. Una especie de decepción monumental, o de monumento a la decepción, donde sentía que era idiota conservar la fe, y donde casi resultaba inevitable acabar desfalleciendo. Por eso, amén de otros motivos, no me parecía tan horrenda la perspectiva de subirme a la mañana siguiente a un avión militar para cambiar drásticamente de aires. Sabía que en Afganistán haría calor (más calor, de hecho) y tampoco faltarían mosquitos (peores, por cierto, porque cabía temer que llevaran la malaria en el aguijón) pero su ventaja era que no prometía nada, no iba a arruinar ninguna ilusión ni a defraudar ninguna expectativa. Como decía un verso de un poeta algo enajenado que me vino entonces a la memoria, no ofrecía ningún gozo, sino sólo la lucha. Quizá por eso la religión de aquella tierra era el islam, que, según había leído en alguna parte, no trataba de consolar a la gente, sino que se ajustaba sin más a la dureza natural del mundo y llamaba a aceptarla. Aquella tarde, mientras me dejaba llevar por Chamorro, me pareció que no debía oponerme, que estaba bien así.

Por suerte, en Madrid encontramos bastante despejada la circunvalación. El calor tampoco animaba a sus habitantes a salir a la calle si no era indispensable. Faltaban diez minutos para las seis cuando llegamos a la unidad, donde nos encontramos una actividad febril. La cabo primero Salgado hablaba a la vez por dos teléfonos, mientras el cabo Arnau apilaba en cuatro montones unos paquetes que al principio no identifiqué. La curiosidad me empujó a preguntarle:

—¿Qué tienes ahí, Arnold?

A aquellas alturas, ya ni se inmutaba por mi costumbre de llamarle de cualquier manera salvo por su nombre o apellido. Era la forma que tenía de demostrarle mi afecto y él había aprendido a comprenderlo, o a hacerme creer que lo comprendía, que a la postre tanto da.

—La ropa de *pistolo*, mi subteniente.

Chasqué la lengua.

—Ni se te ocurra llamarlos así cuando estemos en la base.

—Claro que no.

—Te lo digo porque no me gustaría tener bajas por fuego amigo.

—¿Tan ofensivo les resulta? —dijo Salgado, que acababa de colgar el fijo, pero bien podía estar en tres conversaciones a la vez.

—Es como todo, depende del quién y el cómo. No es lo mismo cuando lo de picoleto lo decimos tú o yo, un suponer, que cuando te lo planta alguien con aire de superioridad. ¿Cómo vamos?

—Todo a punto, casi —informó la cabo primero—. Estoy terminando de cerrar lo del vuelo. He dado con una teniente de Aviación supereficaz. Mañana a las diez en punto en Torrejón.

—O sea, que no nos queda más que esta tarde —dije.

—Yo lo tengo todo preparado. Sólo me falta probarme el uniforme.

Sorprendí la mirada de Chamorro, que comprobaba

su juego de uniformes áridos y estaba en ese momento sacando del envoltorio plástico la boina verde de fieltro que nos correspondía llevar.

—Esto debe de dar un calor del demonio —dijo—. Y además no nos va a proteger nada la nariz. Habrá que llevarse un factor 50.

—No sufras por eso, Virgi —dijo Salgado—. Me han dicho que en la base hay tiendas en las que podremos comprar todos los productos de primera necesidad, no hay que cargar con equipaje de más.

—Ya. Yo por si acaso me llevaré lo que pueda de aquí.

—Lo mismo yo —dijo Arnau.

—¿Tenemos todos los papeles y todos los permisos? —pregunté.

—Un segundo —respondió Salgado, volviendo a la conversación que mantenía a través del móvil—. Sí, dime, mi teniente...

—¿Ya tutea a la teniente? —preguntó al aire Chamorro, con gesto de incredulidad—. Pero si la acaba de conocer...

La cabo primero Salgado, sin dejar de anotar en su bloc, le mostró el pulgar alzado y sonrió de oreja a oreja. Tras pedir a su interlocutora un par de aclaraciones más, dio por acabada la conversación.

—Todo listo, jefe —declaró triunfal—. Equipo, permisos propios, permisos ajenos, todo en su sitio. Las armas, por cierto, nos las darán de las que tienen allí de dotación, no podemos llevar de aquí.

—¿Habrá que ir armados? —consultó Chamorro.

—Normas de autoprotección —explicó Salgado—. Arma corta, en pistolera a mano, mientras estemos en la base. Si salimos por cualquier motivo, arma larga, también tienen allí los HK de dotación.

—Vaya, sí que es seria la cosa —observé.

Salgado se encogió de hombros.

—Parece que es la guerra, mi subteniente —dijo—.

Podemos irnos a casa cuando mandes. ¿A qué hora quedamos aquí mañana?

—Si nos citan a las diez —calculé—, procuremos llegar a las nueve y media. A las ocho aquí, y a las nueve todos preparados.

—A tus órdenes —acató, mientras apagaba su ordenador.

Por fortuna vivía en una comunidad autónoma donde los horarios comerciales proporcionaban atención casi permanente al cliente imprevisor, lo mismo entre semana que un domingo, en invierno como en verano, así que todavía encontré abierto el megacentro que me interesaba cuando me presenté allí, hacia las ocho y media, después de pasar por casa y recoger el coche. Por lo que había visto al abrir los paquetes que me había entregado Arnau, el contribuyente me proveía de todo lo básico, pero juzgué necesario hacer alguna adquisición suplementaria por mi cuenta para completar el equipo. Sobre todo pensando en los momentos en que no estuviera de servicio, y en algunos caprichos que la intendencia militar quizá no consideraba apropiados para un soldado, y por eso no se molestaba en cubrirlos, pero que el malcriado ciudadano occidental que yo era sí agradecía tener. Entre otros, me procuré desodorante, champú y gel de los que estaba habituado a usar, porque tenía más que comprobado que en cuanto cambiaba de marca resucitaban los eczemas con los que mi castigada piel me recordaba que hacía tiempo que ya no estaba en garantía.

Entre unas cosas y otras, eran ya las nueve y media cuando, sentado en mi coche, saqué el teléfono y me dispuse a afrontar lo que tanto había estado eludiendo. Resolví empezar por lo más difícil, aunque tenía mis dudas. Marqué en primer lugar el número de Carolina.

—Hombre, el desaparecido —fue su saludo: empezábamos bien.

—Ya me conoces —me excusé—. No soy un hombre metódico.

—Te conozco. Por eso sé cómo va tu desbarajuste y sé que tres días sin dar señales de vida lo sobrepasa un poco. ¿Qué pasa?

—¿Estarías en casa si fuera a verte digamos sobre las once?

—Estaría, claro, pero con los dientes cepillados y metida en la cama con mi osito de peluche.

—¿Le dejas dormir contigo, con este calor?

—Por supuesto. Es la única referencia fiable de mi vida.

—En serio. ¿Me puedo pasar?

Se dio el gusto de hacerme esperar unos segundos.

—Mmm... concedido. Le contaré alguna milonga.

Y colgó. Sólo había hecho media faena, pero ya era algo. Pasé a la siguiente, en orden de dificultad. Mi madre, como de costumbre, no tenía el móvil a mano y le sonó una decena de veces. Cuando ya temía que me entrara el contestador, oí su carraspeo en la línea.

—¿Sí, Rubén?

—Hola, mamá, cómo andas.

—En dos pies todavía, así que no me quejo.

Perdimos los varios minutos de rigor en el chequeo recíproco. Ella no tenía mala salud, más allá de algunas cuantas goteras de la edad, y yo tampoco, pese a no observar en todo los hábitos más recomendables, con lo que el asunto no debía dar demasiado de sí, pero no lograba convencerla así como así de que todo estaba bien. Al cabo de más de medio siglo desempeñando aquella responsabilidad, aún seguía preguntándose si yo dormía lo suficiente, comía lo adecuado, etcétera. Solventado este capítulo, y sin más rodeos, entré en harina:

—Mamá, me voy unos días, lejos. Te iré llamando, pero andaré ocupado y quizá no me sea muy fácil conectar.

—¿Y a dónde te vas, si se puede saber?

Había llegado a contemplar la posibilidad de ocultárselo, o incluso colocarle algún embuste. Pero no podía mentirle. No a aquella mujer a la que le había visto morder la vida y los días para criarme, ella sola, cuando volvió del Uruguay con una mano detrás y otra delante, o ni siquiera, porque en una llevaba la mía, después de dejar de entenderse para siempre con el hombre que era mi padre y que, hasta donde sé, jamás se molestó en ofrecerle alguna ayuda para mantenerme.

—Suena un poco mal, pero no tienes que preocuparte.

—Vale, ya estoy preocupada.

—Me mandan a Afganistán. Ha muerto un militar, en la base que tenemos allí, en circunstancias un poco raras.

—Lo acaban de decir en el telediario, ahora mismo.

—Pues nada, ya sabes a quién le ha tocado.

—¿Y no hay otro tonto en toda la Guardia Civil?

—Mamá, es mi especialidad. Y me mandan porque se fían de mí.

Se quedó un momento callada.

—Y digo yo —saltó de pronto—, ¿eso no lo deberían investigar los militares? ¿Qué demonios pintas tú en Afganistán?

—Soy militar. Somos la policía que investiga estas cosas. Pero no te preocupes, no necesitaremos salir de la base y es una base grande, con todas las medidas de seguridad, no un fuerte en el desierto ni nada por el estilo. Hasta tiene aeropuerto, volamos allí directamente.

—¿Cuándo?

—Mañana temprano.

—Pues nada, ajo y agua, ¿no?

—Te llamaré en cuanto llegue. Y creo que hay manera de mandar *whatsapps*. Podemos estar conectados. No sufras por mí, aquello está más vigilado que cualquiera de los sitios donde nos metemos aquí.

—Si tú lo dices, me lo creeré. Qué otra me queda.

—Tranquila, que no va a pasar nada.

—¿Y cuándo vuelves?

—Lo habitual. Cuando cacemos al malo, o se vea que no podemos.

—Ya veo. ¿Puedo pedirte algo?

—Claro.

—Si puedes, saca un minuto cada día para darle señales de vida a tu madre. Aunque sólo sea un minuto. ¿Me lo prometes?

—Prometido.

—Y mira dónde te metes y cómo. No hagas tonterías.

—Por quién me tomas.

—No te tomo por nadie. Sé quién eres. Nunca te olvides.

—Vale, mamá.

La siguiente llamada, como de costumbre, me falló en el primer intento. Frente a lo que era común en su generación, llevarlo poco menos que adherido a la mano, mi hijo solía dejarse el móvil por ahí mientras andaba absorto en otras cosas, no necesariamente la lectura de textos filosóficos, aunque tampoco esto era impensable. Para mi pasmo, había sacado una matrícula en algo llamado Filosofía del Derecho, una materia que no logró explicarme muy bien para qué servía pero que al parecer le había estimulado mucho más que otras, hasta el punto de ponerse a estudiar con ahínco a Kant y a Marx, y alucinar con la visión ética del primero y la potencia de la crítica al capitalismo del segundo. Incluso me había robado mi ejemplar de *Los últimos días de Immanuel Kant*, de mi venerado Thomas de Quincey. Según me contó, muy divertido, cuando comentó con su profesor, en pleno levantamiento de nota, que su padre picoleto le había dejado ese libro, el docente casi entró en *shock*. Según le confesó, una vez que recobró las constantes vitales, era lo último que habría podido imaginar. Otro merluzo con el reloj parado en el siglo pasado. Le dije a mi hijo que le pidiera perdón en mi nombre por no limitarme a leer placas de matrícula.

Sea como fuere, esta vez, que para eso era verano y lo había aprobado todo, me confesó que estaba jugando a la última versión del *Call of Duty*, una especie de dislate futurista en el que podías volar y utilizar drones para apoyarte, en un escenario caótico que la única vez que lo probé me hizo añorar las viejas batallas de marcianos en 2D.

—O sea, que no te pillo haciendo nada perentorio —interpreté.

—Eh... no, ¿por?

—¿Te tomarías una caña con tu viejo?

—¿Y eso?

—Puedo recogerte y llevarte lejos del barrio, para no avergonzarte.

—A ver, que sólo es que me extraña. ¿Pasa algo?

—Dame media hora de tu tiempo y te cuento.

Consintió en tomar la cerveza en uno de los tugurios grasientos de su barrio, uno de esos bares cuyos dueños creían que era alternativo no limpiar en condiciones las mesas o la barra más de una vez al mes. Llevaba un par de años tratando de hacerle ver que no me importaba que el dinero que le pasaba para alquilar junto a tres compañeros aquella covacha de Lavapiés lo utilizara para meterse en un bloque moderno que reuniera unas mínimas condiciones de salubridad, pero por alguna razón a él y a sus coinquilinos les iba la mugre de aquel edificio centenario y de la calleja a la que daba. Por lo demás, mi unigénito estaba en un momento de transición, tratando de resolver si intentaba hacer con su flamante grado algo de lo poco que le permitía plantearse o si pasar por las horcas del máster que me tocaría discutir con su madre cómo financiar: por alguna razón, y pese al desahogo económico en que vivía gracias a su segundo matrimonio, bastante superior al mío, seguía creyendo que alguna clase de culpa, arraigada en mis acciones o en mi cromosoma XY, me obligaba a asumir una carga que fuera netamente mayor que la que ella soportara. Dejando al margen la enojosa dimensión financiera, en la que acabaría cediendo una vez más para no caer en uno de esos agujeros negros que son todo lo que tiende a quedar de una pareja amortizada, me pareció que aquel era un asunto a propósito para normalizar el encuentro:

—¿Has pensado algo? Del año que viene, quiero decir.

Mi hijo se encogió de hombros.

—No lo tengo muy claro, la verdad. Creo que voy a mirar, a ver si puedo encontrar algún curro, y mirar después lo del máster.

—No te presiones por ganar dinero —le tranquilicé—. Me parece bien que trates de ser autosuficiente, pero no lo conviertas en una obsesión. Tu madre y yo podremos hacer frente a lo que te haga falta, siempre que no me digas que te quieres ir a Harvard, claro.

—No sé, tengo veintidós años, llevo como dieciocho estudiando y examinándome. Me gustaría empezar a hacer algo de verdad.

—Tampoco hay prisa por atarte a un contrato basura, si hay algo que te guste y que pueda darte más opciones el día de mañana.

—También he estado pensando en irme fuera, durante unos meses. Bueno, y el otro día se me ocurrió una cosa muy loca.

—Como qué —dije, con el corazón en un puño.

—Echar los papeles para entrar en tu empresa.

—No jodas.

—¿Te parecería mal?

—Me parecería surrealista. Y ya soy bastante surrealista yo.

—Oye, no es un trabajo tan malo, hoy día. De entrada, pagan el doble de lo que te dan para empezar en muchos sitios.

—Con una oposición de por medio. Y con perspectivas de aumento muy limitadas. ¿Sabes lo que gana tu padre al mes después de casi treinta años batiéndose el cobre con lo peor de cada casa?

—No sé, lo mismo intentaría hacerme oficial...

—Lo siento, tampoco te va a llegar para el Ferrari.

—No todo en la vida es dinero. Lo que tú haces es más interesante que lo que se hace en muchas oficinas, o eso me parece a mí.

Le observé, con sincera preocupación. Parecía hablar en serio.

—Porque no sabes muy bien lo que hago. Y te puede tocar hacer cosas menos interesantes, como estar a la puerta de un ministerio.

—Bueno, sólo era una idea. Además, sacan pocas plazas, ¿no?

—Muy pocas. Ahora, fuera de las plazas que están reservadas para militares profesionales, sólo entran titulados. De los buenos.

—Gracias por tu fe en mí —se burló.

—Entiéndeme. No sé si es lo mejor, ahora mismo. Lo que creo es que debes tomarte el verano para descansar y pensar.

—En eso estaba. ¿Era esto de lo que querías hablar?

—No exactamente.

—Ya me parecía. ¿Algo de mamá?

—No, tranquilo, nos ignoramos cortésmente, como siempre.

—¿Entonces?

Opté por la vía menos laboriosa. El disparo a bocajarro.

—Me voy mañana a Afganistán. Quería verte esta noche porque no tengo muy claro cuánto tiempo tardaré en volver.

Mi hijo se quedó con la boca abierta.

—¿Afganistán? ¿Y qué se te ha perdido a ti allí?

—Lo de siempre, un muerto. ¿Has visto las noticias?

—No será ese militar que han...

—Ese.

—¿Y desde cuándo os ocupáis vosotros de los talibanes?

—No se sabe quién lo ha hecho, todavía. ¿Han dicho eso, que han sido los talibanes?

—Sí, bueno, no... Vamos, es lo que he dado por hecho, al oírlo.

—Pues no se sabe. Nos toca ir a averiguarlo.

—Oye, y eso es peligroso, ¿no?

—Estar vivo es peligroso. Pero pienso seguir corriendo ese peligro hasta ver cómo te mudas a un barrio normal, no te preocupes.

—Mira que eres plasta con eso. En serio, ¿tengo que acojonarme?

—Claro que no. Te iré mandando mensajes. Vamos a meternos en una base y probablemente ni salgamos de allí. En realidad me temo que será un muermo de investigación. Como en esas novelas rancias donde hay un grupo de gente encerrada y de repente muere uno, los sospechosos son todos y el astuto detective tiene que acabar colgándoselo al que menos parecía que quisiera el mal de la víctima.

—¿Seguro?

—Ya te iré contando. Me voy mañana, a primera hora.

Puso cara de circunstancias.

—Ostras, Afganistán. Qué fuerte.

Le puse la mano en el hombro.

—No va a pasar nada, Andrés. De verdad.

—Eso espero. Si acabo jurando bandera, quiero que estés ahí.

Sentí que me emocionaba, tontamente. Lo conjuré como pude:

—Estaré, descuida. Preguntándome en qué he fallado.

Por una vez, llegué donde Carolina con diez minutos de antelación. Abrió el portal sin preguntar, no podía ser nadie más a aquella hora, y cuando llegué a su piso la encontré recostada en el marco de la puerta, con una camiseta de tirantes amarilla y unos shorts verdes. Pensé, como siempre, que para haber doblado la esquina de los cincuenta resistía muy airosamente, y también que nadie se la imaginaría así cuando la veía con la toga encaramada a su sitial de magistrada de lo mercantil, lo que debía considerar un privilegio por mi parte.

—Pareces un perro apaleado —me dijo.

—Lo soy.

—Pues esta noche tengo cerrada la clínica veterinaria. Te dije que sí porque pensé que venías a traerme un poco de alegría.

—Traigo un poco de todo. ¿Me das la venia?

Se echó a un lado y me indicó con la mano que pasara. Ensayé con ella una especie de mezcla de mis actuaciones ante mi madre y mi hijo: me salté los preliminares y procuré trasladarle todos los argumentos que debían conducirla a pensar que mi viaje, calor y uniformes aparte, no iba a ser muy diferente de cualquier otro de los que me tocaban. Carolina pasó con soltura del asombro a la aceptación. A fin de cuentas, lo nuestro no se parecía ni de lejos a un matrimonio. Como ella decía, era un acuerdo de socorros mutuos, entre dos partes que conocían de sí mismas y del otro lo bastante como para no engañarse.

—¿Puedo ser sincera contigo? —preguntó, una vez que le hube suministrado toda la información que podía suministrarle.

—*As usual*.

—Me impone un poco.

—Y a mí, no creas, pero viajar siempre produce un desasosiego. Luego, cuando estás allí, todo se vuelve en seguida normal.

—Te estoy hablando de otra cosa.

—De qué.

—Creo que es mejor que te lo haga entender sin palabras.

No me opuse. Pese a todo, soy guardia civil, y desde la academia me han enseñado a respetar el criterio de la autoridad judicial.

6
Lo útil para el más fuerte

Con la mente aún embotada por el poco sueño, apenas paliado por un par de cafés, el de la oficina y el de la base, la imagen de mi gente con el uniforme árido, haciendo uso de los espartanos asientos alineados a lo largo de la bodega de aquel avión de carga, me pareció de pronto sacada de una película a la que no terminaba de explicarme cómo habíamos ido a parar. La noche en casa de Carolina se había prolongado hasta las dos de la mañana y no estaba del todo seguro de que hubiera ido bien. En cierto aspecto, no podía calificarla en absoluto de decepcionante, más bien al contrario; el momento dudoso había venido al final, justo antes de despedirme de ella. En lugar de dejar que me fuera como de costumbre, sin desgarro alguno, como se deja marchar a la ola que siempre viene para retirarse, me retuvo el brazo.

—Me acabo de acordar de un poema de Kafka —dijo.

—No sabía que Kafka escribiera poesía —mentí.

—Sí que lo sabes. Ya no te acuerdas, pero hablamos una vez de ese poema. De hecho, fuiste tú quien me lo descubrió, mendrugo.

—Ah, vaya. Debería tener más presente tu memoria de opositora.

—No es el único fallo que cometes conmigo.

No hizo falta que citara el poema. Hasta donde yo sabía, aquellos versos, escritos en su juventud, eran los únicos que se conservaban de Kafka. Un verano pude viajar gracias a un billete barato a Berlín y comprobar que en la casa donde vivió allí, en el barrio de Steglitz, el gobierno de Austria había colocado una placa que recordaba al checo como «poeta austriaco». La existencia de aquel poema mínimo, escrito cuando Praga aún formaba parte del Imperio austrohúngaro, impedía considerarla una falacia. Recordé los versos, que más o menos decían: «Vamos y venimos, / nos despedimos / y a menudo / no volvemos a vernos». Que Carolina, aquella noche, me los invocara con cara de circunstancias era cualquier cosa menos trivial. Me sentí obligado a decir algo, llevando el asunto al terreno menos comprometido:

—Créeme, es muy improbable que me exponga a algo más que al ridículo de no saber cómo ponerme la boina.

Reprobó mi maniobra de distracción:

—No me refiero a eso. Sino a nosotros.

—Caro, son las dos de la mañana—imploré indulgencia—. Tengo que levantarme a las seis para terminar de hacer el equipaje.

—Tranquilo, no te pido nada, ni siquiera que hablemos.

—¿Entonces?

—No importa, sólo es que estoy un poco blanda últimamente. Déjalo, ya se me pasará. Cuídate. Y no intentes demostrar nada.

—¿Qué crees que podría intentar demostrar?

—Me has entendido. Aprovecha, anda. Date a la fuga.

—Así dicho, parece que...

—Todo está bien, Rubén. Gracias por pasarte.

Mientras el ruido de los cuatro motores turbohélice del Hércules del Ejército del Aire, algo más invasivo que el de los reactores de los aviones comerciales, se mezclaba en mi cerebro con el eco de sus palabras, me preguntaba si en aquel momento no debería haber hecho algo más que abrazarla y darle un beso en la frente. La vida y algunos tropiezos me habían enseñado a pecar más por defecto que por exceso, especialmente en lo que tenía que ver con cualquier clase de efusión afectiva. Por lo general lograba convencerme de que era mejor así, porque lo contrario conducía con más frecuencia a defraudar a los demás, pero había ocasiones en que dudaba y no podía evitar pensar que me estaba convirtiendo en alguien demasiado remoto, demasiado ajeno a la vida y la gente que pasaba por mi lado. La voz del mecánico de vuelo, algo más alta de lo corriente, para sobreponerse al ruido de los motores, me sacó de aquellas cavilaciones inoportunas:

—¿Café, mi subteniente?

—Sí —repuse, algo descolocado—, la verdad es que no me vendría nada mal. No imaginaba yo contar con tales comodidades.

—Y esto sólo es el principio. Luego pasaré con el whisky y con el carrito del Duty Free —se burló.

—Eso ya me llama menos; ni bebo ni fumo —le seguí la broma.

—Tampoco te hagas ilusiones —explicó—, es café de termo.

Distribuyó vasos de plástico y nos vertió un poco de café humeante a cada uno. Luego nos ofreció unos sobres de azúcar que llevaba en el bolsillo. Fui el único en tomar uno de ellos. Luego preguntó:

—¿Vais muy incómodos? Ya siento que los asientos no sean más ergonómicos, pero se supone que son para paracaidistas, y se trata de que llegado el momento quieran saltar. Por lo demás, el cacharro este, para los años que tiene, sigue volando como un campeón.

—¿Cuántos años dice que tiene, mi brigada? —preguntó Salgado.

—No quieras saberlo...

—No correremos peligro yendo en él, ¿no? —se temió Arnau.

—Mucho —dijo el mecánico—. Si se cae, el trozo más grande que quede de nosotros lo recogerán con una cucharilla de café.

Salgado se lo tomó con buen humor.

—Eso me tranquiliza. Me preocupaba quedar desfigurada.

El brigada de Aviación, que según la identificación que llevaba sobre el mono de vuelo se apellidaba Ruano, le guiñó el ojo.

—Ya me lo imaginaba, por eso te lo cuento.

—¿Como cuánto nos queda de vuelo? —preguntó Chamorro.

—Cinco horitas hasta Estambul —calculó el mecánico—. Una hora de parada técnica allí y otras seis hasta Herat. Espero que los motores os dejen echar una cabezada. Y si no, que os hayáis traído lectura.

—La traemos.

Le señalé el dossier que reposaba sobre el asiento contiguo. Como teníamos plazas de sobra, ya que aparte de nosotros cuatro sólo viajaban la tripulación y una docena de militares de Tierra, cada uno ocupaba dos o tres asientos. El brigada reparó en el libro que había colocado encima de la documentación que me había entregado Pereira.

—¿Puedo? —preguntó.

—Claro —le invité.

—*Bus-ka-shi* —leyó, con cierta dificultad—. ¿Qué es esto?

—Es el nombre de un juego afgano —expliqué—, donde dos equipos de tipos a caballo se disputan el cuerpo de una cabra decapitada. O lo que queda de él, al final. Cuenta las experiencias de unos médicos italianos en Afganistán, allá cuando la invasión de 2001.

—Uf, qué mal rollo —opinó.

—Es el único libro que tenía en mi biblioteca sobre Afganistán, lo he cogido para ambientarme un poco.

—¿Y cómo te da por comprar estas cosas?

—Juraría que oí que alguien lo recomendaba en un programa de Radio Nacional. *El ojo crítico*, no sé si lo conoces.

Ruano negó con la cabeza.

—Yo soy más de *Carrusel Deportivo*, la verdad.

—Dan buenas pistas, si te gusta leer. En su día me interesó, aunque he olvidado los detalles. Por eso lo traigo. Para refrescarlos.

El brigada se puso repentinamente serio.

—Si te vale mi experiencia, Afganistán es un lugar para pasar allí el menor tiempo posible. Hacer lo que tengas que hacer y darte el piro. Me acuerdo de cuando todavía teníamos la base en Qala-i-Now. Había que aterrizar en la calle principal del pueblo, o sea, en una pista de mierda, que nos despejaban ex profeso. Ni parábamos los motores para descargar, con eso os lo digo todo. Porque los pilotos tienen mano y este trasto aguanta lo que le echen, que si no... Siempre que veo el país desde arriba, y han sido unas pocas veces, pienso lo mismo.

—¿El qué?

—Es muy poco correcto, aviso.

—Razón de más. Diga, mi brigada —se entrometió Salgado.

—Que habría que vaciarlo: llevarse a toda la pobre gente que allí queda a un lugar en condiciones, donde se pueda vivir.

—¿Qué tal es la base? —preguntó Arnau.

—Comparada con cómo estábamos al principio, y con lo que llegamos a tener cuando aún había puestos avanzados, un hotel. Lo crudo está fuera, al otro lado de las alambradas. Si no os toca salir, será como si estuvierais en España, con más calor y más polvo. El peor enemigo es que allí, fuera del servicio, no hay nada que hacer.

—Nosotros vamos a estar entretenidos —aposté.

—¿Se sabe ya algo de lo que pasó? —curioseó Ruano.

—Nada definitivo. Para eso vamos. Para tratar de averiguarlo.

El mecánico asintió, con gesto de complicidad.

—Olvidaba con quién estaba hablando. Me imagino que aunque supieras algo tampoco me lo dirías. En fin, que no os molesto más. Y que tengáis buen vuelo. Me vuelvo con mis señoritos.

Y regresó hacia la zona de cabina. Aproveché el silencio que se hizo tras su retirada para pasear la vista por los miembros de mi equipo. Chamorro acababa de entrecerrar los ojos y aproveché para espiarla con esa ventaja, de la que no solía tener oportunidad de beneficiarme. El uniforme la hacía parecer otra, o quizá era el pelo recogido en un moño muy apretado, que la imaginé haciéndose a conciencia, para que no se le aflojara. Se me hizo extraño, también, leer su nombre junto a los galones de sargento primero y el escudo del Cuerpo en el parche del lado izquierdo del pecho, aunque no más de lo que me había resultado ponerme el mío, con el ángulo y la estrella de subteniente. Había sido Salgado la responsable de que en tiempo récord dispusiéramos los cuatro de aquella identificación, reglamentaria para el uniforme de faena, en el mismo tono árido de las prendas que vestíamos. Le sentaba bien el uniforme, a Chamorro, casi como si lo llevara todos los días; y otro tanto podía decirse de Salgado, que había preferido recogerse la media melena castaña en una cola de caballo y que con la cara lavada, o eso me pareció, ganaba en personalidad. Por lo que tocaba a Arnau, en uniforme se me antojaba que era más joven, como cinco o seis años menos de los treinta que llamaban ya a su puerta. También era, de los cuatro, el que tenía más cercanos los días en que se había visto obligado a llevar a diario el otro uniforme, el verde, y el que menos fuera de lugar se veía con su atuendo de campaña. El que más, sin duda, era yo: aunque Chamorro había acertado con la talla, a pesar de mis insuficientes indicaciones, tenía todo el rato la sensación (algo paradójica, tratándose de un uniforme y una prenda de camuflaje) de que me exponía y me delataba de la forma más engorrosa. Lo había empezado a sentir apenas pusimos el pie en la base, tan pronto como me coloqué aquella boina de *boy scout*, tan poco adecuada para un hombre de edad como yo, y me crucé con el primer soldado de Aviación que me saludó y al que tuve que devolverle el saludo. Eran ya demasiados años yendo por ahí inadvertido, con la inestimable ayuda de mi porte mediano y de mi fisonomía vulgar. Más que un uniforme, tenía la sensación de haberme puesto un traje de lentejuelas.

Supuse que aquella extrañeza iría cediendo con el tiempo, como todas, y agradecí que por lo menos las botas reglamentarias, de loneta transpirable, fueran mucho más cómodas que las que había conocido en mis tiempos de la academia de guardias, de un cuero infame que exigía su lustrado continuo y que hasta que las domabas te pulverizaban los pies. En eso el equipo militar había mejorado drásticamente, buscando la comodidad en vez de incordiar más a los pobres pringados que se veían en el apuro de tener que utilizarlo. Venía a ser, pensé, la última etapa de un largo camino, que pasaba antes por indumentos tan absurdos como las casacas militares del siglo XVIII, estupendas para pavonearse como un pingüino por el salón de Madame de Pompadour, pero pésimas para fajarse con otro a la bayoneta.

Faltaban aún varias horas para aterrizar en Estambul y mi deber era aprovecharlas para estudiar el dossier que me había facilitado el general. Salgado y Arnau, diligentes, estaban enfrascados en el manual de la OTAN sobre Afganistán que nos habían entregado. Lo intenté yo también, pero la impresión era pobre y al cabo de unas pocas páginas comprobé que la sintaxis y el estilo tampoco eran como para tirar cohetes. El texto olía a la legua a corta y pega de fuentes diversas y a traducción, no especialmente inspirada ni abnegada, de originales escritos en inglés. El libro que me había traído me tentaba bastante más, y aunque no recordaba mucho el estilo de su autor, el médico Gino Strada, pensé que podía permitirme la debilidad de no resistirme a su reclamo. Al fin y al cabo, tenía horas de sobra por delante.

A medida que fui avanzando por sus páginas recobré las sensaciones de la primera lectura, seis años atrás. Me avergonzó la facilidad con que yo iba a alcanzar mi destino, en comparación con la odisea que narraba el libro, el paso de Pakistán a Afganistán cruzando las montañas del Hindu Kush, por pistas mortales que discurrían pegadas a barrancos y por encima de los 4.000 metros de altitud, hasta llegar al Panshir. Los médicos de la organización humanitaria que protagonizaban el relato no habían podido encontrar plaza en un avión de la ONU, la única posibilidad de volar al Kabul ya asediado tras los atentados del 11-S, y aún tardarían en llegar a la capital afgana desde los territorios controlados por la Alianza del Norte, los rebeldes contra el régimen talibán de los que se sirvieron los estadounidenses para derribarlo. En el libro, escrito con una prosa funcional pero eficaz, se sucedían los episodios grotescos, como las negociaciones con los funcionarios del régimen integrista para reabrir el hospital de Kabul y ofrecer alguna posibilidad de sobrevivir a los civiles expuestos a los inminentes bombardeos. También los horrores, como el vivido por Safiulá, de seis años, al darle una patada, movido por la curiosidad, a un cilindro amarillo que resultó ser uno de los elementos que no habían estallado de una bomba de racimo, y que, convertido en mina antipersona, le produjo heridas de las que los cirujanos no pudieron salvarle.

Daba Strada cifras de espanto: un diez por ciento de la población afgana, muertos; un doce por ciento, inválidos; un veinticinco por ciento, viviendo como refugiados; y casi todos los demás, subsistiendo bajo el umbral de la pobreza. Ese era el balance a septiembre de 2001, después de décadas de guerra civil, cuando Estados Unidos lanzó su operación de castigo por el derribo de las Torres Gemelas, que había de ampliar considerablemente la cuenta catastrófica. Un hecho sobre el que Strada, mientras trata de llegar a Kabul para estar allí cuando caigan las bombas, desliza esta amarga reflexión: «Son inocentes las víctimas enterradas bajo los escombros de las Torres. Inocentes serán igualmente las víctimas que ya se están programando entre los afganos, culpables de haber sido invadidos por las milicias de Osama bin Laden». Milicias financiadas años atrás, cuando Afganistán era el escenario de una guerra por poderes contra los rusos, en el dramático epílogo de aquello que se llamó Guerra Fría, por quien acabaría asumiendo la misión irrenunciable de destruirlas y erradicarlas.

Hubo un pasaje del libro que me interesó especialmente. Cuando recuperaba la figura del sofista Trasímaco, y en particular una famosa frase que le atribuye Platón: «Lo justo no es otra cosa que lo útil para el más fuerte». Sobre esa sentencia, que también podía girar como justificación cínica de cualquier derecho vigente, esbozaba el autor un sobrecogedor resumen de la tragedia afgana: «En Afganistán muchos seres humanos han muerto porque a muchos les ha resultado útil y porque muchos se han sentido en la parte justa». Pensé hasta qué punto contenía, también, una síntesis extrema de aquello que desde hacía más de veinte años, para bien o para mal, era el objeto de mi trabajo. Hasta entonces, la fórmula más breve que se me había ocurrido para condensar las motivaciones del homicidio era que se mataba por odio, por interés o por miedo. Esa moneda de Trasímaco acuñada por el más fuerte, con la utilidad en una cara y el sentimiento de hacer lo justo en la otra, era una explicación aún más simple y escalofriante.

Durante la escala en Estambul se nos dijo que no podíamos bajar del avión, estacionado en un área especial del aeropuerto mientras repostaba, pero algunos manifestamos nuestro deseo de respirar siquiera el aire de aquel país que no conocíamos, y el comandante accedió a que asomáramos la nariz. Apenas pudimos estirar las piernas por la pista, en un paseo que algún fumador agónico alargó un poco más para aspirar a escondidas algo de nicotina, pese a la prohibición derivada de las normas de seguridad en la operación de repostaje. Desde el aire, y a través de una de las pocas ventanillas que se abrían en el fuselaje del Hércules, había podido contemplar el mar de Mármara y la entrada del Bósforo, e incluso había creído distinguir los minaretes y la cúpula de Santa Sofía. Pensé que estaba allí, al lado de la vieja Constantinopla, y que no era improbable que esa fuera toda la vista que alcanzara a tener de ella, salvo que algún día encontrara el hueco y juntara el dinero para hacer un viaje de turismo. Eso si quienes estaban interesados en disuadir por el terror a los viajeros no conseguían entre tanto cargarse esa industria, como ya habían logrado en más de un lugar. Andaba sumido en esas sombrías especulaciones, aspirando la brisa que venía del mar y apenas refrescaba la tarde, cuando noté una presencia que se acercaba por mi espalda. Me di la vuelta y me topé con una figura vestida con mi mismo uniforme.

—Buenas —me saludó, y yo me apresuré, en un ejercicio que se iba a repetir una y otra vez en los próximos días, a buscar en el parche de su pecho quién era el que me hablaba, para reaccionar como correspondía. Encontré una estrella de comandante, el escudo del arma de artillería y un apellido cuando menos inesperado: Kirkpatrick.

—A sus órdenes, mi comandante —dije, llevando mi mano a la boina, otro gesto casi olvidado que tendría que volver a frecuentar.

—Disculpe que le moleste. Manda usted el equipo, ¿no?

—Si se refiere a los guardias, más o menos. En la base tenemos un capitán, que es el jefe de la unidad de Policía Militar.

—Ya, ya sé. Me refería a los investigadores.

—A los tres que ve aquí.

—Comandante Kirkpatrick. El apellido raro es herencia de un abuelo irlandés, veo por su parche que usted también debe de estar habituado a dar explicaciones similares sin que se lo pidan.

—Sí. En mi caso fue alguien que hace muchos años se debió de cansar de Italia y se embarcó para Uruguay. Cómo llegué yo a España desde allí es otra historia con la que no voy a aburrirle.

El comandante se admiró del detalle:

—No tiene usted nada de acento.

—Hace más de cuarenta años que salí de Montevideo.

—Ah, claro. Verá, le explico. Me envían, como a ustedes, para ver de qué va el incendio, pero con una misión ligeramente distinta.

Juzgué que ante aquella declaración sólo podía poner cara de panoli, y eso fue lo que hice. No era la primera vez que me pasaba, por lo que pude resultar bastante convincente. Tanto que el comandante ensanchó la sonrisa y se sintió obligado a explicarme:

—Estoy destinado en el Estado Mayor, en lo que antes se llamaba inteligencia militar. Ya sabe, ese oxímoron del que se ríen todos los progres. Ahora somos unas siglas, como todo en el Ejército.

Volví a quedarme callado. No tenía por costumbre pronunciarme políticamente ante desconocidos, y mucho menos ante desconocidos uniformados que me dieran pie a hacerlo. Algo en mi cara debió revelar mi prevención, porque el comandante se apresuró a aclarar:

—Estaba bromeando, hombre. Lo que a mis jefes les preocupa es algo diferente de lo que tiene que dilucidar el juez para el que trabajan ustedes. En su caso, se trata de identificar y de imputar a un asesino. Lo mío es asegurar que no tenemos un agujero por el que se nos hayan colado los malos en la base. Ni los malos de turbante, ni otros malos que puedan llevar nuestro uniforme. Lo que le propongo es que estemos en contacto, y si por su lado encuentra algo que sea de mi interés, me lo diga, en el entendimiento de que yo haré lo mismo si hay algo que sepa nuestra gente y que pueda interesarle a usted.

Sopesé la oferta. No estaba seguro de haberla entendido bien, pero sobre todo no estaba seguro de ser el interlocutor adecuado.

—Supongo que eso debería hablarlo con mi capitán, mi comandante —dije—. Él, a las órdenes del coronel de la base, es el responsable de nuestra actuación allí. Nosotros vamos como refuerzo.

El comandante acogió mi evasiva con gesto comprensivo.

—No esperaba una respuesta. Coméntelo con su oficial, si quiere. Por mi parte, si averiguo algo que le pueda servir, se lo diré. Por cierto, vi el libro que estaba leyendo. Toda una peripecia, la del autor.

—¿Lo conoce? —pregunté, sintiéndome algo fuera de lugar.

—Claro, no hay mucho publicado en español sobre el hermoso país asiático al que nos dirigimos. Porque a pesar de todo es hermoso, se lo aseguro. Si quiere saber algo más de lo que hubo antes de ahora, para entender de dónde venimos, porque a dónde vamos ya no lo sabe ni Dios, y perdone la blasfemia, llevo otro libro que puedo prestarle; lo que me queda me lo calzo fijo de aquí a Herat. ¿Lee inglés?

—Sí, si no es muy rebuscado, vamos.

—No demasiado. Cuando lleguemos se lo paso. Un placer.

—A sus órdenes.

Poco después el avión despegaba de nuevo y ponía rumbo al este. La segunda parte del vuelo se me hizo mucho más pesada. Para empezar, cambié el libro de Strada por el dossier de Pereira, lo que contribuyó a provocarme un dolor de cabeza al que, para ser enteramente justos, tampoco era ajena mi incipiente presbicia, una merma de facultades que me resistía a aceptar, decidido a retrasar todo lo que pudiera el momento de ir por ahí con unas gafas colgadas del pescuezo. Mientras me infligía, entre otros textos, el Real Decreto que regulaba la participación de la Guardia Civil en misiones militares, casi eché de menos el manual de la OTAN del que antes había renegado y que, no teniendo nada que envidiarle en redacción, me resultaba mucho más ameno. Al final, confieso que fui pasando documentos, uno tras otro, y que lo que se me quedó fue una especie de batiburrillo de normas, procedimientos y sobre todo acrónimos, que, como bien sugería la ironía que había deslizado al respecto el comandante, venían a formar, en cuanto el redactor del documento en cuestión se descuidaba un poco, el veinte o el treinta por ciento de la prosa militar. Pensé, para aliviar mi conciencia, que si me surgía alguna duda podría consultarla con mi capitán o con la comandante jurídica. Para eso estaban al fin y al cabo los oficiales, para iluminarnos a los que no lo éramos sobre el camino a seguir en cualquier situación de zozobra o de oscuridad.

Cuando ya no pude más, imitando a los míos y al resto del pasaje, aproveché un par de asientos contiguos para tenderme y dormir un poco. No debieron de ser más de dos o tres horas, por lo que cuando el avión inició la maniobra de aproximación a la pista, y la gente empezó a incorporarse y a sentarse, tal y como dictaban las normas para el aterrizaje, salí con cierta dificultad de mi somnolencia. A través de las ventanillas del Hércules vi unas montañas amarillas y secas, como si estuvieran hechas de papel de estraza arrugado, y luego una ancha vega de color verde pardusco tras la que se extendía una llanura amarilla con más montañas al fondo. Era un paisaje que transmitía dureza y desolación; de vez en cuando, entre las montañas, en la confluencia de alguna torrentera con algún río, secos ambos, se divisaba un grupo de casas polvorientas: un pueblo, al que no había otra manera de llegar que siguiendo el curso fluvial; siempre, claro está, que no corriera agua por él. La ciudad, extensa y más o menos cuadriculada, se enclavaba en la vega de un gran río —el Harirud—, y era al sur de este, ya en los dominios de la llanura desértica, donde estaba la base.

El aterrizaje se desarrolló sin novedad. No había que dar aquello por sentado, supimos luego, y no porque para el avión o los pilotos supusiera el menor desafío técnico aquella pista, asfaltada y mucho más larga de lo que en caso de necesidad les podía servir. El hecho era, según nos contaron, que más de una vez, en Afganistán, se habían registrado ataques a los aviones al aterrizar o despegar, momentos en los que por la menor velocidad y la baja altura resultaban más vulnerables. Por eso se solía mantener lo más reservada posible la hora a la que tenían prevista su llegada o despegue los vuelos, y había toda una panoplia de medidas complementarias de seguridad.

Cuando bajamos del avión, y aunque no hacía mucho que había amanecido, nos saludó como una bofetada el calor, transportado por un viento suave y constante, en el que flotaba, leve pero persistente, el polvo que habríamos de habituarnos a masticar. La base, despejada y amplia, tanto que costaba apreciar sus contornos, estaba rodeada de lo que en la distancia me pareció una valla sorprendentemente baja y precaria, aunque más adelante, al verla de cerca, corregiría mi impresión. De todos modos, ni era la única ni la principal defensa del recinto, como también luego tendría ocasión de conocer. Sobre la pista, varios aparatos atestiguaban de forma inequívoca el carácter bélico del escenario. No había aviones de caza o bombarderos, esos solían operar desde territorios más seguros, pero sí podía verse una hilera de helicópteros Black Hawk y varios Mangusta de combate italianos. Incluso vi un avión no tripulado del modelo Reaper, también italiano, cuya silueta era tan intimidatoria como su nombre, indicativo de una función en la que aquellos artefactos habían acreditado ya unas cuantas veces, y no pocas desde los cielos afganos, su letal eficacia.

En aquella planicie no se divisaban más accidentes que los edificios de la base, a un lado, y unas montañas de formas quebradas, en el lado opuesto. El cielo no era azul, sino de un tono entre gris y arenoso, que a duras penas se distinguía de la tierra. Hermoso o inhóspito, o ambas cosas a la vez, aquel sería nuestro paisaje por algún tiempo, así que más valía que nos fuéramos acostumbrando.

El brigada Ruano se acercó a despedirse de nosotros:

—Que atrapéis pronto al culpable —nos deseó.

—Tampoco hay prisa, esto no está tan mal —dijo Salgado, con un súbito optimismo, del que no acerté a adivinar la razón.

—Espérate a pasar aquí una semana —le sugirió el mecánico.

—Si te gusta, cuando terminemos la tarea siempre puedes solicitar venir con una de las rotaciones —dijo Chamorro.

—Es una posibilidad —asintió Salgado, divertida—. Farda esto de ir con brazalete —añadió, tocándose el distintivo con las letras MP, de *Military Police*, que llevábamos en el brazo izquierdo.

El personal de Aviación que atendía el CATO, el aeropuerto militar, nos señaló el camino hacia el edificio que hacía las veces de terminal de pasajeros. Mientras andábamos hacia él, se me acercó el comandante Kirkpatrick. Al llegar a mi altura, me tendió un libro.

—Lo prometido es deuda —me dijo—. Ya me lo he terminado. Un buen trabajo de investigación: ayuda a entender este lugar. El autor, Braithwaite, es un diplomático británico. Se nota el nivel.

Leí el título en voz alta:

—*Afgantsy*.

—Significa 'afganos', en ruso. El nombre que les daban en Rusia a los veteranos que regresaban de la guerra. Cuenta los entresijos de la invasión soviética de 1979, y el desastre posterior, pero es ilustrativo acerca de los antecedentes del embrollo afgano, en general.

—Se lo agradezco. Me lo leeré —prometí.

El comandante me dedicó una mirada inquisitiva.

—No hay de qué. Que os cunda. Ya sabes dónde tienes apoyo, si lo necesitas. Nos iremos viendo, aquí es inevitable.

Aquel tuteo final supuse que tenía como propósito invitarme a la confianza. Aunque Kirkpatrick me caía bien, y no me disgustaba su sentido del humor, era demasiado pronto para establecer alguna clase de sociedad, así que me ceñí a una respuesta protocolaria:

—Gracias y a la orden, mi comandante.

Antes de llegar al edificio de la terminal nos salieron al

paso tres tipos altos, barbudos, tocados con boina verde, como nosotros, y con el mismo brazalete negro en el brazo izquierdo. Ofrecían una estampa de lo más persuasivo, pertrechados con todo el equipo de combate: dos de ellos iban armados con subfusil y el otro con pistola al cinto.

—Bienvenidos a Herat —dijo el de la pistola—. Vosotros os venís con nosotros. No os vamos a hacer pasar los controles.

En el parche de su pecho vi entonces las tres estrellas de capitán y el apellido, Pardo. Tenía ante mí al que en los días siguientes sería mi jefe directo. Era un chaval de apenas treinta años, al que sólo la barba le enmascaraba, y no demasiado, la insultante juventud. Los cuatro lo saludamos al unísono. Fui yo quien tomó la palabra:

—A sus órdenes, mi capitán.

Nos devolvió el saludo, marcialmente, y me explicó:

—Tenemos que controlar aquí hasta que despeje todo el mundo. Luego os acercamos a los alojamientos, tenemos los coches ahí al lado. Tú y yo —se dirigió a mí— nos iremos directos a ver al coronel. Me ha dicho que quiere hablar contigo tan pronto como pongas el pie en la base.

Bienvenido a la mili, pensé. Empezaba la función.

7
Camp Arena

El capitán Pardo se acomodó en el asiento del copiloto y ordenó al guardia que se había puesto al volante que arrancara. En la parte de atrás íbamos Arnau y yo; Chamorro y Salgado, junto al otro guardia que esperaba a pie de pista, se habían subido al otro vehículo, conducido por una guardia, la única mujer del equipo que manteníamos en Herat. Eran dos todoterrenos de color blanco, sin ningún distintivo, y según pude advertir, por el peso de la puerta, estaban blindados. El capitán me explicó el porqué de aquel singular parque móvil:

—Estos coches los usamos para movernos dentro de la base, pero también cuando salimos fuera y hay que ir de incógnito.

—¿De incógnito?

—No lo hacemos muy a menudo, pero sí. Cuando el coronel tiene que ir a visitar a alguna autoridad afgana. Salir con un convoy militar da demasiado el cante y presentarse con toda la artillería les ofende un poco. En esos casos nosotros vamos de paisano y usamos estos coches, que como habrás notado tienen una chapa con fundamento. Una cosa es tratar de no ofenderles y otra jugarse el pellejo tontamente.

Avanzábamos a poca velocidad, obedeciendo las señales que conminaban a no superar los 30 kilómetros por hora dentro del recinto de la base. Poco a poco me fui acostumbrando al paisaje, formado por sucesivos recintos delimitados por vallas y muros de *hesco-bastion*, una forma de construcción militar compuesta por grandes jaulas metálicas forradas de tela de saco por dentro y rellenas de arena y piedras. Había parcelas que parecían fortines en sí mismas, con alambradas y puertas cerradas que requerían código de acceso; otras, en cambio, estaban abiertas y podía transitarse libremente a través de ellas. Había también parques de almacenamiento de maquinaria, tanto eléctrica y logística como de guerra. Vi una docena de blindados norteamericanos, pintados de color desierto, y más allá otros tantos de los nuestros, de color caqui. La luz era intensa, tanto que necesité echar mano de mis gafas de sol para aguantarla. En conjunto, la base parecía el fruto de una acumulación sobre la marcha de equipos e instalaciones, aplastada bajo aquella luz inmisericorde y desdibujada por el aire polvoriento. A la vuelta de una curva me sorprendió tropezarme con una *pick-up* civil, pintada en plata y azul, que mostraba sobre el lateral la leyenda «*Make Love not War*». Estaba aparcada al costado de unas dependencias que se veían celosamente cerradas y protegidas.

—¿Y eso? —no pude evitar preguntar.

—Humor CNI —explicó el capitán.

—¿Eh?

—Es uno de los coches del personal del CNI. También los llevan blindados, pero digamos que ellos los camuflan un poco más.

—¿Y eso les sirve de camuflaje, aquí?

—Lo mismo me he preguntado yo más de una vez —admitió el capitán—. Supongo que ellos sabrán lo que se hacen.

Tras un par de maniobras más, llegamos a unos barracones junto a los que los conductores aparcaron los dos vehículos en batería.

—Estas son nuestras plazas —nos informó el capitán.

Al objeto de que nadie dejara de respetarlas, un letrero en la pared advertía: «*Reserved Spanish Military Police*».

Nos bajamos todos de los vehículos y aproveché para saludar a la guardia, con quien antes no había podido cruzar palabra. Se llevó la mano a la boina y dijo:

—A la orden, mi subteniente. Soy la guárdia Claudia.

Me fijé en el detalle: no utilizaba el apellido que había leído en el parche que llevaba sobre la guerrera. Seguía así la costumbre, bastante extendida en el Cuerpo, de preferir dar el nombre de pila, que a todos los efectos exponía menos la identidad del interesado. También me llamó la atención su forma peculiar de entonar las frases.

—Sí, no has oído mal —dijo el capitán—. Habla raro.

—No empecemos, mi capitán —dijo la aludida, con un seseo que confirmaba la impresión que su entonación me había producido.

—Bueno, ya le explicarás cómo has acabado debajo de esa boina, habiendo nacido en Buenos Aires. Ahora tenemos tarea.

—¿Buenos Aires? —pregunté.

—Sí, ya ve...

—Yo soy de justo enfrente. Montevideo.

—No me diga. Ya me mosqueaba a mí el apellido.

—Claudia, ya luego habláis de vuestras cosas de sudacas —dijo el capitán—. Ahora hazme el favor de llevar a los demás y el petate del subteniente a su alojamiento y yo me voy con él a ver al coronel.

Creo que si me hubiera llamado así cualquier otro habría podido molestarme, aunque era el término que a menudo empleaba yo a propósito de mí mismo y mi origen. Sin embargo, había algo en el capitán, quizá era la mirada franca, directa, que me impedía imaginar que tuviera ninguna mala intención. Elegí deducir que era una broma privada entre ellos; la manera en que ella lo encajó, con gesto risueño y sin darle la menor importancia, me pareció que así lo sugería.

—El despacho del coronel no está muy lejos —me dijo Pardo—. En lo que tardamos en llegar allí te pongo al tanto de lo principal.

Caminamos junto a los demás unos veinte metros y al llegar a una encrucijada ellos tomaron hacia la derecha y nosotros hacia la izquierda. Aquel punto estaba señalado por una curiosa escultura metálica. Representaba un escorpión negro del tamaño de una persona, poco más o menos, rodeado de un doble círculo en el que se leía, en la parte superior, «*Camp Arena FSB Herat*» y en la inferior, «*Afghanistan*». En el círculo se hallaban inscritas tres banderas: la italiana y la afgana, juntas en el lado derecho, y la española, sola al otro lado.

—Éste es el límite entre la zona italiana y la española —me ilustró el capitán—. Ellos van para la nuestra y nosotros vamos a la italiana, que es donde están la jefatura de la base y nuestra oficina. También está ahí el RC West, el mando regional oeste de la ISAF, que ahora dirige un general italiano. Para que te vayas situando, ellos tienen el mando de la región y nosotros el de Herat, una duplicidad que llevamos con el mejor talante posible, porque no deja de ser un lío tener al general como inquilino y a la vez ostentar la jefatura de la base.

—¿Y ese escorpión? —no pude evitar preguntar.

—El escudo de la base. Ese es su nombre oficial: Camp Arena FSB Herat. FSB de *Forward Support Base*, o base de apoyo avanzado. Lo del escorpión es porque cuentan que cuando la montaron, esto era un arenal inhóspito donde sólo vivían escorpiones. Cientos de ellos. Hubo que hacer una buena limpieza para que pudiera ser habitable.

—No es una imagen muy acogedora, la verdad.

Pardo sonrió.

—Aquí nada es acogedor, subteniente. Hay que hacerse sitio a fuerza de voluntad, y a fuerza de voluntad mantenerlo. Aunque como en cualquier lugar también hay gente bien dispuesta, no creas que no. El problema, entre otros, es que no hemos venido con las mejores credenciales. Tampoco sé si a mí me gustaría alguien que entrara a tiros en mi casa, por muy buenas razones que pretendiera tener.

Habíamos tomado una especie de avenida peatonal que discurría entre parapetos de sacos, módulos prefabricados y barracones, y vi que en efecto empezábamos a cruzarnos, sobre todo, con militares italianos. También pude reconocer, por la uniformidad y la bandera que llevaban en el hombro izquierdo, a algún norteamericano, un par de ucranianos y un esloveno. Pardo saludó a un italiano que iba de uniforme azul marino, algo que contrastaba con las prendas mimetizadas, y por lo común en tonos apagados, de todos los demás.

—Uno de nuestros colegas italianos —me explicó—. Tienen una pequeña unidad de Carabinieri, también en tareas de Policía Militar. Ya te los presentaré. En los cinco minutos que tenemos hasta llegar al coronel, déjame que te haga un resumen muy rápido de lo que hay, para que sepas más o menos a qué atenerte. En primer lugar, no sé si te ha dado tiempo a familiarizarte con nuestro régimen aquí.

—Me he traído conmigo la legislación aplicable —dije—, el general tuvo la amabilidad de proporcionármela antes de salir. Sé que somos fuerza armada y que dependemos del ministro de Defensa, que es quien nos manda, aunque no perdemos el carácter de autoridad, no entiendo bien con qué alcance, a la luz de lo anterior. En todo caso, mentiría si le dijera que me lo he aprendido todo como debería.

Pardo me miró con gesto aprobatorio.

—Al menos tienes clara la idea principal. Luego vienen todas las excepciones e interpretaciones que hay que hacer cuando llega el momento de resolver un problema concreto. Y mi experiencia es que toca inventar sobre la marcha y no veas a qué velocidad. En principio, el que lleva las diligencias por este caso es un juzgado togado militar, en España. Por desgracia, esto no es Hollywood, y no tenemos ni protocolos ni medios, como los americanos o los alemanes, para constituir el juzgado militar en el lugar del crimen cuando pasa tan lejos de casa. Lo que se hace es comisionar al oficial jurídico destinado en la base para que actúe como juez de instrucción, y a este que te habla, por tener el curso de Policía Judicial, le toca oficiar de secretario.

—¿Sí?

—Como lo oyes. Yo di fe del levantamiento del cadáver y de todas las diligencias urgentes que hemos tenido que hacer. El caso es que por un lado, como en cualquier procedimiento judicial, estamos a las órdenes del juzgado, pero el juez está a seis mil kilómetros y al que tenemos aquí es al coronel, de quien dependemos como Policía Militar. En la práctica, lo que podemos y no podemos hacer pasa por él, y más lo que tenga que ver con los contingentes de otros países. Que luego te contaré, pero también nos puede tocar abrir ese melón.

No tenía la certeza de estar procesando adecuadamente el torrente de información que el capitán me estaba transmitiendo, lo que era algo alarmante, porque se trataba, ni más ni menos, de las condiciones de mi trabajo y los límites de mis atribuciones; extremos que al cabo de veintitantos años creía tener más o menos claros cuando investigaba un crimen en España, pero que allí tenía que aprender de cero.

—Espero que no le importe, mi capitán, que le pregunte cuando se me plantee una duda —me sinceré—. No termino de estar seguro de entender el alcance exacto de lo que acaba de contarme...

—Me preocuparía que lo estuvieras, Bevilacqua. No sólo no me importa, sino que te lo pido, porque a lo mejor, si no tengo dudas, soy yo el que la está cagando, y entre dos seguro que lo pensamos mejor. Tampoco me importa, por cierto, si me tuteas, por lo menos cuando estemos los dos en confianza. Tú estabas ya en la empresa cuando yo aún andaba enredando con la Nintendo, y no soy tan idiota como para no respetar eso. Y, sobre todo, para no saber lo que significa.

—Confianza por confianza, mi capitán, puede llamarme Vila. Lo otro a casi nadie le sale y ya hasta me suena raro.

El capitán asintió, con determinación.

—Como prefieras, Vila pues. A todo esto, y por si te apetece complicarlo un poco más, el juez togado militar asume la competencia sin perjuicio de que finalmente, en función de quien resulte imputado, no acabe teniendo que inhibirse de conocer del caso en favor de la jurisdicción ordinaria. La casuística es endiablada y, entre otros, entran en juego los tratados, la resolución de la ONU que da cobertura a la OTAN para ejecutar en Afganistán la misión de la ISAF, y si al final toca imputar a uno de los nuestros, a alguien de un país aliado, a un afgano... Lo que ya te imaginas por qué te estoy contando, ¿no?

De pronto me sentí puesto a prueba, y no en la mejor condición mental ni con la preparación necesaria para superarla.

—No sé —dije—. Lo que se me ocurre es que quizá no sea lo mismo hacer de policía judicial para un juez militar que tener que someter al final todo lo que hagamos al escrutinio de un juez civil.

—Justamente. Y como más vale ponerse siempre en lo peor, mejor será que en cada paso, sin dejar de resolver, nos cubramos. Y si al final logramos inculpar a alguien, hay que amarrar las pruebas todo lo que se pueda, para no regalarle a algún avispado abogado defensor una causa de nulidad con la que nos eche por tierra todo el trabajo.

—El pan nuestro de cada día, en definitiva —concluí.

Pardo adoptó una expresión astuta.

—Pero con menos levadura, y sin tener muy claro con cuánta agua y cuánta harina vamos a contar para amasarlo.

—Creo que me sitúo, mi capitán. En cuanto a los pormenores, ¿hay alguna teoría, algún indicio que apunte en alguna dirección?

El capitán se detuvo y se mesó la barba oscura. Aún no había en ella una sola cana. Recordé que la última vez que yo había intentado dejármela mi hijo me preguntó si iba a hacer de Papá Noel.

—Luego entraremos en todos los detalles, pero a ver cómo te hago un resumen en un minuto —dijo—. Tenemos una inspección ocular razonable, dentro de las circunstancias. La hicieron el sargento y el guardia que están destinados en Policía Judicial, que sin ser especialistas en criminalística saben lo suficiente para no dejar escapar vestigios relevantes. Recogieron varios restos biológicos, sobre todo vello, aunque luego te cuento por qué podría no ser concluyente. También la que es sin lugar a dudas, por la herida que presentaba la víctima, el arma del crimen, el cuchillo amapolero del que habrás visto fotos.

—Sí, el famoso *lohar*.

Pardo puso cara de extrañeza.

—¿El qué?

—*Lohar*, así me dijo el general que se llama, ¿no?

—Bueno, los de aquí lo llaman de otro modo. Algo así como *dosh*. Para nosotros es el amapolero, sin más, por eso que dicen, no tengo yo muy claro si será verdad, de que sirve para recolectar el opio. El caso es que lo hemos mirado minuciosamente, con los medios que tenemos aquí, y no hemos visto ninguna huella. La idea es mandarlo a Madrid junto con el cadáver, para ver si allí pueden sacarle algo más.

—¿Alguna pista sobre posibles sospechosos?

—Unas cuantas. No hemos querido avanzar mucho en las líneas que hemos abierto, precisamente para que vosotros, que vais a tener más tiempo y recursos, os las vayáis trabajando en condiciones. Te doy sólo los titulares. Que sepamos, Pascual González tuvo al menos dos rolletes, con una militar española y con una contratista yanqui; y se vio envuelto en varias broncas: con militares nuestros a los que conocía de una misión anterior, otra con los italianos con los que trataba para el relevo, y otra con un contratista americano, compañero de la chica. En las últimas semanas se había vuelto un tipo problemático. Tuvo un rifirrafe con nuestro cabo primero, una noche que fue a cerrar la jaima de su unidad y Pascual estaba un poco pasado de copas. Nada serio, por eso decidimos no dar parte, pero ahora tiene otra pinta.

—¿Hay alcohol aquí? Creía que ya no había, en las bases.

—Lo hay. Cerveza, cuando no nos capturan los camiones que nos la traen a través de Turkmenistán, como acaba de pasarnos, dicho sea de paso. Y algo más en las jaimas de las unidades, aunque teóricamente sólo puede tomarse por la noche y si no estás de servicio.

—¿A qué se refiere con eso de las jaimas?

—Tiendas comunitarias. Vienen a ser el lugar de esparcimiento, al final de la jornada, no hay mucho más ocio nocturno por aquí. Todas las unidades tienen una, menos nosotros, porque nos toca hacer de polis malos y cerrarlas a la hora establecida. Por eso tampoco podemos utilizarlas como los demás, que suelen rodar de unas a otras. En fin, las desventajas de tener que ejercer la autoridad.

—Ya veo.

—Para compensarlo, tenemos nuestro propio garito, luego os lo enseñaremos. Qué más puedo contarte... Ah, sí, también conseguimos el móvil privado que utilizaba. Estamos tratando de recuperar sus mensajes y hemos pedido a los de informática y comunicaciones que nos den acceso a su actividad a través de ordenadores: tanto el que tenía asignado para el trabajo como los que usó en el locutorio. Además de las llamadas del teléfono oficial que llevaba, un Bob Esponja.

—¿Cómo?

—Jerga local —me aclaró—. Lo llamamos así porque es del modelo que tiene el frontal amarillo. Hay otros que son grises, los Calamardo. En fin, no es muy imaginativo, pero así los llama todo el personal aquí. Y creo que con esto tienes una somera idea de todo. Si te parece, no hagamos esperar más al coronel, que es bastante poco castrense, como suelen ser los pilotos, pero también es jefe y tiene su genio.

Entramos en el despacho del coronel, situado, como casi todo allí, en un barracón prefabricado, aunque medianamente confortable. En la antesala, además de otros suboficiales, había un suboficial mayor de Aviación que se llamaba Cuesta, según el parche que llevaba sobre la guerrera, y que nos recibió con gran cordialidad. Por lo que iría deduciendo en ocasiones sucesivas, a partir de mi trato con otras personas, todos celebraban la llegada de un extraño como yo, más que nada por la distracción que representaba en aquel espacio cerrado.

—A la orden, mi capitán —saludó—. Os está esperando, ya me ha preguntado un par de veces si no estabais por aquí.

El capitán ofreció su excusa.

—Ya sabes que a la Benemérita nos toca controlar la descarga y el pasaje. En cuanto hemos terminado, hemos venido derechos.

—Claro que lo sé. Y él. Pero desde que oyó aterrizar al avión está con la mosca detrás de la oreja —y tendiéndome la mano, me dijo—: Bienvenido, compañero. Soy el viejo del lugar. Be... vil... ca...

—Vila, si quieres hacértelo fácil —le ofrecí—. Mucho gusto, y mi solidaridad. Eso del viejo del lugar ya me va sonando.

Cuesta sacudió lentamente la cabeza.

—A ti no te han hecho suboficial mayor, todavía. Ni tengas prisa. Es como el certificado de defunción. Esperad, le aviso.

Al cabo de unos segundos, la puerta del coronel se abrió como si la hubieran golpeado con un ariete. Al otro lado apareció un hombre de buena estatura, rozando el 1,90, delgado y fibroso, de calva incipiente y con una corta barba entrecana. Pardo y yo nos cuadramos, chocamos los tacones y pronunciamos al unísono la frase ritual:

—A la orden de usía, mi coronel.

—Pasad, por favor —nos conminó con voz imperiosa, y al paso, según nos deslizábamos en el interior de su despacho, me ofreció una mano férrea y nervuda que apretó la mía con breve intensidad.

—Le presento al subteniente Bevilacqua, mi coronel —me hizo de introductor el capitán—. Nuestro experto de homicidios.

—Sentaos —dijo, y nos indicó la mesita redonda de reuniones que tenía en un rincón del despacho, que andaría entre los quince y los veinte metros cuadrados y estaba decorado con algunas fotografías de aviones—. Bevilacqua —repitió con precisión—. Supongo que estará hasta los huevos de que le pregunten por el apellido y de dónde viene, así que no lo haré; satisfaga mi curiosidad sólo si le apetece.

—Mi padre era uruguayo —escogí la versión corta, y conjetural, porque nada me permitía afirmar que mi padre no siguiera siendo.

—Vaya, Uruguay... —evocó, soñador—. Una vez, antes de que me encerraran en una oficina, tomé tierra en Montevideo. ¿Qué tal el vuelo?

—Bien, dentro de las circunstancias. Un poco largo.

—Ya sé que no es el más cómodo del mundo, pero el Hércules es un señor avión. Lo digo con conocimiento de causa, porque he podido volarlo unas cuantas horas. Ya veremos, cuando lo sustituyan por otros más modernos, si dan el callo como lo ha dado él.

—Mal podría discutirle, no sé mucho de aviones.

—Pues nada, no me discuta —bromeó—. En fin, por lo que me dijo su general, y por lo que me acaba de confirmar el capitán, es usted el número uno de lo suyo. Nos va a hacer falta su ciencia.

—El general tiene la fea costumbre de decir esas cosas, con las que no me hace ningún favor —me protegí—, porque genera expectativas que quizá vayan más allá de mis méritos. Soy uno de tantos guardias que podrían hacer este trabajo, y seguro que los hay mejores. Lo único que tengo a mi favor es que he visto unos cuantos muertos y he podido dar con la pista de unos cuantos asesinos. Como lo de sus horas de vuelo, pero en plan macabro. De todos modos, cada homicidio es un mundo, y este tiene circunstancias bastante poco habituales.

—Soy consciente —asintió el coronel—. Para empezar, tenemos que terminar de aclarar si estamos ante un crimen o ante un atentado, aunque esa palabra, para serle sincero, no me entusiasma.

—¿Por?

El coronel me observó con repentina dureza.

—Ya sé que a esto, oficialmente, lo llaman «apoyo a la reconstrucción», pero hablando en plata lo que hay aquí es una guerra. Si nos montamos en un coche y ponemos rumbo al sur, en una hora llegamos a donde andan pegando tiros, ahora mismo. En la guerra no hay *atentados*, sino ataques, asaltos, emboscadas... Y cuando la guerra es asimétrica, lo normal es que el que está en desventaja golpee con alevosía y a traición, porque esa viene a ser su única posibilidad táctica.

—Así visto...

—Eso es lo primero que tendremos que despejar: si lo que ha pasado es que nos han atacado, de una forma poco habitual, o si tenemos a un asesino entre nosotros. Hay una tercera opción, que es la que más me inquieta, francamente, y es que nos hayan atacado y que quien lo haya hecho siga pudiendo entrar. Y que al ver que le funciona y que no le atrapamos, se le pase por la cabeza volver a intentarlo. Por eso he dado órdenes de que todo el mundo se tome en serio las medidas de autoprotección, sin llegar a los extremos de los americanos.

El capitán rompió su silencio.

—Ya le dije, mi coronel, que sin poder descartarla esa posibilidad parece muy remota. Sería la primera vez que los talibanes hacen algo así, y tanto el perfil de la víctima como las circunstancias del...

—Lo sé, lo sé, Pardo —le interrumpió el coronel—.

Ya me lo has explicado, y casi que te lo compro, pero por muy baja que sea la probabilidad no quiero que dejemos de considerarla. Por otra parte, te lo dije y te lo repito ahora, estoy en deuda contigo y con tu general, por convencerme y ayudar a convencer a mis jefes en el Estado Mayor de que no diéramos a la prensa, ni siquiera como una de las hipótesis, la versión del posible atentado. Todos estaban acojonados con la idea de informar de una muerte diciendo que las causas estaban todavía investigándose, y con cómo pudieran tomárselo los periodistas, pero por la reacción que veo que ha habido está claro que teníais razón.

Señaló unas fotocopias que tenía sobre la mesa: eran los recortes escaneados de la noticia en todos los periódicos. Ninguno había dado el asunto con gran despliegue, y los titulares eran en todos los casos prudentes y relativamente inocuos. Comparados con mi experiencia de cómo los periódicos solían referirse a muertes violentas, hasta diría que habían hecho un sorprendente ejercicio de moderación.

—Está visto —continuó—: cuando no tienes ni puta idea, lo mejor es decir, lo más diplomáticamente que puedas, que no tienes ni puta idea. Así ofreces menos blanco y no saben a dónde dispararte. Cuando en una así quieres ir de listo y de rotundo, te estrellas con todo el equipo. No hay más que acordarse de lo que pasó el 11-M, con los que quisieron colgárselo a quienes no eran cuando aún no se sabía.

—No hay que precipitarse a concluir nada —dije—. Vale en todos los órdenes de la vida, pero especialmente en este ámbito.

—Dicho lo cual, subteniente —observó—, le estaré muy agradecido si puede arrojarnos algo de luz cuanto antes, porque he de confesarle que no me hace nada feliz vivir en la incertidumbre, en general, y en particular en la que tiene que ver con cómo, quién y por qué le rebanó el pescuezo a un hombre al que tenía a mis órdenes. Yo sé que algunos de estos de Tierra se creen que los aviadores somos unos jefes de pacotilla, que no tenemos costumbre de mandar tropas y que este traje nos viene un poco grande, pero le aseguro que tengo muy claro que mi principal obligación es que todos los hombres y todas las mujeres que están a mi mando vuelvan con sus familias, y con este hombre ya no la voy a poder cumplir. Me gustaría que fuera el primero y el último, y también saber a quién tengo que cargárselo. Y que, sea quien sea, se lo hagan pagar con todo el rigor que la ley permita.

Soltó su alegato sin dejar de mirarme a los ojos. Supongo que se estaba cerciorando de que me transmitía toda la presión que pudiera transmitirme, y he de reconocer que alguna me hizo llegar. A pesar de todo, yo tenía un recorrido y no iba a arrugarme por eso.

—Lo entiendo perfectamente, mi coronel. Y si puedo añadir algo, me gustaría adherirme a la interpretación del capitán. Con lo que sé, me parece muy improbable que estemos ante un ataque exterior. O por decirlo de otra manera: que esta muerte se deba al lugar en el que estamos y a la gente que no querría que estuviéramos aquí. Antes de venir fuimos a ver a la viuda, en Sevilla. El fallecido llevaba a cuestas su propio fardo de problemas, y la estadística nos dice que lo más probable, ante un homicidio, es que tenga que ver con algo que hizo o vivió la víctima. No es seguro y como toda regla tiene sus excepciones, pero creo que también podemos aplicarla en este contexto.

—¿Qué clase de problemas? —preguntó el coronel con interés.

—Me imagino que ya sabe que estaba divorciándose...

—Sí, eso lo sé. ¿Hay alguna cosa más?

—Por lo que nos contó la viuda, tenemos razones para pensar —y al decir esto me volví alternativamente al capitán, a quien no había tenido tiempo de avisar de aquello— que el sargento primero pasó por algunas experiencias, en misiones anteriores, que pudieron afectar de forma significativa a su equilibrio psicológico y emocional.

—¿De qué me está hablando? ¿Estrés postraumático?

—Verá, mi coronel, por accidentes de la vida tengo una licenciatura en Psicología, pero nunca he ejercido propiamente la profesión, por lo que sería una temeridad por mi parte hacer ese diagnóstico. Lo que sí refiere la mujer es que a la vuelta de algunas de esas misiones su comportamiento cambió de forma radical y hasta llegó a volverse algo caótico. De ahí que decidiera instar el divorcio. De todos modos, es un testimonio. Nunca se sabe qué verdad hay en lo que dice alguien, que siempre habla movido por un interés, y en este caso, además, por una posible animadversión. El caso es que me sonó creíble.

—Joder —bramó el coronel—. Se supone que evalúan que todos los que venimos aquí estemos mínimamente centrados, para evitar cosas como estas. ¿Y cómo es que aquí se les pasó? La psicóloga no me ha dicho nada de esto que usted me está contando ahora. ¿Tenemos entonces que pensar en la posibilidad de un suicidio?

—Nunca se puede descartar, aunque como suicidio, tampoco sería nada corriente: por el arma, la forma de muerte y otras muchas razones. En todo caso, lo que la psicóloga sabe es lo que él le contara, más lo que ella pudiera deducir observándole, que a veces es más y a veces es menos. Hay enfermos que encubren sus síntomas en el trato social, y sólo los muestran en el marco de otro tipo de relaciones. Si es que él era un enfermo, que ya le digo que no puedo afirmarlo.

Mientras yo decía esto, el coronel se sumió en sus pensamientos. Y por la manera en que juntaba sus manos ante su nariz no me pareció que se tratara de pensamientos nada reconfortantes.

—Está bien —dijo—, usted es el profesional, y supongo que ella también lo es de lo suyo, así que en sus manos lo dejo. En su favor tengo que decir que recomendó que se le trasladara a España lo antes posible, y que ahí a lo mejor fui yo quien fallé, por no agilizar ese traslado. Cada mañana caen sobre esta mesa veinte marrones, y cada día son más marrones que el anterior, aunque eso no es una excusa. Otra cosa quería decirle, para que se ubique. Este sitio es bastante puñetero, por su propia naturaleza pero también por el potaje de gente que tenemos aquí. El capitán le irá dando coordenadas más precisas, pero me gustaría dejarle claras dos ideas. Una: toda la gente a mi mando tiene orden de cooperar con la investigación; si le dan algún problema, si alguien no colabora, me da igual si es soldado o teniente coronel, hágamelo saber y le parto las piernas. Dos: mis órdenes alcanzan a los que llevan esta bandera en el hombro —y se señaló el suyo—. Para meter mano a los que llevan otras, o ninguna, nos toca recurrir a la diplomacia, y eso también ha de pasar por mí. No le digo que no pueda hacerse, aquí el capitán y yo ya hemos tenido que ventilarnos unas cuantas con personal de otros contingentes, pero tiene un protocolo que habrá que seguir para que funcione. ¿He sido claro?

—Meridiano, mi coronel.

—Muy bien. Pues no os entretengo más. Al toro.

Me despidió con un apretón de manos aún más fuerte que el que me había dado al saludarme. Interpreté que trataba de hacerme sentir que me respaldaba. O quizá fuese, quién sabe, lo que en ese momento yo, como el pez fuera del agua que era, necesitaba interpretar.

8
Margen de maniobra

Era una oficina mínima, con dos dependencias separadas por un tabique: el despacho del oficial, una especie de tubo de dos metros y medio de ancho por acaso el doble de largo, y el que compartían el cabo primero y el sargento, algo más amplio, donde además de sus dos mesas había otra suplementaria. En el centro de la fachada, pintada de verde, alguien había plantado un letrero en el que, sobre una bandera española, se leía: «Casa Cuartel de la Guardia Civil». En los años que llevaba en la empresa las había visto muy modestas, pero ninguna que lo fuera tanto como aquella que funcionaba a seis mil kilómetros de la Península. Al entrar, el capitán me presentó a los suyos:

—El sargento Pedro y el cabo primero Blas, dos figuras. Sin ellos, ya estaría muerto, loco o arrestado. Este es el subteniente Vila, como nos deja que le acortemos ese apellido imposible que tiene.

—A la orden, mi subteniente —me saludaron los dos.

—No sabe cómo nos alegramos de verle —dijo el cabo primero.

—Yo sobre todo—dijo el sargento—. Menudo embolado nos cayó.

Por el tono, y el uso de aquel pretérito, deduje que era gallego. No me equivocaba. De Orense, según me contaría más tarde.

—No seáis quejicas —les reprochó Pardo—. Aunque, para serte sincero, el refuerzo nos viene como agua de mayo, porque con los pocos que somos no damos abasto para todo lo que hay que hacer aquí. Desde que apareció el cuerpo, lo peor ha sido organizarnos entre todos para hacer las diligencias que no podían esperar y a la vez no dejar de atender todos los servicios que tenemos a diario. El aeropuerto no para de dar guerra, cada día aterrizan un montón de aviones, de los países y de los modelos más variopintos, a descargar casi de todo.

—Y eso es sólo una parte —anotó el sargento.

—Ahora te lo traigo y le haces un informe pormenorizado de todo lo que tenemos hasta aquí —le dijo el capitán—. Antes voy a llevarle a ver a la señora juez accidental, que también quiere conocerle.

El despacho de la oficial jurídico, o jurídica, todavía la novedad hacía fluctuar el género con que se la denominaba, estaba en el mismo barracón y no era mucho más grande que el del capitán. Allí nos recibió una mujer de cuarenta y tantos años, a la que se veía frágil y menuda dentro del uniforme mimetizado. Era de las que optaban por recogerse la melena (que, dicho sea de paso, no llevaba en absoluto corta y tenía de un negro intenso) en una simple cola de caballo.

—A la orden, señoría, ¿das tu permiso? —preguntó Pardo.

—Pasa, anda, y deja de tomarme el pelo —le repuso, con un tono de confianza que me hizo ver que también la relación con la autoridad judicial iba allí a transitar por caminos desusados para mí.

—Tu investigador, el subteniente Vila —me presentó el capitán.

—Al fin —exclamó la jurídica, mientras me tendía la mano.

—A la orden, mi comandante —dije.

—Siéntate, por favor, y relax, que el asunto es serio, faltaría más, pero estamos los tres en el mismo barco —me pidió, con una mirada que sugería que lo pensaba de veras—. Un barco que nadie tomaría por su propia voluntad, porque me temo que tiene más posibilidades de hundirse que de llegar a puerto. ¿Te ha contado el capitán dónde estamos, qué hemos hecho y cómo funcionamos?

—Por encima.

—Acaba de llegar, mi comandante —aclaró Pardo.

—En lo fundamental, creo que sé dónde estamos —dije—. Ahora me iré familiarizando con todos los detalles.

La comandante asintió, comprensiva.

—Está todo controlado, más o menos. El sargento Pedro es un buen profesional de Policía Judicial y además con experiencia. Tanto el capitán como yo misma nos hemos apoyado en él y lo mismo te aconsejo que hagas, para hacerte cargo de lo que tenemos. El juez militar de Madrid nos deja margen de maniobra; en lo único que insiste es en que seamos cuidadosos si en algún momento de la instrucción hay que restringir derechos fundamentales, y contemos con su respaldo en caso de duda. También tendremos que recurrir a él si hay que hacer alguna diligencia en territorio nacional. Por lo demás, creo que nos va a dejar actuar y que hasta aquí está razonablemente tranquilo.

—Eso me tranquiliza también a mí —reconocí.

—Por lo demás, muévete como creas oportuno, tú eres el que lleva la investigación y haz como harías en España. Cuando creas que tengo que estar en un interrogatorio, me lo dices, me fío de tu criterio. Y si alguien se niega a hablar con vosotros, por la razón que sea, tienes el respaldo del coronel, pero yo tengo el mazo de juez, aunque sea por delegación, para usarlo si hace falta. Así que tampoco vayas a cortarte en recurrir a mí si ves que hay que dejárselo claro a alguien.

—Se lo agradezco, mi comandante.

—Me llamo Ana. ¿Tu nombre es?

—Rubén. En todo caso, y si no le incomoda, guardaré las formas. Estoy acostumbrado a tratar con el juez como un límite a mi trabajo, y seguramente es una buena higiene mental no olvidarme de esa actitud. No vaya a ser que la confianza me lleve a meter la pata.

Se echó a reír. Su risa parecía más joven y cándida que ella.

—Está bien, me parece un buen punto. No te preocupes, si veo que te pasas, ya me pondré en plan señoría, como me dice este.

—Lo eres, accidentalmente —le recordó el capitán.

—Lo dicho. Suerte y aquí me tenéis. Si me disculpáis, tengo que ocuparme de la repatriación del cadáver y de las pruebas. Ahora te aviso —le dijo a Pardo—, necesitaré algunas firmas tuyas para dejar bien documentada la cadena de custodia y alguna cosa más.

—A tus órdenes.

Cuando regresábamos hacia nuestra oficina miré el reloj. Eran las diez de la mañana, hacía un montón de horas que habíamos despegado de Madrid y yo apenas llevaba encima un par de horas de sueño. Y, sin embargo, no se vislumbraba el momento en que pudiera sacar un momento de descanso. Así las cosas, le pregunté a Pardo:

—Mi capitán, ¿sería posible tomarse algo parecido a un café? Ando con poco sueño y lo que nos han dado en el avión, en fin...

El capitán se golpeó con la mano abierta en la frente.

—Sí, hombre, discúlpame, soy un animal. Llamo al sargento y nos acercamos a la cantina italiana. No es «algo parecido a un café»: es café de verdad, con crema y todo. Ninguna contrata, ni siquiera aquí, osaría ponerles a unos espagueti armados un café de mala muerte.

Hube de coincidir en su apreciación del café de los italianos: era un *espresso* delicioso, como muy rara vez podía uno tomarse en España. Al menos por ese lado, la experiencia afgana no resultaba penosa en absoluto, y tampoco las tostadas con las que lo acompañé. Incluso el sucedáneo de zumo de naranja, un refresco con pulpa que según me dijeron se importaba de Irán, me pareció inusualmente bueno. La cantina italiana era además un recinto espacioso y confortable, aunque, como casi todos los lugares bajo techo de la base, un tanto umbrío: aparte del contraste que había con el reverbero del sol al aire libre, la prudencia, tratándose de una zona de conflicto expuesta a morterazos, aconsejaba que ninguno tuviera grandes ventanales.

Aprovechamos el desayuno para hacer, con la inestimable ayuda del sargento Pedro, una recapitulación más o menos completa de las diligencias que habían practicado hasta allí y de los principales elementos con que en aquel momento contaba la investigación. Supe así que el cuerpo lo había encontrado una soldado de Aviación, que había ido en seguida a dar aviso a la guardia Claudia, alojada junto a ella en el barracón femenino. Aunque ellos no lo llamaban *barracón*, sino que usaban otra palabra por cuyo significado, en mi ignorancia, hube de preguntar: *corimec*. Era un nombre comercial, el de la empresa italiana que fabricaba los contenedores prefabricados con los que se formaban los edificios eventuales que nos servían de alojamiento. Allí nadie los llamaba de otra manera, y por extensión la marca servía para referirse a los barracones en que se ensamblaban, como un mecano.

Había sido pues nuestra compañera la primera del equipo de Policía Militar en tropezarse con el cuerpo, y la que había hecho el primer aseguramiento y aislamiento del lugar y movilizado al resto de los guardias. En la escena del crimen se personaron los nuestros, la oficial jurídica, el teniente coronel jefe del ROLE (las siglas por las que todos conocían al hospital de segundo escalón que había en la base) y por último el coronel. El sargento Pedro y el guardia especializado en Policía Judicial tomaron las fotos y recogieron las huellas, y un médico designado por el teniente coronel actuó como forense en el levantamiento del cadáver. En un primer momento se planteó hacerle una autopsia completa en la base, pero finalmente, y ante la posibilidad de repatriarlo de urgencia, el forense accidental hizo un informe preliminar, en el que databa la muerte a una hora muy próxima al momento del hallazgo, en torno a las cuatro de la tarde, y postulaba como causa probable del fallecimiento el *shock* hipovolémico derivado de la abundante hemorragia, como consecuencia del seccionamiento de las venas yugulares externa e interna. La medida y la forma del corte eran plenamente compatibles con el cuchillo plegable hallado junto al difunto. El sargento me dio un par de detalles significativos:

—El cuerpo estaba tendido en la cama inferior de una litera, bocarriba, como si le hubieran sorprendido durmiendo. Pero el reguero de sangre desmentía esa interpretación. Si lo hubieran degollado mientras dormía sólo habría sangre en torno a la almohada, y la había en el suelo, a un metro de la litera, e incluso en la chapa que le sirve de pared al corimec, a una altura bastante respetable. Mi hipótesis es que lo degollaron de pie, y luego, una vez inconsciente, lo acostaron. Lo que me sugiere un par de cosas. Primera, que en esa maniobra al autor debió de resultarle muy difícil no mancharse. Hemos dado aviso a la lavandería, por si aparecía alguna prenda con restos de sangre, pero no ha habido suerte, hasta el momento. En segundo lugar, y ya lo apreciarás cuando veas lo que es un corimec, también me cuesta imaginar que le pudieran sorprender y abordar por la espalda allí dentro, y menos aún viniendo desde fuera. Quizá, lo planteo sólo como una posibilidad, le estuviera esperando, lo que invita a pensar que conocía de antemano sus movimientos y que iba a ir allí. ¿Una cita-trampa? Y en ese caso, ¿quién podía invitarle que le sugiriera la necesidad de acudir?

—Y por qué —apostillé.

—Exacto.

El sargento me detalló a continuación lo que habían podido recoger de la escena del crimen. En primer lugar, los efectos del difunto, que tenía sobre sí la documentación, unos cien euros en efectivo, su arma corta con la munición correspondiente, su teléfono oficial y su teléfono móvil personal, que utilizaba con una tarjeta SIM afgana.

—¿Tarjeta afgana? —pregunté.

—Todos la llevamos —explicó Pardo—. El servicio es una mierda, pero es barato y alcanza para el Whatsapp, que es lo que todos usamos aquí para las comunicaciones personales, entre nosotros y con España. Si dejas la tarjeta española y cometes el error de usar el teléfono con ella, se te irá el sueldo entero del mes en un par de semanas. Así que te aconsejo que en cuanto podáis os vayáis con Claudia a ver al afgano que nos vende las tarjetas. Yendo de su mano no os timará.

—¿Hemos podido acceder a sus comunicaciones?

El sargento me miró como si acabara de escuchar una imbecilidad. Que era justamente el caso, como en seguida me hizo ver.

—La compañía que da servicio aquí es una de esas del Golfo, de algún jeque que todavía estaría partiéndose de la risa si le hubiéramos pedido que nos facilitara el historial de llamadas y comunicaciones. Y el terminal está bloqueado con contraseña. Tenemos a un manitas informático de Aviación tratando de averiguar cómo abrirlo, pero parece que no es tan fácil como nos dijo cuando se lo pedimos. A lo que sí accedimos, porque eso lo controlamos nosotros, es a las llamadas que hizo con el teléfono oficial, dentro del grupo cerrado de usuarios de la base. En principio, y tras un primer vistazo, no hay nada que resulte sospechoso, pero os lo pasaré para que lo miréis mejor. Igual que la actividad que tuvo con su ordenador oficial y con los que según la contrata que lleva el locutorio utilizó, en los últimos dos meses, de los que tienen allí de uso público. Esa información está todavía virgen, ya me hubiera gustado meterle mano, pero honestamente no pudimos llegar a más —se excusó—. Se la entrego a quien tú me digas.

—A Arnau, el cabo —dije—. Es el más espabilado para esas tareas, el único titulado en ESO. De los que miran YouTube para lo que nosotros mirábamos la Larousse. A mí me parece una aberración, pero para esto nos viene bien. Es rápido y sabe separar el grano de la paja.

—Aparte de eso —continuó Pedro—, el guardia Clemente, el otro especialista de Policía Judicial, me ayudó a hacer la recogida de restos lo mejor que pudimos, con el instrumental limitado que tenemos aquí. Recogimos varios cabellos y levantamos una docena de huellas, de varias personas. Alguna, del propio fallecido. Otras, sin identificar. En todo caso, esos restos y esas huellas no tenemos otra que ponerlos en cuarentena, por la naturaleza del lugar donde aparecieron.

—¿A qué te refieres?

—¿Le ha explicado, mi capitán? —se volvió a Pardo.

—No, aún —dijo este.

—El corimec donde apareció el cuerpo está ahora libre. Se utiliza para acomodar a la gente que viene de paso, o a los relevos en tanto que coinciden con el contingente anterior. Digamos que ese es el uso oficial. Luego tiene un uso oficioso, como lugar de encuentro discreto. O lo que es lo mismo, para aquellos que, por la razón que sea, prefieren que no se sepa con quién se encuentran. Y la razón suele ser casi siempre la misma. Lo confirma el tipo de cabello que recogimos.

—Ah, entiendo.

—El dueño de los restos biológicos que tenemos podría ser, o no, la persona a la que buscamos. Vete a saber quiénes pasaron por ahí en la última semana y se dejaron algo en el fragor de la faena.

—¿Y el arma?

—Manchada de sangre, seguramente toda de la víctima, pero a ver si el laboratorio nos da una sorpresa y pueden encontrar ADN de alguien más. Lo que no había eran huellas dactilares. O usaron guantes o las limpiaron. Yo me inclino por los guantes, y apostaría a que eran de látex. No son difíciles de conseguir en un montón de dependencias, desde el hospital a la cocina, y si por ejemplo lo hizo un afgano, no habría llamado la atención de nadie al llevarlos. Al revés. Muchos de los empleados afganos que tenemos en la base se dedican a limpiar las instalaciones y normalmente llevan guantes por razón de su trabajo. Lo que sí tenía el amapolero en cuestión era una peculiaridad.

—¿Cuál?

—El filo. Ya lo verás si vas al mercadillo que ponen los domingos: los amapoleros que te venden ahí son más falsos que Judas, para mí que los hacen ya directamente como *souvenir* para el turista OTAN, y uno de los detalles que lo delatan es precisamente que la hoja apenas está afilada. Algunos incluso la tienen roma, no sé cómo quienes los compran pueden creerse que les dan por quince euros piezas auténticas que luego podrán vender por doscientos, aunque eso al final dependerá del primo con el que lo intenten, claro. El que usaron contra el pobre Pascual, en cambio, cortaba como una cuchilla de afeitar. Alguien se tomó la molestia de afilarlo, porque aparte de eso parece de la misma factura chapucera que los que encontrarás en el mercadillo.

—Premeditación —interpreté.

—Y alevosía —agregó el capitán—. Lo que parece claro es que el difunto no tuvo la menor opción de resistirse: lo degollaron con limpieza y rapidez. Ninguna señal de forcejeo ni heridas de defensa, uñas limpias de piel ajena. Iban a por él y lo ultimaron como a un cordero desprevenido. De un solo tajo, decidido y mortal de necesidad.

Con la dosis contundente de cafeína de aquel *espresso* genuinamente italiano circulando ya por mis venas, me sentí de nuevo en plena posesión de mis facultades y osé hacer la pregunta del millón:

—¿A quiénes tenemos en nuestra lista?

El sargento y el capitán se miraron. Con un gesto, el oficial invitó al suboficial que asumiera él la carga de hacerme el censo.

—Como no tenemos ni medio centrado el tiro, el abanico es amplio y es muy posible que aún tengáis que ampliarlo algo más, en cuanto miréis toda la información y hagáis los primeros interrogatorios.

—¿No habéis interrogado a nadie vosotros?

—A la gente de su unidad. Y ya de manera informal, Claudia ha hablado con una de las dos mujeres con las que se le relacionan.

—¿Y por qué no con la otra?

—Imposible. No está en la base ahora mismo. Ni siquiera estaba cuando se cometió el crimen.

—De quiénes estamos hablando, para hacerme una idea.

El capitán y el sargento volvieron a cruzar una mirada.

—Una, la que sí tenemos a mano, es una teniente médico del ROLE —explicó el capitán—. No recuerdo el apellido...

—Ginés —apuntó el sargento.

—Eso, Ginés. Parece ser que tuvieron un asunto hace un mes, más o menos. Claudia es la que os podrá dar todos los detalles. Por lo que dice ella, no pasó de un tonteo con tres o cuatro revolcones, y no sería nada raro. Esto se hace largo y esa es una manera de matar el aburrimiento; no hay más que ver cómo acaban todos los de los *reality shows*. La gente aquí dice, de broma, que esto viene a ser como un Gran Hermano pero a lo bestia, por la cantidad de gente y de semanas, y con todos vestidos de árido en lugar de chándal. Y algo de eso hay. De hecho, y según parece, la teniente tiene ahora otra historia, con alguien de la plantilla americana del hospital. Y de la otra acera.

—Ajá —traté de asimilar la revelación—. ¿Y la otra mujer?

—Una yanqui, contratista del Army, el ejército americano. Nunca se sabe muy bien a qué se dedican, los contratistas, pero parece que esta les ayuda en tareas de adiestramiento de personal militar afgano y sobre todo en la formación de cuadros de mando femeninos.

—¿Hay mujeres militares afganas?

—Ya lo creo —dijo Pardo—. Suboficiales y oficiales incluso. No sé de dónde sacan a esas mujeres. Hay que ser muy brava para ponerse un uniforme en un país donde lo que se espera de una mujer es que acepte quedar reducida a la condición de ganado, o de animal doméstico en el mejor de los casos. El hecho es que las hay. Y esta chica, bueno, andará por los treinta y pocos, Kate no sé cuánto se llama, tiene experiencia militar y además se defiende en dari, el idioma de esta gente. Por lo que hemos podido averiguar, puso por primera vez el pie en Afganistán como soldado, justo después de la intervención de 2001, y se ha pasado aquí la mayor parte de los últimos trece años, primero de uniforme y luego ya como contratista civil. Ahora mismo anda metida en harina, dando un curso o algo así a las afganas. Por eso no hemos podido hablar con ella. Desde hace una semana está destacada en una base afgana que hay a una media hora de aquí.

—Antes me comentó que Pascual había tenido algún incidente con un compañero de esta contratista, ¿o lo he soñado yo?

—Así es. Un tal Connor. Tampoco hemos podido hablar con él, porque se fue con ella y el resto del equipo a la base afgana. Todo lo que tenemos es un testigo que nos contó que vio a Pascual cruzarse con este Connor a la salida de nuestra cantina y entablar una conversación que acabó a voces. Hasta que nuestro hombre, tras mandar al yanqui a la mierda, le dio sin más la espalda y se largó de allí.

—Pues me temo que vamos a tener que hablar con ese Connor. Y con esa Kate. Lo que imagino que viene a ser una complicación.

Pardo sonrió de oreja a oreja, como un niño travieso.

—De las gordas. Piénsate si es de verdad necesario, en función de lo que vayáis encontrando por otras vías. Si al final hay que hacerlo, tocará pedirle a nuestro coronel que hable con el coronel americano, y luego viene el problema logístico: organizar un convoy para que vayáis adonde están. De la base no se puede salir si no es cumpliendo con todos los requisitos de autoprotección. Lo que quiere decir que no podríais ir solos, y que el mando tendría que autorizarlo.

—¿Qué otras vías tenemos abiertas? —pregunté.

Volvió a tomar la palabra el sargento, y dijo, enigmático:

—Aquí es donde empiezan las curvas.

—Vamos, eso es justo lo que quiere saber —le animó el capitán.

—En primer lugar, tenemos lo que nos contaron los que trabajaban con él en su unidad. ¿Sabes ya en qué estaba metido?

—Me contó algo el general. *Force Protection,* ¿no?

—Justo. O para ser más precisos, en la unidad de preparación del despliegue de la *Force Protection*, que asumiremos en el otoño. En resumen, se trataba de gestionar el traspaso de la función con los italianos, que son los que la hacen ahora, lo que implica la revisión exhaustiva de todas las medidas de seguridad activa y pasiva de la base. Y aquí es donde nuestro hombre mostró otra vez su faceta difícil. Tuvo varias agarradas con los italianos, y una muy seria con un suboficial. Lo que nos dicen, no los italianos, sino los nuestros, es que Pascual iba de listo y de legionario, y que en cada discrepancia les vacilaba a los otros de que él había estado en Irak, y en los puestos avanzados de Badghis, y que aquello sí que era guerra, y no esto. El italiano que te digo, un tal Ferrioli, tenía tanta o más experiencia que él y un día no se lo aguantó más y a punto estuvieron de llegar a las manos.

—¿Con los italianos habéis hablado? ¿Y con este Ferrioli?

—No —dijo el capitán—. Lo único que he hecho yo es adelantarle a mi colega de los Carabinieri que tengo que comentar con él un asunto delicado. Para interrogar formalmente a alguno, te digo lo de antes: hay que ir al coronel, pedirle que hable con el coronel italiano y con su aprobación y con los Carabinieri de apoyo, proceder.

—O sea, todo fácil.

—Bienvenido al laberinto de la ISAF, subteniente.

—Creo que voy haciéndome una idea. ¿Hay alguna

línea que podamos seguir sin tener que organizar una cumbre diplomática?

—Las tenemos también —dijo Pedro, con un deje socarrón—. Aquí tenemos de todo. Eso sí: con más curvas todavía, porque si el malo acaba siendo uno de los nuestros, es lo que menos nos interesa y nos apetece tener que contarles a los jefes, a quienes es esto, por otra parte, lo que menos les apetece y les interesa que les contemos.

—No se me escapa.

—Para averiguar lo que voy a contarte ahora eché mano de mis contactos entre los de caqui, un par de amiguetes que tuve la precaución de ir haciendo en estos meses, que uno fue una vez guardia de pueblo y las viejas artes nunca se olvidan. Me orientaron bastante respecto del carácter, el historial y las relaciones de nuestro hombre. Por cierto que, para lo que necesites, los pongo a tu disposición.

—Se agradece. Y te tomo la palabra.

—Ya contaba con ello. Por resumirte la historia, en la base hay dos personas que conocían bastante bien a Pascual antes de coincidir aquí, y a las que Pascual también conocía. Quizá más de lo que él y ellos hubieran querido. Uno está en la unidad logística, es un brigada que se apellida Montoro y con el que estuvo en Irak, viviendo los momentos más crudos de la Plus Ultra, la brigada multinacional que liderábamos allí. Estando juntos en Diwaniya vivieron una emboscada con heridos que provocó un mal rollo del *carallo*. Ninguno de los que estaban allí se había visto antes en una con enemigo real, y no sólo les arrearon sino que ellos tuvieron que cargarse a algún insurgente chií, de los que nos atacaban al final de aquella misión. No sé muy bien qué fue lo que ocurrió o dejó de ocurrir, pero, por lo que fuera, Montoro y Pascual no eran precisamente los suboficiales mejor avenidos. Según me cuentan mis confidentes, no se podían ni ver, y no lo disimulaban.

—Bueno, he ahí un sospechoso de libro. Y lo tenemos a mano.

—Espera, porque no es el único. Ni el más propicio. Tenemos otro candidato, con un perfil de lo más particular. Un sargento de operaciones especiales, de los que están adscritos al grupo del CNI.

—¿Los de «haz el amor y no la guerra»? —le pregunté al capitán.

—Los mismos —confirmó Pardo.

—¿Un espía?

—No exactamente. Los espías son otros, agentes del Centro, que hacen labores de inteligencia, sobre todo centradas en la identificación de amenazas exteriores y en la recogida de información sobre el estado de la región. Este sargento forma parte del equipo de operaciones especiales que tienen asignado como escolta. La lección aprendida de la emboscada de Irak en la que nos mataron a siete agentes en 2003, justamente por no llevar una protección en condiciones y por tener que defenderse sólo con armas cortas. Este equipo, aunque ya los verás, ninguno va de uniforme, es una escolta militar en toda regla, con la potencia de fuego necesaria para repeler un ataque, por si alguna vez alguien intenta sorprenderlos en alguna de las muchas salidas que hacen para recoger información o controlar fuentes afganas.

—¿Cómo se llama este sargento?

—Bernabé.

—¿Y qué es, una especie de Rambo? —fantaseé—. Teniendo un crimen cometido con arma blanca, no puedo evitar que su candidatura me parezca la más firme, hasta ahora. Lo siento, son demasiadas películas de comandos que salen de la nada con la cara untada de betún para cortarles el cuello a centinelas nazis o del Vietcong.

—Físicamente, no tiene nada de Rambo —dijo Pedro.

—Ya lo verás —confirmó el capitán—. No sé si llegará al 1,70 y desde luego no es un cachas, como bastantes de los americanos que verás corriendo por la base. Aunque yo no le daría la espalda.

—¿Y por qué lo tenemos en nuestra lista?

El sargento volvió a tomar la palabra.

—Aquí la información que tengo es más difusa. Aunque esta gente no sea del CNI, sino que sólo está adscrita a ellos, no van nunca de uniforme y viven un poco en un mundo aparte. Lo que sé es que la víctima y él coincidieron en el norte, en Badghis, en una misión anterior, y que los dos estuvieron en una operación que salió mal, porque hubo un muerto. Una operación sobre la que después se abrió una investigación judicial y en la que los dos tuvieron que testificar. En qué quedó esa investigación, y cómo se vieran implicados uno y otro, lo desconozco.

—Uf —dije—. Esto huele cada vez peor.

—Estoy de acuerdo, mi subteniente —dijo Pedro—. Si yo fuera el investigador encargado de esto, cosa que acabo de dejar de ser cuando usted entró por la puerta, por aquí tiraría antes que nada.

—Y sólo por curiosidad, o por ir a abrirme las venas, directamente —dije, volviéndome hacia Pardo—, ¿qué posibilidades reales tenemos de interrogar a alguien que está adscrito al CNI, mi capitán?

El joven oficial adoptó una expresión grave.

—Las suficientes. Tendremos que recurrir al coronel para allanar alguna dificultad que pudiera existir, pero esto es una investigación judicial militar española y ningún español, y menos aún un militar español, está por encima de ella. Por otra parte, colaboramos en algunas cuestiones de seguridad interna de la base con el personal del CNI y tengo buena relación con el jefe del equipo. También con el oficial de operaciones especiales que está al frente de la escolta. Creo que colaborarán, sobre todo porque no se trata de que nos revelen información clasificada, sino de una cuestión personal de este hombre.

Me tomé un instante para procesarlo todo. Para sopesar el cúmulo de problemas al que iba a enfrentarme. Lo redondeé con un suspiro.

—No puedo decir que no haya por dónde empezar —les reconocí.

—Y a todo lo anterior tienes que sumarle, no vayas a olvidarte de ella, la opción más siniestra de todas —dijo el sargento.

—¿Cuál?

—El sigiloso talibán que ingenia una nueva manera de limpiar de infieles su país. Y digo siniestra porque es la que provocaría que se nos cayera el pelo a todos, por incompetentes, ¿no, mi capitán?

—Pues sí —aceptó Pardo—. Se supone que una de nuestras tareas, entre otras, es controlar a los afganos que entran en la base.

De pronto, sentí que ya no podía más. Necesitaba tomar posesión de mi cuarto, recuperar mi petate y, sobre todo, ducharme.

—Mi capitán —dije—, con su permiso, y ahora que sé lo que hay, me gustaría ver dónde voy a dormir, cambiarme, esas cosas.

—Claro, hombre, cómo no. Luego seguimos.

Los militares tienen un dicho: estando de misión, todos los días son lunes y la jornada es de todas las horas que uno pueda aguantar. Mi viejo cuerpo empezaba a darse cuenta de lo que eso significaba.

9
Estrés postraumático

Eché un vistazo a lo que en los próximos días iba a ser mi casa. Escasamente dos metros de ancho, como mucho cuatro de largo. Nada más entrar, a mano izquierda, una litera. Donde esta acababa, dos taquillas, y al fondo otra litera en perpendicular a la primera, ocupando todo el frente. Junto a ella, dos taquillas más, y a continuación, una mesa pequeña y una silla. Paredes de chapa blanca acanalada, suelo sintético, unos fluorescentes como iluminación y un ventanuco en la pared opuesta a la de la puerta. Sobre él, un aparato de aire acondicionado, cuyo funcionamiento, bajo la canícula afgana de julio, era rigurosamente indispensable para aspirar a sobrevivir allí dentro. En caso de necesidad, en aquel espacio se alojaban hasta cuatro personas. La baja ocupación que a la sazón registraba la base permitía que la compartiéramos sólo el cabo Arnau y yo. Por su cuenta y riesgo, el cabo había apostado por un reparto de nuestra mínima vivienda.

—Le he dejado la litera del fondo y yo me he cogido esta, que es más incómoda, porque está en el paso —me hizo saber.

No creí que debiera desautorizarle.

—Me parece bien, Arnie —dije—, pero si lo prefieres al revés, me lo dices y cambiamos, tampoco me importa. ¿Y las chicas?

—Están en el edificio C, el de las mujeres. Por cierto,

imagine las coñas que hay con las palabras de las que esa C puede ser inicial.

—Me las imagino.

—He quedado con ellas en reunirnos para ir a comer. Se puede ir al comedor a partir de la una. Después Claudia se ha ofrecido a llevarnos a la tienda donde venden las tarjetas para el teléfono. Y hay un chaval afgano que está a cargo de la biblioteca y que por lo visto te las pone y te lo configura todo para que empiece a funcionar.

—¿Un afgano en la biblioteca? —no pude evitar decir.

—Eso ha dicho.

—En fin, está claro que en este lugar hay que dejarse a la puerta la capacidad de asombro. ¿A qué hora has quedado con ellas?

—A la una en punto, en la plaza de armas. El comedor está al otro lado. Y al costado de este barracón, información importante, el refugio que tenemos asignado si sonara la alarma por morteros.

Me había fijado en los letreros que había en lugar bien visible, con la leyenda «Rocket Alarm» y las instrucciones que seguir en caso de ataque. A veces eran con mortero propiamente dicho, unos tubos que solían colocar con un mecanismo de retardo, para darse a la fuga antes de dispararlos. Otras veces, las más, por lo visto, y de ahí lo de *rocket*, tiraban con RPG, es decir, con cohetes que apuntaban hacia arriba para que describieran una trayectoria parabólica. La puntería que así podían hacer era bastante poca, y de hecho solían caer fuera de la zona de vida de la base, pero el efecto intimidatorio, la sensación de hostigamiento y, sobre todo, la molestia, estaban garantizados.

—Me da tiempo a darme una ducha —calculé.

Tras vaciar en la taquilla mi equipaje y quitarme el uniforme me dirigí a las duchas. Había un buen número de ellas, y a esa hora todas estaban libres. Bajo el agua caliente, que unos cartelitos invitaban a economizar, porque el suministro a la base era costoso, aproveché a la vez para ordenar mis ideas y para sacudirme el atontamiento del viaje y de la avalancha de información con que me habían recibido. Cuando volví a disfrazarme de guerrero y me encajé la boina para reanudar el combate, la cabeza me funcionaba casi con normalidad. Me iba a hacer falta, porque la tarde se presentaba llena de tarea.

A la una salimos de nuevo a padecer la inclemente radiación solar. Chamorro y Salgado nos esperaban a la sombra, junto a su barracón. Las dos habían tenido oportunidad de asearse y cambiarse, pero en tanto que la cabo primero lucía fresca como una lechuga, mi compañera de tantas fatigas tenía un semblante cansado y amoscado.

—Hola, mi subte —me saludó Salgado—. Qué tal vuestra cueva. La nuestra, divina de la muerte. Como dos reinas que estamos.

—Sí, de Saba —gruñó Chamorro.

Me vi en la necesidad de apelar por una vez a mis galones:

—Si no te lo tomas a mal, Inés, creo haberte dicho que prefiero que no me llames «mi subte», y menos cuando puedan oírnos. En el Río de la Plata, donde vi la primera luz, así es como llaman al metro.

—Vale, vale.

—¿Qué tal tus reuniones? —preguntó Chamorro.

—Intensas.

—Me refiero a si vamos teniendo material al que hincarle el diente. Si no entendí mal, vinimos hasta aquí para investigar algo.

—¿No habéis hablado con la compañera? —pregunté.

—Quince minutos, apenas cuatro generalidades, más que nada cuestiones de intendencia de la base. Luego nos ha dicho que tenía que hacer no se qué urgente de control de paquetería en el aeropuerto y se ha tenido que marchar. Que el sargento y el capitán te darían a ti toda la información que han ido juntando y que esta tarde, después de la comida, habría una reunión de todos para pasarnos los trastos.

—Ah. Pues sí que tenemos material. Si os parece, en la comida os pongo al corriente de lo que hay y nos vamos organizando.

A la entrada del comedor había unas pilas para lavarse las manos y unos dosificadores con desinfectante. Observé que la mayoría de los que entraban los utilizaban, pero también que había tipos aguerridos que pasaban de largo. Por si acaso, y como preví que mi sistema inmunitario no sería tan robusto como el suyo, ni estaría tan hecho a los gérmenes locales, incurrí en la cobardía de servirme de ellos.

En cuanto al comedor, era un espacio enorme, en el que distinguí a un buen número de norteamericanos. Eran muy fáciles de identificar, no sólo por el uniforme y el aspecto, sino porque todos, como ya había observado en mi recorrido a pie por la base, iban todo el tiempo con su arma larga. Me tropecé con uno que justo después de poner la bandeja sobre la mesa colocó junto a ella, en el suelo, una especie de ametralladora apoyada en un bípode. Entendí a qué se refería el coronel cuando había hablado de los extremos a los que llevaban las normas de autoprotección los estadounidenses. Alguna de las mujeres, de aspecto poco combativo y envergadura más bien escasa, me hizo pensar que alguien debería reconsiderar los protocolos de seguridad que aplicaban. Dejarlas ir por la base con un fusil de asalto M-16, más que incrementar la seguridad, parecía crear un peligro suplementario. No era muy difícil imaginar, por ejemplo, que alguno de los trabajadores afganos, suficientemente motivado, se procurara gracias a ellas el arma con la que desencadenar una carnicería.

La comida que estaba dispuesta en el autoservicio era abundante y no me pareció tan mala como sugería la cara de aburrimiento de la mayoría de los comensales. Había incluso un buffet de ensaladas, pan, agua, refrescos y zumo a discreción, y aquel día ofrecían de primero judías verdes con jamón y un segundo de pescado de apariencia bastante comestible. Antes de recogerlo, el cabo Arnau le preguntó a la cocinera, una española de mediana edad, qué pescado era.

—Fogonero —respondió la cocinera con una sonrisa.

—¿Y eso qué es?

—Una especie de fletán. Vamos, parecido.

—¿Es fresco?

La cocinera le miró con indulgencia.

—Sí, hombre. Voy yo a pescarlo cada mañana, al río este que hay aquí. ¿Tú has echado cuenta de dónde para el mar, criatura?

Arnau enrojeció hasta la raíz de los cabellos.

—No se lo tenga muy en cuenta —le excusé—, acabamos de llegar, y han sido doce horas oyendo las hélices del avión.

—Vosotros debéis de ser los guardias que venís por lo del...

Comprendí que no tenía ningún sentido tratar de ocultarlo.

—Los mismos. ¿Lo conocía?

—Claro, como al resto. No se me quedan los nombres de todos, porque aquí damos de comer cada día a seiscientas personas, pero Pascual era un buen chico. Nunca le faltaba un piropo, y eso a las que ya no tenemos dieciocho siempre nos alegra el día. Pobre.

Me di cuenta de que aquella mujer, aparte de hacer la comida y servirla, estaba allí todos los días, viendo venir e irse a todo el mundo, y por el brillo de la mirada tuve la intuición de que era una persona observadora. Alguien a quien convenía no perder la pista, e incluso, llegado el caso, reclutar para la causa. Sin cortarme, le propuse:

—Un día de estos, si le parece, la invito a un café y me cuenta.

—Encantada. Aquí no suele haber mucho plan.

—Hecho, entonces.

—Cuando usted quiera, mi subteniente.

Nos sentamos a la mesa donde estaban ya almorzando

dos de nuestros compañeros, los que nos habían recibido con el capitán a pie de pista. Eran, miré sus parches, los guardias Acuña y Vellido, ambos destinados en los GAR, los grupos antiterroristas rurales que en los tiempos oscuros habían llevado la parte más fea de la campaña del Norte, y que ahora, con ETA en trance de desaparición, se habían reciclado en una suerte de cuerpo de intervención para situaciones singularmente comprometidas. Por la planta y el entrenamiento que a la vista saltaba que tenían, venían a ser el núcleo duro de la unidad; los que, entre otras tareas, supuse, asumían el protagonismo en las misiones en que había que extremar la precaución a fin de repeler posibles ataques. Eran dos hombres más bien taciturnos, ambos en los treinta y pocos, pero en cuanto les tiré un poco de la lengua advertí que su aire reservado no era tanto una cuestión de carácter como de deformación profesional. En seguida se nos unió el resto: los otros cuatro que ya conocíamos y el guardia Clemente, el otro especialista de Policía Judicial, que resultó ser un malagueño carismático y hablador.

—¿Qué, mi subteniente, qué le parece a usted el pienso que nos echan? —me preguntó, después de las presentaciones.

—Creí que estaría peor. No me parece tan malo.

—Eso es porque lo ha probado poco —dijo el cabo primero Blas.

—Cómo os gusta rajar —les reprochó el capitán.

—No, si yo estoy con el subteniente —dijo el malagueño—. Dentro de lo que cabe, se deja comer. Lo que pasa es que así que llevas un par de semanas alimentándote de esto, deja de convencerte.

—Es una forma muy suave de decirlo —juzgó Acuña.

—A ver —dijo Clemente—. Yo tengo mi propia teoría. No es que la comida sea mala, o que esté mal cocinada.

—¿Qué es, entonces? —preguntó el sargento Pedro.

—Que le falta algo. Que está hecha, cómo diría... Sin amor.

—Amor te voy a dar yo a ti —le amenazó el capitán.

—Eso sí, para los nuevos —advirtió Pedro—: cuidado porque el menú aporta más calorías de las que necesita quien no haga mucho ejercicio y ya no tenga el metabolismo muy acelerado. Si no queréis volver a España con propina abdominal, tomad medidas.

—¿Qué medidas? —preguntó Salgado, con una vocecita ingenua que le aseguró la atención de todos los varones del grupo.

—Saltarte comidas, por ejemplo —sugirió Claudia.

—O darle al gimnasio y al *running* —explicó el sargento—. Veréis que por la mañana y al caer el sol aquí corre todo el mundo. No es por ser modernos, sino para que no se cumpla la maldición de la base, o mejor dicho, para que se cumpla del modo menos malo.

—¿La maldición de la base? —dijo Chamorro—. ¿Cuál es?

—Según dicen —explicó el capitán—, de aquí sólo se sale de dos maneras. O hecho un toro, o hecho una vaca. Hay que elegir.

—¿Y cuánto puede correr uno con este calor sin caerse muerto al suelo? —pregunté.

—Buena pregunta —opinó Arnau.

—Por la mañana temprano hace un poco menos, por eso es cuando aprovechamos casi todos —dijo Pardo—. De todos modos, si sales ahora a la pista que da la vuelta al recinto verás a más de un yanqui dándole. Hay uno que pesará como ciento veinte kilos y que corre a mediodía con una mochila con otros cincuenta kilos de equipo. El sudor le cae a chorros por la frente, parece que va a colapsar.

—Más que cuadrado, está cúbico, el gachó —dijo Clemente—. Para mí que los yanquis lo tienen para cuando no hay a mano un tanque. Para echar abajo árboles, muros, fachadas y cosas así.

El almuerzo, entre estas y otras intrascendencias, sirvió para algo que también era necesario, confraternizar e ir tomando contacto los unos con los otros, pero bastante poco, al final, para profundizar en el caso que nos ocupaba. Al terminar, la guardia Claudia nos llevó a la tienda donde nos vendieron la tarjeta prepago de la compañía afgana de telefonía, con cuyo dependiente, un afgano que la trataba con visible respeto, ni siquiera necesitó regatear. Le dijo que éramos guardias, como ella, y que nos cobrara lo que nos tenía que cobrar y no intentara sacarnos ni un céntimo de más. Con las tarjetas así compradas nos fuimos a la biblioteca, una dependencia más grande de lo que me imaginaba y bastante bien surtida de literatura y películas: acaso mil y pico libros y varios cientos de deuvedés. El afgano que la atendía, un joven de poco más de veinte años llamado Asif, no sólo hizo por nosotros las operaciones necesarias para poner en marcha la línea, algo que era especialmente engorroso, sino que también nos recortó las tarjetas SIM a los que teníamos un terminal que las montaba del tamaño más pequeño. De allí salimos todos con el teléfono operativo e incorporados al grupo de Whatsapp de la unidad de Policía Militar. Era este el medio de comunicación que al final, y pese a contar con otros, se imponía por comodidad de uso, aunque más valía no pensar mucho en su seguridad. Si algún malo encontraba la manera de acceder a esas conversaciones, estábamos a su merced. Lo primero que hice, por mi parte, fue enviarles mensajes a mi madre, a mi hijo y a Carolina. Los tres me respondieron en los siguientes cinco minutos, muy sorprendidos de que dispusiera, estando en Afganistán, de esa vía de comunicación tan inmediata. Para que no contaran con ella de manera permanente, y porque así me lo había advertido la guardia Claudia, les avisé de que la cobertura no era continua ni demasiado buena. Ya les iría dando señales de vida, les prometí, cuando me fuera posible.

La reunión de traspaso del caso, en la que aproveché para hacer un resumen a mi gente de las diligencias que habían realizado nuestros compañeros, la celebramos en el espacio comunitario del que disponía la unidad. Para despistar, seguramente, lo llamaban la Garita, y me chocó el confort que ofrecía. Allí había sillones, una mesa grande, una nevera con bebidas y hasta una pequeña barra. También una pantalla gigantesca en la que podía verse la televisión y donde también, cuando se terciaba, ponían películas. Cuando llegamos, tenían sintonizada una cadena india cuya programación estaba compuesta casi por completo por espacios musicales y largometrajes de Bollywood. Según nos contaron, era de lo más soportable que se podía pescar por allí.

Aparte de lo que me había contado el sargento, el cabo primero Blas nos refirió el incidente que había tenido con Pascual. Según su impresión, estaba algo bebido y bastó que le apercibiera para que se aplacara. Puestos ya todos en antecedentes, hice el primer reparto de tareas. A Arnau le dejé la parte técnica. A Salgado le pedí que se sentara con el sargento Pedro y que recopilara y ordenara la documentación que se había ido generando. A Chamorro la llamé aparte:

—Me gustaría que tú te vinieras conmigo.

—¿Adónde?

—¿Qué es lo primero que tenemos que hacer, lo que de ningún modo deberíamos omitir, en esta primera jornada?

—No sé, estoy un poco espesa, perdona. Dímelo tú.

—Ir al psicólogo. A la psicóloga, mejor dicho.

—Ah. ¿Me necesitas para eso?

Aquello era justo lo que quería atacar. La falta de brío y de entusiasmo que notaba en mi compañera, tan poco común en ella.

—Claro. Para que preguntes lo que a mí se me pase. Vamos.

El despacho de la psicóloga estaba junto al hospital, al otro extremo de la zona española. Para llegar hasta allí desde la Garita, enclavada como nuestra oficina en el sector italiano, hubimos de caminar un buen trecho bajo un sol de justicia. Llevando aquella boina, que cocía los sesos y apenas nos protegía la cara, era imposible no sentir envidia del resto de los militares españoles: mientras nosotros teníamos que resignarnos a utilizar aquello, todos los demás, sin excepción, iban provistos de chambergos mimetizados, que no sólo ofrecían una cámara de aire protectora sino que también les daban sombra.

Siguiendo las indicaciones que nos había dado el capitán, llegamos al bloque prefabricado donde se hallaba el despacho de la psicóloga. No estaba integrado en el complejo del hospital, sino enfrente y algo apartado, supuse que para mayor discreción. A un lado, divisé un monolito y unas lápidas que despertaron mi curiosidad. Me acerqué a mirar y comprobé que se trataba del monumento a los caídos en la misión afgana, desde su comienzo, casi trece años atrás. Entre otros, había un recuerdo para los sesenta y dos fallecidos en el accidente aéreo de Trebisonda, al que se debía la mayoría de las bajas mortales.

—Mira, ahí están también los nuestros —le dije a Chamorro.

—¿Dónde?

—Esa —le señalé la lápida—. Aunque está incompleta.

—¿Por?

Chamorro tenía buena memoria y veía sobre la lápida los nombres de los dos oficiales del Cuerpo muertos en 2010 en el acuartelamiento de Qala-i-Now, donde hacían labores de instrucción, a raíz del ataque de un talibán infiltrado como chófer de un oficial afgano.

—Falta el nombre del intérprete al que mataron con ellos.

—Ah, es verdad.

—Alguien no anduvo muy elegante ahí —opiné—. Ese hombre, aunque su nombre no fuera español ni llevara un tricornio en su vida, se merecía la mención que en esa lápida le regateamos.

—Desde luego.

—Lo de siempre. La memoria es selectiva. E ingrata.

Qué se le va a hacer. En fin, vamos a ver qué nos cuenta la psicóloga.

Para llegar hasta el despacho de la psicóloga, situado en el nivel superior de aquel edificio prefabricado, había que trepar por una estrecha escalerita metálica. Fui yo por delante y al llegar ante la puerta golpeé un par de veces con los nudillos en la chapa. Desde el interior me respondió, apenas audible, una delicada voz femenina.

—Adelante.

Abrí la puerta y vi al otro lado de la mesa, de pie, a una chica rubia de ojos claros. Era alta, pero por su cara cualquiera le habría echado veinte años. Según supe luego, tenía diez más. Busqué en el parche de su uniforme y conté dos estrellas, junto a su apellido, Esteban.

—¿Da su permiso, mi teniente?

—Sí, claro, pasen.

—Soy el subteniente Bevilacqua, y esta, mi compañera, la sargento primero Chamorro. Guardia Civil.

—Ya vi el brazalete. Siéntense, por favor.

Conocía, como es natural, todos los tópicos acerca de la profesión que nunca llegué a ejercer. Entre ellos, que quienes se dedican a tratar profesionalmente con quienes andan mal de la cabeza, o bien son ya medio raros antes de empezar a hacerlo, o bien acaban siéndolo por simpatía o por contagio de los zumbados que alimentan su día a día. Algo más que un tópico, de hecho: según múltiples estadísticas, la prevalencia entre los profesionales de la salud mental de ciertos trastornos, incluidos algunos graves, es bastante superior a la registrada en otros colectivos. Observar a otros conduce a autobservarse, y esa, practicada en exceso, es una de las actividades más nocivas a las que puede entregarse la criatura humana. Quizá esto me influyera en mi primera apreciación del carácter de la psicóloga de la base, que me dio la impresión de ser una persona tímida e insegura. En el transcurso de la conversación, esa sensación iría deshaciéndose. Quizá lo único que sucedía era que nunca se había visto ante algo tan espinoso como un homicidio entre el personal al que se extendía su responsabilidad profesional, ni ante los policías que lo investigaban.

—Acaban de llegar, ¿no? —preguntó.

—Esta misma mañana.

—Supongo que ya contaban con cómo estaría el ambiente.

—No hemos tenido oportunidad de mezclarnos demasiado con la gente, todavía —me excusé—. ¿A qué se refiere?

—Estas cosas perturban mucho. Y esto es una especie de burbuja.

—Algo de eso sí que hemos podido percibir.

—No imagina hasta qué punto. La distancia a casa, el aislamiento, estar viendo siempre a la misma gente, todo el día, sin diferencia entre el tiempo de trabajo y el tiempo libre, que por otra parte para muchos casi no existe... Al final eso crea una atmósfera en la que tiende a magnificarse todo. Y esto, de por sí, ya es bastante grave. He tenido en los últimos dos días más trabajo que en los dos meses anteriores.

—¿Más trabajo? ¿De qué tipo?

La psicóloga me midió con recelo.

—No puedo explayarme al respecto —dijo, con una súbita firmeza que me dejó intuir su carácter—. Aunque lleve este uniforme, como psicóloga que soy sigo teniendo secreto profesional. Digamos, para simplificar, que el que ya estaba tenso lo está más aún.

—Entiendo, no crea. Aunque le sorprenda, estudié Psicología.

Pareció sorprendida de veras.

—¿Ah, sí?

—Hace muchos años, en otra vida. No he ejercido nunca, pero, por si le sirve, soy consciente de los equilibrios que tiene que hacer, y no sólo en esta conversación. Y procuraremos respetarlos.

—La verdad es que mi posición no es fácil —concedió—. Por un lado, tengo la obligación de velar por la salud mental de todos los que están aquí, para evitar que nadie sea un peligro para el resto y para la misión, y en ese papel me toca tener informado al mando y ahora a ustedes, porque el mando así me lo ordena. Por otro, estoy aquí para que la gente que atraviesa por alguna clase de problemas tenga alguien a quien confiarlos, y eso incluye poder preservar su intimidad.

—Lo tengo presente. Sólo aspiro a que me cuente aquello que incumbe a la investigación. A todos los efectos, estamos aquí enviados por un juez, que puede requerir testimonio sobre cualquier información que sea relevante para el esclarecimiento del crimen.

—Lo sé. Y usted también sabe que en cualquier momento, si veo que la orden de atenderles colisiona con mi deber profesional, puedo pedir que sea el juez quien me pregunte lo que quiera saber...

Un brillo de malicia había asomado de pronto a su sonrisa. De la forma más torpe la acababa de empujar a meterse dentro de su coraza, y era necio por mi parte subestimar sus posibilidades de usarla.

—Estoy seguro de que no la pondremos en ese brete —le aseguré, para tratar de establecer una mínima confianza con ella—. Y si en algo me meto donde no debo, no tiene más que decírmelo.

—Así lo haré.

—Por empezar por alguna parte —dije—, ¿sería posible saber cuándo y cuántas veces vino a verla el fallecido?

—Si no le importa, y ya que entramos en harina, déjeme revisar mis notas —me pidió, puntillosa—. No quiero ser imprecisa.

—Por favor.

Se levantó y fue hacia un archivador, de uno de cuyos cajones extrajo un expediente que no le costó encontrar. Volvió a su silla y abrió la carpeta sobre su mesa. Si nos esforzábamos, no estaba tan lejos que no pudiéramos leerlo por nosotros mismos, con la sola dificultad de descifrar su caligrafía invertida, en absoluto insalvable. Tenía una letra redonda y diáfana, la típica de la alumna aplicada y pulcra.

—Tres veces —dijo—. La primera hace un mes y cuatro días exactamente. Fue en esa primera entrevista donde se extendió más sobre su problema, también donde me dejó ver más, porque estaba todavía bajo los efectos de la conmoción. Las otras dos veces venía ya mucho más armado, con su idea hecha y también con un objetivo bien definido: quería que le adelantaran todo lo posible el regreso a España, para enfrentar la situación que le creaba la demanda de divorcio.

—Luego, si le parece, volvemos a la primera entrevista, pero ahora que lo dice, ¿qué cree que pretendía, es decir, qué debemos entender por eso de «enfrentar la situación» derivada del divorcio?

La psicóloga no me respondió en seguida.

—Ha estado fino ahí, subteniente —apreció—. Aunque reniegue, se le nota que es del gremio. No me pareció que se tratara de volver para partirle la cara a su inminente exmujer ni a un posible novio de esta. Más bien de buscar abogado, resolver temas económicos, hablar con los niños. La gestión digamos ordinaria de un divorcio.

—¿Está segura?

No se me escapó el brillo en los ojos de la teniente.

—Claro que no. Pudo disimular. Pero no lo vi furioso, sino más bien resignado. Y era de este tipo de cuestiones de lo que hablaba, de que no quería que ella tuviera toda la ventaja, no sólo por ser abogada, sino por el hecho de que él estuviera atrapado aquí.

—Pero usted recomendó que se le repatriara —dijo Chamorro.

La psicóloga, no se me escapó, perdió una décima de segundo en estudiar a mi compañera. La inercia del oficio, interpreté.

—Así es —se limitó a contestar.

—¿Por qué? —indagó Chamorro.

—Por varias razones. La primera y principal, porque no es muy recomendable que alguien que está gestionando el traspaso de la seguridad exterior de la base tenga otras cosas más apremiantes para él en la cabeza. La segunda, porque creo que uno tiene derecho a ocuparse de una grave situación personal, al margen de si le afecta mucho o le afecta poco, y no está de más que su empresa se lo reconozca. Y la tercera, porque sin parecerme un sujeto de alto riesgo, del conjunto de mi observación se desprendía la conclusión profesional de que el difunto no tenía el perfil idóneo para estar en una misión como esta.

No podía reprocharle falta de claridad. Sin embargo, y para variar, necesitábamos detalles, y me pareció que era a mí, como jefe y como el más baqueteado de los dos, a quien correspondía recabarlos.

—¿Podemos volver a la primera visita? —pregunté.

—Claro. ¿Qué quiere saber?

—¿Qué fue lo que le contó, bajo la conmoción? Me refiero, ya me entiende, a si le dijo algo que nos dé alguna pista sobre su estado de ánimo y sobre los conflictos en que pudiera estar envuelto.

—Venía bastante nervioso. Fuera de sí, podría decir. Lo que de entrada no me pareció anormal. Hay que reconocer que enterarte de que te ponen la maleta en la puerta cuando estás a seis mil kilómetros y sin posibilidad de reaccionar es algo que entra dentro de lo comprensible que te exaspere. Lo que me llamó más la atención fue que no arremetía demasiado contra su mujer, a la que daba más o menos por perdida. Para mí que en su cabeza ya había anticipado aquella eventualidad, aunque siempre sea difícil ponerse en una tesitura desfavorable antes de que ocurra. Sus quejas eran más generales, una especie de enmienda a la mayor: en algún momento me dijo que aquello le pasaba por gilipollas, que eso éramos todos, unos gilipollas que nos veníamos al culo del mundo a arruinarnos la vida, mientras que la gente inteligente seguía en su casa, ocupándose de sus asuntos y sin exponerse a la mierda a la que nos exponemos nosotros aquí. Es un resumen más bien libre de su alegato. También le diré que, ya se lo imaginará, no es la primera vez que escucho algo semejante, ni muchísimo menos.

—¿Aludió a algo que le hubiera sucedido, en particular, ya sea en esta misión o en alguna otra? —preguntó Chamorro.

—No de forma específica.

—¿Es decir?

—Me dejó caer que en alguna otra misión había vivido situaciones algo desagradables. No logré que fuera más explícito. Lo que supongo que sabrán, les habrán informado como me informé yo, es que estuvo envuelto en incidentes con bajas, y que por uno, en Afganistán, hubo una investigación judicial, aunque se cerró sin acusaciones.

Aunque fuera demasiado directo, me atreví a decir las palabras:

—¿Estrés postraumático?

La psicóloga ni se inmutó al oírlas.

—Soy psicóloga militar, subteniente. Mi trabajo es tanto identificar eso como no diagnosticarlo a la ligera. Si lo hiciera, todos los que van de misión podrían jubilarse con una pensión de incapacidad. Si quiere mi opinión, por lo que vi y sé, no puedo concluir tal cosa.

10

El desierto de los tártaros

Por más que lo intenté, no conseguí que la psicóloga me certificara, ni me descartase, que Pascual González Barrantes era un hombre trastornado por las experiencias traumáticas que había vivido en misiones de combate. Mientras la escuchaba, me dio por pensar que la teniente Esteban venía a ser representativa de un país y una sociedad que desde hacía más de una década tenía hombres en armas en zona de guerra sin pronunciar jamás la palabra tabú, ni asumir las consecuencias antipáticas que se derivan de esa decisión, tanto para los propios como para los enemigos o, lo que es peor, para los inocentes que quedan en medio. Quedó claro en ese curioso y olvidado precedente que constituyeron los bombardeos sobre Yugoslavia en 1999, en los que participaron, entre otros, algunos de los cazas que la víspera habíamos podido ver en la pista de Torrejón, sin que casi nadie fuera consciente de ello ni se detuviera a preguntarse o a investigar si las bombas arrojadas habían provocado algún daño colateral; eufemismo de uso común para referirse a niños desmembrados por la metralla o ancianos aplastados bajo el techo de las viviendas sufragadas con los ahorros de toda su vida.

Ojos que no ven, corazón que queda indemne, asegura el refrán castellano, pero los ojos que una y otra vez dejan de ver acaban siendo indicio de corazón ausente o endurecido. Por un momento dudé si aquella mujer, que de seguro habría tenido que evaluar a otros que alegaban secuelas psicológicas del servicio de armas, podía ser un caso de indiferencia voluntaria o incluso sistemática, y si a posteriori, es decir, después de un percance trágico, podía además tener un interés personal en descartar cualquier desarreglo grave, y no debidamente diagnosticado, que pusiera en entredicho su competencia profesional. Me impidió llegar a esa conclusión la empatía que parecía mostrar no sólo hacia la víctima, sino hacia el resto de los inquilinos de la base, y la honradez, respaldada por su mirada, en absoluto huidiza, con que admitió que existía una posibilidad, y más a la luz de lo que le dije que nos había contado la viuda, de que existiera un trastorno de baja intensidad. No lo bastante profundo como para descolocar o incapacitar manifiestamente al sujeto, pero sí para deteriorar sus habilidades de relación con otros y quizá su respuesta a las adversidades.

De lo que la psicóloga militar no era en absoluto partidaria era de la hipótesis del suicidio. Nos lo explicó con estas palabras:

—Para mí no se trata sólo de lo enormemente forzado y cruento de la técnica de autoeliminación, que resulta muy difícil de comprender salvo en el contexto de algún tipo de suicidio ritual, cosa ante la que dudo muchísimo que podamos encontrarnos aquí. He hablado más de una vez con personas con ideación suicida, y hasta he tenido la muy triste experiencia de hablar con una que llevó la idea a término. No estoy opinando, por tanto, sobre lo que dicen los manuales. Las veces que yo le vi, Pascual era un hombre dolido, irritado, y puede que en buena medida decepcionado y cabreado consigo mismo y con el mundo en general, pero no era una persona abatida ni entregada a ese autodesprecio que caracteriza a los suicidas. Estaba entero y con ganas de dar guerra, le diría que cada vez más entero y más guerrero. No recomendé que se le enviara a casa lo antes posible porque pudiera ser un peligro para sí mismo; de haber sido ese el caso, ya comprenderán, lo primero por mi parte habría sido recomendar que le retiraran el arma. La cuestión era que no estaba lo bastante sereno para funcionar en un espacio de conflicto como es este. Y probablemente para lo que veía menos conveniente su presencia era para la tarea que realizaba, mantener relaciones con otros contingentes y por tanto representarnos de cara al exterior. Para esa función era muy poco indicado.

—¿Se refiere a algo en particular? —preguntó Chamorro.

La teniente asintió, despacio.

—Por supuesto. Siempre me baso en algo particular, si no sería una charlatana en vez de una psicóloga. En este caso, la manera en la que hablaba de los italianos. Manifestaba un desprecio y una superioridad sobre ellos que me parecían de lo más peligrosos. De hecho, sugerí que se redujera su trato con ellos al mínimo imprescindible. Resulta que era muy aficionado a la historia militar, y me contaba anécdotas sobre lo malos y lo cobardes que habían sido siempre. Por ejemplo, me soltó un rollo sobre una batalla que Rommel había perdido en la guerra mundial porque una división italiana entera se desorientó en el desierto y lo dejó solo ante los ingleses; y otro episodio de un piloto americano que se estrelló en una isla italiana y que cuando se fue manos en alto hacia los soldados que lo rodearon se encontró con que la guarnición entera de la isla, con el jefe a la cabeza, se le rendía a él.

—Dos hechos rigurosamente históricos —confirmé—. Aunque el segundo fue más bien una prueba de sensatez que de falta de valor. Para entonces Mussolini tenía ya la guerra más que perdida.

—Cierto o falso, imagine que se lo dijera a ellos.

—No era la mejor manera de hacerse amigos —admití.

—Sobre todo, con el orgullo que se gastan los italianos.

—Todos, en realidad, si nos tocan lo nuestro.

—Es verdad, pero algunos son más susceptibles que otros.

A esas alturas de nuestra conversación, la teniente Esteban estaba en plena posesión de sus dichos y sus gestos. Si en algo había podido incomodarla, al principio, sentarse frente a una pareja de guardias, ya no quedaba en ella ni rastro de aquella inquietud. Quise creer que eso la animaría a ser más explícita, y volví a escarbar, de otra manera, en algo a lo que antes me había respondido con cierta vaguedad.

—Me pregunto —empecé diciendo, con tiento—, si en alguna de las conversaciones que mantuvo con él, además de esa falta patente de admiración hacia nuestros socios y aliados, se daría el caso de que mencionara alguna enemistad o conflicto con alguien en particular. Ya fuera de ellos, o de los nuestros, o de alguna otra procedencia.

La psicóloga sacudió la cabeza tres o cuatro veces.

—No —dijo, muy segura—. Ni la fuente de su malestar me pareció en ningún momento asociada a otra cosa que un hastío por todo y por nada en concreto, agravado quizá por la coincidencia con su ruptura matrimonial, ni en ningún momento centró en nadie la causa de sus problemas. Todo lo que soltó delante de mí fueron descalificaciones generales, del tipo «estos imbéciles» o «los capullos que te toca aguantar». Le pregunté nombres, pero nunca me dio ninguno. «Qué más da», fue la respuesta, una y otra vez, cuando intenté identificar algún conflicto personal que pudiera tener. Por lo demás, subteniente, ni esto es el patio del colegio ni yo soy la profe. Ni está bien visto chivarse de nadie, ni soy yo, en la percepción que de mí tiene la mayoría, la que puede solucionar un posible problema de convivencia. Para eso, aquí, valen mucho más los galones que la psicóloga, y ya ve que los míos no tienen mucho peso. Digamos que sólo estoy para las pequeñas rutinas y para las grandes emergencias, cuando las hay. Lo que queda en medio se escapa de mi esfera de acción y por tanto de mi conocimiento, salvo lo que soy capaz de pillar por ahí por mi propia intuición.

—¿Y qué es lo que su intuición le dice?

—¿De Pascual, o de la base en general?

—De ambos.

La teniente me observó con recelo.

—No sé hasta qué punto esto choca con mi deber de secreto.

—Hasta donde pueda decirme.

Dudó unos segundos, luego distendió el gesto y me explicó:

—En cuanto a la base, no es un sitio muy conflictivo. Hay gente un poco quemada, porque no vino voluntaria y porque en algunos casos, sobre todo en las especialidades con menos gente, y también en el hospital, ya han estado aquí varias veces. A estos se les compensa con turnos cortos, de sólo dos meses, pero el descontento puede existir. En otros casos, no han venido tanto pero se pasan aquí seis meses, que se hacen largos, la verdad. Pero esto no es un puesto avanzado: aquí lo peor que se padece es algún ataque aislado contra la base, casi siempre sin consecuencias, y el calor en verano y el frío en invierno.

—¿Hace mucho frío en invierno? —consultó Chamorro.

—Más de veinte bajo cero.

—Cualquiera lo diría.

—Es una tierra extrema. También en lo meteorológico.

—Ya voy viendo.

—En resumen —continuó—, la base no tiene más problemas que los que se dan en cualquier colectividad cerrada, algo incrementados, si acaso, por la lejanía de casa y por el tiempo de misión. En el lado bueno, ya lo habrá visto, aquí hay bastante gente madura y con experiencia, es decir, personas que mejor o peor han aprendido a templar los nervios. No es como en otros ejércitos que tienen predominio de gente muy joven. Casi niños, si compara con los nuestros.

Era verdad. En mis desplazamientos por la base había observado que los militares españoles eran más gente en los treinta y los cuarenta que veinteañeros, que los había, pero en una proporción inferior a la que se advertía entre italianos o norteamericanos, por ejemplo.

—¿Y en cuanto a lo otro?

—¿Lo otro?

—Pascual, su intuición sobre él.

—Uno más, bastante representativo de lo que acabo de decirle. Un profesional con experiencia, no era su primera misión, ni siquiera la más difícil, quizá hasta fuera la menos comprometida que había vivido. Para mí, salvo que hubiera alguna secuela de lo que comentamos antes, su principal factor de desequilibrio era que la mujer le quería largar de casa. Y eso es igual de distorsionador para un conductor de autobús en Cuenca, no sé si me entiende lo que quiero decir.

—Creo entenderla. Hay otra cosa. Hemos hablado de sus posibles conflictos, y tenemos lo que tenemos y no voy a insistir. Hay otra cara de la moneda, justamente la opuesta. No sé si me explico.

La teniente se encogió de hombros.

—No mucho, la verdad.

—A veces el problema no viene de la gente con la que uno se lleva mal, sino de la gente con la que se lleva, bueno, demasiado bien.

—Ah —dijo, como si cayera de pronto en la cuenta.

—¿Me sigue ahora?

—Creo. Me va a permitir que me limite a lo que puedo decir con una mínima base profesional. Chismes, y más en un lugar como este, se oyen muchos, pero no es en eso en lo que yo baso mi trabajo ni creo que sea un material útil para ustedes. En algún momento mencionó, y no le di más importancia, porque no es raro en personas inmersas en una ruptura sentimental, que no iba a llorar por el hecho de que su mujer decidiera largarlo, porque nunca había tenido gran problema para entablar relaciones y de hecho había conocido a una chica aquí. Imagino que, como he podido ver algunas otras veces, trataba de hacerse el duro, de desdramatizar la ruptura para poner el foco en sus hijos y en todos los asuntos que no podía atender a distancia.

—Una chica de la que... ¿le dijo algo más?

La psicóloga pareció regocijada por mi pregunta, o más probablemente por la respuesta que tenía para darme.

—Sólo dos cosas. Que era extranjera, una americana, supongo que creyó que eso me iba a resultar más inocuo que una relación con una militar española, que por lo demás no están prohibidas ni podemos evitar, pero siempre provocan alguna incomodidad al mando y a los compañeros. Y que era una tía con un par de cojones y acostumbrada a sacarse las castañas del fuego, no como su mujer, que siempre estaba quejándose de todo y haciéndole reproches. Resumiendo, que por ese lado el divorcio casi le había descubierto una oportunidad.

Chamorro intervino en este punto.

—¿Y se lo creyó usted? Quiero decir, ¿que era como reacción al desplante de su mujer por lo que se había embarcado en esa relación? ¿Que eso no era algo que hubiera pasado o pudiera pasar antes?

La teniente Esteban permaneció hierática.

—Ni por un segundo —dijo—. He escuchado muchos cuentos, y muchas versiones mejoradas o piadosas de la biografía de mis pacientes hechas por ellos mismos, consciente o inconscientemente. Lo único que trato de decirles es que parecía una relación sin problemas, bien porque no tenía mayor trascendencia o bien porque no había pasado aún de esos primeros escarceos en los que hay poco en juego.

—Ajá —observé, comprendiendo que no había más que rascar.

—No sé qué conclusiones sacan ustedes de todo esto —dijo la psicóloga, como excusándose—. Lamento no poder decirles algo que sea más indicativo o más determinante de lo que pudo pasar.

—¿Cuál es su conclusión? —arriesgué.

—¿La mía? No soy policía —se defendió—. Lo que me cuesta mucho imaginar es que fuera un suicidio, en eso me reitero. Y puestos en la hipótesis de que lo hiciera otro, no tengo candidato, porque no tengo información suficiente, les diría que casi no tengo información, de quién pudiera ser una amenaza para él. Era un hombre algo impulsivo, quizá no del todo centrado, con sus debilidades como cualquiera, pero en el fondo no tenía mala pasta. Desde luego, no era uno de esos que puedas decir que algún día se harán matar. Así que no descarten la posibilidad de que la fuente del problema estuviera en otra parte. Y yo, si fuera ustedes, tampoco descartaría que fuera del todo ajena; que simplemente le tocara la china, como pudo tocarle a otro.

—Se refiere al ataque exterior.

—Eso es. A ellos. A los tártaros.

—Veo que ha leído a Buzzati —anoté.

—Veo que usted también —me devolvió el cumplido—. No es una forma peyorativa de llamarlos, no se crea. En cierto modo comprendo que sientan el deber de hacernos sentir lo peor posible, a los extranjeros que vivimos encerrados en este fortín en el desierto de los tártaros. Su desierto. Y la estrategia de meter a alguien para que nos golpee desde dentro es desde luego la más eficaz. Ya sé que otros atentados de infiltrados fueron con armas de fuego, que hacen más bajas, y que la regla es que el martirio del atacante venga en el paquete, porque eso permite maximizar el daño. Sin embargo, tampoco debemos subestimarlos. Tienen olfato para olernos los puntos débiles, y aquí había uno.

—¿Un punto débil? ¿En la base?

—Tampoco soy experta en seguridad, pero piénsenlo: unas dependencias semivacías, en las que la gente, si no se lo han dicho ya sus compañeros se lo digo yo, suele citarse a deshora y de forma semiclandestina... No me negará que es el sitio ideal para hacer algo así. ¿Y si se les ocurrió una forma de atizarnos que, en lugar de sacrificar al ejecutor, les permite volver a utilizarlo? Sólo es una teoría.

—Extraña, e inquietante, pero que habrá que considerar —dije—. Le agradezco su tiempo y sus orientaciones, mi teniente.

—Marta. Teniente lo soy más bien por accidente. Peor se estaba en el paro —reveló, con una franqueza que consideré la confirmación de la rara seguridad que aquella mujer tenía en sí misma.

—Algo sé de eso también. Por si le sirve, antes o después uno siempre se hace su sitio. Incluso donde menos se lo esperaba.

—Sí, supongo que en eso estamos todos —asintió.

Salí de allí con la sensación, algo paradójica, de que aun sin habernos dado ningún elemento al que pudiéramos agarrarnos o considerar en rigor una pista, la psicóloga militar había acertado a transmitirnos una serie de percepciones valiosas y fiables, para movernos por allí e interpretar con criterio, o al menos no malinterpretar en exceso, los indicios que por otras vías pudiéramos encontrar. Si bien por lo común me complacía en achacarle una dudosa utilidad al oficio que un día había contemplado la posibilidad de ejercer, basado en una ciencia tan incierta y expuesta a opinión que casi cabía degradarla de su condición de tal, me resarcía tropezarme con una profesional coherente y perspicaz como aquella. No sé si era porque me consolaba de haberle dedicado cinco años de mi vida a su estudio, o porque en el fondo, nunca hay que descartarlo, todos, aunque queramos dar otra impresión, necesitamos poder decirle al canalla cáustico que llevamos dentro que no siempre acierta; que a veces hay en el mundo y en la vida gentes y hechos que desmienten el cómodo vicio de presumir que nada merece ningún crédito.

—¿Cómo lo viste, Vir? —consulté a mi compañera, mientras desandábamos a paso lento el camino sobre la pista de cemento ardiente, cuyo calor atravesaba la goma de las botas y abrasaba los pies.

—Solvente, tu colega. Mi trato contigo me había hecho pensar que todos los psicólogos erais unos cantamañanas. Pero ya veo que no.

—Gracias. Y tras esta nueva prueba para mi autoestima, ¿algo que te sugiera en relación al trabajo que tenemos entre manos?

Chamorro meditó con expresión concentrada.

—¿Me estás pidiendo consejo?

Negué con el gesto.

—Te estoy dando voz. Ya decidiré y lo pagaré yo.

—Bueno, así de entrada, me preocupa tener tantos frentes abiertos. Creo que deberíamos tantearlos mínimamente todos, lo antes posible, y ver cómo nos suena cada uno, para elegir dónde ahondar.

—Estoy de acuerdo. Lo que significa, para tu información, que vamos a tener que cambiarles un poco el paso a los señores con estrellas que nos mandan. Lo que me sugirió el capitán, y veo que prefiere el coronel, es que exploremos primero lo que plantea menos problemas, es decir, lo que está dentro de su cortijo. Eso dejaría para luego, y sólo si hace falta, meterse en otros jardines, como los que para ellos implica mirar a los italianos, los americanos o incluso el CNI.

—Con lo que sabemos, creo que sería un error.

—Y yo. Ahora me toca a mí tocarles las narices, pero eso ya va en mi sueldo. Aquí estamos en línea. ¿Alguna sugerencia más?

—Los afganos.

—Los tártaros, como dice la teniente.

—Ahí he visto cómo te ha conquistado. Quiero decir, cuando te ha dado la oportunidad de mostrarte como un *connaisseur*.

—Es un asco que me tengas tan calado, Virgi. Y que ya sepas reírte de mí hasta en francés.

—Sólo soy tu más dedicada alumna —declaró, con modestia—. A ti te debo esa etiqueta, como tantas otras cosas.

—Lo dices como si con ello te hubiera causado algún perjuicio.

—De ninguna manera. Te estoy agradecida. De verdad.

—Mmm... no sé. A ver, qué pasa con los afganos.

—No sé quién los controla, ni cómo, ni qué pesquisas han hecho. Pero creo que deberíamos verlos, a todos y cada uno de los que estaban ese día en la base. Pedirles cuentas de dónde andaban y qué hacían a esa hora. Cada uno responderá lo que le dé la gana, pero podrá verse quién lo hace con más y menos seguridad, y a lo mejor de lo que nos cuenten sacamos alguna información que nos es de ayuda.

—Es una idea pertinente. Aunque supongo que tendrá sus dificultades y llevará su tiempo. Además, habrá que hacerlo con intérprete. La mayoría, según tengo entendido, habla muy poco español.

—Habrá que hacerlo, como sea.

—Tendremos que pedir un intérprete a jornada completa y no sé cuántos tienen disponibles, ni su carga de trabajo.

—Esto es prioridad uno. Seguro que convences al coronel.

—Son ya muchas cosas de las que convencerle.

—Las pegas de ser jefe del equipo.

—Algún día, no lejano, todo esto será tuyo, mi sargento primero. Quiero decir que te tocará a ti comerte estos marrones. Es posible que en ese momento sientas la embestida de la añoranza.

—Es posible, pero no probable. Apechugaré, en todo caso.

Escogí aquel instante para preguntarle, a bocajarro:

—¿Todo bien, Vir?

No me respondió en seguida. También yo la conocía demasiado, a aquellas alturas, y le constaba que no era una estrategia, o al menos no una que fuera a dar resultado, tratar de despistarme con evasivas.

—Bah, más o menos —dijo al fin.

—¿En algo de ese menos puedo ayudar?

—No está en tu mano, ni siquiera en la mía, por eso te digo que bah. Tampoco tiene que ver con el trabajo. O sí, algo sí, pero tampoco es que cambiando nada del trabajo vaya a arreglarlo. De hecho, no creas que estoy descontenta o cabreada por tener que hacer este viaje. Confieso que antes de salir me daba un poco de pereza, pero ahora que estamos, y ya viéndole la cara al asunto, me alegro de haber venido. Esto por lo menos te sacude, aquí no te puedes quedar mohíno en un rincón, ni por lo que nos toca resolver ni por el lugar en sí.

—Es un sitio contundente, desde luego. Empezando por el aire.

—El polvo. ¿Tú respiras bien?

—No lo noto tanto, sólo a ratos.

—Yo soy alérgica, me fastidia un poco más de la cuenta, pero tampoco me quejo por eso. Es una pega que se puede soportar.

—¿Y qué pasa, entonces? Si puedo preguntarlo.

—Puedes, y podría contarte, no es que no me fíe. Sólo que no me apetece, la verdad, ni contarlo ni traspasarte mi dolor de cabeza. He tenido bronca la noche antes de salir, pero tampoco es la bronca en sí, cada vez me resbala más ese tipo de situaciones. Es que ya empiezo a estar un poco harta. O no tengo tino, o no tenéis remedio.

—O no lo tienes tú.

—Sí, disculpa. Siempre hay una tercera opción. La cuestión es que estoy a un centímetro de la solución final.

—¿La solución final?

Se detuvo y me detuve con ella. Me miró y dijo:

—El gato. He pensado en un siamés, qué te parece.

—Sé nada y menos de gatos.

—Seguro que sabes más que yo de tíos.

—¿Tan mal está la cosa?

—Tan mal que no sé si está. Ni le he dicho que tengo

Whatsapp. Y creo que me voy a tomar unos días antes de decírselo.

—Aun sin saber el trasfondo, puede que le venga y te venga bien.

—Pues en eso estoy.

—Pues como tú lo veas. Y sin atormentarte.

—Lo intento.

—No lo vale. No él, a quien no tengo el gusto de conocer. Nadie.

—Trataré de pensar eso. Estoy hasta la coronilla de que los que me fallan se me pongan a cuestionar lo que nunca me ha fallado.

—¿Y qué es eso que nunca te ha fallado?

—Ahora mismo, Afganistán. Un muerto que se llamaba Pascual. Y un asesino que se esconde entre los nuestros o entre los tártaros.

—No se hable más. Vamos a por él.

—Vamos —repitió, dándome con el puño en el hombro.

No sabía gran cosa del último novio de Chamorro. Tenía noticia de que se veía con alguien desde hacía un par de meses o tres. Lo había conocido en un curso de delincuencia organizada al que la habían mandado para estar más al tanto del funcionamiento de esas empresas criminales que de vez en cuando, no tanto como en otras latitudes, pero tampoco tan esporádicamente como para no preocuparnos, depositaban un cadáver en alguna calle (o algún camino, algún monte o alguna playa) de nuestra jurisdicción. Era un profesor de universidad, un par de años más joven que ella, del que sólo sabía que se llamaba Miguel y lo que había podido recoger, a retazos, de alguna conversación telefónica que Virginia había tenido con él en mi presencia y en la que yo no había hecho el esfuerzo de fisgar; más bien había procurado no escucharla y concentrarme en otra cosa. Ni me gusta participar en las fiestas a las que no me invitan, ni creo que uno deba exponerse, si no resulta indispensable por alguna razón práctica, de cortesía o de fuerza mayor, al desasosiego que con cierta frecuencia te provocan las personas con las que se relaciona la gente a la que de veras quieres. No es fácil reconocerles a los tuyos el derecho a meter la pata al escoger con quién se mezclan, pero no queda otra que aprender a aceptarlo.

Fuimos a reunirnos con los nuestros. Al vernos llegar, Salgado se puso en pie y adelantó ligeramente la cadera derecha. Al principio me sorprendió el movimiento, pero entendí su objeto tan pronto como vi el pistolón que llevaba en una pistolera negra atada al muslo.

—Antes de nada —me comunicó—, me dice el capitán que te diga que vayáis a la Garita a recoger vuestra artillería. ¿Habéis visto qué pedazo de artefacto? ¿A que me veis clavadita a Lara Croft?

—La viva imagen —dijo Chamorro.

—Cuando lleves la tuya vas a parecer Clint Eastwood en *Harry el Sucio* —me dijo Salgado—. Lo digo por la edad, ya me entiendes.

—No me seas petarda. Me saca treinta años.

—No te aflijas, hombre. Los dos sois maduros interesantes.

—Tómate algo, Inés. Ahora nos vemos.

Fuimos a recoger el armamento y la munición. No recordaba ya en qué año del siglo anterior me había colgado una pistola visible. Otra sensación para añadir a la colección de extrañezas que me deparaba aquel viaje. Chamorro también se hizo cargo de la suya, que manipuló con la seguridad y la prudencia que la caracterizaban. La vi encajar el cargador en la culata con un golpe seco, y se me ocurrió, caprichos de la mente, que mientras se lo propinaba al arma imaginaba estarle atizando a otra cosa menos dura y menos inanimada.

Apenas acabábamos de hacernos cargo de las armas, que nos entregó el cabo primero Blas, cuando apareció en la Garita el capitán con el resto de la gente, incluidos Salgado y Arnau. Me descolocó verlos llegar a todos juntos, hasta que el capitán me explicó el motivo:

—Ahora me cuentas qué os ha dicho la psicóloga,

pero antes, si os parece, y para relajarnos un poco, vamos a hacer una excursión.

Salimos a la calle que había al costado del edificio, donde estaban aparcados tres blindados Lince, dos de ellos pintados de caqui y otro de verde, con las palabras «Guardia Civil» en letras blancas

—Esta es nuestra flota de ir a guerrear —dijo el capitán—. Vamos a dar una vuelta para que probéis la sensación.

—¿Fuera de la base? —pregunté, incrédulo.

—No, hombre. Para eso tendríamos que montar las ametralladoras y ponernos la armadura, que es un coñazo. Vamos a ver las ruinas.

—¿Las ruinas?

—Sube y calla, mi subteniente. Te dejamos que vayas en la torreta.

—No le haga eso, mi capitán —dijo el sargento Pedro.

—No le obligo, sólo si quiere. ¿Te apetece?

—Por qué no —respondí, por no parecer un sibarita.

Cuando el convoy se puso en marcha o, para ser más precisos, una vez que salió de las pistas asfaltadas de la base y tomó la pista de tierra que corría paralela a la valla perimetral del recinto, comprendí el aviso del sargento. Me había montado con Blas y Chamorro en el segundo Lince, detrás del que conducía la guardia Claudia y en el que iban, además del capitán, Arnau y Salgado. Lo que quiere decir que empecé a comer polvo y tierra a bocanadas, y más cuando el capitán le debió de pedir a su conductora que acelerase. Padecí la novatada durante unos cuantos minutos, porque pese a aquel incordio era vivificante sentir el aire en la cara y poder contemplar desde lo alto el paisaje marciano más allá de la alambrada, con la cresta montañosa de fondo. Finalmente, decidí rendirme y refugiarme en el habitáculo.

Las ruinas a las que se refería el capitán eran unas míseras edificaciones de adobe, incluida una mezquita, que habían quedado dentro de la base. Aparcamos junto a ellas los vehículos y las recorrimos, como un estrafalario grupo de turistas armados, a la luz declinante del atardecer. La mezquita, que estaban restaurando, era la única que tenía techo. Allí hice un aparte con el capitán y compartí con él las ideas que antes había estado debatiendo con Chamorro. Me escuchó con atención y se mostró comprensivo, aunque le alterara la agenda que tenía en mente y le impusiera anticipar alguna que otra tarea.

—Déjalo de mi mano. Cuando volvamos, hago unas llamadas.

Un par de horas después, a la salida de la cena, sentí de pronto cómo me caía encima el cansancio. Caminé con parsimonia hacia mi alojamiento, dejando que Chamorro, Salgado y Arnau se adelantaran, absorto en aquel cielo en el que las estrellas, por efecto del polvo en suspensión, eran menos visibles de lo que esperaba. Mientras admiraba la quieta noche afgana, en la base sin apenas luces, salvo el disco de la luna, difuminado al otro lado de la nube perenne que nos envolvía, el capitán se me acercó por la espalda y me puso la mano en el hombro. Con un sobresalto, me volví, y entonces me anunció:

—Mañana a primera hora. Te he conseguido cita con el CNI.

11
Material sensible

Por primera hora, según me aclaró el capitán, debía entender las nueve y media, y no porque la actividad, de la base y en su caso, no comenzara antes, sino porque todos los días, a las nueve en punto, los mandos con hilo directo con el coronel, entre los que se encontraban tanto él como el responsable del equipo del CNI, tenían la reunión de situación en la que se repasaban los asuntos de la jornada. En ella se daba cuenta de las incidencias y de los servicios previstos, se exponían y analizaban los informes de inteligencia y también las noticias locales e internacionales que pudieran ser relevantes para el desarrollo de la misión o para el mantenimiento de la seguridad de la base.

Nada de esto era asunto mío, salvo indirectamente. En todo caso, el capitán me prometió tenerme al corriente de cualquier novedad que pudiera repercutir en nuestra investigación, así que no me empeñé en madrugar de más y les recomendé a los miembros de mi equipo que hicieran otro tanto, con la idea de compensar el sueño y las dos horas y media que habíamos perdido en el viaje. Los prefería a todos frescos y recuperados para la yincana que ese día nos aguardaba.

A las ocho y media nos reunimos en el comedor para dar cuenta del desayuno y hacer reparto de tareas. Por las caras que les vi a los tres, deduje que habían descansado regular, lo mismo que yo. Nunca he podido acostumbrarme a dormir con el aire acondicionado puesto, y allí no era ni siquiera una posibilidad prescindir de él. En mitad de la noche, embotado por el ruido del aparato y con la garganta seca, se me había pasado por un momento por la mente la idea de quitarlo, pero no terminé de decidirme; no me pareció que el pobre Arnau mereciera que su subteniente lo condenara a dormir en una sauna.

—Cuando te dicen que por la mañana afloja el calor deben querer decir de madrugada —observó Salgado—. He salido a dar una vuelta poco antes de las ocho y ya empezaba a arrear que era un gusto.

—Nos iremos aclimatando —pronosticó Chamorro.

—No sé yo —dudó Arnau.

—Cuando os sintáis muy agobiados, pensad en la gente que tiene que ir por ahí con el equipo completo, chaleco, casco y el armamento, patrullando a pleno sol o dentro de un blindado —les recordé.

—Como los italianos de la *Force Protection* —dijo Arnau—. ¿No los visteis ayer? Tienen que estar hechos de una pasta especial.

—Sí, la de la necesidad —dije—. Vamos. Centremos la faena.

Para que la mañana nos cundiera lo más posible, repartí el equipo. Yo estaba ya ocupado con los del CNI, una gestión que para mayor discreción el capitán me había pedido que hiciéramos sólo él y yo, y que no sabía *a priori* cuánto podía durar. A Arnau le ordené que se quedara en la oficina, analizando la información de las comunicaciones y los ordenadores de la víctima. Esperaba que se las arreglara para que en el día pudiéramos tener una primera impresión y, de ser posible, alguna pista o algún indicio que nos orientara en algún sentido. A Chamorro y a Salgado les encargué una gestión más delicada.

—Poneos al habla con Claudia y que os presente en el hospital.

—¿A quién? —preguntó Chamorro.

—En primer lugar, al oficial responsable, para que os facilite la interlocución con los demás. Y una vez que hayáis cumplido con esa cortesía, quiero que os centréis en dos objetivos. El primero, la teniente médico Ginés, a la que no sólo espero que le saquéis todo lo que podáis sobre la relación que mantuvo con la víctima, sino también sobre el propio Pascual, hasta donde supiera de él, y sobre cualquier otra cuestión que venga al caso y de la que barruntéis que pueda tener información. El segundo, el médico que asistió al levantamiento del cadáver y emitió el informe preliminar. Tenemos ya ese informe, y para más detalles habrá que esperar a la autopsia que empezarán a hacerle en Madrid dentro de unas horas, pero me gustaría que le sacarais cualquier detalle o conjetura que no consignara en el papel.

—De acuerdo —asintió Chamorro.

—Si termináis con eso y yo aún sigo con los del CNI, tienes toda la autoridad para decidir por dónde continuar, en función de lo que vaya encontrando aquí nuestro Johnnie. Y si no encuentra nada...

—Gracias por la confianza —saltó Arnau.

—No te ofendas, no desconfío de tu olfato —le aclaré—. A lo mejor te trituras todos esos listados y esos historiales de navegación y resulta que no hay nada que nos sirva, porque lo que necesitamos está en el teléfono con tarjeta afgana. A ver si el enterado ese de Aviación nos averigua cómo abrirlo. Si no, habrá que mandarlo a Madrid para que nos lo reviente un verdadero experto. En fin, a lo que iba —proseguí, dirigiéndome a Chamorro—, si no sale otra cosa y lo mío con los espías se prolonga más de la cuenta, te vas a entrevistar al brigada de la unidad logística, el que estuvo con Pascual en la misión de Irak.

—¿No preferirías estar en esa entrevista? —dudó Chamorro.

—Claro, pero se trata de no perder el tiempo. Después de esa, nos quedan aún varias papeletas más, que tengo que negociar con Pardo cómo abordamos: los italianos, los afganos, los americanos...

—Como tú digas.

Había quedado con el capitán Pardo a la salida del barracón donde se celebraba la reunión con el coronel. La puerta se abrió a las nueve y treinta y cinco. Tras salir en tropel, los oficiales se dispersaron por la base, cada cual hacia su dependencia. Pardo apareció de los últimos, charlando con un hombre varios años mayor que él, fornido y vestido de civil, de la peculiar manera en que los civiles se vestían allí: botas de batalla, pantalón de explorador, camiseta de color oscuro y chaleco de múltiples bolsillos. Antes de despedirse, ambos miraron en mi dirección y consultaron sus relojes, como si se emplazaran. Me atreví a inferir que se trataba del jefe del equipo del CNI y que acababan de citarse para poco después. Luego Pardo vino hacia mí. Por primera vez, vi a aquel hombre de natural afable con gesto irritado.

—Buenos días, mi capitán —le saludé—. ¿Algún contratiempo?

—Tranquilo, la reunión sigue en pie —me informó—. Nos piden que les demos quince minutos, así que si te dejas puedo invitarte a un café en nuestra cantina. Y te cuento por qué traigo esta cara.

Entré con él por primera vez en la cantina española, situada en uno de los costados de la plaza de armas. Era espaciosa y oscura, conforme al uso local, y lo primero que me llamó la atención fueron los letreros improvisados (por el tamaño, folios plastificados) que sobre la barra anunciaban, en inglés e italiano: «*No Beer / Niente Birra*».

—¿Y esto?

—Ya te dije. Nos han interceptado en Turkmenistán los camiones. Algún listo de allí estará haciendo negocio y nosotros nos quedamos sin cerveza. Lo anuncian a los aliados porque todos vienen a tomarla aquí, es la que tiene mejor relación calidad-precio de la base.

—Priva barata, Marca España. También aquí, por lo que veo.

—Flipan. Y más los yanquis, que no pueden beberla. ¿Cortado?

—Con leche, largo. ¿Qué es lo que le tiene tan serio?

—Tutéame, por favor. Noticias de la ciudad. Esta noche se han encontrado a dos niños de siete y ocho años muertos en la calle.

—¿Y eso?

—No te apures, el crimen quedará impune, como tantos otros. Lo que no quita para que sepamos qué pasó, con cierta aproximación, porque las heridas de los niños dejan poco lugar a dudas.

—¿Es decir?

Pardo inspiró hondo.

—Una pincelada de la cultura local, subteniente. En Herat han funcionado desde siempre, y siguen funcionando, prostíbulos infantiles. Hablo de quienes se prostituyen. Los clientes son hombres maduros y a dos de ellos se les ha ido la mano, u otra cosa, esta noche.

—¿En serio?

—¿Bromearías tú con algo así?

—Y a eso ¿no se le puede meter mano de alguna manera?

El capitán soltó un resoplido.

—¿Te has preguntado alguna vez por qué en el país del que tú y yo venimos, antes de aspirar a reformar este, sigue habiendo trata y explotación sexual de miles de personas y no se consigue más que darle al negocio algún golpe aquí o allá y muy de vez en cuando?

—Sí, claro que me lo he preguntado.

—¿Y qué te has respondido?

—Bueno, que a pesar de todo hay una tolerancia social y un nivel de consumo que no presionan a los jueces para ser más beligerantes con ese tipo de industrias delictivas y autorizar intervenciones policiales tan firmes como se autorizan frente a otros delitos. Pero si hay un muerto la cosa cambia, y no digamos si se trata de un niño.

—Exacto. ¿Sabes cuál es la diferencia?

—Algo empiezo a olerme.

—Que aquí un muerto no impresiona nada, y que un

niño no es para esta gente, no diré para todos, pero si para la mayoría, lo mismo que para nosotros. A nuestros niños los hemos convertido en los reyes de la casa, los primeros en el bote salvavidas, hasta se les da lo que no debería dárseles ni se merecen. Para estos, un niño es simplemente una persona pequeña, de menos tamaño, quiero decir, y si muere no vale más que cualquier otro muerto. Y si es una niña, menos aún.

—¿Así de duro?

—Entiéndeme: en todas partes hay gente con corazón. Y cuando tratas con los que mandan, algunos parecen sinceros en sus deseos de mejorar las cosas, sobre todo las contadas mujeres a las que les dejan y se atreven a ejercer alguna responsabilidad. Sin embargo, la cultura que está en el trasfondo es la que te digo, una cultura sin compasión hacia el débil, porque este es un pueblo de supervivientes. No llevan en guerra trece ni treinta años, sino desde siempre. Cuando no han estado enfrentados a un invasor, los ingleses, los rusos, nosotros, se han estado dando estopa entre ellos mismos. Cosas así son las que te hacen preguntarte qué narices esperamos conseguir con todo esto.

—No soy yo quién para juzgarlo, ni decidirlo —dije.

—Claro, ni yo. Tú y yo cumplimos órdenes, que es lo que nos toca, aunque yo he venido aquí voluntario. Y no creas, los días buenos hasta llego a pensar que algo quedará de todo esto, que alguien tendrá una oportunidad que no tenía, o que dentro de treinta años alguno de los afganos que nos conocieron recordará que los españoles éramos tipos raros que veníamos con verdaderas ganas de ayudar, aunque al final no consiguiéramos gran cosa. Eso sí, cómo hacer un día bueno de uno que empieza con dos niños muertos a manos de unos hijos de puta, es algo que a mis treinta y dos años no he aprendido todavía.

—Ni falta que hace, mi capitán.

—En fin, mejor cambiamos de tema, para los cinco minutos que nos quedan de café. ¿Cómo vas viendo lo nuestro?

—He puesto en marcha a mi gente para que vayan tanteando lo que no nos ofrece dificultad, y luego, en función de lo que salga de lo de ahora, me gustaría comentarte algunas propuestas. Hay un par de detalles que se me pasaron ayer, con la fatiga del vuelo. Supongo que se tuvieron en cuenta, pero no hemos hablado de ellos.

—Dime.

—Uno va de huellas. He visto las fotos del cuarto donde apareció el cadáver y alguna general del barracón, y hay algo que me pregunto: ¿en el suelo no había ninguna huella de pisadas? ¿Nada que permita identificar el calzado del asesino? Es extraño, con tanta sangre.

—También nos lo preguntamos. El sargento sacó un par de fotos de detalle que pueden darte alguna pista; pídeselas. Parece la forma de un pie, de tamaño medio, sobre un 41 o 42, pero no pudimos concluirlo. De suelas, nada de nada. Pedro tiene una teoría: quien lo hizo, que preveía la hemorragia que se disponía a provocar, se envolvió el calzado en algo que lo protegía y antes de salir al pasillo se retiró la protección. Porque en el pasillo no encontramos huellas de ningún tipo, y de ahí salió a una pista de cemento donde ya puedes olvidarte.

—Si así fuera, confirmaría la premeditación.

—A estas alturas, creo que eso puedes darlo por hecho.

—La otra cuestión —continué— tiene que ver con ese mal vicio que tenemos ahora los policías, con tantas cámaras por todas partes. Me preguntaba si no hay cámaras en la base que pudieran ofrecernos alguna imagen de la gente que se moviera por la zona que nos interesa en los momentos previos y posteriores a la hora del crimen.

—También un servidor y el sargento hemos adquirido ese vicio, Vila, así que fue lo primero que miramos. Pero te sorprenderá saber que cámaras aquí no hay tantas. Y las que hay están situadas en instalaciones con valor militar, léase polvorines, o espacios donde se almacena cualquier clase de material sensible. No donde duerme la gente, quizá porque nos olvidamos de que es el material más sensible que tenemos. La cámara más cercana está a ciento y pico metros, y quien lo hizo no tuvo ninguna necesidad de entrar o salir por allí para ir hasta el lugar del crimen. Tendrás que renunciar a ese recurso.

—Una lástima. Suele dar juego.

—Hazte a la idea de que has viajado en el tiempo y careces de las facilidades que al sabueso le proporciona la civilización digital.

—Ya me voy haciendo, ya.

Cuando llegamos a las oficinas del CNI nos esperaba en la puerta un hombre armado con un subfusil MP5. Andaría por los treinta y tantos y las ropas civiles apenas encubrían su condición de militar.

—A la orden, mi capitán —confirmó mi suposición, al tiempo que abría la cancela que cerraba el recinto.

Nos acompañó al interior de las dependencias, hasta el despacho del jefe del equipo. Allí nos aguardaba el hombre al que había visto antes con Pardo, junto a otro más joven, no llegaría a los treinta años, también vestido de civil. Ambos se pusieron en pie al vernos.

—Buenos días, subteniente, bienvenido a nuestra casa —me saludó el jefe, mientras me ofrecía la mano.

—Buenos días, y disculpe, pero no veo sus galones y ya sé que puede ser militar o no, así que ignoro qué tengo que decir...

El espía se echó a reír.

—Coincide que sí soy militar. Comandante de caballería.

—Entonces a la orden, mi comandante.

—No hace falta, aquí estoy en otro carácter, o eso creo. A veces cuesta saber en qué carácter estamos, ¿eh, Pablo?

—Y que lo diga, mi comandante —dijo el otro y, dirigiéndose a mí, se presentó a su vez—. Teniente Pablo, mucho gusto.

—A mí puede llamarme García —dijo el comandante—, que es, por cierto, mi verdadero apellido. Como ve, ya vengo preparado desde la cuna para pasar de incógnito por dondequiera que vaya.

Componían una pareja peculiar. El comandante, diez años mayor que el otro, era quien controlaba el tinglado en su conjunto. No podía imaginar, ni él iba a decirme, las actuaciones que obraban en su hoja de servicios y le habilitaban para encabezar aquella misión, posiblemente una de las más expuestas que el Centro mantenía, porque al fin y al cabo se trataba de procurar la inteligencia necesaria para preservar la seguridad de varios cientos de españoles desplazados a un país en conflicto. El teniente, como jefe del equipo de operaciones especiales que daba protección a esa labor, también tenía una grave responsabilidad, pero mucho más puntual y concreta. Ambos parecían entenderse con sólo cruzar la mirada. No iba a ser una entrevista trivial. Juzgué que lo mejor era que ellos, que sabían a qué iba yo, abrieran el fuego.

—El capitán nos ha contado más o menos lo que necesita de nosotros —dijo sin más preámbulos el comandante, una vez que tomamos asiento—, pero me gustaría que me lo precisara usted mismo.

Pese a su edad, García era ya un viejo zorro. No me iba a librar de hacer el gasto de delinear los contornos del campo de juego.

—Estamos investigando un posible asesinato —dije—, en un lugar que ni es común ni es nuestro terreno. Así que de entrada cualquier información que tengan y puedan compartir es bienvenida. Aparte de eso, hay dos vías que tenemos abiertas en las que la información pasa por ustedes, como ya les habrá comentado el capitán.

—¿A saber?

Estaba claro: no iba a regalarme nada. Me resigné:

—La primera es la de los empleados afganos de la base. Según me dice el capitán, comparten la responsabilidad de asegurar su lealtad y de impedir que puedan ser una amenaza, y es verdad que no parece probable que de ahí venga el golpe, por el procedimiento homicida, pero es algo que no podemos excluir y que habrá que mirar.

—Estoy de acuerdo —dijo el comandante—. Tampoco nosotros lo excluimos, por la cuenta que nos trae, aunque ya le anticipo que lo consideramos sumamente improbable. ¿Qué es lo que desea?

—Una lista de los que estaban aquí ese día. Y pasarles un breve cuestionario a todos. Para analizar sus reacciones.

El comandante asintió.

—Me parece bastante razonable. Ya pensábamos examinarlos por nuestra cuenta, así que podemos adelantar y compartir la tarea.

—El cómo, ustedes dirán. Que no se demore mucho es lo que mi gente necesita para poder definir las líneas de investigación.

—Le daremos prioridad. ¿Qué más?

No me anduve con rodeos:

—Necesito hablar con uno de los hombres del equipo del teniente. Parece ser que conocía al difunto de una misión anterior, y que en esa misión sucedió algo que era foco de conflicto entre los dos.

—Vamos, en plata, que es uno de sus sospechosos.

Volvía a ponérmelo difícil. No me achiqué:

—No tanto como eso, hoy por hoy. Digamos que es una posibilidad que me gustaría descartar. No sólo por ustedes, sino también por nosotros. Es imposible investigar en tantas direcciones a la vez.

—He hablado con el sargento —dijo el teniente.

—¿Y qué dice? —me di el gusto de apretar yo, por una vez.

—No tiene ningún inconveniente en charlar con usted y contarle todo lo que sabe del difunto Pascual González. Y también los motivos por los que su relación con él era poco amistosa. Hay asuntos que son materia militar clasificada, pero le he pedido que sea con usted tan franco como pueda y sienta que es necesario. Espero que si le cuenta algo que no deba saberse será usted digno de la confianza.

—Cuente con ello. No tengo obligación de poner en mi informe nada que no guarde relación directa con el crimen, lo que quiere decir que tampoco tengo derecho a hacerlo. Y no es mi costumbre traicionar la confianza de nadie, y menos aún divulgar secretos oficiales.

—Por lo que se refiere a los afganos —intervino el comandante—, no sé si el capitán le ha contado por encima el protocolo de seguridad que tenemos con ellos. Les hacemos pasar entrevistas personales periódicas y tenemos en la base una empresa, unos contratistas norteamericanos de seguridad, que cada cierto tiempo les pasan el polígrafo para cerciorarnos de que no mienten, en la medida en que esa prueba lo asegura: depende del artista que la hace y el artista que se somete a ella. Tenemos otros medios, digamos de índole indirecta, de controlar a esta gente, y son esos los que nos hacen pensar, junto a otros indicios, que es muy poco verosímil que lo hiciera uno de ellos.

—¿Puedo preguntar qué clase de medios son esos?

—Puede, cómo no. Y supongo que yo puedo contestarle también, dentro de un orden. Un recurso clásico de inteligencia: fuentes vivas. Le aseguro que procuramos estar muy encima de estas personas, porque históricamente son los afganos de confianza el vector más eficaz que tienen los talibanes para hacernos daño. Al final, sucede en todos los órdenes de la vida: aquel de quien te fías es el que te la clava.

—En mi trabajo lo he visto unas cuantas veces —corroboré.

—Por eso del todo, lo que se dice del todo, aquí no nos fiamos de nadie. Los tenemos muy controlados, subteniente. No le diré que sea imposible, pero es prácticamente imposible que nos la jueguen.

—Así y todo...

—Así y todo, no se preocupe, vamos a mirarlos a todos

otra vez. Y si en alguno vemos algo que no cuadra, avisamos a nuestros yanquis del polígrafo y que se lo pasen para mayor tranquilidad.

—¿Puedo tener a alguien de mi equipo en ese examen?

—Ya lo creo. Sus compañeros nos asisten regularmente.

—Se lo agradezco.

—En cuanto a otras informaciones que tengamos, y que puedan serle de utilidad en su investigación, no van más allá de las que ya le ha dado el capitán. Pero si nos enteramos de algo, cuente con que se lo haremos saber. Y con que no lo demoraremos más de la cuenta.

En ese momento, sonaron unos golpes en la puerta del despacho.

—¿Sí? —dijo el comandante.

La puerta se abrió y en el umbral apareció alguien a quien conocía: el comandante Kirkpatrick, con quien había compartido vuelo y escala en Estambul. Al verme, alzó las cejas y me saludó, jovial:

—Hombre, Bevilacqua, cuánto bueno. No pierdes el tiempo, ¿eh?

—No debo perderlo —me justifiqué.

—Le estaréis tratando bien, ¿no? —preguntó, mirando a García—. La Benemérita es lo más serio que tiene este país nuestro, y además el subteniente y yo tenemos un trato de apoyo mutuo, ¿no es así?

—Ya le dije que no soy yo el competente, mi comandante, pero aquí tiene a mi capitán. Por mi parte, y mientras no espere de mí nada contra la ley o contra lo que nos mande el juez, sin problema.

—Cómo son, los tíos —observó—. Incorruptibles.

—«El honor debe conservarse sin mancha» —terció el capitán—, lo dice nuestra cartilla. Y no nos ha ido mal haciéndole caso.

—Vale, vale. Veo que estáis ya en las mejores manos, pero reitero mi oferta, por si el subteniente no te lo ha dicho, capitán. Me mandan de Madrid para ver cómo está la situación aquí y reevaluar los riesgos. Si averiguo algo que me dé que puede serviros, vuestro es. Preguntad a estos, si no os fiáis, ellos me avalarán. O eso espero, vamos.

—No estés tan seguro —se burló García.

—¿Empezaste el libro? —me preguntó Kirkpatrick.

—Lo intenté, pero anoche no estaba para leer —mentí.

—No dejes de leértelo. Por lo menos el primer capítulo, la historia comienza en Herat, casualmente. Espero fuera a que terminéis.

—No, pasa, ya hemos terminado —le dijo García, y se volvió al teniente—: Llévalos si quieres a hablar con el sargento Bernabé.

—Si te parece, mi comandante, yo me retiro —dijo Pardo—. Creo que es mejor que el subteniente esté a solas con el sargento.

—Tampoco yo estaré en la conversación —dijo el teniente—. Para que se sientan más libres, usted de preguntar y él de responder.

Salimos todos y dejamos solos a los dos comandantes. Pardo se fue a nuestra oficina y Pablo, el teniente, me acompañó hasta la sala donde estaban sus hombres. Por el camino me fue preparando.

—Bernabé, como el resto de mi equipo, es un tío de una pieza. En el Mando de Operaciones Especiales no entra todo el mundo y los que traemos aquí están especialmente seleccionados. Va a ver a alguien que ha tenido que ir a los peores fregados y que sigue con la cabeza en su sitio, que es lo principal en esta unidad. Les dejo a solas porque me fío de él con los ojos cerrados. Pregúntele todo lo que necesite.

Al verme llegar con el teniente, tres de los cuatro hombres que se encontraban en la sala se dispusieron a abandonarla. El cuarto, el que se quedó y el teniente me presentó como el sargento Bernabé, era un hombre de estatura mediana, tirando a bajo, delgado pero recio, de piel muy morena y barba negra salpicada por algunas canas. Me apretó la mano con fuerza y me miró de frente y dentro de los ojos. Cuando nos quedamos a solas, y luego de ponerle en situación, se avino, cosa que le agradecí, a entrar en materia sin remilgos.

—No le voy a engañar, mi subteniente —dijo, sin apartar de mí ni por un segundo sus ojos, de un color arena que parecía claro al lado del de su piel, retostada por el sol—: Pascual y yo no éramos amigos, ni mucho menos que eso, y había buenas razones, para mí y supongo que para él. A veces se dan en la vida situaciones que te ponen enfrente de alguien y eso ya es para los restos. La verdad es que fue una mala carambola que los dos coincidiéramos aquí. Lo que pasa es que yo, desde que le vi la primera vez en el comedor, por los dos, pero también por lo que me toca hacer en esta base, me esforcé por evitarle. Mientras que él era de otra condición. De los que no saben dar vuelta a la hoja cuando de nada sirve seguir leyéndola una y otra vez.

—¿Y qué es lo que pone en esa hoja?

Bernabé inspiró con fuerza y apretó los labios.

—Deje que trate de resumirle. Antes que nada le sitúo: Badghis, unos doscientos kilómetros al norte de aquí, hace tres años. En el puto verano, como ahora, pero en un sitio mucho más jodido que este. La misión era proteger una ruta, para los nuestros, y tratar de cerrarla a los malos, que no tenían ningún interés en que consiguiéramos ni lo uno ni lo otro, porque es la ruta por la que traen las armas y sacan la droga; o lo que es lo mismo: su cordón umbilical. Algún lumbreras del Estado Mayor creyó que podíamos cortársela, pero para eso habrían hecho falta diez veces más fuerzas que las que teníamos, porque estos serán un hatajo de cabreros, pero se agarran a su tierra como lapas, y más a lo que les da la vida y toda la fuerza que tienen. En resumen: que estábamos más o menos en tablas, soportando que nos hostigaran, procurando que no nos volaran a nadie con un IED y de cuando en cuando intentando algo que nunca cambiaba mucho las cosas.

—¿Estabais en la misma unidad, tú y Pascual?

—No. Él estaba destinado en un COP, un puesto avanzado, y yo formaba parte de un destacamento de operaciones especiales que los apoyábamos en acciones puntuales. Como la que tuvimos la desgracia de compartir. No voy a decirle más de la cuenta, pero aquella faena dejó bastante que desear, en más de un sentido. Se supone que íbamos a apoyar a los del ANA, el Ejército afgano, que eran los que tenían que hacer la maniobra, con nosotros como cobertura. Alguien no estuvo donde debía, los del ANA tampoco respondieron como se esperaba, y el resultado fue que varios de los nuestros se vieron a los pies de los caballos. Y a esta gente no se le puede ofrecer blanco, porque nunca lo desaprovechan. Pájaro que vuela, a la cazuela. Cazaron a un sargento, amigo de Pascual, de toda la vida por lo visto, habían estado juntos en Kosovo y no sé cuántos sitios más. Para mí que fue un francotirador que tenían, o eso se rumoreaba, y a saber desde dónde, porque otra cosa que tienen es que con un fusil medio bueno le dan a lo que sea desde distancias alucinantes. En cuanto saltó a la radio que teníamos una baja se armó el belén, y suerte hubo de que no nos hicieran más roto, porque más de uno, con los nervios, no anduvo muy fino.

—¿Qué hacías tú en aquella operación, en particular?

—Mandaba un equipo de tiradores de precisión, en una cota que en teoría era dominante, pero que en la práctica dominaba lo que dominaba; teníamos puntos ciegos a punta de pala. Y otra cosa que nadie cuenta, ni sabe, salvo los que estamos ahí: unas reglas de enfrentamiento de mierda, que sólo te permiten tirarle al que te está atacando, si no quieres que encima te procesen por crimen de guerra. Mi gente tuvo a tiro a alguno que seguro que era de ellos, pero no en condiciones de poder dispararles. Y cuando sí hubiéramos podido, porque nos estaban haciendo fuego, se mantenían desenfilados de nosotros, salvo dos a los que pillamos y neutralizamos convenientemente. Por desgracia, el que se nos escapó fue el cabrón que acabó haciéndonos la baja.

—Y deduzco que Pascual os echó la culpa.

—A nosotros, y a los de los morteros, y a la sección que cubría el flanco, y a todo cristo. Cualquier cosa antes que asumir que se habían metido donde nunca tenían que haber estado, y le aseguro que yo no decidí eso. Hubo una investigación y mi gente y yo quedamos limpios. Dejamos claro que habíamos hecho lo que debíamos, y más.

—Nadie fue acusado al final, ¿no?

Bernabé apartó por primera vez la mirada y la dejó durante unos segundos en el techo. Volvió a buscar la mía, antes de hablar.

—El instructor archivó sin imputar a nadie, porque llegó a la conclusión de que había sido una sucesión de percances desafortunados. Y si quiere mi opinión, creo que fue lo más justo. Procesar a alguien por aquello habría sido hacerle, además de puta, apaleada.

—Y eso Pascual no lo aceptó de buen grado...

—Juzgue usted. ¿Quiere saber lo que me dijo, una tarde, a la salida del comedor? Que no iba a parar hasta que me procesaran.

—¿Y tú qué le dijiste?

La ira asomó a los ojos del sargento.

—Que se quitara de en medio. Si no quería llevarse una hostia.

12

Hazañas bélicas

No podía decir, desde luego, que el sargento Bernabé me hubiera dado una versión de sus relaciones con el difunto Pascual González orientada a disipar cualquier sospecha que pudiéramos tener sobre él. En pura teoría, tenía el arrojo, la capacidad y el motivo para quitarlo de la circulación. Que lo dejara ver con esa transparencia era sin embargo, a tenor de la experiencia, y dejando a salvo situaciones excepcionales de insensatez o impunidad, un reparo que habría que deshacer. No había mucha gente con el aplomo suficiente para señalarse así, aunque tanto por su trayectoria vital como por su entrenamiento Bernabé no debía de ser precisamente un hombre apocado. Y a veces resulta mejor para uno, cuando hay algo que antes o después se acabará sabiendo, revelarlo y no esperar a que salga por otra vía. También el sargento parecía tener la astucia necesaria para hacer ese cálculo, si bien nada le aconsejaba contarme de manera tan cruda un incidente de cuyos detalles nadie, aparte del muerto, habría podido darme testimonio. Por tanto, procuré encajar con frialdad su revelación y completar sin más la tarea que me incumbía.

—Entenderás, o eso espero, que tenga que preguntártelo: ¿dónde estuviste el pasado lunes, entre las tres y las cinco de la tarde?

Bernabé no mudó el gesto.

—Lo entiendo, cómo no. En mi corimec.

—¿Las dos horas?

—Verá, mi subteniente, pocas veces tenemos aquí posibilidad de echar una siesta. Ese día habíamos salido por la mañana y como no teníamos nada urgente por la tarde nos dejaron un par de horas de descanso. Pensé en salir a correr un poco, pero hacía demasiado calor, así que me di una buena ducha y luego una sobada, para recuperar las fuerzas. Cuando vamos a Herat solemos salir muy temprano.

—¿Alguien puede dar fe de eso?

—Claro, mi compañero de corimec, el cabo Ramiro.

—¿También de operaciones especiales?

—También. Uno de los que estaban aquí, hace un momento.

—Y estuviste con él todo el rato.

—Bueno, en la ducha no. Eso prefiero hacerlo solo.

—¿Y cuánto pudiste tardar en ducharte?

—No sé, lo normal. Quince minutos.

—Te lo voy a preguntar sin rodeos. ¿En algún momento pensaste en tomar alguna medida, digamos, drástica contra Pascual?

Bernabé ni siquiera pestañeó.

—Si no se hubiera apartado esa tarde, lo mismo le habría partido la nariz, aunque también es posible que en el último segundo me lo hubiera pensado mejor y lo hubiera rodeado sin más. Si se refiere a si alguna vez pensé en cargármelo, ni remotamente. Era un tipo ofuscado por una cagada que no sabía dónde colgar, y que necesitaba colgarle a alguien, a lo mejor para dejar de sentirse culpable él. Para mí no era más que una molestia, y sólo mientras estuviera aquí. Ya respondí ante un togado y no le di por dónde agarrarme. Sé hacer lo que me toca, tengo la conciencia tranquila y nada que temer. Se lo aseguro.

—Está bien. Te agradezco, de verdad, la comprensión y el talante. Podría entender que mis preguntas te hubieran molestado.

—Las esperaba. No haría su trabajo si se las hubiera

ahorrado. Si hay algo más que quiera preguntar y yo puedo ayudarle...

Me dejó pensando, el ofrecimiento. No lo desaproveché.

—¿Qué más me puedes decir de Pascual? Quiero decir, de él como persona, de cómo estaba y se comportaba aquí, en la base.

Bernabé se encogió de hombros.

—No le conocía demasiado. En Badghis hablé con él si acaso un par de veces, alguna de esas noches en el COP que no les daba a los *tucus* por hacernos la vida imposible, que tampoco eran tantas.

—¿A quiénes has dicho?

—Los *tucus*. Así llamamos a los afganos, entre nosotros. No es un insulto, vale también para los buenos. ¿No lo había oído antes?

—Pues no, la verdad. Sólo llevo un día aquí.

—Me extraña, así y todo. Ya lo oirá más.

—¿Y de dónde sale esa palabra?

—No tengo ni puñetera idea, la verdad. El caso es que sí, alguna vez hablé con él, así en plan relajado. Le digo antes de la escaramuza fatídica. Y bueno, no sé muy bien cómo podría describirlo.

—Inténtalo. Me interesa tu apreciación.

—Un poco fantasma, la verdad. Vacilaba de los tiros que había pegado en Diwaniya, total, porque una noche los emboscaron y soltaron unas ráfagas antes de salir pitando con el convoy. No quiero pecar yo de fantasma ahora, pero ni a mí ni a ninguno de mis compañeros nos impresiona eso, ni vamos contando batallitas por ahí. Y le aseguro que las tenemos mucho peores, en el mismo Irak, sin ir más lejos.

—¿Por ejemplo?

—Ya le digo, no me gusta vacilar de esas cosas.

—Te lo pido yo.

—Bueno, hablando de algo que acojona de verdad, no se imagina lo que es estar solo, escondido en el palmeral de Nayaf, la otra ciudad grande que teníamos en Irak, esperando de noche a los insurgentes que solían emplazar allí morteros, y que de repente pase un carro yanqui y tener que aplastarte contra el suelo mientras gira la torreta, rezando para que no te vean con la cámara térmica. Los americanos no son como nosotros. Primero cañonean y luego preguntan.

—Me puedo imaginar.

—De todos modos —le quitó importancia— tan malo no fue cuando aquí estoy para contarlo. Eso es lo que hay que recordar siempre cuando uno tiene la tentación de fardar de hazañas bélicas: a la gente valiente que se puso en peligro de verdad, porque volvió en una caja, y que ya no puede tirarse el pegote en ninguna barra de bar. Por no hablar de los que tuvieron que hacer cosas que no pueden contarse.

—¿A qué te refieres?

El sargento se armó de una sonrisa misteriosa.

—A cosas que no pueden contarse. Y de ahí esta vez sí que no me va a sacar, si quiere hable con mis jefes. Nada que tenga que ver con Pascual, no se apure. Otra cosa que me pareció, por si le sirve, y algún rumor había también por aquí, es que al tío le dolía la cara.

—¿Cómo?

—¿No se acuerda de la canción aquella? De ser tan guapo. O de creérselo, vaya. Cuando estuvimos en Badghis presumía de que se estaba tirando a una teniente médico. Algunas estaban tan estresadas, decía, que se le ponían a tiro y él no perdonaba. Y más, sobre cómo era la teniente en la cama y por ese estilo. Pormenores que un tío decente no cuenta nunca. Ahí fue donde se me empezó a atravesar.

—¿Y de estos dos meses aquí, puede decirme algo?

—Poco más que lo que ya le he dicho. Yo le evité todo lo que pude y, desde lo del comedor, él tampoco se volvió a acercar. Y no lo eché de menos, se lo aseguro. Aquí tenemos bastante trabajo, y no le diré que sea muy peligroso, los he vivido peores, pero sí que hay que estar atento. No te da margen para perder el tiempo con chorradas.

En ese momento me entró un *whatsapp* de Chamorro. Era lacónico pero informativo: «¿Cómo vas? Acabamos de terminar en el hospital». Le pedí al sargento que me disculpara y respondí sobre la marcha que me esperaran allí. Todavía quedaba verificar su coartada con el cabo Ramiro, pero no tenía ninguna duda de que la confirmaría. Pensé que ya había agotado todo lo que podía dar de sí aquella entrevista. Una vez que me cercioré de que Chamorro había leído el mensaje, volví a mirar a Bernabé, que seguía sin mover un solo músculo facial.

—Muchas gracias, sargento. Si me surge alguna duda espero que no tengas inconveniente en que volvamos a charlar.

—Ninguno, aquí estoy. Sólo le pido que informe a mis jefes.

—Así lo haré, descuida.

Cuando llegué al ROLE, es decir, el hospital, me encontré a Chamorro y a Salgado departiendo con el suboficial mayor que llevaba la oficina desde donde se gestionaba la administración del complejo médico. Tenía las capacidades de un hospital comarcal, por lo que allí la asistencia médica era mejor que la que casi todo el mundo recibía en sus lugares de origen. Más de uno, por esa circunstancia, aprovechaba la estancia en la base para agilizar, sin listas de espera ni colas, tratamientos que tenía pendientes en territorio nacional. El suboficial mayor, que según su identificación se apellidaba Agudo, disfrutaba visiblemente de la novedad que representaban las dos guardias civiles, a las que les estaba diciendo que si querían podían ponerles allí alguna de las vacunas que no nos había dado tiempo a cumplimentar antes de salir. Que en teoría aquello no era lo más correcto, pero que como alguna de ellas necesitaba dosis de recuerdo podían ir poniéndose la primera y luego la siguiente y así la próxima vez que se vieran en la necesidad de viajar a un lugar de riesgo ya estaban inmunizadas. Al verme llegar me saludó calurosamente y me hizo extensiva la propuesta que acababa de hacerles a mis compañeras. Mientras hablaba con él, me fijé en un curioso elemento de la decoración de aquella oficina. Tras la mesa del suboficial mayor había un cuadro pequeño, protegido con un cristal. En el centro del cuadro se veía un preservativo, y bajo él, un letrerito que rezaba: «Romper en caso de milagro».

Al suboficial mayor no se le pasó por alto mi descubrimiento.

—Ya les he dicho a tus compañeras —explicó—. No lo puse yo, es heredado. Y según mi antecesor, él lo heredó también, de alguien que decía que ya lo había encontrado ahí. El caso es que nadie se decide a descolgarlo. Quizá es que nadie deja de esperar el milagro.

Por lo que me contó luego Chamorro, esa resignación filosófica de los suboficiales mayores del hospital tenía muy poco que ver con lo que les había deparado la entrevista con la teniente Ginés. Si los viejos suboficiales no aspiraban ni remotamente a darse una alegría venérea durante su tiempo en Herat, las jóvenes oficiales médicos, suponiendo que esta fuera representativa del conjunto, encontraban en esas semanas alejadas de sus casas una buena oportunidad para dar rienda suelta a sus apetitos. Fue inevitable que me viniera a la mente lo que me había contado el sargento Bernabé sobre las aventuras amorosas del sargento primero Pascual en su anterior periplo afgano. Estaba claro que nuestro hombre olfateaba en ese colectivo la posibilidad de cobrar una pieza, que no dejaba de intentarlo y que tampoco, al menos en aquella ocasión y con aquella presa, había dejado de tener éxito. La manera en que Chamorro me caracterizó a la teniente me hizo ver que no había simpatizado en exceso con ella. En otro tiempo, pongamos quince años atrás, me habría preocupado que su falta de sintonía con la testigo afectara a la eficacia del interrogatorio. Ahora sabía que mi compañera era capaz de colocar sus filias y rechazos en segundo plano y anteponer lo que al final importaba: la verdad del testimonio hasta donde quien lo prestaba quería contarla y, si cabía, un poco más allá. Además, había contado con cierta ventaja, según me explicó:

—Claudia ya la había tanteado y nos la había preparado para que estuviera lo menos a la defensiva posible. Lo que quiere decir que no he tenido que sacarle con sacacorchos ciertas respuestas. Que supiera que ya sabíamos nos lo ha puesto menos cuesta arriba a las dos. Por ir al grano, la relación no llegó a media docena de encuentros y acabó hace un mes. Por supuesto ella sabía que él estaba casado y también le hizo saber que tiene un novio en España, esto es, que la cosa nacía y moría aquí, y cuanto antes mejor. De romanticismo, bastante poco: una relación de gratificación compartida entre adultos, según sus palabras, y tratando de mantener la discreción que el entorno hace aconsejable, aunque aquí Claudia discrepa de la protagonista. Que la teniente Ginés es mujer de vida alegre es vox pópuli, al menos en el barracón C, donde hay alguna otra por el estilo. Aunque dice Claudia, y aquí también te cito sus palabras, que no nos vayamos a pensar que la base es Sodoma y Gomorra. Hay quien tiene tiempo libre y quien está en edad de no perdonarle alegrías al cuerpo, a veces coincide y otras se hace coincidir, con gente que a lo mejor tiene menos tiempo o está en otra edad pero lo compensa, ya sabes, con un plus de afición.

—Como Pascual —dije—. Nada que no pase en cualquier otro lugar donde convivan hombres y mujeres. Lo raro sería que no fuera así. No habrá pensado la teniente que nos escandalizamos, ¿no?

—He procurado ser lo más aséptica posible.

—Bueno, mi sargento primero, en algún momento se te adivinaba en la cara que te parecía un pendón —discrepó Salgado.

—Lo dudo, mi cabo primero —se revolvió Chamorro—. Otra cosa es que no me haya puesto a compadrear. Se trataba, principalmente, de ver si estábamos ante alguien que le tuviera inquina al muerto, y que podía intentar disimularlo. En cuanto a eso —se dirigió de nuevo a mí—, la teniente ha sido bastante neutral. Por lo visto, a partir de cierto momento el *affaire* dejó de tener su gracia y los dos estuvieron más o menos de acuerdo en zanjarlo, sin ningún trauma.

—Lo que yo interpreto —expuso Salgado—: a la teniente dejó de resultarle cómodo el lío con el suboficial y él ya había puesto la bandera en la colina. Ella emigró a una relación más llevadera, la que tiene con una teniente yanqui que además es un rato guapa, y él buscó otra colina para clavar la bandera, que resultó ser yanqui también.

—Sí, resumido de aquella manera, eso es lo que parece —convino Chamorro—. Por lo demás, se la veía sinceramente triste y horrorizada por lo sucedido y por más que he tratado de escarbarle, para sacarle algo desfavorable de él, no ha habido manera. Ningún roce, ningún mal gesto o comportamiento indebido una vez terminado el asunto. Eso también lo corrobora Claudia, que por lo que vamos viendo, y como quien no quiere la cosa, es una especie de KGB del barracón femenino. La teniente pasó sin más de darse gusto con Pascual a darle cancha a la otra vertiente de su sexualidad, que además lleva de forma muy poco problemática, con su nueva pareja americana.

—Algo un poco turbio sí que te ha dicho —la enmendó Salgado—. Me has sorprendido cuando se lo has preguntado, porque no me lo esperaba. Y a ella. Ahí sí que ha tenido un momento de duda.

—¿A qué te refieres?

—A lo del sexo entre ellos.

—Ah —recordó Chamorro—. Sí, me acordé de lo que nos contó la viuda, sobre cómo habían cambiado sus relaciones después de una de las misiones. Y la he tanteado, a la teniente, por ver qué decía.

—¿Y? —pregunté.

—No sé si diría que es algo turbio. La médico nos ha contado que una de las razones por las que lo dejó fue porque ella prefiere, en el sexo, un poco más de delicadeza. Que Pascual a veces se pasaba, digamos, de fogoso. Pero cuando le he preguntado si en algún momento se sintió violentada ha sido más terminante que la viuda al rechazarlo. En cierta ocasión, incluso, se negó a algo y Pascual se disculpó.

—No parece que esto dé más de sí —dije—. Y el forense accidental, ¿qué nos ha contado? ¿Algo que nos añada alguna luz?

Chamorro puso un gesto escéptico.

—Poca cosa. Aquí me temo que no vamos a sacar mucho más, a no ser que en la autopsia de Madrid salga algo inesperado.

—Degollamiento, con toda seguridad con el cuchillo amapolero, atacándole por la espalda dentro del corimec —dijo Salgado—. Por la disposición del espacio y la dirección y la extensión de la herida, el médico piensa que quien fuera le esperaba dentro, escondido entre las taquillas y la cama del fondo, y que aguardó a que Pascual se volviera, dando la cara a la puerta, para salir de su escondrijo y atacar a traición. Le puso el cuchillo en la garganta y mientras cortaba le dio la vuelta para que la sangre fuera hacia dentro y poder luego acostarle en la cama sin pisar o pisando lo menos posible el charco. Ah, y otro detalle, que no deja de tener su importancia. Quien lo hizo era diestro.

—O ambidextro —puntualizó Chamorro.

—Claro, esos valen para todo —asintió la cabo primero.

La descripción de la mecánica del homicidio a cargo del forense me suscitó una idea que no dejé de compartir con mis compañeras:

—Mucha preparación, mucho afán por no dejar rastro.

—¿Por qué lo dices? —preguntó Salgado.

—Muy poco afgano —especulé—. Esta gente no tiene tradición de policía científica: aquí, cuando alguien se carga a otro, lo último que debe de preocuparle son las huellas que pueda dejar. Y no te digo los de la factoría de mártires: esos van a saco, y mira si tienen ocasiones para rebanarle el pescuezo a alguno, con la cantidad de gente que anda distraída por la base, sobre todo bajo la canícula de la hora de la siesta.

—También a veces son taimados en sus golpes —dijo Salgado—. Estuve viendo en YouTube vídeos de ataques suyos.

—No digo que lo excluyamos —aclaré—. Haremos el trabajo, pero cuanto más sabemos menos me da que por ahí vayan los tiros.

—Y a mí —coincidió Chamorro.

Miré el reloj. Teníamos todavía tiempo, antes de la comida, para entrevistar al brigada Montoro, el compañero de misión de Irak de Pascual, destinado en la unidad logística. Les hice un resumen muy rápido a Chamorro y a Salgado de mi conversación con el sargento Bernabé, más que nada destinado a Chamorro, para que contara con esos antecedentes cuando habláramos con el brigada. A Salgado la despaché a nuestra oficina, para que controlara la labor de Arnau y de paso avanzara gestiones con el capitán para preparar los dos movimientos más complicados que teníamos en perspectiva: el encuentro con los italianos y sobre todo la expedición a la base afgana, donde debíamos ir a entrevistar a la contratista en cuyos brazos había recalado Pascual después de soltarse de los de la teniente médico.

La unidad logística era quizá la que ocupaba una mayor extensión, dentro de la zona española de la base: además de las oficinas y de varios almacenes y talleres, contaba con un par de campas donde se guardaba toda clase de material. En una de ellas, por ejemplo, estaban los blindados, tanto Linces como RG-31, que no se hallaban en servicio en ese momento pero que, por lo que nos dijeron, volverían a estarlo pronto, en cuanto se asumieran las labores de *Force Protection*. Pasamos al lado de ellos y pude advertir el empaque de los RG-31, unos mastodontes acorazados de siete toneladas que había habido que comprar a toda prisa en Sudáfrica cuando se vio, tras sufrir más de una baja mortal, que los blindados que tenía el ejército eran vulnerables a las trampas explosivas que los talibanes enterraban en los caminos afganos. Entre otras protecciones, el suelo del vehículo tenía forma de V, para desviar la onda expansiva y la metralla, y montaba la ametralladora en una torreta automatizada que se manejaba desde el interior.

En la oficina nos atendió un subteniente que dio aviso al teniente coronel que mandaba la unidad. Estaba al tanto de nuestra visita, se la había anticipado el capitán Pardo, y por un momento temí que se trataba de someternos a control. El teniente coronel disipó esa impresión cuando nos recibió en su despacho, nos dio la bienvenida y, antes de ordenar que avisaran a Montoro, me expuso en tono considerado:

—Sé que cumplen con su deber y que tienen un protocolo que hay que seguir. Montoro, en mi concepto, es un buen suboficial, cumplidor y competente, pero ya le he dicho que le tocará explicarles esos malos términos en que andaba con el fallecido, y que lamentablemente habían trascendido el ámbito de ambos. Sólo me gustaría pedirles que si finalmente hay algo desagradable que saber, no sea este teniente coronel el último en enterarse. Tampoco les pido mucho, me conformo con ser el penúltimo. Tendré una papeleta que gestionar.

—Ni siquiera estamos hablando de una sospecha, mi teniente coronel —le dije—. Estamos todavía tratando de situarnos. Su brigada tiene información que nos interesa, y por ahora eso es todo, en lo que a nosotros concierne. Si la cosa fuera a mayores, estoy seguro de que se hará como dice. Eso ya depende de nuestro capitán, pero creo que le conoce y que puede confiar en que procederá de manera sensata.

El teniente coronel relajó el gesto.

—Confío. Tan sólo quería reiterar el mensaje.

Nos dejaron con Montoro en una pequeña oficina, tan desangelada y espartana como todas las oficinas militares, pero si uno tenía en cuenta que aquella era una zona de operaciones, el estándar era bastante digno. Montoro era un hombre de unos cuarenta y cinco años, con el cráneo afeitado, en rendición ante una alopecia ya imparable y también como forma de ahorrarse el despeinado permanente que provoca la prenda de cabeza a quien ha de vestirla por imposición reglamentaria. Estaba, como casi todo el mundo allí, muy moreno, y quizá algo menos en forma que la media de la guarnición, pero me atreví a apostar que me dejaría atrás sin esforzarse mucho si se daba el caso de tener que competir en una carrera. Visiblemente no estaba contento, ni por las especulaciones que pudiéramos haber hecho sobre él, ni por tener que dar explicaciones sobre sus relaciones con el difunto. Tampoco, de eso me percaté en seguida, le hacía demasiado feliz rememorar aquella emboscada de Diwaniya, que fue por donde empezamos. Más a regañadientes que por propia voluntad, nos ofreció un relato que, ya que podía comparar, me pareció a la vez menos sintético y menos compacto que el del sargento Bernabé.

—Esto pasó —comenzó, para situarnos— cuando se jodió la entente cordial que teníamos con los iraquíes, después de que atacaran la base Al Ándalus, la de Nayaf, el cuatro de abril del cuatro. Hasta entonces, aunque no dejaba de haber sus tensiones y sus dificultades, nos las arreglábamos con ellos. Y eso que era gente torcida, chiíes algunos muy fanáticos, mandados por ayatolás y nada menos que en el corazón de su religión. En Nayaf tienen enterrado a Alí, su gran Imán. La gente nos toleraba bien, incluso podías notar cierta simpatía, porque nunca éramos tan expeditivos como los yanquis, siempre lo negociábamos todo, hasta con los malos, tirando de mano izquierda. Pero los SEAL secuestraron a uno de sus cabecillas en Nayaf y entonces se armó la de San Quintín. Aparte del ataque a la base, que por poco no acabó como el rosario de la aurora, empezaron a mirarnos con odio, a apedrearnos, y bueno, lo que interesa, a emboscarnos los convoyes. Aun así, había que salir, porque no se podía dejar que se quedaran con las calles, eran tíos muy echados para adelante y nos sabían más blandos que otros, así que ellos intentaban comernos la moral y nosotros no arrugarnos, pero sabiendo que no teníamos autorización para montar una escabechina. Os recuerdo el momento: ya había pasado lo del 11-M y el gobierno estaba en funciones y a punto de cambiar.

—Lo recuerdo, cómo no —dije, y era cierto: todavía tenía fresca en la memoria aquella losa, aquella sensación de duelo que se abatió sobre mi ciudad y la estuvo oprimiendo durante meses, sin que nadie se sobrepusiera a ella, desluciendo hasta volverla impertinente la boda real que se celebró, por mal azar, aquella primavera infausta.

—Pues ese era el contexto —continuó—. Todo el mundo estaba jodido y nervioso, estábamos terminando nuestra rotación y he aquí que de repente, en vez de recoger lo sembrado en la misión de reconstrucción, después de tres meses tratando de entendernos con ellos, nos vemos de pronto con lo que nadie esperaba: una puta guerra, donde además te atacaban como locos. No eran nada buenos: por lo visto Sadam mantuvo a los chiíes fuera del ejército, para formarlo con suníes como él. No sabían disparar, no armaban los proyectiles de los morteros, te metían en los tubos de RPG el pepino que no era. Sin embargo, lo suplían con la rabia y te podían arrear en cualquier parte. Y el más tonto, si se acerca lo suficiente, te puede hacer una avería. Que fue lo que nos pasó esa noche. Para que veáis, si hubieran elegido otro supositorio para poner en el tubo, uno de carga hueca, ahora no tendríais que preguntarme nada, llevaría una década criando malvas. Pero pusieron una granada explosiva, y cuando dio en el blindado todo lo que hizo fueron fuegos artificiales, aunque eso sí, suficientes para achicharrarnos a uno y dejar a otro con la oreja colgando. No diré que no estuviéramos entrenados para eso, que lo estábamos, pero lo que nadie estaba era mentalizado para tener que hacer lo que hicimos. No habíamos ido a pegar tiros; lo que te decían, como le decían a la gente en España, era que íbamos a ayudar, en un sitio donde la guerra se había acabado. Allí descubrimos que eso era una gilipollez. Que la guerra no se acaba nunca, y menos en estos países, que no tienen remedio.

—Tuvisteis que responder al ataque, entonces.

El brigada asintió.

—Y respondimos, ya lo creo. Yo tiré dos cargadores, no sé si me llevé a alguno por delante, pero no lo descarto. Un teniente hizo carne seguro, porque tuvo que cepillarse a bocajarro a uno que venía a cargárselo a él con el AK. Después de treinta años de mili sin tirarle más que a dianas de papel, no me diga que no tiene guasa. Lo malo es que aquello fue el caos, como por otra parte dicen que es el combate, siempre: un infierno donde no sabes dónde estás ni desde dónde te van a matar. Recuerdo a la exploradora del blindado de caballería, que iba atrás, sola, disparando como una loca y pegando alaridos. Al final repelimos el ataque y salimos quemando el asfalto con los BMR hacia la base, para que atendieran a los heridos, que uno iba ya inconsciente, hubo un momento que pensamos que lo habían matado. Llegamos todos desquiciados, y así continuamos en los días siguientes. Cuando te sucede una de estas repasas obsesivamente todo, tratando de ver dónde te equivocaste, quién no cubrió bien su sector, qué falló. Y aquí llegamos a la madre del cordero, lo que a vosotros os interesa: por qué no podía ver ni en pintura a Pascual, que en paz descanse, porque morir así es una putada y yo no soy capaz de odiar tanto a nadie.

—¿A qué se refiere? —intervino Chamorro.

Montoro la midió con aspereza. Como si le molestara que tomara la palabra, no sé si porque era mujer o porque era la segunda o porque era su inferior en grado militar. No la miró para responder.

—No es muy difícil de imaginar. Pascual... Si tengo que decir la verdad de mi corazón, no creo que fuera del todo mal tío. Yo lo he visto dar el callo, y sacrificarse por los demás, como el que más y como cualquiera en estos saraos, porque aquí, el que no esté dispuesto a joderse, sobra. Lo que pasa es que tenía un punto tocapelotas, de listo, y no lo sabía controlar. El problema no lo tuvo conmigo, sino con otro sargento, al que le dio por cargarle el muerto. Y coincide que ese tío era y es buen amigo, y no diré que sea mejor, pero no es peor soldado que él, ni cumplió menos con su deber esa noche. Un día que le estaba dando por saco y llegaron a agarrarse, me metí en medio y Pascual tuvo la mala idea de intentar tocarme la cara. Y lo siento, pero yo eso no se lo consiento ni a mi padre. Se llevó un puñetazo y yo un arresto, el único en veinticinco años de servicio. Y a partir de ahí, se acabó todo entre Pascual González y este cura. No soy rencoroso, ya digo que creo que era más falta de templanza que maldad, pero por su culpa me comí lo que no tenía que haberme comido y un buen tío las pasó putas. Tanto iba largando por ahí que a alguno se le ocurrió que había que hacer una investigación para depurar posibles responsabilidades. Y aunque no llegó a ser una investigación judicial con todas las de la ley, sí que fue una experiencia desagradable, y sobre todo para el que se veía señalado por las tonterías que iba diciendo aquel bocazas. Si de eso llega a salir alguna mala consecuencia para alguien, os juro que le habría partido el alma y que me habría quedado tan ancho.

—No nos cuentes esas cosas, hombre de Dios —le sugerí, en tono desenfadado, para tratar de relajar un poco el ambiente.

—Ya, ya sé que no debería, pero es lo que hay. No escondo nada. Estas son mis miserias. De lo del amapolero, no tengo ni idea.

—Quizá es un poco injusto con él, ¿no cree? —apuntó Chamorro—. Al culparle de su arresto, digo. Si él perdió los nervios, usted también, pegándole. Podría haberse limitado a parar el golpe.

Aquí Montoro la escrutó con aversión ostensible.

—Cómo se nota que eso que llevas puesto es para ti una ropa de circunstancias —escupió—. Si supieras lo que es liarse a tiros para que no te maten, y tener que matar tú, sabrías cómo se te queda el cuerpo y no te pondrías tan estupenda a la hora de juzgar a los demás.

La cara de Chamorro se tiñó de carmesí. Sin replicar, se incorporó, se encasquetó la boina y, antes de irse hacia la puerta, me dijo:

—Con tu permiso, mi subteniente, a este capullo lo va a aguantar su tía. Si quieres, le explicas tú la idiotez que acaba de decir.

Y se marchó, sin volver la vista. Montoro quedó atónito. Por ella, pero también por la baza psicológica, cumplí el encargo de Chamorro, aunque varié un poco la historia para causarle mayor efecto.

—Has elegido mal, mi brigada. Si me lo hubieras dicho a mí... Pero hace diez años, también, mi compañera se las vio con unos canallas rumanos, quizá peores que esos chiíes tuyos. Le dispararon y ella tuvo que dispararles. Uno quedó panza arriba. Y a los guardias, ahí, no nos libra nadie: siempre nos investiga un juez. Esa mujer, ahí donde la ves, ha tenido que demostrar que tuvo que matar a un hombre.

13
Afgantsy

No había sido exactamente como se lo conté a Montoro, pero en mi relato no había incurrido en ninguna desfiguración sustancial, si acaso un par de retoques tácticos. Era cierto que a Chamorro le habían disparado y que ella había tenido que hacer fuego, y que de resultas de aquel enfrentamiento, en un polígono industrial de Gavà, en el Baix Llobregat barcelonés, diez años atrás, había muerto un hombre y había tocado responder de la pertinencia policial de esa muerte. Lo que difería de la realidad eran dos detalles: uno, que el disparo mortal había salido de otra arma, la de una compañera nuestra, presente en la misma acción; y otro, que también yo compartía la responsabilidad y la experiencia, porque había sido blanco del fuego como ella y lo había devuelto a mi vez, con el resultado de que otros dos delincuentes quedaron gravemente heridos por nuestros disparos. Los dos, pues, habíamos tenido que responder de aquella escaramuza. Me convenía más, para desarmar a Montoro, que pensara que había obrado como un cretino, desacreditando a la chica y subordinada y respetando en cambio al varón que mandaba y que le aventajaba a él en galones, pero que no se había visto en un trance tan apurado como ella.

La maniobra surtió efecto. El brigada quedó sumido en un silencio pétreo, que se prolongó durante unos segundos y del que comprendió que tan sólo podía salir con las manos en alto y una disculpa:

—Joder. Pídele por favor que me perdone. Soy gilipollas.

Para tenerlo un poco más a mi merced, aún, le eché un cable:

—Hay algo en lo que tienes razón, a pesar de todo. Aunque nuestra tarea no sea siempre un lecho de rosas, este no es nuestro ambiente ni estamos en nuestro territorio. Quizá nos falta comprender mejor cómo funciona la gente en las situaciones que se dan aquí. Me refiero a todo lo que se junta en una misión: tanto tiempo seguido fuera de casa, la sensación de que todo el mundo ahí fuera es un enemigo potencial... En fin, por lo que llevo hablado con unos y con otros, me da la impresión de que no es demasiado difícil perder el equilibrio, por muy preparado que esté el personal, en según qué momentos.

Montoro seguía abrumado por su metedura de pata.

—No tengo perdón, me cago en todo.

—Vamos, Montoro, relájate. Ya hablaré yo con ella. Es una tía con carácter, a veces se nos olvida, a todos digo, que llevar un moño o una coleta no está reñido con dar un puñetazo encima de la mesa cuando se tercia. A fin de cuentas, desde nuestro rancio ADN hispánico más de un milenio de machismo nos contempla. De eso la sargento primero no deja de ser consciente y aunque se cabree luego se le pasa.

El brigada parecía de pronto sumido en sus pensamientos.

—Verás —dijo—, es algo que más de una vez hablé con Pascual, antes de que dejáramos de hablarnos para siempre. Hay que tener cuidado con pasarse de chulo, o de presumir de estar en tu sitio mientras los demás no lo están. Eso fue lo que le llevó a acabar peleado con casi todos los que íbamos en aquel convoy, y por lo que me han contado, lo mismo que le hizo buscarse más de un enemigo cuando le pasó aquello en Badghis. Por eso me jode haber subestimado a tu chica, y no tiene nada que ver con el machismo, o eso creo. He estado en combate, en aquella emboscada sin ir más lejos, con tías que aguantaron y que plantaron cara como el que más cojones tuviera de todos.

No quise pararme a imaginar cómo le habría sentado a Chamorro si le hubiera oído llamarla «mi chica», ni lo que habría podido espetarle acerca de si había en él alguna traza de machismo. Visto cómo me había castigado a mí, por mucho menos, era mejor no hacer conjeturas. Y lo que en ese momento me ocupaba no dejaba de ser otra cosa.

—Si me permites que volvamos a Pascual —dije—, tengo alguna otra cosa que preguntarte. ¿Cómo fue vuestra relación aquí?

Montoro soltó un bufido.

—Una mierda, para qué te voy a engañar, a estas alturas. Lo ideal, dentro de lo malo, habría sido que nos asignaran destinos que no nos obligaran a tener ningún trato. La base es grande y el comedor y la cantina también, hay sitio como para no tropezarse más de la cuenta con quien no quieres ver. Pero quiso mi mala suerte que el tío estuviera en algo que me obligaba a verle la jeta una y otra vez. Peor aún: que le ponía en situación de andar sacándome faltas.

—¿Y eso?

—No sé si has visto esto, y si te imaginas a qué nos dedicamos en esta unidad. Me había convertido en puñetero proveedor de mi amigo Pascual, y él en mi puñetero cliente. Una de sus funciones era asegurar que cuando llegase la gente de la *Force Protection* tuviera listo y a punto el material necesario. Y una de las mías, proporcionarlo.

—Ahora veo.

—No, no lo ves, mi subteniente. Tratar con él era un calvario. Esto no es un taller de BMW, ni lo que ves alineado ahí fuera unos cochecitos de mírame y no me toques que viajan de garaje a garaje y sólo usan el amante dueño y los aparcacoches de los restaurantes. Hablamos de vehículos de guerra, que llevan un trote del demonio y que han pasado por cincuenta manos cada uno, como poco. Te aseguro que andan de puta madre, y que lo que han de hacer lo hacen de sobra. Pero sólo un borrico puede esperar que estén en perfecto estado de revista. Bueno, un borrico y el difunto Pascual González Barrantes.

—Ah.

—Y eso sólo era una parte. Cualquier cosa le daba un pretexto para meter el dedo en el ojo. Cada trasto de esos lleva una ametralladora del 12,70, que hay que tener bien cuidada, porque si no presenta cierta tendencia a interrumpirse. Eso lo sé y lo entiendo, como entiendo que a alguien le preocupe que haya necesidad de usarla y falle. Lo que no podemos es comprobarlas con la celeridad que él quería, porque el polígono de tiro está en una base afgana y hay que montar un convoy, con todo el protocolo de seguridad, para llevarlas hasta allí.

—¿No hay donde probarlas aquí?

—Ya has visto la base. Esto en realidad es un aeropuerto, también el aeropuerto civil de Herat. No es lugar para ponerse a pegar ráfagas, y menos de un cacharro que, como a alguien se le vaya la mano o la puntería, te atraviesa un avión de parte a parte. Bueno, por no enrollarme más, un día, por más que intenté contar hasta diez y rogarle que no se pasara de la raya, no pude más y le solté dos voces. Y como soy gato escaldado, lo siguiente que hice fue ir a mi teniente coronel, contarle lo de Irak y pedirle por favor que a Pascual lo atendiera otro. Así se hizo, hará un par de semanas, y desde entonces no volví a cruzar una palabra con él, lo que mejoró mucho mi calidad de vida aquí. Hasta que me enteré de que había aparecido degollado en su corimec, y me quedé tan de piedra como sigo a fecha de hoy. Y eso es todo.

Le sostuve la mirada, antes de hablar.

—Me vas a perdonar. Tengo que preguntarte dónde estuviste el pasado lunes entre las tres y las cinco de la tarde.

—No te disculpes, me hago cargo. Hasta las cuatro, en mi corimec. De las cuatro y poco hasta las cinco, aquí, al pie del cañón. En realidad, hasta las diez, pero te respondo a lo que me has preguntado.

—¿Alguien lo puede corroborar?

—La segunda parte, como unos veinte testigos, los que estaban por aquí. En el corimec estuve solo, leyendo y descansando un poco.

—¿No lo compartes?

—Con uno de aquí, el sargento Prieto, pero ese día él estaba en el polígono de los afganos. Disparando ametralladoras, precisamente.

—Pues creo que eso es todo, por ahora —concluí—. Espero que no te importe si alguna otra vez tenemos que molestarte. Ya procuraré que mi sargento primero venga con el hacha enterrada.

—Dile que lo lamento. Que me siento como un imbécil.

—No creo que haga falta tanto.

Al salir, vi que Chamorro se había ido. Le pregunté por Whatsapp por dónde andaba y respondió de inmediato: «En el comedor». Mis tripas me enviaron entonces, más fuerte, o quizá fuera que esta vez les presté atención, la señal que debían de llevar ya un rato enviándome. Me fui derecho al comedor y allí me encontré a casi todo el grupo reunido. Faltaban el capitán y los guardias Acuña y Vellido. Según nos contó Claudia, los dos guardias estaban en el aeropuerto y el capitán con el coronel. Fui a procurarme mi sustento, un plato de acelgas y una especie de filete ruso. Cuando me senté con la bandeja, me dirigí a Chamorro, que atacaba ya el postre con cara de pocos amigos.

—Has bordado el poli malo hoy. Lo has dejado hecho un guiñapo, me habrá pedido al menos cuatro veces que te pida perdón.

—Que se fastidie y aprenda —rezongó.

—¿En serio? —intervino Claudia—. Oye, que no estamos hablando de un pipiolo: el brigada Montoro tiene fama de ogro. Dicen que es el que tienen los logísticos para cuando les toca negarte algo.

—Créetelo —dijo Salgado—. Cuando se pone dura, Virgi es capaz de hacer que el increíble Hulk acabe ronroneando en el suelo.

—¿Y qué cuenta, aparte de eso? —preguntó Chamorro.

—Lo esperable, que no fue él. Aunque parece que tenía más motivos que Bernabé: él sí se lo encontraba con cierta frecuencia.

—¿Tiene coartada?

—A medias. Estuvo un rato solo en el corimec.

—A esa hora, pasará con más de uno —dijo el guardia Clemente—. Es cuando más aprieta el calor y aquí las jornadas son largas, nadie va a perdonar una cabezada si tiene posibilidad de echársela.

—No me ha gustado un pelo —dijo Chamorro.

—Apenas se te ha notado —observé.

—¿Qué esperabas, que me quedara allí para que siguiera perdonándome la vida? Lo siento, pero para eso ya me pilla mayor.

—No, si has estado perfecta, lo has dejado clavado en el sitio. El resto del interrogatorio ha sido una balsa de aceite. Cuando tengas un arma así para demoler al interlocutor, no te prives de usarla.

—No estaba calculando nada. Me ha salido del alma.

—Quizá por eso te ha salido mejor.

—Quizá. No sé para ti, pero para mí este va directo a la lista negra.

—No sé, no ha intentado encubrir su inquina hacia él.

—No puede. Demasiados testigos. Y hasta lo empapelaron por ella. Sabe que pediremos sus antecedentes disciplinarios y que eso será lo primero que nos salte. Es un bocazas, pero no bobo del todo.

—Puede ser. Habrá que seguir haciendo.

—Con su permiso, por encargo del capitán me he estado preparando lo de los afganos, mi subteniente —informó Claudia—. Suelo estar en las entrevistas periódicas y los conozco bastante.

—Que si los conoce —confirmó Clemente—. Además, como es la que mejor habla inglés y hasta le da al ruso, los tiene en la palma de la mano. A todos, a los *tucus* y a los gringos del detector de mentiras.

—¿Ruso? —me sorprendí.

—Y algo de francés —admitió, azorada—. Una larga historia.

—Ella misma es una larga historia —anotó Clemente—. Que se la cuente un día, si es que consigue que se le sincere.

Claudia se ruborizó ligeramente.

—Tendrá que ser un día con tiempo por delante.

—Ya me contarás, ya, y yo te cuento qué hace uno de Montevideo metido en este lío. Oye, por cierto, de dónde viene eso de los *tucus*?

—¿*Tucus*? —preguntó Arnau.

—Afganos, en lenguaje coloquial —explicó Claudia—. Y un poco incorrecto, aunque es como cuando a mí o al subteniente nos llaman sudacas: depende de si va con cariño o con mala leche. Hay unas cuantas teorías sobre el origen. La más arraigada, entre los viejos del lugar, que es por la costumbre que tienen de ponerse en cuclillas, en cuanto pueden, ya los veréis si os fijáis, y por una especie de pájaro.

—¿Y qué pájaro es ese? —metió baza Chamorro.

—Yo no he conseguido encontrar ninguno que se llame así —dijo Claudia—. Con ese nombre hay un roedor que al parecer se da en la Argentina, aunque yo no lo he visto nunca, y que se pone sobre las patas traseras: a lo mejor es que al principio vino acá algún argentino que sí lo había visto y de ahí salió el apodo. Más no os sé decir.

—Y volviendo al caso, ¿qué me dices de los afganos? —pregunté.

—Lo he preparado para mañana, con la gente del CNI, y si cree que con alguno hace falta, tengo avisados y pendientes a los americanos del polígrafo, que me han dicho que contemos con ellos.

—¿Dispondremos de intérprete?

—La mejor. La más veterana. Cortesía del coronel, y bueno, de los del CNI, que ellos son quienes al final los controlan.

—¿Te importa estar con nosotros? O mejor dicho, ¿puedes?

—Si el capitán da su permiso, encantada.

—Yo procuraré estar encima, pero como a la vez habrá que andar a otras cosas, te ocupas tú, Inés, de acompañar a Claudia.

—Claro, jefe —acató Salgado.

—También es la que tiene mejor inglés de nosotros —dijo Arnau.

—*Sure*, aunque tú no andas lejos —le reconoció Salgado—. Y en tu caso tiene más mérito, yo se lo debo todo a mi infancia privilegiada.

—¿Infancia privilegiada? —se interesó Clemente.

—Mi padre era empleado de Iberia —dijo—. Un par de años en Miami, hace no voy a decirte cuántos.

—No serán muchos...

Salgado lo fulminó con su mirada de Rita Hayworth.

—Estoy tratando de calcular los que faltaban para que tú nacieras...

—Clemente, tío —le amonestó el sargento Pedro, que había asistido hasta entonces en silencio a la conversación—. Oye, cabo, ¿le has contado a tu subteniente lo que has encontrado hace un rato?

Arnau tragó a toda prisa lo que tenía en la boca.

—Eso, mi joven Vania —le acucié—, ¿en qué has echado tú la mañana?

—¿*Vania*? —dijo Clemente.

—Diminutivo de Iván, Juan en ruso —apuntó Claudia.

—El subteniente tiene la manía de llamarme de cualquier manera menos por mi nombre —explicó Arnau—. Ya forma parte de nuestra relación. Lo que dice el sargento —se volvió hacia mí— es que he visto que la víspera del día de autos Pascual recibió en su teléfono oficial media docena de llamadas de un número que no respondió, y al final del día otra que sí atendió y que duró unos diez minutos.

—¿Procedentes de...?

—Cuartel general RC West. Un teléfono fijo que está en una oficina donde la mayor parte del personal es italiano. Al parecer, es un terminal de uso más o menos colectivo, mucha gente pasa por allí.

—Vaya, qué suerte tenemos. ¿Y algo más?

Arnau se encogió de hombros.

—Poca cosa. Cuando iba a los locutorios de internet se limitaba a conectarse a Skype para hablar con la familia, y apenas navegó por unas pocas decenas de páginas: periódicos y Facebook, donde tenía un perfil con actividad casi nula, tan sólo familia y amigos. Y un par de búsquedas de abogados en Sevilla... Desde el ordenador del trabajo, todo profesional, salvo alguna consulta de su cuenta de Gmail.

—Por si acaso, habría que pedir que nos dejaran acceder tanto a la cuenta de Facebook como a la de correo.

El cabo celebró poder dar aquí muestra de su diligencia:

—En marcha, a través del juez de Madrid. Pero no espere mucho, la actividad es realmente baja. Más nos daría el Whatsapp.

—El móvil —recordé—. ¿Nada de nuestro *hacker*?

—Nada.

—Le damos un día más. Si no, habrá que mandarlo a Madrid.

—Eso se dice fácil, pero te aviso de que hasta pasado mañana no habrá posibilidad, y en un envío vía Kabul —advirtió Pedro.

—En fin, cuando sea posible —me resigné.

Aquella tarde se nos fue en burocracia y preparar los movimientos siguientes. Por un lado, nos tocaba documentar las gestiones de la mañana, lo que nos tuvo a Chamorro, Salgado y a mí entretenidos un buen rato redactando informes, aunque nos repartimos la tarea en la medida en que era posible. La entrevista con el sargento Bernabé y la parte más jugosa de la charla con Montoro no tenían otro posible redactor que yo. A media tarde, el capitán me pidió que me acercara a su despacho. Me dio cuenta de cómo marchaban las negociaciones para poder acceder al resto de testigos que teníamos pendientes.

—Lo de los afganos está ya encajado —me informó—. El jefe del equipo del CNI nos ha facilitado la disponibilidad del personal y de una intérprete a tiempo completo y Claudia se ha encargado del resto de los detalles. Apóyate en ella, para esto no hay nadie mejor.

—Ya me he dado cuenta, así pensaba pedírtelo.

—Lo de los italianos también lo tengo listo, para mañana por la mañana. El coronel ha hablado con su homólogo, y yo con mi colega el oficial de los Carabinieri. Tendrás a ese Ferrioli, *maresciallo* creo que es su grado, para preguntarle todo lo que te parezca necesario.

—¿En buen plan?

—El capitán de los Carabinieri es bastante consciente de lo que esto significa para nosotros. Y se da una circunstancia favorable: resulta que un amigo suyo murió en el atentado de Nasiriya de 2003. No sé si te acuerdas, un camión bomba conducido por un suicida que resultó ser un joven musulmán vecino de Vilanova i la Geltrú, y que se cargó a una veintena de *carabinieri*. Dice que entonces nosotros colaboramos para que se pudiera identificar al asesino de los suyos, aunque fuera alguien nuestro, y que contemos con su ayuda para esclarecer lo que ahora nos ha pasado a nosotros, sea quien sea el culpable.

—Hombre, algo que nos favorece, por una vez.

—Lo que no va a ser tan fácil, ya te imaginas, es lo de los contratistas norteamericanos. El coronel ha hablado con el yanqui, que no se ha tomado demasiado bien que sospechemos de alguien suyo.

—Le habrá dicho que no es eso. Que tan sólo se trata

de recopilar información, de alguien que tenía trato íntimo con el muerto.

—No sé qué le ha dicho, pero los americanos son muy reticentes para estas cosas. Muy celosos de la inmunidad de jurisdicción que exigen siempre para su personal, lo mismo los militares que los contratistas que trabajan para su ejército, como es el caso. A pesar de todo, nos va a dejar que hablemos con ellos, aunque bajo la supervisión de su policía militar, que tendrá potestad para suspender el interrogatorio en cualquier momento, si entiende que hay algo que compromete la seguridad de su contingente. O sea, si le da la real gana.

—Prometedor. ¿Tienes buena relación con los PM americanos?

—Con un teniente sí. Estoy intentando que se ocupe él. La parte más compleja, con todo, es la logística. Esta gente va a estar en la base afgana varios días más, así que no queda otra que desplazarnos allí y también lo tendrá que hacer nuestro colega americano. Estoy tratando de buscarte una solución, hay un convoy de la unidad logística al que quizá podáis incorporaros, pasado mañana. Tienen que ir a probar unas armas al polígono de tiro que está en la misma base. Podríais uniros con uno de nuestros Linces, te dejaría a Vellido y Acuña para conducirlo y haceros de escolta en el camino y mientras estéis por allí. En teoría aquello es zona segura, pero nosotros, donde no controlamos al cien por cien, preferimos tomar siempre precauciones.

—Eso como tú decidas.

—Si puedo, me voy yo con otro Lince y alguien más, pero puede que tengamos servicios con el coronel. Aún no es seguro, me han dicho que a lo mejor van a venir unas autoridades locales y en esa clase de visitas también nos toca estar atentos. Significa la entrada en la base de afganos no identificados, los que vienen con ellos, a los que por la cuenta que nos trae, y ya sabes por qué, no les quitamos ojo.

—Ya sé —asentí, acordándome del ataque de Qala-i-Now.

—Otra cosa. ¿Has hablado con la familia?

—Por Whatsapp.

—Tienes los locutorios, que son gratis, o bueno, hasta cierto punto: a los que estamos aquí de misión nos quitan un pellizco de las dietas por el servicio, no sé a vosotros si os lo tendrán en cuenta o no.

—Si te digo la verdad, mi capitán, no tengo ni idea de las dietas que nos tocan por esto. Ya trataré de enterarme a la vuelta.

—A lo que voy: si en algún momento te surgiera, por lo que sea, la necesidad de hacer una llamada, yo tengo uno de estos.

Me mostró un terminal inalámbrico de color gris.

—Es un Calamardo. Lo que quiere decir que tengo línea directa con España. Y está a tu disposición, si te hace falta.

—Pues si no te importa, alguna llamada sí que haría.

Me lo tendió.

—No me importa nada, por eso te lo digo. Pedro tiene otro igual. A disposición de tu gente, también, para lo que necesiten.

—Te lo agradezco.

—Voy a despachar un par de cosas con nuestra jurídica. Así te dejo para que puedas hablar con más tranquilidad.

El capitán me dejó solo en su despacho y marqué, uno detrás de otro, aquellos tres números a los que tenía el deber de llamar. No me sentía en la mejor disposición, pero teniendo la oportunidad no podía desaprovecharla. Primero llamé a Andrés, que me atendió desde un lugar público, a juzgar por el bullicio de fondo. Reparé en que allí era la hora de la comida. Mi hijo apenas me oía, así que me limité a decirle que estaba bien y que no se preocupara. Me preguntó si hacía calor y si había peligro y le respondí que calor todo y más, pero que iba adaptándome, y que en la base estaba tan seguro como pudiera estarlo él.

A continuación llamé a mi madre, que atendió la llamada con tono de extrañeza; supuse que le saldría uno de esos números de muchas cifras propios de los teléfonos corporativos. Me preguntó más o menos lo mismo que Andrés y le di las mismas respuestas, recalcando si acaso algo más lo cómoda y segura que era la base. Con ese olfato infalible que tienen las madres, deslizó sin embargo otra cuestión:

—No tendrás que salir de ahí para nada, ¿no?

Si es necesario mentir, mejor, siempre, hacerlo con aplomo:

—Para nada, mamá. Pierde cuidado.

Finalmente, marqué el número de Carolina. Lo hice tres veces, sin resultado. Debían de ser alrededor de las tres y media de la tarde en España. A esa hora no era extraño, si la mañana se le amontonaba, que estuviera todavía en la sala de vistas. Comprendí que de nada servía insistir, y se me quedó una sensación algo desagradable. Por un lado, casi me aliviaba que no pudiera atenderme; por otro, necesitaba oírla y decirle algo, aunque no terminaba de saber muy bien el qué.

Me tocó arreglarlo vía Whatsapp, después de la cena. Nunca me ha gustado esa forma de comunicación, por varias razones. En primer lugar porque no tengo mucha velocidad tecleando en un móvil, y tienden a amontonárseme las respuestas cuando el interlocutor, como sucedía con Carolina, dispone de dedos más hábiles que los míos. Y en segundo término, porque la comunicación escrita, y más cuando es irreflexiva, como tiende a suceder en el mensaje corto, es la mayor fuente de malentendidos que puede haber entre dos seres humanos, aun presumiendo en ambos una mínima competencia en lectura y escritura. La charla de aquella noche no fue una excepción. Después de ponerla al corriente y tranquilizarla sobre mis circunstancias de vida allí, hube de vérmelas con un mensaje que me desconcertó: «Ya veo que estás mejor sabiendo que tenemos tanta tierra de por medio». No me pareció que pudiera responder de otro modo que preguntándole qué quería decir con eso. «Que últimamente me ha dado por pensar». A lo que no me quedó otra que preguntarle si quería compartir esos pensamientos. «No sé si has pensado alguna vez en la edad que vamos teniendo, los dos», escribió entonces. Le dije que lo menos posible, por lo irreversible y lo irremediable de la circunstancia. «¿Este es el mejor momento para ser cáustico?», coseché como merecida réplica. Escogí ser valiente y pedirle que no se anduviese con rodeos. «¿Hasta cuándo vamos a seguir así?», me disparó a bocajarro. Y aunque intuí, no podía ser de otra manera, a qué se refería, aún le pedí que fuese más clara, si podía serlo. El mensaje que temía no se hizo esperar: «Ya no estamos para seguir jugando mucho rato al escondite, ¿no te parece?».

Al ver el cariz que iba tomando la conversación, había salido del corimec y me había apartado al costado, junto al refugio. El edificio tapaba la luna y me vi sumido en una tiniebla que sólo paliaba la pantalla de mi teléfono móvil. Le eché un trago a la botella de agua mineral que llevaba conmigo (en el corimec había una nevera llena y al lado un palet del que un letrero invitaba a servirse para reponer cada botella que uno sacara de ella). Luego respiré hondo y me dije que era justo lo que me hacía falta, en aquel momento y aquel lugar, replantearme asuntos cruciales de mi vida. En todo caso, no podía eludirla: le dije que no le había escondido nunca nada, ni lo pensaba hacer. Entonces se me ocurrió una forma de ganar tiempo: le pregunté si tenía Skype. La dejé fuera de juego. Me dijo que creía tener una cuenta por ahí, pero que había olvidado la contraseña. Le pedí que la reactivara y le prometí que yo me haría una, y que al día siguiente sacaría un rato para llamarla desde el locutorio y hablar, si quería, más tranquilamente. No quedó muy contenta, pero al menos logré parar el golpe. Si lo analizas, al final la vida es eso, casi todo el tiempo; o por lo menos la vida de aquellos que, por lo que sea, no nacimos para colmar las expectativas que los demás dan en poner en nosotros.

Aquel intercambio de mensajes me dejó mal cuerpo y peor humor; menos por lo que creía poder reprocharle a Carolina que por lo que temía tener que reprocharme a mí mismo. Para distraerme, y como me veía aún relativamente lúcido, decidí leer un poco. Le pregunté a mi buen Arnau si no le importaba que tuviera encendida la linterna de mi teléfono para alumbrarme la lectura. Sé que otro en mi lugar no lo habría hecho, pero siempre he pensado que quien se sirve de los galones para lo que la cortesía allana pone la simiente de un tiempo oscuro, el que le aguarda cuando los galones dejen de adornar sus hombros; una hora que a todos nos llega, y la vida es breve para demorarla mucho. El cabo, con voz somnolienta, me aseguró que no le importaba.

Le hinqué el diente al libro que me había dejado el comandante Kirkpatrick, y que en efecto se reveló como una lectura esclarecedora y vigorosa. Se abría con una cita de Tucídides: «Los jóvenes partieron a la guerra con entusiasmo, porque jamás habían estado en una batalla». Y otra de un veterano ruso de la guerra afgana: «Algunas de las cosas que hice no quiero describirlas. Entre nosotros, los *afgantsy*, hablamos de cosas que quienes no estuvieron en Afganistán no pueden entender, o sólo podrían malinterpretar». Leí que en ruso la palabra *afganets*, en plural *afgantsy*, aparte de los afganos y los veteranos de la guerra, designaba un viento del sudoeste, cargado de arena; el mismo que nos azotaba en Herat, donde, como el comandante me había anticipado, se abría el relato, con la revuelta de marzo de 1979 contra el gobierno comunista y prosoviético que por entonces dirigía el país.

El programa de aquel gobierno, entre otras cosas, incluía por primera vez el derecho a la educación, efectivo y universal, y no sólo en las grandes ciudades, para las mujeres afganas, a las que se les dijo que «eran dueñas de sus cuerpos, podían casarse con quien quisieran y no tenían que vivir encerradas en las casas como si fueran mascotas». La reacción a esa política fue que en un pueblo cercano a Herat los paisanos, inflamados por la decisión del jefe comunista local de enviar a la fuerza a las niñas a la escuela, se alzaron en armas, mataron a los comunistas y de paso a las propias niñas, y marcharon en armas sobre la ciudad. Otro tanto hicieron los habitantes de muchas localidades de los alrededores de Herat, formando una masa enfurecida que avanzó por las avenidas flanqueadas de pinos que conducen al centro, pasó junto a la ciudadela de Alejandro Magno y arrasó con todo. Asaltaron la prisión, saquearon bancos, incendiaron edificios públicos y periódicos y apalearon a quien no iba vestido a la usanza tradicional. Cazaron y exterminaron a los funcionarios del partido y al gobernador y junto a ellos asesinaron a un número indeterminado de asesores soviéticos, cuyos cuerpos mutilados fueron arrastrados por las calles.

Pese a todo, el Kremlin intentó no implicarse y dejar al gobierno afgano controlar la situación por sus medios, pero de nada le sirvió. Antes de acabar el año, las tropas soviéticas invadieron el país, donde sostendrían una larga, costosa y a la postre fallida campaña. Según el autor, Braithwaite, lo que llevó a la Unión Soviética a cometer aquel error, letal para su propia existencia, fue una mezcla de «ignorancia, prejuicio ideológico, pensamiento confuso, inteligencia inadecuada, asesoramiento contradictorio y la pura presión de los hechos».

Con aquel descorazonador resumen, y las imágenes atroces convocadas por la narración, apagué la luz. Arrullado por el aire acondicionado, el canto del muecín que llamaba a la oración en la mezquita cercana y el rumor de los helicópteros Mangusta italianos que sobrevolaban la base, me sumí en un sueño pastoso y cargado de pesadillas.

14
En los dominios del lobo

Cuando me desperté, a la mañana siguiente, me encontré con que Arnau ya estaba en pie, vestido con camiseta y pantalón de deporte. Hice acopio de todas mis fuerzas para incorporarme y le pregunté:

—¿Qué hora tenemos?

—Las siete. No te habré despertado, mi subteniente...

—No, no, tranquilo. Ya es un exceso que alguien como yo duerma más de seis horas. ¿Qué haces? ¿Vas a salir a correr?

—Sí. Luego no hay quien pueda. ¿Te vienes?

Había logrado tutearme dos veces seguidas. No era frecuente, por más que le animaba a hacerlo, y en especial cuando estuviéramos a solas. Le costaba: Arnau era puntilloso y no quería dar ni por asomo la impresión, jamás en público, pero ni siquiera en privado, de tomarse con su superior más confianzas de las debidas. A veces me preguntaba si era de veras un joven español de su generación o si había venido en un platillo volante y le había birlado a uno el soporte corporal.

—Espérame —decidí sobre la marcha—. Voy contigo.

Echamos a trotar hacia la carretera que rodeaba la zona de vida de la base, por donde habíamos visto que solía correr la gente. Al cabo de no mucho más de trescientos metros, sentí la garganta como lija y que me faltaba el aire para respirar. Como Arnau no aflojaba el ritmo, me impuse seguir. La sensación se fue agravando y apenas doscientos metros más allá levanté el brazo y me detuve para recobrar el resuello. Arnau dio media docena de zancadas antes de pararse a su vez.

—¿Está bien, mi subteniente?

Que volviera a tratarme de usted hizo que me sintiera aún peor.

—Creo que estoy agonizando —jadeé—. Por favor, dile a mi hijo que me incinere y que mis cenizas las arroje al Manzanares.

—Vamos, hombre, ya será menos.

—No sé, me falta el aire.

—Y a mí, por si le sirve de consuelo. Casi me alegra que se haya parado; hay algo aquí que hace que correr canse el triple.

De repente caí en lo que pasaba.

—El polvo, nos olvidamos de él. ¿Cómo sientes la garganta?

—De esparto.

—Yo igual.

Miré a mi alrededor. El paisaje de la base, y más allá de sus límites la quebrada silueta de las montañas, me transmitieron una sensación de súbito desamparo. Aquella tierra en la que éramos intrusos, y a la que se agarraban apenas los reductos y los barracones que habían ido juntándose para formar la base, nos recordaba, en cuanto nos parábamos a medirnos con su aspereza, que sólo transitoriamente toleraba nuestra intromisión, como antes lo había hecho con otros a los que sin remedio y sin piedad había acabado por repeler siempre. Pensé en los asesores soviéticos masacrados en el 79 en Herat, en los miles de soldados que en los diez años siguientes perdieron allí la vida o volvieron a sus casas cargando a cuestas el fantasma de lo que Afganistán, en su lucha por sobrevivir, había llegado a sacar de ellos. Como decía aquel libro, *Afgantsy,* antes o después todos los invasores acababan entendiendo que eran tan incapaces de dominar el país como los propios afganos, y que su primera misión era seguir con vida.

Poco a poco, mi respiración se fue normalizando. Me forcé a sobreponerme.

—Vamos a continuar —le dije a Arnau—. Más despacio, tratando de respirar bien por la nariz, hasta que nos acostumbremos.

—¿Seguro?

—Seguro.

Dosificando mejor las energías y la respiración, logré dar un par de vueltas al circuito, a un ritmo casi digno. Aquella mañana el desayuno me supo a gloria, y mientras lo tomaba mi mente dio en desplegar una actividad inusual. Recordé que a partir de las nueve habíamos quedado con un agente del CNI, para entrevistar a los empleados afganos, y les encargué a Salgado y a Claudia que comenzaran sin mí. Tenía que hablar con los italianos pero antes quería hacer algo que en nuestras dos primeras jornadas nos habíamos saltado y que ahora me parecía una omisión que debía subsanar. Me dirigí al sargento Pedro:

—Me imagino que el lugar del crimen está precintado.

—Claro. ¿Quieres ir a verlo? Tengo yo las llaves.

—Quiero. ¿Y el corimec de la víctima?

—Lo registramos en su día, en presencia de la jurídica. También lo precintamos, el sargento con el que lo compartía se mudó a otro.

—¿Quién es ese sargento?

—Ledesma, de su unidad.

—Tendríamos que hablar también con él. Y me gustaría echarle un vistazo al alojamiento de Pascual, por si acaso.

Al sargento no pareció halagarle lo que acababa de oír.

—Lo miramos bien, y no encontramos nada de particular —dijo.

—No desconfío de ti, mi sargento —le aseguré—. Quiero verlo por mí mismo. A veces eso te sugiere ideas.

—¿Y qué ideas esperas que te sugiera?

—No te lo sé explicar. A mí me ayuda, eso es todo.

—Está bien, tú mandas —se plegó.

—Ven tú conmigo, Virgi —le dije a Chamorro.

—A tus órdenes —acató sin rechistar.

Mi compañera parecía haber descansado bien. Aunque no había hablado mucho, la notaba más entera, más metida en la faena. Hasta parecía haber limado asperezas con Salgado. A veces la convivencia, en condiciones de cierta estrechez, obra esa clase de milagros. Dejas de ver desde la distancia del prejuicio al otro, y eso te mueve, a nada que tengas alguna disposición, a comprenderlo y aceptarlo; si no del todo, sí algo más, y mejor, que cuando nada has de compartir con él.

La inspección ocular del corimec donde había aparecido el cuerpo de Pascual no nos deparó grandes hallazgos. En resumidas cuentas, vino a confirmar lo que habían interpretado tanto el sargento Pedro como, con mayor detalle y precisión, el médico que se había encargado de las tareas de forense. Todo apuntaba a que el asesino, sabedor de que la víctima acudiría allí a esa hora, y fuera cual fuera la manera en que supo tal cosa, lo aguardó cómodamente escondido tras las taquillas (más altas que un hombre de estatura media). En cuanto le ofreció la espalda, fue a por él y lo degolló, para justo a continuación tumbarlo sobre la cama donde terminó de desangrarse. Carecía de sentido hacer un examen de superficies: era muy poco probable que mirando a ojo desnudo viéramos lo que no hubieran visto en su día el sargento Pedro y el guardia Clemente, provistos de una lámpara especial.

Lo que nos reservaba una sorpresa, y me costó por añadidura un momento de tirantez con el sargento, fue la inspección del alojamiento del difunto. Sus pertenencias de valor se habían recogido y enviado a España, previo inventario, para permanecer a disposición de juez hasta que este decretara su entrega a los herederos. Quedaban en la taquilla un par de uniformes, otro de botas y algunos útiles de higiene y aseo personal. Tuve por un instante la tentación de hacer por mí mismo algunas comprobaciones, pero preferí consultar a mi compañero, que vi que seguía mis movimientos con cara de malas pulgas.

—Imagino que los bolsillos están todos revisados.

—Todos —me aseguró—. Pero si quieres mirar...

Dudé un momento, lo confieso.

—Si ya lo habéis hecho vosotros, bien está.

—No había nada reseñable. En todo caso, tienes un inventario y lo que no mandamos a España está a tu disposición.

—¿Y debajo de la cama habéis mirado?

—Por supuesto.

—¿Y del colchón?

—Pues ahora que lo dices, eso no se nos ocurrió.

Se acercó y levantó los colchones de las dos camas que componían la litera. Fue en la de abajo, en la cabecera y en el lado de la pared, donde apareció una pequeña libreta, una moleskine de color rojo. El sargento la abrió por varios lugares y la miró del derecho y del revés, antes de tendérmela con una expresión de cordero degollado.

—No me va a quedar otra que darte la razón. Había que venir.

—Yo vengo con el grueso de la tarea ya hecho, a sacarle punta. Es normal que a quien tuvo que comérsela entera se le pasara algo.

—No me reconforta y mucho menos me disculpa, mi subteniente. Esto lo cargo en directo en mi mochila de las cagadas.

—Dudo que tengas esa mochila más cargada que yo.

—Tampoco me alivia. Simplemente, ni pensé que pudiera guardar nada bajo un colchón quien disponía de una taquilla con llave. A la vista está que debería haberlo pensado. No tengo excusa.

Eché un vistazo al contenido de la libreta: estaba bastante gastada y anotada, casi siempre con tinta negra, aunque algunas páginas las había rellenado con bolígrafo azul. Había croquis, números, nombres, claves, y lo que parecían pequeñas citas o pensamientos. Iba a hacer falta algún tiempo para descifrarlo, o al menos hacerse una idea de lo que había. Me llamó la atención la excelente factura de los dibujos, que representaban vistas de y desde la base y otros paisajes que supuse asociados a alguna misión anterior. En la primera página aparecía su nombre, Pascual González, y una fecha, diciembre de 2003. Aquella moleskine le había acompañado, o eso parecía, durante más de diez años; quizá para mejor aprovecharla achicaba su letra hasta extremos que dificultaban mucho su legibilidad, o al menos para mí.

—Toma, te la regalo, Virgi —le dije a Chamorro—. Quiero decir que te hago responsable de ella. De reseñarla y analizarla.

—Ya había entendido.

A continuación, el sargento Pedro nos acompañó hasta la unidad a la que había estado adscrito Pascual, cuyo puesto de trabajo se veía vacío y recogido. Sobre la mesa seguía una fotografía de sus dos hijos que atrajo mi atención. El sargento no pudo evitar informarme:

—Esto sí que lo inspeccionamos debidamente, creo poder asegurar. Y todo lo que había de interés ya se lo pasé a tu cabo.

—No me cabe duda —le tranquilicé—. Sólo me dejaba llevar por la vieja sensación. No importa lo insensible que seas ni las veces que la hayas probado, siempre te provoca una especie de escalofrío.

—¿A qué sensación te refieres?

—Al vacío que deja la gente, cuando se marcha.

Hablamos con el capitán que mandaba la unidad, y también con el sargento Ledesma, el compañero de habitación del muerto. El relato que ambos nos hicieron coincidió en presentar a Pascual como un profesional trabajador y capaz, de quien no tenían ninguna queja en cuanto al trato con su gente, aunque ambos dejaron entrever que les había dado algún dolor de cabeza en relación con terceros. Por debajo de sus palabras, me dio la sensación de que aquel aprecio que proclamaban no estaba teñido del afecto que el roce humano tiende a propiciar. Aquel hombre, de quien nadie afirmaba que no cumpliera con su deber, con nadie acertaba sin embargo a establecer una conexión profunda. No me parecía que la hubiera tenido tampoco con la teniente Ginés, por lo que me había contado Chamorro, y esto era aún más significativo, tratándose, con mayor o menor intensidad, de una relación amorosa. Aquella impresión vino a ratificarla lo que Ledesma me contó cuando le pedí que me reconstruyera el último día, y en particular los momentos inmediatamente anteriores al crimen. Según me dijo, coincidieron durante media hora en el corimec, después del almuerzo. Sobre las tres y cuarto Pascual se puso en pie y le dijo sin más que se iba a dar una vuelta. Le pregunté si no observó nada raro en él, y si no le extrañó que saliera a pasear a esa hora.

—De Pascual no me extrañaba nada —repuso Ledesma—. Era así, iba y venía a su aire, sin darle nunca a nadie explicaciones.

Por lo demás, la entrevista no hizo sino confirmar informaciones que ya teníamos por otras vías. Mientras formulaba las preguntas y escuchaba las respuestas, me pareció que cumplía con uno de esos trámites forzosos, pero estériles, que exige una investigación. Una vez que dimos la gestión por concluida, y nos encontramos de nuevo bajo el feroz sol afgano, consulté mi reloj y le dije a Chamorro:

—Va siendo la hora de irnos a ver a mis paisanos. A ver cómo me hago perdonar mi poca fluidez en la lengua de mis mayores.

El capitán Pardo nos hizo de embajador y nos presentó al *capitano* Biondi, un hombre poco mayor que él, de piel morena, cabellos negros y ojos igualmente oscuros. No era muy alto, pero lo compensaba con esa apostura en el vestir tan propia de quienes me legaron el apellido. Me fijé en que su uniforme, de color azul marino, estaba impecable, tanto que había que mirarlo dos veces para convencerse de que era de faena. No podía decirse, eso sí, que aquella ropa contribuyera a que pasara demasiado inadvertido en el paisaje que nos rodeaba. Tampoco parecía, al menos en ese momento, su principal preocupación.

Nos recibió en su despacho, tan sólo un poco más amplio que el de nuestro capitán. Apenas tomamos asiento, me preguntó en italiano si lo hablaba y, cómo no, de dónde había sacado semejante apellido. Tras admitir sin orgullo, en un italiano zarrapastroso, que no era lengua en la que pudiera expresarme con soltura, le dije en inglés que mi apellido no venía directamente de Italia, sino del Uruguay. Asintió despacio y en un inglés aseado, aunque con ese tono cantarín que suelen ponerle los italianos, me explicó que el *maresciallo* Ferrioli no sólo hablaría con nosotros, sino que su coronel le había ordenado, en su presencia, que colaborara sin ninguna reserva en nuestra investigación.

Diez minutos después tenía ante mí al hombre. Era un tipo que imponía con su sola presencia. De alrededor de uno noventa, y fuerte como un luchador (reparé en sus antebrazos, sus manos casi gigantes), inquietaba el contraste de sus ojos grises con la tez muy bronceada. Venía con el equipo completo de combate, chaleco incluido, lo que me hizo deducir que de allí iría a patrullar el perímetro o que había estado haciéndolo hasta justo ese momento. Me expliqué como pude, tratando de trasladarle los motivos que me impelían a hablar con él sin darle a entender la menor suspicacia hacia su persona. Ferrioli me escuchó con atención y sin despegar los labios. Cuando hube terminado con mi introducción, parpadeó un par de veces (ahí reparé en que no lo había hecho antes), suspiró y me dijo en un inglés con mucho acento:

—Pregunte lo que quiera. Y yo respondo.

Comencé por algo inocuo: desde cuándo trataba con él.

—Mes y medio, más o menos —dijo.

—¿En qué consistía su relación? —ahondé.

Ferrioli cruzó una mirada con el capitán Biondi. Este

le hizo ver con un leve movimiento de cabeza que podía responderme.

—Hacer efectivo el traspaso de responsabilidad —dijo, con voz neutra—. Compartir los protocolos, las amenazas, las experiencias que hemos tenido durante nuestra misión de *Force Protection*.

—¿Podría darme más detalles?

El *maresciallo* volvió a mirar al oficial de Carabinieri. Esta vez, no se me escapó, no fue tan claro al darle luz verde para contestarme.

—No le puedo dar todo el detalle, es confidencial —dijo Ferrioli—. Para que se haga una idea, hablamos de contraseñas, puestos, rutinas de patrulla. Y de los incidentes y dónde suelen localizarse.

—¿Ha habido muchos incidentes?

—Alguno.

—¿De qué tipo? Por saber.

Ferrioli buscó otra vez la aprobación del capitán, aunque apenas se detuvo antes de sentirse autorizado a darme algunos ejemplos:

—RPG, intrusos, ataques en fuerza contra la valla.

—¿Ataques en fuerza?

—De esos sólo hemos tenido uno. Con una moto con explosivos.

—¿Y qué pasó?

—Nada, lo repelimos.

—¿Y los intrusos?

—Afganos que se meten en la base. Para robar algo, normalmente.

—¿Pasa a menudo?

—No, alguna vez sólo. No suelen ser peligrosos, pero...

—¿Pero?

—No se puede permitir. Podrían traer peores intenciones.

—¿Y es posible que un intruso se cuele a plena luz del día?

Ferrioli se encogió de hombros.

—Imposible no hay nada, pero es muy poco probable. Los incidentes de ese tipo los hemos tenido siempre de noche.

Aprovechando que la conversación fluía, decidí dar un paso más.

—¿Qué tal se entendía usted con el sargento primero González?

—Regular.

—¿Por?

—¿A usted le cae bien todo el mundo?

—No, claro que no.

—Pues igual.

—En todo caso, cuando hay que trabajar con otro, ya te caiga bien o mal, se suele hacer un esfuerzo. Por entenderse, digo.

—Lo hice. Y a lo mejor él, no le digo que no. Sirvió de poco.

—¿Qué le molestaba de él?

El *maresciallo* me miró directo a los ojos.

—¿Le soy sincero?

—Por favor.

—Se creía el único que le había visto la cara al lobo.

Empleó justo esa metáfora, que convenía a su laconismo: ya me había percatado de que la verbosidad no formaba parte de su carácter, o quizá no se sentía cómodo en una lengua que no era la suya.

—Y eso le irritaba a usted —deduje—. ¿Por algo en particular?

Indulgente, como si hablara con un niño, Ferrioli me explicó:

—He tenido que vivir en los dominios del lobo, y hasta dormir con él. No me gusta que me presuman de eso. Yo no lo hago. Además, no era sólo la actitud. Siempre estaba buscando fallos a los demás.

—Me han contado que discutieron. ¿Por qué?

—Quería hacer un informe diciendo que teníamos

mal cubiertos los puestos y que por eso habíamos tenido intrusiones. Me amenazó con elevarlo a sus jefes. Con muy malas maneras, por cierto.

—No tenía razón, según usted.

El suboficial italiano me observó con reticencia.

—Tener razón es lo de menos. Tenemos la gente que tenemos, y el perímetro es enorme. Podemos patrullarlo, cubrirlo de manera razonable y sobre todo detectar las intrusiones y neutralizarlas en seguida. Pero para impedirlas totalmente haría falta el triple de personal.

—¿Desde cuándo no hablaba con él?

—Dos, tal vez tres semanas —calculó—. Mis jefes y los suyos decidieron que era mejor que el traspaso lo llevase otra gente.

—¿Y desde entonces no tenía trato con él?

—Cero. No tenía necesidad. Ni razones para buscarlo.

—Le importaría decirme, y no se lo tome a mal, dónde estaba entre las tres y las cinco del pasado lunes?

—No me lo tomo a mal. La primera hora estuve en un LMV, dando vueltas a la valla con mi gente. El resto, en la puerta principal.

—Y eso tiene usted quien lo atestigüe, imagino.

—Todos mis hombres. Y la grabación de la malla de radio.

La serenidad absoluta con que me respondía, lo débil del pretexto que podía tener para cometer un asesinato con premeditación, y aquella coartada casi indestructible, me hicieron ver que estábamos perdiendo el tiempo. Lo mismo se desprendía de la expresión de Chamorro, que por momentos parecía de lástima por el desairado papel que ante aquel tipo estaba representando su viejo subteniente. No quise prolongar por más tiempo el castigo; y no me refiero al que pudiera estarle infligiendo a aquel hombre impasible, sino al que me infligía a mí mismo tratando de sacar algo de donde nada parecía haber.

Después de que Ferrioli se marchara, nos quedamos departiendo con el capitán Biondi. Observé que la relación que con él tenía Pardo era de franca camaradería y que el italiano estaba en la mejor disposición. Vi la oportunidad de plantearle algo y no la dejé pasar:

—Tenemos unas llamadas que recibió el muerto, el día antes del crimen, desde un teléfono del RC West que nos dicen que corresponde a una dependencia donde la mayor parte del personal es italiano.

—¿Sí? —se interesó Biondi—. ¿Qué número es?

—No lo tengo a mano, pero se lo puedo facilitar. ¿Podríamos saber quién es el usuario, o mejor, quiénes tienen acceso a ese teléfono?

Biondi consideró el asunto con gesto de gravedad.

—Claro, cómo no —dijo—. Déjelo de mi mano. Encargo a alguien que haga averiguaciones. Discretamente, no se preocupe.

Me asaltó la duda. Estaba poniendo una información que podía ser relevante para la investigación en manos ajenas, de cuya fiabilidad, por buena que fuera la sensación que Biondi me transmitía, no podía estar seguro. Tampoco estaba seguro de tener alternativa. El *carabiniere* pareció leerme el pensamiento. Miró a Pardo y me garantizó:

—Mi compañero y buen amigo el capitán Pardo puede decírselo: tengo motivos personales para sentirme en deuda con la Guardia Civil. No tema usted lo más mínimo. Esto que me ha dicho, hágase a la idea de que se lo ha confiado a uno de sus hombres. Y de que nos lo tomaremos como si fuera algo nuestro. Le tengo informado.

El capitán Pardo nos invitó a tomar un café a Chamorro y a mí en la cantina italiana. De nuevo tuve ocasión de agradecer a los dioses la existencia del café y de un pueblo que sabía tenerle el respeto que se merecía. Mientras saboreaba aquel *espresso* casi sólido, el capitán me informó de las gestiones que continuaba haciendo para que pudiéramos trasladarnos a la base afgana y entrevistar a los contratistas norteamericanos que nos faltaban para completar nuestro puzle.

—Dependemos de la luz verde de los yanquis, que están procesando internamente nuestra petición. Por nuestra parte, ya os he negociado la posibilidad de salir con el convoy de los logísticos, y te avanzo ya que yo no voy a poder ir: al final, mañana, tenemos afganos, pero con Vellido y Acuña me quedo tranquilo. Eso sí, si nos autorizan, tendréis que hacer un hueco esta tarde para el *briefing* del convoy. De aquí nadie sale para asomar el hocico ahí afuera sin que se le explique y nos cercioremos de que ha entendido todo el protocolo de seguridad. Normalmente son dos reuniones por convoy, pero confiaremos en que sólo con una seáis capaces de no representar un peligro para el resto.

—No estaría yo muy convencido —dije.

Chamorro torció el gesto.

—Lo digo por mí —aclaré—. Ella estará a la altura.

—¿No vais a ver a los *tucus*? —preguntó el capitán.

—Ahora nos acercaremos, a ver cómo lo llevan.

—Claudia los maneja bien. Se los conoce a todos y todos la conocen a ella. Y tiene mérito, porque para la mayoría, aunque estos disimulen, que para eso les damos de comer, una mujer no es mucho más que un mueble. No me preguntes cómo, pero sabe tocarles la fibra. Además de estar pendiente de lo que tenemos que estar, que es impedir que a uno de ellos le dé algún mal día por hacernos un destrozo.

—¿Cómo os aseguráis de que son leales?

—No podemos llegar a tanto. Podemos intentar descartar factores de riesgo. El principal, claro, es que te mientan y que seas capaz de detectarlo. Quien te miente en algo, aunque esto no sea matemático, puede mentirte en cualquier cosa. Un truco que suele funcionar bastante bien es preguntarles si tienen experiencia militar. El que quiere ocultar algo y agradar piensa que lo mejor es decirte que no. El caso es que si un afgano de cuarenta años te dice que no tiene ninguna experiencia militar, o está mintiéndote como un bellaco o se las arregló para pasarse los últimos veinte en una nevera como esa donde tienen guardado a Walt Disney. Y aquí me temo que no las venden.

—Ah, curioso.

—Si no lo alistaron los comunistas o los rusos, lo enrolaron los talibanes, y si no, los de la Alianza del Norte, o todos, uno detrás de otro. Tampoco que te mientan es definitivo. El quid está en que intenten mantener la mentira cuando les invitas a deshacerla. En fin, hay toda una batería de preguntas que utilizamos, y luego los americanos del polígrafo tienen otras, que les sirven para calibrar la máquina.

—Todo un mundo, por lo que veo.

—Aquí nada es fácil, mi subteniente. Nos hemos dejado unas pocas plumas ya, en este país. Se trata de no dejarnos muchas más.

Cuando entramos en la sala donde estaban interrogando a los empleados afganos, vimos a un hombre que respondía en dari, o eso me imaginé, porque no entendía ni una palabra, a la pregunta que acababa de traducirle una mujer de piel aceitunada y cabello negro. La mujer andaría sobre los cuarenta y pocos años y vestía un uniforme idéntico al nuestro, incluida la bandera española en el hombro, pero sin divisas de arma ni grado. El hombre tendría unos treinta y cinco. Mientras hablaba, su mirada pasaba nerviosamente de la intérprete a las tres personas que lo escuchaban con toda atención: Salgado, algo más adusta que de costumbre; Claudia, risueña pero con expresión remota; y el agente del CNI, un hombre de unos treinta años, pelirrojo y con un poco de melena, a cuyo rostro no asomaba emoción alguna.

—Dice que ese día le tocó limpiar en el ROLE —tradujo la intérprete, una vez que el hombre terminó de hablar—, y que no salió de allí en toda la jornada. Que su encargado lo puede confirmar.

—Está bien, Shideh —tomó la palabra Claudia—. Dile que muchas gracias, y que ya sabe lo que me prometió, que no se me olvida.

Al decir esto, la guardia clavó en el hombre una mirada penetrante. La intérprete hizo su trabajo y el hombre, de golpe, asintió con fuertes sacudidas de cabeza, mientras respondía algo que nos tradujeron así:

—Que descuide, señora guardia, que se acuerda y que hará como le prometió. Que ya sabe que lo otro no está bien.

—Mejor así. No te olvides —le insistió.

El afgano reiteró, con toda clase de aspavientos, su compromiso más sincero. Cuando se marchó, aproveché para presentarnos.

—Subteniente Bevilacqua. Y la sargento primero Chamorro.

Claudia nos hizo de introductora:

—Esta es Shideh, nuestra traductora preferida. Y nuestro amigo se llama Mariano, no sé ni creo que nunca sepamos más.

—No, si logro evitarlo —sonrió el espía, tendiéndome la mano.

—Shideh... ¿De dónde es ese nombre? —preguntó Chamorro.

—Persa —explicó Claudia—. Shideh nació en Irán, pero cuando se hicieron con el poder los ayatolás, bueno, ella os contará más si quiere, se quedó un poco fuera de lugar y tuvo que salir, ¿no es así?

—Así es, más o menos —dijo la intérprete, bajando los ojos—. Irán dejó de ser un buen lugar para los que no somos chiíes.

—Lleva en España mucho tiempo. Tiene la nacionalidad y ya veis que habla español como si fuera nativa. Es de total confianza.

—¿Y significa algo *Shideh*? —curioseó Chamorro.

—Sí —respondió la intérprete, con timidez—. Brillante, luminosa.

—Oye, Claudia —cedí a mi propia curiosidad—. ¿Qué es lo que le has dicho a este hombre al final? Eso que te ha prometido.

El semblante de la guardia se volvió de pronto serio.

—Ah, eso. Se lo hago prometer a todos. No tengo fe en que lo cumpla ni uno de cada diez, si llega, pero con eso ya me daría por satisfecha. Les hago prometerme que no van a vender a sus hijas.

—¿Cómo?

—No ponga esa cara de espanto, mi subteniente. Aquí es normal vender a las niñas a los once o doce años, a un hombre mucho mayor que paga una buena suma por ellas. Es la tradición, y el valor que tiene una hija para la mayoría de los padres. Como una especie de animal de granja, al que *criás* para llevarlo al mercado. Los varones son otra cosa: los que te cuidarán en la vejez, cuando no *podás* valerte.

—El plan de pensiones —dijo Mariano—. Aquí no hay seguridad social. O de viejo tienes un hijo que te cuide o te ves en la calle.

—¿En serio lo decís? —preguntó Chamorro.

—Economía tradicional —ratificó el agente.

Me quedé algo descolocado, en parte por la revelación, en parte por el par de giros porteños que se le habían escapado a Claudia, que normalmente ella reprimía y que a mí no podían dejar de removerme algún rincón del subconsciente. En ese momento me entró un mensaje de Whatsapp. Era del capitán Pardo y decía, escueto: «Tenemos vía libre de los americanos». Le di las gracias por el mismo medio y en seguida entró otro mensaje del capitán: «Esta tarde, en la unidad logística, a las cinco: *briefing* para los que vayáis a ir en el convoy». No pude evitar que la noticia me acelerase el pulso. Al fin íbamos a salir de la burbuja de la base. A ofrecer blanco en los dominios del lobo.

15

Ciegos en la noche

Después de un par de afganos más se nos hizo la hora de comer y les propuse que paráramos y aprovecháramos para poner en común lo que nos había dado de sí la mañana. Mariano, el agente del CNI, se excusó y nos preguntó a qué hora pensábamos reanudar la tarea para reunirse de nuevo con nosotros. Interpreté que formaba parte de la manera de estar en la base, tanto de él como del resto de su equipo, no mezclarse más de la cuenta con los demás. Al fin y al cabo, todos los que allí estábamos éramos objetivo potencial de su espionaje. En cierto modo, esa segregación se daba también respecto de los guardias de la unidad de Policía Militar, que no iban a los lugares de esparcimiento de otras unidades y tendían a hacer piña en las comidas, pero en este caso los límites eran menos rígidos. El que más y el que menos, todos confraternizaban con los de Tierra o los de Aviación, entre los que alguno incluso tenía buenos amigos. Ese mediodía, sin embargo, la mesa era toda de guardias, con la excepción de Shideh, que en un primer momento quiso apartarse, interpreté que por discreción, y a la que me empeñé en invitar a unirse a nosotros. Fue Salgado quien asumió la responsabilidad de hacerme el resumen de la mañana:

—Claudia, que los conoce más, me corregirá si me equivoco, pero entre la gente que hemos visto me cuesta imaginar al tipo capaz de atacar y asesinar a un militar español. Son gente que se la juega estando aquí, algunos vienen de otras zonas de Afganistán y tienen poco arraigo en la región, y lo que me parece que les preocupa por encima de todo es qué va a ocurrir con ellos si, como se dice, nos largamos a finales de este año o como muy tarde a mediados del que viene.

—Es verdad —corroboró Claudia—. Diría que esa viene a ser su preocupación y, para alguno, su obsesión principal. Lo que te genera una situación incómoda con ellos, porque querrías poder decirles que les darán permiso de residencia en España a los que quieran venirse, por los servicios prestados, pero ya sabes que no va a ser así.

—Ninguno las tiene todas consigo cuando se levante la base —dijo Salgado—. Alguno se vino del norte, justamente, porque no quiso quedarse, cuando nos fuimos de allí, donde se sabía que habían colaborado con la ISAF. Sin nuestra cobertura, están en peligro.

—Hay chavales muy majos —añadió Claudia—. Varios que hablan español y uno, Asif, que hasta ha estado una vez en España. Y otros, que no hablan nada, pero no veas cómo te agradecen cualquier detalle que tienes con ellos. Yo suelo regalarles paquetes de galletas del desayuno, de esos que a veces la gente se deja en la bandeja sin abrir. Y parece que les estuvieras dando caviar. De los que hemos visto esta mañana sólo hay uno al que le pasaría el polígrafo, por no dejar de hacerlo con alguien; este estaba el lunes por donde los corimec y ha sido un poco confuso explicando su coartada, aunque yo no le daría mayor importancia ni esperaría nada por ahí. Veremos esta tarde.

Me fijé en la intérprete. Tomaba su almuerzo en silencio, con la mirada fija en el plato, como si quisiera dar la impresión de no escuchar, a fin de no disponer de ninguna información que no debiera conocer. Imaginé que era una actitud largamente ensayada y ejercitada, la de tratar de estar y a la vez no estar en lo que sucedía junto a ella.

—¿Cuánto tiempo llevas aquí, Shideh? —le pregunté.

Sin levantar apenas los ojos, respondió:

—Diez años hará en septiembre.

No pude reprimir mi asombro.

—¿Diez años? ¿Y siempre aquí, en Herat?

—No. También en Qala-i-Now, y en los COP del norte de la provincia de Badghis, al lado ya de la frontera. Moqur, Ludina.

Eso quería decir que había estado, con toda probabilidad, en más de una situación comprometida. Me vino una a la cabeza:

—No estarías allí cuando el atentado contra los nuestros...

Shideh alzó entonces la mirada y buscó la mía. Sus ojos eran de un luminoso color miel y su expresión piadosa y profunda.

—¿Los guardias civiles? Sí, por desgracia. Aunque ese día estaba con ellos un compañero, Ataollah, al que mataron también.

Su semblante se volvió sombrío, pero sin romper la discreción que parecía caracterizarla. Como si no quisiera apabullarme con su dolor, o con la dureza de las experiencias que guardaba en la memoria.

—Y a lo mejor, estoy pensando ahora —dije—, conocías al sargento primero Pascual de su primera misión en Afganistán...

—Sí, seguro que coincidimos, pero no lo recuerdo de entonces con precisión. Son diez años, por aquí ha pasado mucha gente.

—Y por casualidad —se me ocurrió—, ¿no estarías cerca en aquella operación en Badghis en la que mataron a un sargento?

—Estaba, pero no en la operación propiamente dicha.

—Shideh es la memoria viva de esta base —intervino Claudia—. Si alguien quisiera un día escribir nuestra historia en Afganistán, entera y verdadera, ella sería la mejor fuente. ¿Qué me dices, Shideh?

La aludida se sonrojó.

—No lo creo. Sólo soy traductora.

—Anda, no disimules.

—Vemos y oímos muchas cosas, eso es verdad —explicó Shideh—, pero tampoco tienes nunca la visión del conjunto. Ni toda la información. Puedes imaginar, pero ese no es mi trabajo. Mi trabajo es escuchar y tratar de reproducir lo que oigo, lo mejor que puedo. La lengua que traduzco no es del todo la mía, aunque sea muy parecida. Después de diez años todavía sigo aprendiéndola y teniendo dudas.

—En algún momento, si no te importa, me gustaría tener una conversación contigo —le propuse—. No tiene que ser hoy.

—Claro. Cuando me diga.

—A propósito —cambié bruscamente de tema y de interlocutor—: Mi cabo, hazte un hueco esta tarde a las cinco, que nos van a contar cómo salir ahí afuera sin estorbar demasiado a los profesionales.

Arnau se vio sorprendido por el anuncio:

—¿Eso quiere decir que mañana voy en el convoy?

—¿Qué otra cosa podría querer decir? Nos vamos tú, la sargento primero y yo. Dejaremos a la cabo primero a cargo de la tienda.

—Querrás decir en la estacada —protestó Salgado.

—No cabemos todos en el Lince —expliqué—, nos acompañan Acuña y Vellido y ellos son insustituibles, para conducirlo y atender la ametralladora, dos tareas para las que nosotros no estamos entrenados. Y me parece que es mejor que se quede alguien con tu experiencia y tu capacidad de iniciativa. Se trata de aprovechar el día.

La cabo primero sabía que le tocaba. Así y todo, no le gustó.

—Ya.

Arnau, en cambio, se sintió halagado por ser el elegido. Lo vi en la mezcla de excitación y orgullo que transmitía su mirada, tras la que estaría, cómo no, la sensación de peligro que le produjera la salida. Mis razones, aparte de creer sinceramente que Salgado podría gestionar mejor de manera autónoma lo que la investigación pudiera dar de sí en nuestra ausencia, tenían que ver con la perspectiva, por remota que fuera, de que hubiera alguna dificultad inesperada. En ese caso, prefería contar con la juventud y la fortaleza de Arnau, aunque la contrapartida era que también asumía la responsabilidad por lo que pudiera salpicarle de cualquier contratiempo que nos saliera al paso.

Después del almuerzo continuamos con las entrevistas. Como regla general, los afganos entendían poco o nada de español y sólo alguno se manejaba escasamente en inglés o en ruso, como pude descubrir gracias a las habilidades de Claudia en ese idioma. Las únicas excepciones a esta regla fueron Asif, el chaval de la biblioteca, que hablaba un español algo más que aceptable, y otro llamado Ahmad, cuyo inglés le permitía aunque fuera a medias mantener una conversación. Las entrevistas con ambos fueron de mero trámite: los dos ofrecieron sin titubear su coartada, Asif en la biblioteca y Ahmad en las labores de mantenimiento que tenía asignadas, en parte en la zona española y en parte en la americana. Con ambos, aprovechando que la comunicación directa era posible, metí baza en la entrevista, y lo hice del modo más crudo, preguntándoles si ese día habían visto algo que les llamara la atención en alguien y si creían que alguno de sus compañeros podía tener algo que ver con los hechos que investigábamos. Asif, algo abrumado por la pregunta, dijo que no podía decirme que hubiera visto nada sospechoso y que dudaba mucho de que ninguno de sus compañeros se planteara algo así; que todos nos estaban agradecidos y sabían que habíamos ido a Afganistán a ayudar y a mejorar y modernizar su país. Al decir esto, y quizá en su afán de agradar, o porque después de todo tampoco dominaba el idioma, mostró cierto nerviosismo. En cuanto a Ahmad, un hombre también bastante joven, de unos veinticinco años y gesto espabilado, no me respondió en seguida. Cuando al fin lo hizo, vi que se esforzaba por ser útil.

—Si hubiera visto algo, tenga por seguro que ya habría venido a contárselo. Lo otro que dice, si hay alguno que puede haber tenido esa mala idea, será entre los que vienen de los pueblos que hay alrededor de Herat. Ahí se esconde el talibán que baja de las montañas.

—¿De dónde vienes tú? —no pude evitar preguntarle.

Ahmad sonrió, con un deje de nostalgia.

—De más lejos, de Kandahar.

—Ahmad tiene un verdadero periplo a cuestas —apuntó el agente Mariano—. Es de los más antiguos del lugar, lleva ya un montón de años con la coalición. ¿Como cuántos serán ya, Ahmad?

—Como siete, gracias a Dios.

—Gracias por la pista —le dije—, la tendremos en cuenta.

Me quedé a presenciar el interrogatorio de otra media docena. Me llamó de modo especial la atención uno que se llamaba Kavah, un hombre de unos cuarenta y tantos años y mirada huidiza, con el que Claudia intercambió varias palabras en ruso. A una de las preguntas que le hizo vi que el hombre respondía de forma bastante tensa.

—¿Qué le has preguntado y qué te responde? —indagué.

—Nada, una maldad —repuso Claudia—. Le he preguntado si estuvo con los comunistas y me ha respondido que eran como la peste, peores que la peste y que los talibanes, y que por culpa de ellos Afganistán se echó a perder y por eso pasó todo lo que vino luego.

—Tiene su punto que te diga eso en ruso. ¿Y de lo nuestro?

—Que no sabe nada, que él está a lo suyo.

—Bien, supongo que eso es todo lo que da de sí.

—No espere mucho más. ¿Lo apuntamos para el polígrafo?

—¿Lo crees tú necesario?

—No sé. Lo más probable es que esté algo aturdido y cabreado por el Ramadán, a esta hora ya ni coordinan.

—Bueno, haz como creas. Lo dejo a tu criterio. Por cierto —recordé de pronto—, ¿hoy no es domingo?

—Domingo es. ¿Por?

—El mercadillo. ¿No es hoy cuando lo ponen?

—Justo.

—Me gustaría ir a verlo. Tenemos tiempo antes del *briefing*.

—Pues si le parece, me tomo un descanso y le acompaño —se ofreció Claudia—. ¿Cómo lo ves, Mariano?

—Perfecto, así me echo yo un cigarro —dijo el del CNI.

—Si no te importa, mi subteniente, yo aprovecho para irme al locutorio a hacer un par de llamadas —dijo Chamorro—. Nos vemos a las cinco en la unidad logística. Si quieres, yo recojo a Arnau.

Me intrigó, desde luego, quiénes podían ser los destinatarios de aquellas dos llamadas que Chamorro se sentía apremiada a hacer, pero no era asunto mío y me abstuve de preguntar al respecto. Me limité a decirle que me parecía bien y que fuera puntual. A lo que me repuso sin palabras, con un gesto que significaba, como ella y yo sabíamos, que jamás había llegado tarde a un compromiso de trabajo.

De camino hacia el mercadillo, que se instalaba en un recinto controlado a la entrada de la base, aproveché para sondear un poco a la guardia Claudia acerca de su particular y nada corriente biografía. Comencé por el aspecto que más me intrigaba en aquel momento:

—¿Se puede saber dónde aprendiste ruso?

La guardia sonrió con picardía.

—No fue trabajando para el KGB, como dicen las malas lenguas. Mucho más fácil, y menos emocionante: en mi casa.

—Pero ¿tú no eres de origen argentino?

—Eso es. Y eso quiere decir que *podés* ser cualquier cosa. En mi caso, gallega por parte de padre y judía rusa por parte de madre. La que me enseñó a hablar ruso fue mi abuela. De hecho, como ella me crió, es la primera lengua en la que aprendí el nombre de muchas cosas.

—¿Y cómo diablos acabaste aquí?

—Un desengaño, como pasa con tantos. Con veinte años se me vino abajo la vida tal y como me la había montado y entonces vi un anuncio de las fuerzas armadas españolas, que por esa época andaban cortas de gente, le hablo de allá por 2001, y trataban de reclutarla entre los latinoamericanos de origen español. No me lo pensé mucho, colgué la universidad y me alisté. ¿Sabe qué día volé a Madrid?

—Qué día.

—El 11 de septiembre de 2001, en un avión de Iberia que venía casi vacío. Lloraban las azafatas, lloraban los pocos yanquis que traía, lloraba todo el mundo. Y yo allí, con veinte añitos, preguntándome qué iba a ser de mí, con aquella idea de hacerme militar justo el día que empezaba la guerra esta en la que estamos desde entonces.

—Desde luego, toda una experiencia.

—Luego no fue tan mal. Me había alistado en la Armada, para tratar de ir a Galicia, donde tengo algún pariente, aunque luego acabé en Infantería de Marina, y estuve destinada en Cartagena y en Madrid. La verdad es que lo pasé bien, los cinco años que llevé ese uniforme, pero me llegó un momento en que me hacía falta algo más. Me enteré de que los militares profesionales teníamos plazas reservadas en la Guardia Civil y no me lo pensé dos veces. Saqué la oposición a la primera y desde entonces voy de verde, ocho años ya. Y encantada, la verdad. No lo sabía, pero yo nací para esto. Seguramente por eso el destino me hizo volver allá de donde salió mi abuelo, para encontrármelo.

—Puede ser. Guardias gallegos ha habido muchos, históricamente. Junto con los andaluces, siempre fueron el granero del Cuerpo.

Claudia aprovechó entonces para indagar a su vez:

—¿Y usted, mi subteniente? ¿Qué lo sacó del *paisito*? ¿Y cómo se las arregla para que no se le haya quedado ningún acento?

—No sé muy bien cómo responder a eso —dudé—. Me imagino que la manera más aséptica de resumirlo es que mis padres fracasaron en su proyecto común. Mi padre, que era el uruguayo, decidió que no era responsable y mi madre, que era la española y no pudo desentenderse como él, creyó que me criaría mejor al amparo de los suyos. Nací en Montevideo pero vine a Madrid en el 70. Sólo soy sudaca en la partida de nacimiento y en algunos recuerdos algo borrosos de infancia. En realidad, me temo que soy español, y para más oprobio, en estos tiempos, madrileño y de ascendencia castellana. Es decir, eso que le queda como identidad a quien no puede ser otra cosa. La italianidad que a la gente le sugiere mi apellido no pasa de ser un espejismo.

Claudia chascó la lengua.

—No se crea. Yo, que tengo olfato y experiencia para eso, le pillo el aire italiano, y hasta el uruguayo. Ese punto irónico y melancólico. No le habrá dado alguna vez por leer a Juan Carlos Onetti...

Por un instante, me alarmó cuánto parecía haberme calado.

—«Esta es la noche» —recité—. «Todo en la vida es mierda y aquí estamos, ciegos en la noche, atentos y sin comprender».

Claudia sonrió de oreja a oreja.

—Vaya. *El pozo*. Lo leyó.

—Compulsivamente, de adolescente. Una época de búsqueda de mis raíces perdidas. Se me pasó. Pero algo queda, siempre.

No dejaba de ser excéntrico; dos rioplatenses con uniforme español evocando la tierra natal en aquel país de tártaros, a tantos miles de kilómetros de Montevideo y Buenos Aires. Así es la vida, sin embargo, caprichosa e incomprensible, y envejecer es en buena medida aprender a aceptar su absurdo con naturalidad y sin descomponerse.

El mercadillo estaba comunicado con la entrada de la base por un pasadizo aislado del resto, de manera que los comerciantes no tenían que pasar por la zona que ocupábamos nosotros. Se les controlaba al entrar y al salir, me dijo Claudia, y la mayoría dejaba el género dentro de la base durante la semana, en una especie de contenedores. Además de la aglomeración de compradores, me llamó la atención la variedad y calidad del género. Había objetos de artesanía, alfombras, ropa, joyas. Tenían fama las *pashminas*, que estaban además mucho más baratas que en España. Ya que se presentaba la ocasión, le pedí a Claudia consejo para escoger un par de ellas. Pensando en mi hijo compré un llavero hecho de metacrilato con un escorpión atrapado en el interior. Y no pude evitar detenerme ante uno de los puestos que vendían amapoleros, como el que habían usado para matar a Pascual. Su precio era tan asequible que no me resistí a hacerme con uno. Me dispuse a adquirirlo como había comprado todo lo demás, sobre la marcha y sin regatear apenas. Me dan mucha pereza las transacciones comerciales, en general, y tratar de bajarle el precio a algo que no me parece caro y que me vende alguien más pobre remueve mi conciencia. La guardia miró al comerciante y le dijo que me lo rebajara algo más. Al final se avino a dejármelo en diez euros, lo que deduje que era una oferta que no le habría hecho a nadie que no llevara un brazalete de MP.

—¿Ha pensado ya con quién usarlo? —bromeó Claudia.

—Con nadie. Me lo llevo de recuerdo. O de recordatorio, no sé.

—Sí, está sutil ese matiz —opinó, con malicia.

Veinte minutos más tarde estaba en una sala de reuniones de la unidad logística, acompañado de Chamorro y Arnau. Me encontré en la reunión varias caras conocidas. Para empezar, nuestros compañeros Vellido y Acuña, los especialistas del GAR de la unidad de Policía Militar, que escuchaban muy serios al maestro de ceremonias, el capitán que iba a mandar el convoy. Y también un par de asistentes imprevistos, aunque en un caso más que en el otro: el brigada Montoro, que no dejaba de mirar con aire avergonzado a Chamorro, y el comandante Kirkpatrick, que vino a saludarme con su habitual cordialidad.

—Qué, Bevilacqua, cómo te trata la vida.

—Ahí vamos. ¿Y a usted?

—Bien, bien.

Imaginé que no era ni remotamente una sorpresa para él nuestra presencia en aquella reunión. Luego comprobé que era el oficial de mayor graduación de los presentes, lo que me planteó una duda.

—¿Está usted al mando?

El comandante negó con la cabeza.

—Qué va, voy de paquete, como tú. Vengo a escuchar al capitán, que sabe del terreno y que será el que nos lleve y nos traiga.

No quise preguntarle qué iba a hacer a la base afgana, ya asumía que si quería confesarlo lo haría por propia iniciativa, y si prefería mentirme también lo haría de forma espontánea. Así que me apliqué a seguir las explicaciones del capitán, que comenzó describiendo el itinerario que íbamos a realizar. Buena parte del recorrido sería por la Ring Road, la vía en forma de anillo que unía Herat con Shindand, Kandahar, Kabul y las principales ciudades del país, rodeando su región central. Según el capitán, de apellido Revenga, era una vía relativamente segura, porque al estar asfaltada y transitada dificultaba el atentado con IED, aunque según los informes de inteligencia había riesgo moderado de ataque con RPG y con vehículo bomba.

—En especial, mucho cuidado con las motos, y esto va sobre todo para los que vais con las 12,70 en los Linces. Nada más salir de la base, ponemos cartucho en la recámara. Llevad varios botellines de agua a mano y, si alguien se acerca de más, botellazo al canto. Si con eso no reacciona y sigue con su intención, no más avisos: abrís fuego.

Aquella instrucción, tan terminante como perentoria, me hizo ver que aquello iba en serio. También el resto de protocolos, que el capitán fue enumerando con la seguridad de una lección aprendida.

—Comprobaremos la radio antes de salir —dijo Revenga—, pero aseguraos de llevar todos el móvil *tucu*, por si las moscas. La batería cargada a tope y con saldo, se entiende. Será el recurso último, si nos falla todo lo demás o si alguien, por lo que sea, se queda aislado.

No dejaba de tener su gracia, pensé, que disponiendo en los vehículos de radios ultramodernas y cifradas el último recurso fuera la telefonía móvil local, a la que cualquiera podía tener acceso.

—Si tenemos un accidente con alguien —prosiguió el capitán—, muy sencillo: si sólo hay daños materiales, seguimos zumbando; si hay heridos, avisamos a base para que envíen servicios de emergencia afganos y salimos zumbando igual, dejándoles en todo caso una de las hojas con los teléfonos e instrucciones para reclamar a la ISAF. Y si hay muertos, tres cuartos de lo mismo. Perdiendo el menor tiempo posible y con todos los sectores cubiertos, se trata ante todo de impedir que aprovechen para atizarnos. En cuanto a la protección personal, aparte del casco y el chaleco, todo el mundo con los brazos cubiertos y con guantes, no quiero ver ni un centímetro de piel. Y el torniquete individual con la pestaña bien visible en un bolsillo del pantalón.

No había contado con eso. Levanté la mano y tomé la palabra:

—Con su permiso, mi capitán: mis compañeros y yo no tenemos torniquetes. ¿Dónde podemos conseguir uno?

—Nosotros les proporcionamos, mi subteniente —dijo Vellido.

—De paso, enseñadles cómo se usan —le pidió el capitán—. Y ya que estamos, dadles también gafas balísticas. Si pasa cualquier cosa no queremos que eso que lleva el subteniente nos lo deje ciego.

Miré hacia las gafas de sol que colgaban de mi guerrera. No eran nada malas, sobre todo para mi poder adquisitivo, pero inferí que el cristal del que estaban hechas no era lo más adecuado para exponerse a la posibilidad de recibir un alud de metralla. La rapidez con que el capitán había reparado en el detalle me permitió comprobar su pasta de profesional. Era un tipo de cuarenta y muchos años, lo que me hizo suponer que provenía de la escala de suboficiales. Moreno, no muy alto y de carnes escuetas, en su expresión había esa quietud fría de los viejos caimanes, que sólo saltan cuando es necesario, pero cuando lo hacen su movimiento es feroz y mortal de necesidad. Sin inmutarse, sin exagerar tampoco el dramatismo, y como parte inexcusable del *briefing*, dejó fijada la secuencia de mando para el caso de que cayera él o alguno de la cadena sucesiva. El número dos de la serie resultó ser el comandante Kirkpatrick, que le sugirió, con tono socarrón:

—Procura preservarte, mi capitán, porque si me pasas el mando a mí el convoy está perdido. Soy artillero, ya sabes de qué hablo.

Los demás presentes en la reunión, en especial los de infantería, acogieron con una carcajada la ocurrencia. El capitán, sin esbozar más que una tenue sonrisa, siguió con la lista. Si no conté mal, yo era el sexto, por lo que sólo una hecatombe, que conmigo al frente se consumaría con toda seguridad, podía depararme el mando. Cumplido el trámite, el capitán preguntó si alguien tenía alguna observación. En ese momento intervino Vellido, el más veterano de los nuestros:

—Con su permiso, mi capitán. Nosotros nos quedaremos dando seguridad al subteniente y su equipo en la zona de vida de la base, entiendo que conectados por enlace radio permanente por si hay alguna incidencia. La idea, corríjame si no, es reunirnos después con ustedes en el campo de tiro. Sólo quería comentarle que cerca, junto al camino que lleva hasta allí, hay una construcción, una especie de casa de dos alturas en la que alguna vez hemos visto elementos afganos. Les recomiendo que tanto al pasar como después la mantengan cubierta con un tirador. Por la elevación y la protección que ofrece, es ideal para lanzar desde allí un ataque, o incluso emboscar al convoy.

El capitán asintió gravemente.

—Te agradezco la indicación. Tienes razón. Así lo haremos.

Me di cuenta de que el capitán, lejos de tirar de orgullo, se inclinaba ante la competencia de aquel guardia, no en vano curtido en otra guerra, y habituado a moverse en ella por territorio hostil, adivinando cada posibilidad de amenaza. A la salida de la reunión, y tras despedirme de Kirkpatrick, que con su habitual misterio me emplazó a una conversación informal al día siguiente, consulté con Vellido:

—Imagino que Acuña sabe manejar la 12,70...

—Con los ojos cerrados —aseguró.

—Entonces, si no te importa, me haces mañana de conductor. Quiero tener a mi lado a alguien solvente, ya que yo no lo soy.

—No será para tanto, pero como usted ordene, mi subteniente.

En la cena, Salgado nos contó cómo había terminado la jornada con los trabajadores afganos. Habían seleccionado a cuatro para pasarles el polígrafo, y ya habían quedado por la mañana con los contratistas norteamericanos para hacer la prueba. Por si le sobraba tiempo, le encargué que, además de estar pendiente de cualquier novedad en otros frentes, hiciera una revisión rutinaria de todas las comunicaciones que nos eran fácilmente accesibles, las realizadas a través de la infraestructura de la base, de las personas a las que habíamos investigado.

—¿Y eso no requeriría algún permiso? —dudó.

—Habla con el capitán. Y os vais a ver a la jurídica, si hace falta.

Después de cenar estuve leyendo un rato, mientras hacía tiempo. Seguí con el libro que me había prestado Kirkpatrick, en el que aprendí, entre otras cosas, que la carretera que íbamos a tomar al día siguiente, y que había sido la vía utilizada, ante la ausencia de otras, para la invasión soviética de diciembre de 1979, la habían construido los rusos allá por los 50 del pasado siglo, durante el periodo de relativa paz de que disfrutó el país bajo el reinado de Mohammed Zahir Shah. Jugando a dos barajas, el monarca se las arregló para que ambos bandos de la Guerra Fría invirtieran en su país. De hecho, el tramo de esa carretera que iba de Kandahar a Kabul lo habían financiado los norteamericanos. A las once, las ocho y media en España, me levanté y me dispuse a afrontar mi deber. Arnau me adivinó la intención.

—¿Vas al locutorio?

—Ajá.

—Voy contigo. Creo que a esta hora mi novia ya estará en casa.

Previa exhibición de nuestras acreditaciones, el empleado filipino de los locutorios nos asignó dos cabinas. Eran espacios cerrados con puerta, del ancho de una mesa, separados unos de otros con paneles de madera que proporcionaban un aislamiento acústico mejorable. No intenté recordar las contraseñas de la cuenta de Skype que había utilizado años atrás. Me hice una nueva y cuando la tuve le mandé un *whatsapp* a Carolina. Me pidió que le diera media hora más, así que aproveché para ir a las cabinas telefónicas y hablar con mi madre y con mi hijo. Fueron dos conversaciones más largas de lo que me convenía. Les conté lo poco que podía contarles y los dos coincidieron en preguntarme lo que no quería que preguntaran. No me quedó otra que mentirles, y asegurarles que seguíamos encerrados en la base y que allí se desarrollaría toda la investigación, tal y como se presentaba el caso en aquel momento. Diría que mi hijo se lo tragó y que mi madre no del todo, pero si hubiera insistido no habría obtenido de mí una respuesta diferente. Supongo que lo sabía e hizo como que se conformaba.

Cuando colgué, quedaban aún diez minutos. Decidí

salir a tomar el fresco, o más bien a fracasar en el empeño, a la puerta de los locutorios. La base estaba oscura como boca de lobo, sin que aquella luna tamizada por el polvo la alumbrara más que débilmente. La puerta se abrió a mis espaldas y vi salir a Arnau. Venía algo cariacontecido.

—¿Qué? —pregunté—. ¿La tienes muy asustada?

—Aterrada, más bien. Vio en el telediario el funeral de Pascual, al que por cierto parece que al final no fue el rey —me subrayó el detalle—, y dice que desde entonces está con el corazón en un puño.

—La habrás tranquilizado, ¿no?

—De aquella manera. Creo que me ha notado que mentía.

—No te sientas culpable. Es lo que tenías que hacer. Y cuando vuelva a verte, dentro de unos días, la tendrás tan blandita que podrás confesarle sin reparos el embuste. El amor lo sufre todo.

—¿Tú crees, mi subteniente?

—El de verdad, sí. Anda, ve a descansar. Mañana madrugamos.

Diez minutos después, en el locutorio, he de reconocer que dudé un instante antes de hacer clic en el icono de videollamada del Skype, a fin de conectar con Carolina. No podía eludirlo, sin embargo. Apreté el botón del ratón y tras un lapso que se me hizo interminable empezó a sonar el tono. Apenas llegó a oírse dos veces. Se abrió la ventana de la cámara de Carolina y al cabo de unos segundos vi su semblante fatigado. Tuve un presentimiento sombrío y definitivo. Porque yo, a diferencia de Arnau a su novia, me disponía a decirle la verdad.

16
Algo amargo y roto

El guardia Acuña colocó la cinta de cartuchos en la ametralladora para mostrarnos cómo se alimentaba. Después la retiró, bajó la tapa y tiró con fuerza hacia atrás de la palanca que, de haber dejado la cinta dentro, habría metido el primer cartucho en la recámara. Giró hacia arriba el retén del cerrojo y puso ambos pulgares sobre el gatillo en forma de mariposa situado entre las dos agarraderas laterales.

—Y ya está —explicó—. A partir de aquí estaría lista para disparar. No tiene seguro, apretando la mariposa saldría la primera bala. Como el retén está girado hacia arriba, dispararía tiro a tiro. Para disparar a ráfagas, tendríamos que girarlo hacia abajo. Ahora bien, la puntería que se hace así es peor, y requiere un tirador experimentado.

El diseño base de aquel artefacto, la ametralladora Browning, era casi centenario: databa nada menos que de la Gran Guerra. El blindado Lince en el que íbamos a salir de la base montaba la versión de calibre 12,70 (.50 en la nomenclatura anglosajona), que venía a ser sustancialmente la misma que había disparado en todos los grandes conflictos desde la segunda guerra mundial. Era un trasto de matar de veras temible: eficaz a más de un kilómetro de distancia, letal contra personal y capaz de atravesar blindajes ligeros y paredes. En condiciones normales, nadie más que Acuña, que era un usuario avezado, había de tocarla, pero la prudencia exigía que los demás, por si acaso, supiéramos hacerla funcionar. Chamorro, Arnau y yo escuchábamos las explicaciones de Acuña ya con todo el equipo de combate encima: casco de kevlar, pistolera, cartucheras, comunicaciones, bolsa Camel llena de agua fría y, sobre todo, el chaleco antibalas de placas cerámicas y veinte kilos de peso, que lo aplastaba a uno literalmente contra el suelo y prometía ser una compañía estupenda cuando el sol estuviera alto y el termómetro empezara a despegarse, hacia arriba, de los 40 grados. De las placas de cuello desistimos, igual que vimos que hacían todos los demás: en teoría, eran recomendables para blindar un punto vital que los talibanes tenían bien presente, y alguna baja nos habían hecho disparando ahí; pero en la práctica embarazaban tanto los movimientos, ya lo bastante difíciles con el resto del equipo encima y en el espacio encajonado del blindado, que el personal prescindía de ellas.

Igual que quise que todos supieran qué hacer con la ametralladora, si se imponía utilizarla, me preocupé de asegurar que teníamos claro cómo manejar el fusil HK que portaba cada uno; un arma de uso bastante sencillo y en la que sí nos habían instruido, pero a la que no estábamos nada habituados. Finalmente, Claudia, que era la que nos los había conseguido, nos enseñó cómo se colocaban los torniquetes individuales, unos artilugios tan siniestros como imprescindibles.

—Estos son de los buenos, de los americanos, lo que quiere decir que son mucho más fáciles de usar y bastante más eficaces. La idea es que lo *llevás* en lugar visible para que te lo ponga otro, que es lo recomendado, pero en caso de necesidad puede recurrirse al autoservicio. Se coloca así y se tira de esta manera, con energía. Si duele hasta llorar, es que está bien puesto. Si no te duele así, mal asunto.

Arnau, aunque hacía esfuerzos por parecer despreocupado, se veía que contemplaba con un íntimo horror esa eventualidad que el torniquete nos hacía a todos presente. Chamorro, en cambio, parecía ajena a cualquier aprensión. Por mi parte, diría que me situaba a medio camino:

aunque mi cerebro me decía que eran mínimas las probabilidades de tener que arrostrar algún rasguño en mi viejo pellejo, las tripas no dejaban de decirme que debía estar en guardia, que también muchos de los que un día no habían vuelto pensaban que partían a una misión más, en la que todo estaba controlado; quizá saliera de ahí, de hecho, la mayoría de los que habían quedado por el camino.

Antes de que subiéramos al vehículo para ir con él hacia la zona de la unidad logística, donde nos aguardaba el resto del convoy, vino el capitán Pardo. Comprobó con sus hombres que tenían todo bajo control y luego quiso asegurarse de que los tres pasajeros estábamos también preparados. No pudo evitar sonreír, al vernos con toda la impedimenta. Se notaba que no íbamos demasiado sueltos con ella. Cuesta no delatarse, cuando la vida te arroja allí donde no perteneces.

—¿Qué, vais fresquitos? —preguntó.

—Yo ya estoy sudando a chorros —confesó Arnau.

—Espera al mediodía —avisó el capitán—. La Camel será tu salvavidas —y dirigiéndose a mí, dijo—: Vellido ya sabe dónde tiene que ir, en la base afgana. Cuando lleguéis allí pregunta por Mendoza, es el teniente de la policía militar americana que nos echará una mano. Es buen tío, medio mejicano; parece una tontería pero poder entenderse en español ya es un paso para limar los problemas que surjan. Le he pedido que te trate como me trataría a mí, y me ha prometido que lo hará. Ya veremos sobre la marcha qué es lo que significa eso.

—Veremos, sí —dije.

Pardo trató de transmitirnos confianza.

—Id con tiento, pero tranquilos. Os presto a nuestros dos *jabalíes*, os aseguro que no podéis estar en mejores manos.

—Se los traeremos de vuelta, mi capitán, descuide —dijo Vellido.

Acuña, el otro *jabalí*, distendió apenas el gesto. La alusión zoológica no tenía nada que ver con su carácter, sino con el animal que figuraba en el escudo de los GAR, las unidades antiterroristas a las que los dos pertenecían, y que, después de quedar reducida a la mínima expresión la amenaza contra la que habían surgido, se habían reciclado para hacer frente al desafío que había venido a reemplazarla, el terrorismo yihadista contra el que Pardo, por su parte, trabajaba en el campo de la información. Si su territorio natural habían sido hasta entonces las provincias del norte de España, ahora era otro, bien diferente, en el que, además de cualquier lugar de la geografía nacional, tenían que contar con que los enviaran a los destinos más lejanos y variopintos: hoy podía ser Mali, mañana la República Centroafricana, al otro Irak. En aquel momento, Afganistán, donde había empezado todo.

A la hora preestablecida, el convoy llegó ante la puerta principal de la base. El responsable de la guardia italiana cantó su seña, en inglés: *Alexander*. El capitán respondió con la seña que nos correspondía dar a nosotros: *Aristotle*. La barrera se levantó y el convoy salió del recinto y empezó a zigzaguear entre los obstáculos de hormigón que defendían la entrada de un posible coche o camión bomba. En total marchaban cinco vehículos, cuatro Linces y un RG-31. Nosotros íbamos los terceros, por delante del RG-31 y tras el Lince del capitán Revenga, en segunda posición. En el asiento del copiloto, trabado por el chaleco, el arma a mano y el cinturón de cinco puntos abrochado, apenas podía mirar en torno a mí, y en modo alguno hacia atrás, donde iban, encajados en sus asientos, a ambos lados de la ametralladora que manejaba Acuña, Chamorro y Arnau. El capitán ordenó por la radio:

—Montamos armas.

Escuché, por encima de mi cabeza, el recio chasquido que hizo la ametralladora al accionar Acuña el cierre. A partir de aquí, y hasta que no nos acogiéramos de nuevo a un espacio bajo control (en rigor, hasta que no regresáramos a nuestra base), éramos el objetivo potencial de un enemigo invisible e indeterminado. Faltaría a la verdad si dijera que esa conciencia no me alteró en absoluto. Sentí en la barriga un cosquilleo y el pulso se me aceleró ligeramente. Por primera vez, tuve la sensación de estar ahí donde jamás, ni de niño ni de adolescente ni en mi edad adulta, imaginé que pudiera llegar a encontrarme: en una guerra, ese espacio incierto e informe en el que puedes matar y morir; matar a quien no conoces, morir sin saber a manos de quién.

Nos incorporamos a la carretera sin ceder el paso a nadie: eran los demás los que tenían que pararse ante los convoyes de la ISAF, y así lo hicieron los tres o cuatro camiones con los que coincidimos en la intersección. Una vez en la nacional, avanzamos a buena velocidad, manteniendo la distancia entre vehículos: la suficiente para no colisionar y la justa para impedir que la caravana se alargara más de lo conveniente. La carretera era de un solo carril por sentido, pero con un arcén lo bastante ancho como para que pudiéramos adelantar a los que iban más lentos, incluso aunque viniera tráfico en sentido contrario. Al vernos, todos los vehículos civiles se apartaban hacia su derecha. Vellido, nuestro conductor, no tenía más que seguir la línea que iba abriendo el vehículo de cabeza de convoy. El firme, sin duda reforzado en fechas recientes, se veía en razonable buen estado. En cuanto al paisaje que atravesábamos, era una llanura seca y polvorienta, en la que casi no había rastro de vegetación. Me impresionó ver, a un costado de la carretera, un acuartelamiento de la policía afgana. Se trataba de un fortín de apenas veinte metros de lado, con una construcción mísera en el centro y unas cuantas tiendas de campaña. Los centinelas que lo vigilaban ofrecían una imagen de rotundo y completo desamparo.

—Imagínese usted lo que es quedarse ahí de noche, mi subteniente —dijo Vellido, al ver que me quedaba mirando el pobre reducto de los afganos—. No es de extrañar que muchos de ellos acaben pegándose un tiro en el pie, para que los saquen de esas ratoneras. Es, con diferencia, la herida que más a menudo atienden en el ROLE.

Me fijé en los policías afganos, que no disponían, ni mucho menos, del armamento y las protecciones personales con que nosotros salíamos. Ellos, en lugar de moverse en blindados que repelían las balas, y hasta podían aguantar según qué artefactos explosivos, estaban ahí, a cuerpo limpio, encomendándose a su Dios por toda defensa. El miedo que cualquiera de nosotros pudiera experimentar era ridículo, puesto al lado del que a ellos les tocaba afrontar y reprimir día a día.

—¿Cómo lo lleváis ahí atrás? —pregunté.

—Yo me siento enlatado —dijo Arnau.

—Todo bien —dijo Chamorro.

—Tranquilo aquí arriba —informó Acuña desde la torreta donde iba montada la ametralladora—. Hoy no hay mucho tráfico.

—Podríamos poner música, para relajar —le dije a Vellido.

—Imposible, mi subteniente, hay que ir atentos a la radio, no vaya a creerse que esto es como *Generation Kill* —repuso muy serio.

—Bromeaba, hombre —aclaré, por si acaso.

El convoy fue rebasando sin contratiempos los puntos de control previamente estipulados, en los que todos los vehículos habían de dar novedades al capitán. Al fin, una media hora después de arrancar, llegamos ante la puerta de la base afgana. Estaba mucho menos resguardada que la nuestra y la seguridad que ofrecía, pensé, era más teórica que real. Junto al cuerpo de guardia, unos albañiles enjutos y renegridos reparaban una acera resquebrajada. Mermados por el ayuno del Ramadán, trabajaban sentados en el suelo, levantando apenas las herramientas bajo el calor que ya empezaba a apretar. Me pregunté cuántos días llevarían con aquello y cuántos pasarían antes de que lo dieran por terminado, si es que eso llegaba a suceder. Bajo su intemperie aplastante, aquella gente vivía en su propio tiempo. Por momentos, más que a otro país, me parecía haber ido a parar a otro planeta.

Tras recorrer un trecho de carretera, entramos en la zona de vida de la base. Vellido iba pendiente de localizar el barracón donde nos esperaban los norteamericanos. Poco antes de llegar a un cruce, vimos pasar a dos mujeres jóvenes, muy tiesas, de tez clara y perfil aguileño. Iban de uniforme y llevaban cabeza y cuello cubiertos por un pañuelo negro que sólo les dejaba al descubierto el óvalo del rostro.

—Dos oficiales afganas —dijo Vellido—. Estamos al lado ya.

Medio minuto después, el convoy se detuvo. El capitán bajó de su vehículo y vino hacia el nuestro. Bajé yo también y dejé la puerta abierta para que Vellido pudiera asistir a la conversación.

—Aquí os dejamos —dijo el capitán—. Podéis aparcar el Lince ahí, junto a esos Humvees. Nosotros ahora vamos al polígono de tiro, que está a unos cinco minutos. Tenemos allí para un buen rato, así que lo normal es que terminéis vosotros antes. En cuanto hayáis acabado, os reunís con nosotros —y aquí miró a Vellido—: ya conoces el camino. Avisad cuando os pongáis en marcha. Y entre tanto, radio abierta.

—Todo controlado, mi capitán —dijo el guardia.

—Pues nada, que se os dé bien.

—Igualmente. A la orden —dije, llevándome la mano al casco.

Aparcamos junto a los tres todoterrenos que había a la puerta del barracón. Uno de ellos era inequívocamente norteamericano, así lo delataban la bandera y el rótulo «*Military Police*». Los otros, deduje que lo eran por descarte, al comprobar que no llevaban ningún distintivo que los identificara como pertenecientes al Ejército afgano. Junto a ellos había dos centinelas estadounidenses fuertemente armados. Uno de ellos se nos acercó, hizo el saludo militar y nos informó en inglés:

—Ya hemos avisado al teniente Mendoza, viene para acá.

No tardó ni veinte segundos. Mendoza era un hombre moreno, fornido, de rostro afable. Sus rasgos denotaban de manera evidente su origen mejicano; su paso elástico, su equipo y el fusil M-16 terciado a la espalda, que era un oficial del Ejército estadounidense.

—Bienvenidos, compadres —nos saludó, en español, llevándose la mano al casco—. ¿Quién de ustedes es el subteniente Bevilacqua?

—Yo, mi teniente —me presenté, mientras respondía a su saludo.

—Pues encantado. Aquí estamos, para servirle. O servirte, si no te parece mal que nos tuteemos.

—Por favor.

—¿Vamos a la tarea? Tengo a tu disposición a las dos personas que me pidió el capitán Pardo. ¿Por cuál prefieres empezar?

Crucé una mirada con Chamorro: no habíamos contado con poder elegir y no traíamos una estrategia al respecto. Mi compañera se pasó el pulgar por encima del chaleco antibalas, lo que interpreté como una invitación a comenzar por la mujer. Me pareció buena opción.

—En realidad no tenemos una preferencia —dije—. Quizá nos lleve más tiempo con ella, Katherine, cómo era...

—McCrane —completó el teniente—. Muy bien. La llamo.

Mendoza habló con alguien por su intercomunicador. Yo aproveché para dirigirme a Vellido, que esperaba al pie del Lince.

—¿Crees que es suficiente con que os quedéis aquí Acuña y tú?

—Si le parece, mi subteniente, como están aquí los compañeros americanos, me quedo yo aquí, con la radio, y Acuña que les acompañe y vea dónde van a estar, para mantener en todo momento el enlace. Luego puede regresar y ya vamos viendo necesidades.

—Me parece. Y tú, cabo —me dirigí a Arnau—, te

vienes pero te toca estar al tanto y en comunicación permanente con ellos.

—Ya la han sacado de la sesión —informó Mendoza—. ¿Vamos?

Entramos en el barracón, cuyas instalaciones, aun siendo dignas, eran algo más menesterosas que las nuestras. Mendoza nos condujo a una pequeña sala de reuniones en la planta baja. Había una mesa algo vetusta, quizá herencia soviética, y unos ajados sillones de escay. Sobre una repisa se veía un teléfono relativamente moderno. Una ventana velada a medias por un estor mugriento era la principal fuente de iluminación. El teniente se quitó el casco y se liberó del fusil. Nos invitó a imitarle y a tomar asiento. Así lo hicimos Chamorro y yo. Arnau, que se había situado en la puerta para permanecer en contacto visual con la salida, continuó con el casco puesto y el fusil a mano.

—Te imagino al corriente de las reglas —dijo Mendoza, con una suavidad que no ocultaba cuál era su cometido, ni su determinación de llevarlo a cabo—. Si algo afecta a la seguridad de los Estados Unidos de América o de sus tropas o personas o entidades afiliadas, tengo potestad para vetar la pregunta. También tengo potestad de interpretar cuándo una pregunta verifica ese supuesto. Disculpa que te hable como un abogado, pero tendré que responder luego ante uno.

—Disculpado —dije—. Y tranquilo. Ya se nos avisó.

—Con su permiso, mi subteniente —dijo Acuña—, ahora que ya sé dónde están, vuelvo con Vellido. Si me necesitara para algo, estaré a mano: o en el pasillo, o en la puerta, o al lado de los vehículos.

—Gracias, Acuña. Que el cabo sepa siempre dónde andas.

En ese momento, apareció en el umbral una mujer que no pasaba inadvertida. Más cerca del 1,80 que del 1,70, atlética y con una cabellera pelirroja y rizada que llevaba suelta y que junto a unos intensos ojos verde oliva provocaba el efecto de apabullar y aun desconcertar al observador. Su tez era muy pecosa y tenía un gesto remoto pero alerta. En una pistolera amarrada al muslo portaba una pistola Colt de calibre 38 especial. Paseó la mirada por la habitación, fijándose en la graduación de cada uno. Tras examinar mi parche, me miró a los ojos, distendió los labios y, en un español con mucho acento, dijo:

—Buenos días, subteniente. Kate McCrane.

—Buenos días, y muchas gracias por atendernos, señora McCrane —le devolví la cortesía—. ¿Quiere usted sentarse, por favor?

—Muy amable —respondió en inglés—. Me temo que mi español no va a servir, así que si no les molesta hablo en mi idioma.

—En absoluto —dije en inglés yo también.

Hice las presentaciones de mi equipo y antes de que diera comienzo la entrevista el teniente Mendoza formuló sus advertencias:

—Esta es una entrevista que la señora McCrane acepta voluntariamente. Se trata de una conversación informal, no se la interroga ni como sospechosa, ni como testigo ni en ninguna otra calidad legal. Sus respuestas sirven sólo a efectos informativos y no se levantará acta de ellas. Puede negarse a responder cualquier pregunta y en mi calidad de representante en este acto del Gobierno de los Estados Unidos puedo también ordenarle que no responda a una pregunta en la medida en que pudiera ser contraria a los intereses estadounidenses.

Kate ensanchó su sonrisa hasta dejar al descubierto su dentadura. La tenía de un blanco azulado, luminosa, irreprochable.

—Entendido, teniente —dijo—. Me temo que al subteniente ya ha conseguido aterrorizarlo. Habla usted como un picapleitos.

Mendoza se lo tomó con deportividad.

—Me acabo de disculpar con nuestro amigo y aliado —dijo—. Es el papel que me toca. Alguien tiene que hacer el trabajo sucio.

—Por mi parte, no sufra —me aseguró Kate—. Vengo encantada a hablar con ustedes. Cuenten con mi colaboración en todo lo que sepa y pueda ayudarles, salvo lo que me impida aquí el bulldog de mi gobierno; a fin de cuentas, me debo a quien me paga. He sentido mucho lo de Pascual, era un buen hombre y no se merecía algo así.

—*Okay*, prometo no ladrar —le siguió la broma Mendoza.

—Por empezar por algún lado —dije—, me gustaría saber, dentro de lo que se pueda, cuál es su trabajo como contratista.

Kate cruzó una mirada cargada de picardía con el teniente.

—¿Hasta dónde puedo contar eso, Ted?

Mendoza alzó las manos.

—Sigue tu criterio. Ya te corto yo, si es necesario.

—Trabajo para una empresa de consultoría de seguridad —explicó Kate—, lo que así dicho significa prácticamente nada, ya lo sé. Las tareas que hacemos son diversas, digamos que estamos para llegar allí donde el ejército no llega o no interesa que llegue, por cualquier razón: falta de personal en un momento y un lugar concretos, consideraciones políticas, pactos con aliados o con gobiernos locales, etcétera. Dentro de ese abanico, he hecho de todo, desde evaluar o reforzar la seguridad de instalaciones, hasta lo que hago ahora mismo, apoyo en el adiestramiento del Ejército afgano. Y más en particular, de los cuadros femeninos. Es una tarea algo complicada, porque aquí no hay mucha costumbre de obedecer a una mujer, pero se supone que mi cualificación y mi experiencia me hacen idónea para desarrollarla.

—¿Qué cualificación y qué experiencia?

La contratista no respondió en seguida.

—¿De cuánto tiempo disponemos? —preguntó.

—El que usted tenga.

—Trataré de resumir, por si acaso.

Tomó aire y pareció hacer memoria. Luego me espetó:

—¿Cuánto lleva usted en Afganistán, subteniente?

—Poco. Nada. Tres días.

—¿Sabe cuándo vine yo por primera vez?

—Cuándo.

—Enero de 2002. Lo que quiere decir que han pasado más de doce años, de los que calculo que me habré tirado en este país no menos de nueve. Hablo dari y pashtún, lo bastante como para hacerme entender y entender lo que ellos dicen, y en cuanto a mi experiencia militar, serví cinco años en el Ejército de los Estados Unidos, uno en Irak y tres en Afganistán, y alcancé el grado de segundo teniente. No estoy segura, por cierto, si viene a ser el equivalente del subteniente suyo...

—No exactamente —dije—. Yo soy suboficial.

—Ah, ya me parecía que eran muy mayores, los subtenientes, pero como también tienen ustedes tenientes de bastante edad...

Traté de hacer como que no iba conmigo el título de carcamal que acababa de expedirme aquella pelirroja tan segura de sí misma.

—¿Y puedo preguntarle qué hizo durante su paso por el ejército?

—Puede —intervino Mendoza—, pero ella sólo puede contestarle en la medida en que no implique revelar información clasificada.

—Ya lo tengo presente —confirmó Kate—. Hice un poco de todo, ya sabe, lo que le toca a la infantería. En teoría, en el Ejército estadounidense las mujeres, a diferencia de las suyas, no estamos en destinos de máximo riesgo, pero cuando te dejan en un puesto de observación o en un *checkpoint* o vas en un convoy puede darse el caso de que sea el enemigo el que por su cuenta te ponga de repente en primera línea. Lo digo porque a mí me ha pasado, en esas tres situaciones. Es decir, que me han disparado y he tenido que disparar, si es por eso por lo que preguntaba. Estuve en operaciones bastante duras. Muchos de los Humvees que traíamos al principio no estaban blindados, le aseguro que era emocionante ir en ellos, porque como la chapa no protegía los soldados les arrancaban las puertas, para poder disparar mejor. Y lo peor eran los controles: pasarte horas mirando a la gente y tratando de adivinar quién puede traer un cinturón-bomba para reventarte con todos tus compañeros, o temer que algún francotirador te esté mirando para hacerte protagonista contra tu voluntad de un vídeo *gore* en YouTube. No me limité a estar en una oficina, se lo aseguro.

—Ya veo —asentí—. ¿Cuándo y cómo conoció al sargento primero González? ¿Tenían alguna relación por razón de su trabajo?

Kate meneó la cabeza.

—Ninguna en absoluto. Lo conocí en la cantina española. Donde por supuesto —y miró a Mendoza— no pedí nada de alcohol. Coincidimos en la barra y él se puso a hablar conmigo. A ligar, vaya.

—¿Tomó él la iniciativa? —preguntó Chamorro.

—Completamente. Le confieso que de entrada me pareció cómico, como esos *latin lovers* de las películas, incluso le diría que no me cayó demasiado bien. Era un tipo atractivo, si se pasaba por alto la estatura, algo así como Tom Cruise, ya saben, pero para mi gusto se le notaba demasiado el hambre, y la costumbre de engatusar. No soy una chica fácil, y menos una que se deje engatusar por cualquiera.

—No me cabe duda —se me escapó.

—El caso es que un par de días después volvimos a encontrarnos, y volvió a acercarse. Esta vez estuvo más precavido, y también fue más interesante. Me pareció olfatear en él algo, cómo diría, trágico.

—¿Trágico?

—Quizá no sea esa la palabra —dudó—. Un desgarro, algo amargo y roto, bajo su sonrisa y sus ganas de agradar. Me hizo conectar con él. También yo tengo algo amargo y roto debajo de mi sonrisa. Y si les sirve mi opinión, creo que cualquiera que valga la pena lo tiene.

—Así que esa segunda tarde sí congeniaron.

—Sí. Me contó cosas de cuando había estado en Irak, en el Líbano, antes en Afganistán. Era un tipo con verdadera experiencia. No se me ofendan, pero muchos militares españoles han hecho poco más que desfilar y rellenar papeles. Pascual tenía madera de guerrero.

—Y eso le resultó atractivo —conjeturó Chamorro.

—La verdad es que sí. No sé usted, pero yo prefiero a los hombres fuertes. Luego ya hay tiempo de domarlos y buscarles el lado dulce.

Por un momento temí que Chamorro le contara cómo prefería ella a los hombres, pero se limitó a asentir con gesto concentrado.

—¿Y después? —preguntó.

Kate alzó la mirada al techo y meditó brevemente. Luego se encaró con mi compañera y en un tono algo irónico, le respondió:

—No sé qué les dijeron o se han imaginado, pero no voy a hacerles un relato demasiado romántico. Tengo treinta y tres años, no quince, y esto es Afganistán, no el baile de las debutantes. Si algo me apetece, no me complico mucho, y Pascual era muy parecido. Un par de días después ya habíamos tenido sexo, y francamente satisfactorio.

—¿Mantenían sólo eso, una relación sexual?

Kate se encogió de hombros.

—Ahora que lo recuerdo, tengo que decir que sí, que buena parte del tiempo que estuve con él nos lo pasamos follando. Vamos, que no hablamos de filosofía, ni siquiera de cine o de fútbol. No quiero decir con eso que no hubiera cariño. Yo le tomo cariño a toda la gente a la que dejo entrar en mi cama, creo que el sexo es una buena manera de entenderse y compenetrarse con los demás. Si tenemos todavía guerras es porque hay sueltos por el mundo unos cuantos hijos de puta con los que no se puede negociar, está claro, pero también porque la gente no folla lo suficiente, ni con el número suficiente de gente. De eso estoy convencida. Ya que me ha tocado ganarme la vida con la guerra, por mi parte procuro compensarlo, en la medida de lo posible. Y creo que Pascual tenía una actitud bastante similar, también en eso.

—¿Dónde se encontraban ustedes? —me interpuse.

—Donde se podía. Alguna vez, cuando no estaba su compañero, en su alojamiento. Otras veces, en el mío. Y también en tierra de nadie: la base es muy grande y ahora está por debajo de su capacidad, no faltan los sitios donde estar a resguardo de miradas indiscretas.

—¿Alguna vez en el barracón vacío de la zona española?

—Alguna vez. Dos, si no recuerdo mal.

—No definiría usted entonces lo que había entre ustedes dos como una relación sentimental, por llamarlo así —me cercioré.

—No sé qué quiere decir con eso. Claro que tenía sentimientos hacia él, y supongo que él los tenía hacia mí. Estábamos a gusto juntos, nos dábamos placer, le tenía aprecio. Si lo que me pregunta es si nos habíamos comprometido o algo por el estilo, no. Al revés.

—¿Al revés?

Aquí Kate se tomó un par de segundos para contestar.

—Verá, creo que podría decirse que habíamos terminado. O por lo menos que habíamos decidido no continuar, por el momento.

—¿Habían? ¿Los dos?

—Sobre todo yo, para serle sincera.

—¿Por algo en particular?

—No tengo nada que reprocharle, siempre se portó bien conmigo, tampoco es que hubiéramos dejado de entendernos ni nada semejante. Sólo es que yo soy un poco mía para esto de las relaciones. A veces me hace falta aire, y antes, cuando era más joven, me daba vergüenza pedirlo, o tomármelo, pero ya no. Cuando siento que debo alejarme de algo o de alguien, por lo que sea, lo hago, sin más. En fin, lo hablamos, desde luego, pero el hecho es que fui yo la que decidió parar.

—¿Le dio algún motivo? Quiero decir, ¿de verdad que no hubo nada que desencadenara su decisión de no seguir viéndole?

—No había nada que pudiera echarle en cara, se lo juro. Le dije simplemente que prefería estar sola. Un tiempo, al menos.

—¿Y él cómo se lo tomó?

—Bien. Era un hombre de mundo. Y yo no le había hecho concebir muchas ilusiones. No era su Julieta, ni su princesa prometida.

—¿Cuándo lo vio por última vez?

—Cuatro días antes de que lo mataran. Miento —rectificó—. Esa fue la última vez que estuvimos juntos. Me tropecé con él la víspera, el domingo, por la mañana, pero apenas cruzamos unas palabras. Le dije que me venía al día siguiente aquí, y poco más, la verdad.

—¿Cómo lo vio?

—Normal, como siempre. Me gustaría poder decirle algo que le fuera más útil, pero no me pareció especialmente afectado, ni nervioso, ni preocupado. Ahora sobrecoge un poco, pensar que era la última vez que iba a verle con vida. Pero así somos, los seres humanos.

—Así cómo.

—Mortales. Por desgracia, no es la única persona a la que he visto irse antes de tiempo. Me ha tocado llevar una vida en la que eso pasa demasiado a menudo. ¿Y sabe usted a qué conclusión he llegado?

—A cuál.

Los ojos de Kate se humedecieron, de repente.

—Que les pasa más a los mejores. A los más generosos.

17
Un tipo difícil

Rompiendo el silencio que habían creado sus últimas palabras, una melodía brotó de repente de algún lugar de la ropa de Kate McCrane. Me sonaba, y la reconocí cuando escuché la letra de la canción:

> Siempre me quedará
> la voz suave del mar,
> volver a respirar,
> la lluvia que caerá...

Kate echó mano al bolsillo de la pernera a la que no llevaba adosada la pistola, lo desabrochó con dedos nerviosos y extrajo un iPhone último modelo, que acalló sin mirarlo, mientras se disculpaba:

—Perdonen, se me olvidó silenciarlo. La costumbre. Aquí hay que estar con todas las comunicaciones abiertas, por si acaso.

—Bebe —me permití subrayar—. Una cantante española...

Por primera vez, Kate me pareció algo descolocada, y apostaría que si hubiera estado hecha de otra pasta, y no de aquel material ignífugo del que su peripecia parecía haberla revestido, habría llegado incluso a advertirse algún asomo de rubor en los intersticios de la piel que no cubrían sus pecas. Por mi parte, me enfrentaba a mis propias dificultades, porque aquella canción, que había oído más de una vez, me abocaba a pensar en Carolina. Es decir, en la lúgubre conversación de Skype que había mantenido con ella hacía apenas unas horas, y que nos había dejado a ambos otra vez allí, a orillas de la soledad que los dos conocíamos, y no temíamos, pero siempre encoge algo recobrar. La canción era una elegía que trataba de salvar los muebles del recuerdo, y lo hacía con elegancia; pero yo no podía librarme del adolescente que un día encontró en una página de Pessoa la ecuación entre la pérdida y la memoria, y ahí aprendió para siempre a reconocer el peso del otoño que estalla dentro de nosotros, justamente, porque ya hemos dejado de poseerlo. Si me dejaba resbalar por esa pendiente, ya sabía lo que me aguardaba abajo, por lo que una vez más, y ya iban unas cuantas en mi vida, celebré tener entre manos algo tan concreto, tan apremiante y tan absorbente como una investigación criminal.

—No se lo voy a ocultar —dijo Kate, al fin—. Me la mandó él.

—¿Y por qué iba a ocultármelo?

—No sé, se me ocurre que me hace parecer menos dura.

—¿Eso cree?

—Lo cierto es —admitió— que de noche, cuando me voy a dormir y le recuerdo, se me pone un nudo en la garganta. Este sitio no es lo que se dice un hogar entrañable. Nos alojamos en un barracón de construcción soviética, feo y caluroso. Y yo estoy sola. Una de estas noches volví a oír la canción y me la puse como tono en el teléfono. No sé muy bien cómo explicárselo. Me gusta que cuando me llaman al móvil suene esa canción en su idioma, porque nadie aquí la entiende, salvo el teniente o ustedes. O porque algo me arañó el corazón, al final, el hombre que me la regaló y que por desgracia ya no está vivo.

Me pareció de veras conmovida, pero hube de volver a lo prosaico, que en este caso era la información que pudiera extraer de ella:

—Tengo curiosidad por dos cuestiones, a ver si nos

puede ayudar. Una tiene que ver con su divorcio: no sé si alguna vez le hizo alusión a él, o si no hablaban de estas cosas. Y la otra, si en alguna ocasión le contó que tuviera algún problema con alguien en la base.

Kate asintió con expresión grave.

—De que se estaba divorciando me habló, claro. No el primer día, pero sí el segundo. Le pregunté si era una mentira que se inventaba para justificarse y me dijo que no. Que estando casado había tenido relaciones y nunca había escondido su estado civil, y que en el fondo tenía que darle razón a su mujer, lo mejor era acabar con algo que no funcionaba. Lo único que le fastidiaba era que le iba a poner más difícil ver a sus hijos. De lo otro... Hubo algo que se le escapó un día que venía muy enfadado. Me dijo que acababa de pelearse con alguien, otro militar, un tipo al que conocía de tiempo atrás y con el que tenía una cuenta pendiente que esperaba poder cancelar algún día.

—¿Le dio algún nombre?

—No, eso fue todo lo que dijo.

—¿Está segura? —le apretó Chamorro.

—Bastante, sargento. Tengo buena memoria, y más para los nombres. Me tengo que aprender los de las afganas a las que adiestro, que son endiablados. Si me hubiera dicho algo más, me acordaría.

—Le voy a pedir un favor —dije—. Que haga uso de esa buena memoria para buscar algo que le chocara en el comportamiento de Pascual; alguna reacción, algo que dijera, y que crea que pueda darnos alguna pista para averiguar quién pudo querer asesinarle.

—Lo he pensado, no se crea —respondió Kate—, si oí o vi algo que me pudiera servir para explicarme quién le hizo eso, y por qué. Y la verdad, me temo que no puedo serles de mucha ayuda. Que lo hiciera él mismo, en algún momento lo sopesé, me parece casi imposible. Si le hubiera dado por ahí, llevaba una 9 milímetros que le habría hecho el servicio de manera mucho más simple y rápida que el cuchillo. Y quién podía odiarle tanto... Bueno, Pascual era un hombre de carácter, y no me extrañaría que pudiera tener un enfrentamiento serio con alguien, pero me falta información para imaginar quién pudo ser. Si me pongo a jugar a detectives, me inclino por alguno de los suyos. A fin de cuentas escogió el terreno que escogió, y eso significa algo.

—Un lugar que usted conocía también.

—Cierto, aunque sólo fui allí dos veces, con Pascual.

—¿Cree posible que alguien los espiara, en esas dos ocasiones?

—No que yo viera, y tengo el hábito de vigilar. ¿Por qué lo dice?

—No sé. Se me ocurre que quien fuera podía estar al corriente de que había ido allí alguna vez con usted, o con otras mujeres, y aprovechar ese conocimiento para tenderle alguna clase de trampa.

—Si alguien hizo algo así, tuvo que usar a otra. Pascual sabía que ese día yo no estaría en la base. Ya le dije, me lo encontré el domingo, y se lo conté. Que me venía diez días a entrenar a las afganas y que nos habían organizado el alojamiento, para no ir y volver a diario.

—¿Cree que podía estar ya con otra mujer?

—Por qué no. Desde luego a mí no me debía ninguna fidelidad. Ni siquiera cuando aún nos veíamos. No descarto que también viera a otras estando conmigo. A esa teniente médico, por ejemplo.

—¿No lo descarta o le consta?

—He dicho lo que quería decir —me replicó, sin alterarse lo más mínimo—. Si me constara, se lo diría así. Lo que les sugeriría es que no dejaran de considerar esa posibilidad. Pascual era un hombre ardiente y tenía éxito con las mujeres. Y he de admitir que dejaba huella.

—¿Cuándo salió usted de Camp Arena?

—Ese lunes, a primera hora.

—Y desde entonces no ha salido de aquí.

—Tengo trabajo, y la noche afgana no es muy estimulante. O no en el sentido que me apetece, después de todo el día trabajando.

—Y eso tiene usted quien lo pueda corroborar...

El teniente Mendoza, que hasta ese momento había mantenido un silencio atento y una neutralidad casi exquisita, intervino:

—Te recuerdo, subteniente, que la señora McCrane está colaborando de modo voluntario, no pesa sobre ella ninguna imputación ni está obligada a responder frente a acusación alguna. Y lo mismo te recuerdo a ti, Kate; sobre este punto no tienes por qué hablar más.

—No la acuso, teniente, sólo elimino posibilidades —le aclaré.

—Y yo encantada de ayudarle —dijo Kate—. Hay un equipo de siete personas que pueden dar fe de lo que le digo. Más los afganos con los que trabajo. Y añada a los centinelas de Camp Arena, que controlan a todo el que entra. Salvo que se le haya pasado por la cabeza que me arriesgué a saltar la valla y a que los italianos me acribillasen.

—Ni por un segundo —aseguré—. Le agradezco mucho la paciencia, señora McCrane. Como veo que le tenía afecto, sepa que antes o después solemos resolver las investigaciones que nos ponen en las manos. Daremos con el que le hizo eso a Pascual. Se lo aseguro.

Sus ojos verde oliva me observaron con calidez.

—Así lo espero. Mucha suerte, subteniente. ¿Puedo irme ya? No es porque sean mala compañía; he dejado a veinte afganas colgadas.

—Cuando gustes —dijo Mendoza.

Kate se puso en pie, se enderezó el chaleco y se ajustó la pistola. Antes de salir, nos dedicó una sonrisa e hizo un saludo militar. Se le notaba que lo había ejecutado a menudo: su mano subió, rebotó en el aire y bajó con el estilo que yo nunca había logrado imprimirle.

La conversación con el otro contratista, Connor, se reveló áspera desde el mismo momento en que entró por la puerta. Era un hombre de formidable talla y envergadura, con unos músculos que no se desarrollaban sólo con muchas horas de gimnasio, aunque no me cabía duda de que las había hecho y las seguía haciendo; de tez rubicunda, ojos grises y cabello de color pajizo cortado a cepillo, su gesto hacía ver que ni acudía de buena gana a hablar con nosotros ni venía a hacer amigos. La segunda señal nos la proporcionó el teniente Mendoza, quien después de hacer las presentaciones se ocupó de aclarar:

—El señor Connor viene también voluntariamente y me veo obligado a dar por reproducidas las salvedades y advertencias que hice antes en cuanto al contenido y alcance de la entrevista y mis prerrogativas como representante del Gobierno de los Estados Unidos. Aparte, tengo que hacer una consideración adicional. El señor Connor no entiende por qué se recaba su testimonio, cuando su relación con el sargento González era inexistente. Si ha acudido a esta entrevista es porque se lo he pedido personalmente, en aras de la relación de cortesía y colaboración que queremos mantener con todos nuestros aliados.

—Me hago cargo —dije—, y me gustaría antes de nada explicarle al señor Connor nuestros motivos para hablar con él y el sentido que debe darle a nuestro interés, por no crear ningún equívoco.

—Le escucho —gruñó Connor.

—Es verdad, en primer lugar, que no tenemos ningún indicio de que entre ustedes dos hubiera ninguna relación, ni profesional ni de otra índole. Lo que nos sugiere la necesidad de esta conversación es un protocolo rutinario, dentro de la investigación. Por un lado, nos consta la relación de su compañera, Kate McCrane, con el difunto...

Connor saltó, impaciente:

—Usted lo ha dicho. La relación de mi compañera. Una relación personal, de la que ella sabrá. ¿Qué tengo yo que ver con eso? ¿Por qué quieren hablar conmigo y no con nuestros seis compañeros?

—Protocolo —repetí—, pura rutina. Hemos recabado todos los testimonios que hemos podido sobre los últimos días del fallecido, y entre ellos nos ha llegado que alguien presenció cómo mantenían una conversación algo tensa usted y él, a la salida de la cantina, el viernes anterior a su muerte. Por lo que me dice usted, debió de ser algo sin importancia, ya que entre ustedes prácticamente no había relación, pero nosotros estamos obligados a preguntarle de qué hablaron, y cuál fue la razón de que su intercambio de impresiones diera la sensación de producirse en términos, cómo decir, no muy amistosos.

Connor arrugó la frente y me observó con una expresión que me costó descifrar. Por momentos parecía querer decir que no se esperaba que le hiciera aquella pregunta, pero alternativamente cabía interpretar que estaba calculando cuántos gramos de explosivo C4 harían falta para volarme en pedazos. Me malicié que Connor estaba capacitado para hacer ese cálculo, así que confié en que fuera lo primero.

—¿Y ese es el motivo de llamarme? —rezongó.

—Sustancialmente. Ya que estamos aquí, también le pediría cualquier información de que disponga y crea que pueda servirnos.

—¿Desea responder a la pregunta, señor Connor? —dijo Mendoza.

Connor lo sopesó durante unos segundos. Le constaba que no tenía por qué hacerlo y que mis atribuciones para exigírselo eran nulas. Lo que a lo mejor no tenía tan claro, desde luego yo no lo tenía, era qué sucedía en caso de que se negara; qué petición podían elevar al mando norteamericano mis jefes y en qué podía desembocar aquello.

—Sí —dijo al fin—. Le voy a responder, por qué no. Y verá, le voy a ser sincero, para qué vamos a jugar al escondite. Lo que le dije a aquel Casanova era que me parecía ver algo baja de ánimo a mi compañera Kate, después de andar con él. Porque eso lo supe: ni soy tonto ni ella hizo mucho por ocultarlo. Y le advertí que si ella le había dicho que no la molestara, lo mejor para él era que le hiciera caso.

—¿Le había dicho ella que la hubiera molestado o algo?

—No, ella no me dijo nada. Kate no es de quejarse. Sólo fue un pálpito que yo tuve, y hablé con él por mi cuenta. Conozco a Kate desde hace cinco años. Hemos vivido muchas cosas juntos, y una vez, menos mal que ella estaba allí, porque si no yo no estaría aquí ahora. No me hace ninguna gracia que nadie se lo haga pasar mal.

—¿Puedo preguntarle qué cosas fueron esas que vivieron juntos, Kate y usted? —arriesgué.

Connor me observó con una especie de conmiseración.

—Puede, claro que puede, pero yo no voy a contestarle. Porque no me da la gana y porque es información clasificada y me ampara mi gobierno. Corríjame usted si me equivoco, teniente Mendoza.

—No se equivoca. Declaro su pregunta improcedente, subteniente —y añadió, en español—, con todo el dolor de mi corazón.

—Está bien, lo comprendo —me plegué.

Connor hizo ademán de levantarse.

—¿Satisfecha entonces su curiosidad? ¿Puedo volver al trabajo?

—Sólo una pregunta más, si no es mucha molestia.

—Qué.

—¿Qué fue lo que le dijo Pascual, cuando usted lo abordó?

Connor se encogió de hombros.

—Ni idea. Lo dijo en español, y no hablo ni entiendo su idioma. Por el tono en que lo dijo, parecía un insulto. No lo sé, ni me importó, así que no me preocupé de pedirle a nadie que me lo tradujera.

—Ya veo.

—Y ahora sí que me voy. Mucho gusto, señores. No me caía bien, por lo poco que pude tratarle, pero espero que den con el asesino y le proporcionen a su familia la tranquilidad de meterlo entre rejas.

—Eso intentaremos —me comprometí.

—Teniente —dijo, ya en pie, mirando a Mendoza.

—Gracias, señor Connor, por atender mi petición —dijo el teniente.

—No hay de qué. Suerte, y que tengan buen día.

Y salió casi de estampida, con tal ímpetu que por poco no arrolló a Arnau y dejándonos a Chamorro y a mí con tal cara de chasco que movió a nuestro compañero norteamericano a acercarse a nosotros en plan conciliador. Me puso la mano amistosamente en el hombro y, volviendo a la lengua que ambos compartíamos, me confió:

—Es un tipo difícil, y además el asunto parece que le viene un poco atravesado. He hecho todo lo que he podido, compadre, te lo aseguro. Sin una investigación judicial conforme a la ley estadounidense, no se le puede obligar a nada. De todos modos, no te tortures con lo que no te dijo. Lo que vivieron juntos, a lo profesional me refiero, puedes imaginarlo por tu cuenta, y si no, en internet tienes foros, artículos y blogs que te cuentan qué hacen los contratistas del Ejército americano. Lo que él no quiere decir, para mí que está en otra parte y no tiene nada que ver con su trabajo. Si quieres, te regalo lo que yo adivino: este hombre y la chica tuvieron algo, a lo largo de estos años, pero no es la clase de tipo que se la puede conseguir, a una mujer así, y quedaron como amigos. Y bueno, pues a él no le gusta mucho el arreglo.

Chamorro y yo nos miramos. Fue ella quien lo puso en palabras:

—No sé si eso nos tranquiliza, mi teniente.

—¿Qué quieres decir, compañera? —preguntó Mendoza.

—Que ese hombre, además de mal carácter, tiene un móvil.

El teniente esbozó una sonrisa de circunstancias.

—Bueno, también tiene una coartada —dijo—. Tan

potente como la de ella, porque es la misma. Estaba aquí, entrenando afganos.

—Ya —constaté—. Habrá que usar la imaginación.

—O buscar en otra parte —sugirió Mendoza—. No estoy tratando de dirigiros, que conste: si al final creéis que no tenéis otra que ir por ahí, sólo os digo que yo haré lo que me ordenen mis jefes. Y que hará falta que estéis muy seguros, porque no os lo van a poner fácil.

—Tenemos tiempo para meditarlo, de vuelta a la base —dije—. Muchas gracias, teniente. Si no me informaron mal, no estás destinado aquí y has venido ex profeso para prestarnos este apoyo.

—No te informaron mal, pero no hay problema. Me gusta salir de la jaula siempre que hay ocasión. Ahora voy a cerrar un par de asuntos por acá y me llevo a mis muchachos de vuelta. ¿Vosotros?

—Nos reunimos con el convoy que nos trajo, en el campo de tiro.

—¿Sabéis llegar hasta allí?

—Uno de los guardias que tengo ahí fuera sabe.

Mendoza se encajó cuidadosamente el casco en la cabeza, se colgó el M-16 al hombro y me tendió la mano para despedirse.

—Pues nada, un placer. Y hasta la vista. O no, ya nos diréis.

De camino hacia el campo de tiro, mientras Vellido hacía que el Lince corriera sobre la pista de tierra levantando una aparatosa nube de polvo a nuestras espaldas, fui rumiando en silencio lo que nos habían dicho los dos contratistas y la dispar sensación que me habían producido una y otro. Frente a las personas, si reducimos al máximo, experimentamos dos clases de reacciones: o nos gustan, o no. Puede que el gusto no suscite pasión alguna, y que el disgusto no llegue a ser insoportable, pero será a uno u otro conjunto al que debamos adscribir a cualquier persona que nos crucemos. En ese sentido, no me cabía duda de que Kate me había gustado, pese a sus peculiaridades, ni de que Connor, por el contrario, no me había gustado nada. Lo malo era que esa impresión, por nítida que fuera, resultaba del todo inservible. Necesitaba datos, que se anudaran a otros datos, y si al final se trataba de apelar a la jurisdicción de los estadounidenses, iba a necesitar que esos datos fueran muchos y estuvieran muy bien anudados.

Antes de pasar junto a un edificio blanco que se situaba a unos treinta metros del camino, Vellido advirtió a través de la radio:

—Acuña, a las nueve. La casa *tucu*, no dejes de batirla.

—A las nueve estoy ya, tranquilo —dijo Acuña.

Poco después llegábamos al campo de tiro. El convoy se había fraccionado en dos grupos de dos vehículos, apostados en dos sectores diferentes, separados por una especie de talud. En uno de los sectores había dos Linces, a unos veinticinco metros uno de otro. En el otro vi el Lince del capitán Revenga y el RG-31, situados a una distancia semejante. Sobre los taludes de los extremos había sendos centinelas con el fusil prevenido. Cuando llegamos, estaban recargando las ametralladoras. Le dije a Vellido que avanzara hasta llegar junto al Lince del capitán. Al vernos bajar del vehículo, Revenga se nos acercó.

—¿Qué tal os ha ido? —se interesó—. Si es que se puede contar...

No pude contener un bufido.

—Por poder... Lo que no sé es si merece la pena.

—No pareces muy contento.

—Lo de preguntarle a la gente lo que no sabes si te quiere decir, o temes que no quiere decirte, siempre es un dolor de cabeza.

—Me imagino.

—Y cuando das con gente poco predispuesta, y que encima tiene el recurso de responderte o no, peor todavía —añadió Chamorro.

—Lo nuestro es más simple —dijo el capitán—. Llevamos doce ametralladoras probadas y nos quedan cuatro más. Se trata de gastar las balas y darles a aquellos chasis de carros rusos del fondo.

Miré donde señalaba, en dirección a las montañas. Como a un kilómetro de distancia, algo difuminadas por el polvo en suspensión que de vez en cuando adensaban las ráfagas de viento, distinguí las formas oscuras de aquellos despojos blindados que servían de blanco.

—Si queréis desahogaros y pegar unos tiros... —ofreció.

Me pareció pertinente informarle:

—Nunca he manejado una de estas.

—Ni yo —dijo Chamorro.

—Tampoco yo —se nos sumó Arnau.

Revenga nos recorrió a los tres con la mirada.

—Pues esta es vuestra oportunidad. Ahí tenéis, una para cada uno, munición y un objetivo. Y todo Afganistán para vosotros. Podéis estar tranquilos, si seguís las instrucciones no mataréis a nadie. Os puedo asegurar que no hay nada detrás, hasta donde alcanza el arma.

El capitán llamó entonces a su gente para pedirle que nos apoyara en el ejercicio de tiro. Entre los convocados estaba el brigada Montoro, que no dudó y se fue derecho hacia Chamorro. Con aire contrito, pero dedicándole una mirada franca, se le ofreció como instructor:

—Te debo un desagravio. Si no te parece mal, yo te ayudo.

Chamorro lo contempló durante un instante, como si dudara. Con el casco, y armada hasta los dientes, intimidaba más que de costumbre. Finalmente, suavizó el gesto y se avino a aceptar el armisticio:

—No me parece mal.

Nos distribuimos en los tres Linces. A mí me tocó como mentor un veterano sargento, de pelo ya entrecano, que andaría por mi edad, año abajo o arriba. Mientras trepaba a la torreta del Lince, aunque se le veía aún en forma, el rostro se le torció en un rictus de dolor.

—Joder, estos huesos. Lo siento, mi subteniente, la

verdad es que uno ya no está para estas leches, quién me manda venirme a la guerra a mis años, cuando a los veinte estaba tumbado a la bartola.

—Lo mismo estoy preguntándome yo, desde que aterricé aquí.

—En fin, es lo que hay. ¿Tapones para los oídos? —me ofreció.

—No creo que hagan falta, ¿no? Estamos al aire libre.

—Esto no es una pistolita del nueve, mi subteniente. Cuando se pone a zumbar suena como un cañón, al aire libre y todo.

—Mejor sin, así noto más la sensación.

—Allá usted. Avisado está.

Una vez que el sargento la hubo alimentado, monté la ametralladora, la puse en posición de disparo a ráfaga y apreté el gatillo, a intervalos cortos, tal y como me sugirió. Apenas solté cuatro o cinco ráfagas empecé a echar de menos los tapones, y a recriminarme, una vez más, no haber hecho caso a quien sabía. El artefacto era tremendo y, tan pronto como te hacías a él, de una precisión pavorosa, al menos a la distancia a la que disparaba y para un blanco de semejante porte.

—No tira mal la Benemérita —opinó el sargento.

—Tampoco he sido nunca de los mejores, no te creas.

Vacié una caja de munición, lo que quiere decir, con aquel calibre, que solté plomo como para exterminar a un regimiento. Siempre que uso un arma y siento la inevitable descarga de adrenalina que el tiro te produce pienso lo mismo: cuánto poder de destrucción ha sabido crear el hombre, y qué oscura idoneidad tiene ese poder para ser utilizado contra otros hombres. Conocía mi naturaleza, y la de mis semejantes, y deseé que no se me presentara, ni en los días que me quedaban allí ni en los años que me restaban de servicio, una coyuntura en la que sintiera la necesidad o el impulso de utilizar contra alguien un arma de fuego. Los balazos que recibieran aquellos restos soviéticos uno podía archivarlos en la memoria sin más. Lo que aquel trasto podía hacerle a un ser humano era una mercancía que no deseaba transportar en mis alforjas. Y sin embargo, ahí estaba: en un oficio en el que mis conciudadanos me encomendaban el riesgo de cargarla. Era necesario que hubiera gente como yo, o como aquel viejo sargento, que lo asumiera. A la hora de la verdad, sin embargo, quien tenía que disparar estaba solo, como lo había estado el sargento primero González frente a sus hechos de armas y para arrostrar las cicatrices que le dejaran.

Cuando bajé del vehículo me encontré al capitán, acompañado del comandante Kirkpatrick, que me interpeló con su humor habitual:

—No me pondré a tiro, mi subteniente. Qué máquina de matar.

—Disculpe, me he quedado medio sordo, por imbécil.

—Ya le dije —recordó el sargento.

—¿Qué tal? —preguntó Revenga.

—Esto es otro nivel —reconocí.

—El capitán nos deja jugar con la del grande —dijo Kirkpatrick—. ¿Vienes? Y de paso cambiamos impresiones, si no te parece mal.

—Por qué no —acepté, aunque no las tenía todas conmigo.

Fuimos hacia el RG-31, al que acababan de montarle la última ametralladora que quedaba por probar. Para dispararla no había que salir a la torreta, ofreciéndose como blanco preferente (de acuerdo con la táctica de infantería, primero debe neutralizarse al operador del arma de mayor poder de destrucción). Se manejaba desde el habitáculo climatizado, con una pantalla de ordenador y dos *joysticks*. Con la torreta automatizada y el control de tiro, la facilidad de uso era escalofriante. Un niño podría hacer blanco a lo que quisiera, con apenas unos minutos de entrenamiento. Una vez que afiné el tiro, vi por la pantalla cómo el blanco recibía, sin misericordia, todos los disparos.

—Lo malo es cuando se interrumpe —dijo el sargento que nos tutelaba al comandante y a mí en la práctica—. Entonces hay que echar a la pajita más corta quién es el que sale arriba a resolver el atasco.

Cedí el puesto al comandante, que apuró su ración de videojuego con fuego real. Cuando terminó, y sin salir de aquel confortable habitáculo, al menos comparado con el del Lince, fue a lo que de verdad le interesaba. Lo suyo no era, ya lo sabía, andarse con rodeos.

—¿Cómo va esa investigación, Bevilacqua? Lleváis tres días y un montón de testigos, algún camino estaréis empezando a ver.

Me pensé la respuesta. Era bastante dudoso que le debiera explicaciones, pero tal y como él lo había preparado, y llegué a sospechar que esa pudiera ser su principal razón para incorporarse al convoy, me ponía en una tesitura en la que iba a resultarme demasiado violento esquivar su pregunta y remitirle a que lo hablase con mis jefes.

—Si le soy sincero, que no sé si debo —dije—, tenemos muchas piezas ya encima de la mesa. Quizá todas, o casi todas. Pero me queda la sensación de que nos sigue faltando algo fundamental.

—¿El qué?

—No es sencillo definirlo. El tornillo, la clave que nos permita unir alguna pieza con otra y a partir de ahí armar el mecano entero.

Kirkpatrick adoptó un aire cómplice.

—Vamos, ¿es que no voy a conseguir sacarte del plano metafórico?

—Tendrá que persuadirme, mi comandante.

—Apéame el tratamiento. Y dime de tú. Cómo te persuado.

—Lo siento, me cuesta. Se trataba de cambiar cromos, ¿no?

—Vale, tienes razón. Yo tampoco he perdido el tiempo, aunque estoy un poco como tú, sin saber cómo leer la jugada. Lo que ha pasado podría ser cualquier cosa, en lo que a mí me importa y me compete: tanto una grieta exterior como una grieta interior. Y empiezo a temer que lo que tengamos, no es más que una conjetura, sea una combinación de ambas. El material propio no es tan estable como habría debido ser. Y por otro lado, entra mucha gente de fuera y no me da que la tengamos controlada por completo. Lo que no llego a imaginar, aún, es cómo se pudieron conectar la grieta de dentro y la de fuera.

Sopesé sus palabras. Acababa de darle forma a una idea confusa que también circulaba por mi cerebro. Traté de completarla:

—Lo que a mí me parece, en esa línea, es que esto no ha sucedido en un espacio estanco, como creí, antes de venir, que era la base. Hay fugas, intrusiones. Se trata de dar con el rastro de una de ellas, la que nos interesa. Alguna huella ha tenido que dejar, forzosamente.

—Estamos de acuerdo —convino Kirkpatrick—. Yo voy a buscar esa traza por mis medios. Si tienes alguna pista y ves que los tuyos no bastan para seguirla, pásamela. Y trato de allanarte el camino.

—Si mis jefes lo autorizan.

El comandante lo encajó con buen humor.

—Qué rígido eres, subteniente. En fin, como veas. A ver cuándo te enteras de que estoy de tu parte. Y de que puedo abrirte atajos.

—No soy rígido, sino un viejo gato escaldado —me excusé.

En el camino de vuelta, aunque en rigor debería haber estado tan tenso y concentrado como en el de ida, porque el riesgo era el mismo, mi mente se quedó enredada en aquella conversación con Kirkpatrick. Tanto, que antes de que pudiera darme cuenta llegamos a la puerta de la base, que tras el intercambio de contraseñas se abrió como sésamo para dejar pasar al convoy. Unos minutos después, y tras despedirnos del resto, bajábamos, sudorosos, del Lince que habíamos aparcado junto a los demás blindados de nuestra unidad. Allí estaban para recibirnos el capitán, el sargento Pedro, la guardia Claudia y, sobre todo, una exultante Salgado. Ni siquiera me dejó darle al capitán las novedades. Tan pronto como me tuvo a tiro, me anunció, con aire triunfal:

—Tenemos la huella del asesino. Y por partida doble.

18
Sangre de toro

Celebrábamos el cónclave en el lugar donde menos riesgo había de que alguien nos interrumpiera: la Garita, nuestro espacio privado de reunión. Eran las nueve y media de la mañana del martes, nuestro cuarto día en Afganistán, aunque parecía que había transcurrido una eternidad desde nuestra llegada. En la sala estaban los tres miembros de mi equipo y también, a petición mía, el capitán Pardo, el sargento Pedro y los guardias Claudia y Clemente. Hay momentos en una investigación en que dos cabezas piensan mejor que una; y si es posible, como allí era, poner a funcionar al unísono a ocho mentes con cierta costumbre de procesar y analizar información, mejor aún.

Sobre la mesa teníamos un informe y el teléfono móvil de Pascual González. O lo que es lo mismo: las dos huellas con que contábamos de la persona que estábamos buscando. El informe nos lo había remitido el laboratorio central de ADN, en Madrid, y contenía los resultados obtenidos del examen de las pruebas que les habíamos enviado días atrás; en particular, del cuchillo amapolero utilizado en el crimen. Según el laboratorio, sobre el objeto había vestigios biológicos pertenecientes a dos personas: el propio Pascual, cuya sangre lo había impregnado profusamente, y una segunda persona indeterminada, de sexo masculino, que según el informe podría haberse cortado de forma leve e inadvertida al manipularlo, con carácter previo o posterior. De la limpieza de la cadena de custodia, iniciada por la guardia Claudia, que había sido quien lo había recogido de la escena del crimen, estábamos completamente seguros, por lo que la conjetura que debía prevalecer era la primera, esto es, que los restos pertenecían a quien había tomado y desplegado el arma para usarla contra Pascual. En cuanto al teléfono, al que ahora podíamos acceder sin ninguna traba, el mérito le correspondía por entero a Salgado, que había aprovechado la jornada en que se había quedado a cargo de la investigación en la base para apartar el escollo que suponía la clave que lo bloqueaba.

Ante mi incredulidad, cuando me lo había mostrado la víspera, se dio el placer de explicarme cómo había logrado obrar el portento:

—El chaval este de Aviación que se había ofrecido para tratar de desbloquearlo estaba más perdido que tú en una tienda Armani. Y lo que es peor: como me olí en cuanto le apreté un poco, le daba una vergüenza horrorosa reconocerlo. Así que le pedí que me devolviera el teléfono y me puse a pensar y a pensar. A veces, ya lo sabes, no sirve para nada, pero tocó que fuera una de esas que sí sirve. De pronto, me vino la iluminación. El muerto ya no estaba para cantarnos el código, pero había alguien que no era imposible que lo conociera. Es más, que podía muy bien conocerlo. Cuando un matrimonio pasa por una crisis como las que había atravesado el de Pascual, a veces se impone dar pruebas excepcionales de confianza. Por ejemplo: que tu pareja conozca la clave de tu móvil para examinarlo a placer y ver que no hay nada que deba avergonzarte. O sí, depende. De modo que busqué el número, llamé a Violeta Solozábal, me presenté, la convencí de que trabajaba contigo y no era una periodista o una bromista, y ella me dijo que la última contraseña del móvil de su marido, que ella supiera, era 88934. La tecleé mientras la tenía aún al teléfono y ya lo ves: bingo.

Gracias a la providencial intuición de Salgado ahora

podíamos, entre otras cosas, acceder al Whatsapp de Pascual, en el que seguían archivadas algunas de sus conversaciones. Por ejemplo, la que tenía con Kate McCrane, que se interrumpía cuatro días antes de su muerte, con un escueto mensaje de texto en inglés, «*Love as ever*», acompañado de un enlace de YouTube con la canción de Bebe y al que Kate había respondido con un no menos lacónico: «*So kind of you*». También la que había mantenido con la teniente médico Ginés, que curiosamente, o no, se prolongaba más allá: hasta la noche del sábado anterior al lunes de autos. Pascual le había enviado un mensaje de contenido bastante insinuante, al que la teniente había respondido, no en seguida, con otro que era cuando menos equívoco: «No me tientes, anda, que ya sabes que soy de las que vencen la tentación cayendo en ella». Sea como fuere, después de eso no habían cruzado ningún mensaje más.

Pero sobre todo, lo que el archivo de Whatsapp guardaba, y ahí estaba la segunda huella que Salgado, con buen criterio, le había atribuido al asesino, era un mensaje remitido desde un número afgano sin identificar, el propio lunes hacia las tres de la tarde. Era un mensaje que a otro habría podido parecerle críptico, pero que para nosotros no lo era en absoluto: «36, aora». Así, tal cual, con la falta de ortografía, o de escrúpulo del remitente al teclear. La pista resultaba tan precisa como presumible la mano del criminal detrás de su envío. Y es que el número 36 era el que correspondía al corimec vacío donde se había encontrado el cuerpo sin vida de Pascual González Barrantes.

Aparte de eso, el teléfono no ofrecía más material útil a nuestros efectos. Con la tarjeta afgana que tenía puesta, Pascual no había hecho una sola llamada telefónica, ni había navegado por internet o consultado el correo electrónico, algo que no podía extrañarnos lo más mínimo: ninguno de nosotros la utilizaba más que para el Whatsapp, que era lo único que con ella funcionaba medio regular y no representaba una amenaza de devorar todo el saldo y los datos. En cuanto a la galería de fotos, además de algunas antiguas de sus hijos, encontramos imágenes de la base y de su unidad, en compañía de otros militares españoles, americanos e italianos, y unos cuantos *selfies*, que atestiguaban la vanidad de nuestro hombre: varios solo, dos que se había hecho con la médico y media docena en los que la contratista se había prestado a posar con él. Todos inocentes y presentables: cualquiera de ellos habría podido colgarlo en su Facebook, sin que la utilidad de censura de la red social se apresurara a erradicarlo de sus archivos.

Esas venían a ser, en resumen, las nuevas piezas que teníamos sobre el tablero, para añadir a las que habíamos ido recopilando en los interrogatorios que habíamos practicado en los tres días anteriores. Por otra parte, se les había pasado el polígrafo a los cuatro afganos que habíamos seleccionado a esos efectos, con resultado negativo, es decir, los contratistas que lo manejaban no encontraron pruebas de que ninguno de ellos estuviera faltando a la verdad. Y la revisión que le había pedido a Salgado de las comunicaciones que habían mantenido a través de la red interna de telefonía de la base las personas que nos interesaban tampoco arrojó ningún resultado esclarecedor. Constaban comunicaciones de Montoro y Ginés con el difunto, pero en horas y fechas que eran compatibles con sus testimonios y con la relación que con él tenían ambos, en un caso estrictamente profesional y en el otro de índole personal. Ninguna posterior a las fechas en que declaraban haber dejado de tener contacto con él, y ninguna en la semana previa a su muerte. En otro orden de cuestiones, el capitán Biondi nos había pedido un día más para darnos resultados de sus averiguaciones acerca de quién podía haber utilizado aquel teléfono del RC West y llamado hasta en siete ocasiones al número oficial de González. Aunque el domingo no era allí día de asueto, el grueso de esas llamadas se había realizado a la hora de la comida, cuando la dependencia estaba menos concurrida, y la última, la que Pascual había atendido al fin, a la hora de la cena, en la que se daba una situación similar.

Habíamos encargado un par de termos de café en la cantina italiana y cada uno de los asistentes a la reunión tenía ante sí una taza bien cargada. En una pizarra blanca había hecho una especie de mapa del caso, con todas las personas potencialmente implicadas en él. No es una técnica que suela utilizar, porque aún sigo creyendo en la necesidad de mantener y ejercitar cuanto uno pueda la palabra como herramienta de comunicación y la memoria como forma de gestionar la información de cualquier índole, pero en aquel caso me había parecido que podía sernos de ayuda. Acababa de repasar el elenco y de resumir los datos más significativos que habíamos logrado recopilar acerca de cada uno de ellos. Hecho esto, recorrí con la mirada a los presentes y declaré abierta la tormenta de ideas. Les había pedido que no se privaran de expresar ninguna, por disparatada que pudiera parecerles. Mi invitación se encontró con un silencio expectante y cauteloso.

—A ver ahora quién se tira el primero a la piscina —dijo Clemente.

El capitán lo miró con expresión malévola.

—Tú mismo, por hablar —le invitó.

—Y por ser el más tonto del grupo, ya veo —se quejó el guardia—. Pues la verdad es que no termino de ver la manera de meterle mano. Si se me permite, voy a lo simple, que a veces es lo más agradecido, y al fin y al cabo siempre hay tiempo de complicarse. De toda la gente que hemos visto, se me ocurre que hay dos con la coartada incompleta, con motivos y con capacidad. No voy a sorprender a nadie: el sargento Bernabé y el brigada Montoro. Si ahora me pide alguien que elija entre los dos, le pido una moneda para tirarla al aire. Ni idea.

—No te complicas, no —aprecié—; pero ya es un principio. Se te agradece haberles abierto camino al resto. A ver, otro valiente.

El sargento Pedro tomó la palabra:

—Vamos a mantener el pabellón de Policía Judicial. Creo que lo que dice Clemente es lo que dicta el sentido común. Ya que él no lo hace, yo sí me mojo. Podría parecer que el candidato más probable es Bernabé: boina verde, entrenado para matar con toda clase de armas y con una fea cuenta pendiente con el muerto. Pero me inclino más por Montoro, y no por llevar la contraria o por ser original. Es el que tiene la coartada más débil y el que me parece menos estable. Bernabé pasó los filtros psicológicos de los de operaciones especiales. Y acreditó unas cuantas veces y en la práctica que sabe resistir la presión. No creo que fuera quien tomara un atajo como el de quitar de la circulación a su enemigo, que sugiere poca inteligencia y menos autocontrol. A fin de cuentas no era una amenaza tan inminente la que representaba Pascual para él. Montoro, en cambio, me parece menos frío y más resentido. Gracias a González y al arresto que le cayó por su culpa, su hoja de servicios no está impoluta, y se le jorobaron las medallas a la constancia que el otro, en cambio, podía recibir sin impedimentos. De todos modos, no deberíamos olvidarnos de otra posibilidad.

—¿Qué posibilidad? —pregunté.

—Que sea otra persona de la que no conseguimos aún información. Nuestras redes no son perfectas. Ninguna lo es, al final.

—¿Te refieres a los afganos?

—No soy yo mucho de esa teoría, la verdad. Me refiero a alguien a quien no acertamos a considerar. Afgano o yanqui o español.

—¿Con qué perfil?

—Si no pudimos llegar a él, o a ella, entenderás que tampoco me sienta en condiciones de hacer cábalas sobre eso.

—Está bien, mi sargento —anoté—, no sé si te agradezco que pongas sobre el tapete esa posibilidad, que vendría a justificar que nos despidieran a todos, pero comprendo que siempre estará ahí.

—Para que no se nos olvide —se justificó.

—De acuerdo, apuntada. ¿Quién sigue el turno?

Claudia levantó la mano.

—Adelante —la invité.

—No seré yo quien les enmiende la plana a mis compañeros, a fin de cuentas ellos son especialistas de Policía Judicial y yo una simple patrullera de a pie destinada en seguridad ciudadana...

—Para el carro de la humildad, Clau —la interrumpió Clemente—. Con ese *sho* que te gastas, no cuela ni aunque nos emborraches.

Claudia simuló enfurecerse:

—Mi capitán, protesto por la xenofobia de mi compañero, incompatible con los valores del Cuerpo y con el siglo XXI, en general.

—Haya paz —pidió Pardo—. Clemente, ¿quieres hacer flexiones?

El malagueño puso gesto abrumado.

—Mi capitán, que estoy digiriendo todavía el desayuno...

—Pues déjala hablar, anda.

—Vale —prosiguió la guardia—. Además, si lo que voy a hacer es daros la razón a los dos: no veo pruebas que nos lleven en otra dirección. O quizá sí, a ese Connor, que a saber qué se mete por las noches o por las mañanas para funcionar, pero que nos pone una pega difícil de deshacer: estaba a media hora de viaje de donde pasó todo, y no estamos hablando de un viaje que uno pueda hacerse agarrando una moto ni de sitios en los que pueda entrarse así como así. Lo que me apetece compartir, por tratar de aportar algo, no es ni siquiera una sospecha, ni una media conjetura. Sólo es algo que me deja pensando.

—¿De qué se trata? —la animé.

—Pascual había roto con las dos mujeres con las que se había liado, pero ese mensaje del sábado a la teniente Ginés nos indica que no se le habían pasado las ganas. Y la muerte no sucedió en cualquier sitio, sino en un lugar que ya había utilizado como picadero. Es decir, creo que no debemos descartar del todo el factor femenino.

—¿Qué quieres decir?

—No sé qué quiero decir, francamente. Pero imaginemos que al final la teniente Ginés dudó, y pasó algo entre ellos. O que acabó liando a otra, y que la cosa rodó mal. O que alguno de los que le tenían ganas le tendió una trampa recurriendo a un señuelo femenino, ya fuera de alguna relación real o inventándose una cita con alguien.

—Ya veo por dónde vas —dije—: por donde el sargento, a sembrar la duda de que tengamos en la pizarra a quien buscamos.

—Lo siento, es lo que se me ocurre —alegó en su descargo—. Y no porque sí, ni por capricho. De todos los que estamos aquí soy la única que vive desde hace muchas semanas en el barracón femenino. No voy a decirles todo lo que pasa allí, ni tienen que saberlo ni les importa, pero Pascual sabía aprovechar el punto flaco que más de una tiene, y los hechos nos dicen que no le faltaba afición para intentarlo. A lo mejor lo hizo de una manera que se le fue de las manos, o alguien, que estaba al tanto de esa afición suya, la utilizó para prepararle una encerrona que le permitiera deshacerse de él con limpieza y sin testigos.

—Ese alguien debería haberse comunicado antes con él —dije.

—Lo hizo —aseguró.

—Antes del *whatsapp* dándole lugar y hora, es lo que quiero decir. Y no tenemos constancia de otras comunicaciones anteriores.

La guardia repelió mi objeción:

—Claro que la tenemos. Esas llamadas desde el RC West que nos está investigando el capitán Biondi.

—No sabemos lo que son —recordé—. Podrían ser nada.

—O no.

—Yo me sumo a la teoría de Claudia —apostó Salgado—. El pobre Pascual lió el petate, de una manera o de otra, por culpa de lo suelta que tenía la entrepierna. Estoy contigo, compañera: *Cherchez la femme*; lo que como bien dices no quiere decir necesariamente que en realidad haya ninguna mujer, sino que a nuestro toro bravo lo citaron agitándole esa muleta, y eso lo llevó a donde estaba el matador con el estoque.

—Qué taurina te veo, Inés —observé.

—En absoluto, mi subteniente. Ya sabes que la considero una fiesta bárbara que cualquier país civilizado castigaría con prisión.

Puse las manos en alto.

—A mí no me mires, no he ido a una corrida en mi vida. Lo que no se puede negar es que para el lenguaje es un filón. Como lo prueba el hecho de que una feroz enemiga como tú eche mano de ella.

—Para algo tenía que servir tanta sangre de toro.

—Arnau —interpelé a mi cabo, que parecía algo ensimismado.

—Eh, yo... Estaba pensando —explicó—, y la verdad es que se me hace difícil discrepar de nada de lo que llevo oído hasta aquí.

—Bien, Johann. Pero no se te paga para ser amable —le afeé—. A ver dónde está esa mala leche que ya se te empieza a suponer.

—Le estaba dando vueltas a lo de esas llamadas —intentó salir del aprieto—. Un teléfono del RC West, de una sección donde predominan los italianos. ¿Estamos seguros de que los tiros no van por ahí?

—¿A quién te refieres? —pregunté—. El *maresciallo* Ferrioli estaba dando vueltas por la valla, y las comunicaciones de radio que lo respaldan están grabadas. ¿Insinúas que le pudo encargar a uno de los suyos que mientras él tenía coartada le librara de aquel chulo español? ¿Por tan poca cosa como un pique de orgullo guerrero?

—No insinúo nada, mi subteniente. Me limitaba a poner el foco en ese detalle. Por ejemplo, y pienso en voz alta, nada más: ¿no podría ser que Pascual ligara con alguna italiana y que la cosa se torciera? El mensaje de Whatsapp tiene una falta de ortografía; la pudo cometer un italiano, para el que esa hache ni suena ni pinta nada.

—Mira tú, nuestro joven Sherlock —dijo Salgado—. Me apuesto mis únicos *manolos* a que eso no lo habíais pensado ninguno.

—Es original —admití—. Aunque me gustaría salir de esta reunión con la sensación de que en estos días hemos hecho algo más que dar palos de ciego donde no es. Por si a alguien le doy algo de pena.

Chamorro se adelantó entonces a hablar.

—Voy a hacer como Clemente, voy a intentar no complicarme más de la cuenta. Y como el sargento, prefiero aplicar el sentido común, aunque como todos sabemos sea el menos común de los sentidos. Lo que me lleva al mismo sitio al que llegan ellos: Montoro.

—Veo que no te ablandó ayudándote con la 12,70 —dije.

—No soy tan fácil de comprar, mi subteniente. En todo caso, deja que siga, no me quedo ahí. Ayer estuve observándole, ya que me dio la oportunidad. Y discrepo de alguna apreciación que acabo de oír. No creo que sea un tipo sin capacidad de controlarse. Es un suboficial curtido, y que además me da que es consciente de que en su percance con Pascual a raíz de lo de Irak la pata la metió él. Por eso en esta ocasión solicitó que le ahorraran seguir tratándole. Y ayer me dijo algo, por cierto, que respalda esta interpretación que acabo de hacer.

—¿Qué te dijo?

—Que había perdido los estribos conmigo el otro día y me había soltado aquella impertinencia porque le había dicho justamente lo que menos quería escuchar, que era lo que él mismo pensaba. Lo que se echaba en cara a sí mismo: haber entrado como un bobo al trapo.

—Más toros —observó Salgado, guiñándome el ojo.

—Y todo eso ¿a dónde nos lleva? ¿A exculparle? —la tanteé.

—No precisamente. Puede ser un argumento para descartarle, sí, pero también para temer que si lo organizó él, nos las vemos con alguien que tiene recursos, además del aplomo para buscarme ayer en el campo de tiro, y al que no va a ser fácil sorprender en un renuncio.

—¿Y si no lo organizó él? —la puse a prueba.

Mi compañera paseó la mirada por la sala.

—No me parece descabellado lo que propone Claudia. Ni tampoco la hipótesis que expone Salgado, imágenes taurinas aparte.

La cabo primero saltó, sorprendida.

—¿Te han puesto algo en el café, mi sargento primero?

Chamorro sonrió con indulgencia.

—Lo mismo que a ti. Debemos de compartir alucinación. Hay otra cosa que no hemos comentado, mi subteniente. Anoche estuve mirando la moleskine de Pascual, como me encargaste. No he sido capaz de desentrañar muchas de las anotaciones, porque la caligrafía es de esas que el propietario hace para que nadie más que él sea capaz de leerlas; otras son citas, tomadas de lecturas, ninguna me ha parecido que sea demasiado relevante a nuestros efectos. Lo que llama la atención son los dibujos, para eso tenía buena mano, no se le puede negar. Dibujaba paisajes, figuras, y en las últimas páginas hay algunos croquis. Uno parece de la base y señala las torres de vigilancia, los accesos, etcétera. He revisado con más detalle esas últimas páginas y he visto una cosa que me ha parecido curiosa, porque es un dibujo que no está en ninguna otra parte de la libreta: una mujer desnuda, de espaldas.

—¿Reconocible? —consulté.

—No para mí. Al pie hay unas palabras que sí he descifrado.

—¿Cuáles?

—«Me guardo tu recuerdo como el mejor secreto».

No disimulé mi decepción.

—Ningún misterio —dije—. Es un trozo de la letra de la canción esa de Bebe que envió a Kate por Whatsapp.

—Ah, pues eso es todo. Que yo haya visto, vamos.

—Pásamela, la moleskine. Ya le daré yo otra vuelta. Por si entiendo algo más que tú. Mi caligrafía es mucho peor que la tuya.

—Cómo no.

Era el momento de volver a ejercer de maestro de ceremonias:

—Bien, llegados a este punto, y para que el equipo no caiga en la desesperación ni yo en la miseria, me permito recordar que tenemos unos restos de ADN, que a las malas podemos cotejar.

—Con mandato judicial o con el consentimiento informado del interesado —recordó el sargento Pedro, en su papel de aguafiestas.

Me volví a Pardo.

—¿Cómo ve a nuestra jurídica en ese escenario, mi capitán?

El capitán se tomó un instante para responder.

—Creo que es factible, vistiendo un poco más el muñeco, aunque también creo que no lo hará sin pedir respaldo al togado de Madrid, por lo que el muñeco debería estar lo suficientemente vestido como para convencer a alguien a seis mil kilómetros de la faena.

—Siempre podemos invitarle a una caña —dijo Clemente.

—¿Al togado? —se sorprendió Arnau.

Clemente deshizo el equívoco:

—A Montoro. Y mangarle el vaso.

—¿Y mandar al laboratorio una prueba nula? —dijo el sargento.

Me adherí a su reticencia:

—Si podemos hacerlo bien, hagámoslo bien, que nos cuesta casi lo mismo y no corremos el riesgo de quedar con el culo al aire.

—Sí, más vale —concluyó el capitán.

—¿Y usted, mi capitán, qué dice? —recabé su parecer.

Pardo inspiró profundamente.

—Pues digo, y no os pongáis tontos, que tengo un equipo cojonudo a mis órdenes, y que no me gustaría estar en el pellejo del que se llevó por delante a Pascual, incluso si resulta que tiene tanto aplomo como dice la sargento primero. No sabe a qué perros de presa se enfrenta, está más jodido que un talibán con un dron en la chepa. Lo digo para que no cunda el desánimo que he visto revolotear por la reunión y porque incluso si no es verdad mi deber es levantaros la moral.

—Voy a echarme a llorar, mi capitán —dijo Clemente.

Pardo le clavó una mirada incendiaria.

—Tú, definitivamente, quieres hacer hoy unas flexiones.

—Me callo, me callo.

—Dicho lo cual —siguió Pardo—, y suscribiendo casi todo lo que oigo, me gustaría que no se olvidara un fleco al que nadie ha aludido.

—¿Cuál? —le pregunté.

—Los afganos.

—El polígrafo nos dice que agua —dijo Salgado.

—No es infalible. O a lo mejor no se lo pasamos al que debíamos.

—Aquí sí que me dan ganas de pedir la baja —dije.

—No te lo tomes así —me animó—. Hay partido. Y tenemos bazas que antes no teníamos. No sólo el ADN, sino ese mensaje con una falta de ortografía que también podría cometer un afgano, enviado desde un teléfono que está por ahí, con una tarjeta que se vendió en algún sitio, y que ese día se encontraría localizada en una antena concreta.

—No estamos en España, mi capitán, donde rastrear todo eso sería simple rutina. Aquí nos costará lo que no está escrito.

—No será rápido —admitió—. O bueno, puede que incluso nos lleve meses. Pero imposible del todo no es.

Creí necesario devolverle a la cruda realidad:

—No tenemos meses. No van a dejarnos meses aquí.

—Seguirá habiendo aquí guardias para rematarlo. Si no somos nosotros, serán otros que vengan. Lo importante es estar encima.

Sacudí la cabeza.

—Personalmente, me gustaría encontrar una manera de abreviar el asunto. Si el desenlace hay que fiarlo tan largo, quién sabe. Dentro de no mucho, por lo pronto, esta base estará desmantelada.

Pardo sonrió y de pronto vi al chaval que era debajo de la barba. Como si adivinara mi pensamiento, carraspeó y dijo con voz firme:

—Ten fe, mi subteniente. Eres bueno. Tu gente lo es. Esto va a caer.

—Ya me gustaría a mí estar tan seguro.

—¿Y podríamos saber qué opina nuestro decano? —me preguntó.

—Eso ha dolido, mi capitán —me pinchó Salgado.

—Inés, creo que quizá a Clemente le guste tener alguna compañía cuando se ponga a hacer esas flexiones —la amenacé.

—No lo harías nunca —apostó—. Eres un caballero.

—Ponme a prueba. Haz que me olvide, como Jep Gambardella.

—¿Como quién?

—Jep Gambardella. *La Grande Bellezza* —le apuntó Claudia.

—Vaya, al fin alguien —exclamé—. ¿La viste?

—Diez veces. No: once.

—Pero si el DVD acaba de salir...

Claudia se ruborizó levemente.

—Ejem, no me haga confesar, mi subteniente.

—Me pierdo —dijo Clemente—. ¿De qué hablan?

—Esto se nos va de las manos —le amonestó el capitán—. Silencio. A ver, mi subteniente, ¿qué es lo que propones, visto lo visto?

Medité mi respuesta. No podía ser cualquier cosa, y tampoco podía dudar. Había cometido uno de los peores errores que puede cometer un hombre, sobre todo a partir de cierta edad: crear expectación.

—Una cosa está clara —comencé diciendo—. Ha llegado el momento de arriesgarse. Me parece que lo primero que debemos hacer es ofrecer a Bernabé y Montoro la posibilidad de recoger voluntariamente su ADN, firmando el consentimiento informado, por supuesto, como dice el sargento. Y ver su reacción. Si alguno se niega o nos pone trabas, más argumentos para pedir que el juez lo ordene.

—Que se niegue no es motivo legal suficiente para que el juez tire por ahí —me recordó Chamorro—. Hacen falta más indicios.

—En la calle. Esto es la mili. Y no se lo pedimos porque sí.

—No te entusiasmes echando mano de soluciones excepcionales. No excluyas que al final esto pase a la jurisdicción ordinaria.

—No lo excluyo, Virginia, pero hay que empezar a moverse. Y ver si alguno de nuestros movimientos remueve algo, o a alguien. Y si me haces un favor, me gustaría que te ocuparas de estar encima de Biondi para que nos diga cuanto antes algo sobre quién pasaba por esa oficina del RC West. ¿Le echará usted una mano, mi capitán?

—Claro, cuenta con ello —dijo Pardo—. Si Biondi pide tiempo es que no lo ha dado por perdido, y que algo espera conseguir.

—Aparte de eso, tenemos otros dos frentes que me preocupan. El primero, lo que ha dicho Claudia sobre la posibilidad de otra amistad femenina de Pascual que no tengamos localizada, sobre la que me gustaría pedirte —me dirigí a la guardia—, con permiso del capitán, que intentaras, discretamente, averiguar algo más en el barracón de las mujeres. Y el segundo, que es el que más me fastidia: como el capitán, no creo que debamos excluir que el golpe nos viniera de fuera. Y me fastidia porque ahí la investigación se escapa a nuestro control. De todos modos, tenemos un número afgano que hay que rastrear, en eso también estoy de acuerdo, mi capitán, con todas las dificultades que implique. Y tenemos un recurso del que hasta ahora no hemos hecho uso pero que me gustaría pedirle autorización para utilizar.

—¿Y qué recurso es ese?

—El comandante Kirkpatrick.

Pardo consideró en silencio mi propuesta.

—Muy bien. Tenemos un plan de acción —asintió, finalmente—. Me parece sensato, pero antes de proceder me gustaría que nuestros jefes en Madrid estuvieran al tanto. Y comentarlo con el coronel —y aquí me miró—: Si te parece bien, todo, menos esto último. Creo que es mejor que al comandante lo pulses tú, como si fuera cosa tuya.

—Preferiría no hacerlo sin su respaldo, mi capitán.

—Te lo estoy diciendo, delante de seis testigos.

—Está bien, lo capto.

—Queda disuelta la reunión —concluyó—. Cada uno a lo suyo.

Veinte minutos después, Pardo me llamó a su oficina. Me pidió que cerrara la puerta detrás de mí y me tendió su Calamardo.

—¿Quién es? —le pregunté, mientras lo tomaba.

—El general Pereira, Vila —me informó, a través del auricular, su recia y bien modulada voz—. Pardo me lo ha contado todo. Tenéis mi respaldo. No te olvides de llamar a tus jefes, que lo sepan por ti.

—No me olvido, por la cuenta que me trae.

—Entonces, no tengo más que decir. Adelante. Y suerte.

19
Gente rara

La comandante jurídica nos tendió los dos papeles que acababa de firmar. Dejé que fuera el capitán Pardo quien se hiciera cargo de ellos, entre otras cosas porque le tocaba rubricarlos como secretario accidental de las actuaciones. En virtud de aquellos documentos, estaba autorizado para exigirles al brigada Montoro y al sargento Bernabé que me facilitaran una muestra de saliva, a los efectos de cotejar su perfil genético con el que había aparecido sobre el arma homicida, aunque el documento no descendía a dar cuenta de ese detalle; tan sólo aludía de forma general a las muestras recogidas del lugar del crimen.

—El juez togado de Madrid da su visto bueno —explicó la jurídica—, pero pide que no lo usemos si no es imprescindible. Que agotemos todas las opciones de convencerlos, para que consientan en entregar voluntariamente las muestras. Somos conscientes, todos, de que no tenemos nada que incrimine a ninguno de los dos de forma clara.

—Lo somos, Ana —dijo Pardo—, y el subteniente hará lo que esté en su mano para conseguirlo por las buenas. Cuenta con ello.

—Los colocamos en un dilema —recordé—. Si se niegan, saben que eso despertará más sospechas de las que ya nos puedan inspirar. Y si alguno de ellos tiene razones para temer que su ADN pudiera delatarle, quizá prefiera con todo correr el riesgo, por si no hemos recogido bien las muestras o las hemos contaminado. A fin de cuentas, quien lo hizo tomó sus precauciones, quizá confía en que nada lo señale.

—En todo caso, si los dos se avienen a darnos la saliva sin oponer la más mínima resistencia, y a la espera de lo que diga el laboratorio, se producirá el efecto contrario —observó Pardo—. Nos será difícil mantener la hipótesis de la culpabilidad de cualquiera de ellos.

—No adelantemos acontecimientos —sugerí—. Vamos a ver.

—Si te surge cualquier problema, avísame —me ofreció la comandante—. Y si se resisten, incluso enseñándoles la orden, y tenemos que montar el asunto con toda la parafernalia judicial, lo montamos. Con escolta armada si hace falta, capitán, lo digo para que estés listo.

—Tendré a mis *jabalíes* en alerta, por si acaso.

—Espero que no haga falta —dije.

No hizo falta, ni mucho menos. Me presenté primero ante el sargento Bernabé, acompañado de Chamorro. Su teniente, que estaba avisado, nos condujo hasta él y esta vez eligió quedarse, tras lo que adiviné la mano del capitán Pardo. Cuando le expusimos lo que queríamos de él y le mostramos el documento del consentimiento informado para la recogida de la muestra biológica, Bernabé tan sólo dijo:

—Dónde tengo que firmar y qué tengo que hacer.

Chamorro le señaló en el documento y le explicó cómo recoger la muestra con el hisopo. Bernabé lo tomó y procedió sin pestañear.

—Espero que con esto se queden tranquilos —dijo—. Y que dejen de perder conmigo el tiempo que necesitan para encontrar a otro.

—Hacemos lo que debemos —le expliqué.

—Lo sé. Justamente por eso se lo digo.

Para ir a ver al brigada Montoro, que no estaba en una dependencia tan secreta como Bernabé, junté algo más de fuerza y le pedí a Arnau que se viniera con nosotros. De nuevo Pardo había hecho sus gestiones con el teniente coronel, por lo que no tardamos en vernos a solas con el brigada, en el despacho de la otra vez. Chamorro repitió las explicaciones y Montoro la escuchó con expresión tensa: no pude discernir en qué medida esa tensión provenía del cariz de la diligencia que mi compañera le proponía, o hasta dónde se debía al desafortunado incidente que había tenido lugar entre ellos en su primer encuentro. Una vez que se le hubo informado, fui yo quien preguntó:

—¿Estás de acuerdo en dar voluntariamente la muestra?

Montoro nos recorrió con la mirada, como si fuera él quien nos examinaba a nosotros. Con la vista fija en Chamorro, respondió:

—Por supuesto. Dame.

Chamorro le tendió el hisopo. Sin dejar de mirarla, acaso para dar una prueba suplementaria de su inocencia, Montoro tomó la muestra, se la entregó y, una vez que Chamorro la guardó en la bolsa, dijo:

—Quién me iba a decir que sería algún día sospechoso de asesinato. Otro regalo que le debo a mi buen amigo Pascual González Barrantes, que en paz descanse, y al que espero que hagáis justicia.

No oculto que después de estas dos desairadas conversaciones me embargó una especie de desazón. Por un lado, el resultado del análisis de aquellas muestras no íbamos a tenerlo en seguida: había que enviarlas a Madrid, en un avión que salía esa mañana, pero no era un vuelo directo y nos llevaría entre tres y cuatro días tener resultados. Y eso porque Pereira, por ser quien era y ser el caso el que era también, lograba colarlas con prioridad. Por otra parte, aquel quinto día de investigación empezaban a pesarme la distancia y la rutina cuartelera, lo que tenía que ver tanto con las comidas, los horarios y el alojamiento como con la llamada diaria para hablar con mi hijo y mi madre y no poder decirles, sobre todo a ella, cuándo iba a regresar. La víspera había hablado con ella desde el Calamardo del capitán, justo después de informar a mi comandante Rebollo, por el mismo medio, de dónde estábamos y qué nos disponíamos a hacer. Al menos mi jefe inmediato se hacía cargo del embolado que me había caído encima y no abrigaba ninguna intención de complicarme las cosas más allá de lo que fuera imprescindible. Pero mi madre estaba cada día más nerviosa y desconfiada, de una manera obsesiva que me hizo tomar conciencia de que ya empezaba a tener una edad, y por tanto menos capacidad que antes para soportar la convivencia con según qué aprensiones. Todos mis esfuerzos por tratar de apaciguarla resultaban infructuosos.

Aparte de eso, no estaba muy claro qué podía hacer para aprovechar el tiempo, en aquel compás de espera que se nos imponía. Tenía a mi gente dando vueltas a la información que habíamos reunido, y le había pedido cita a Kirkpatrick para tratar de concretar alguna idea difusa que se me había ido ocurriendo, pero me había dicho que tenía esa mañana llena de reuniones que no podía cancelar y que no podría verme hasta la tarde. En ese momento, me acordé de algo.

—Id vosotros a la oficina —les dije a Chamorro y Arnau—. Yo me quedo por aquí, voy a darme una vuelta por el comedor.

—¿Y eso? No es la hora del almuerzo, aún —dijo Chamorro.

—Se me acaba de ocurrir algo. Luego os cuento, si da de sí.

Fui al comedor y busqué la zona de las cocinas. Allí pregunté por la cocinera con la que había hablado el primer día. La había visto más veces, y todas ellas me había recordado que cuando quisiera estaba a mi disposición, pero el ajetreo de la investigación me había impedido darle cita. En esas breves conversaciones de lado a lado del buffet me había enterado de que se llamaba Esther, tenía cinco años más que yo, detalle revelado con una suerte de coquetería, como para hacer ver que no se conservaba mal, y venía de un pueblo de Cuenca.

—Mi subteniente, me pilla en plena faena —se excusó al verme.

—Sí, ya me doy cuenta, es que en estos días no ha habido manera. ¿Le importa si le robo no mucho, diez, quince minutos?

—Espere, que se lo digo al jefe, que está aquí la Guardia Civil con una urgencia, para que no me abronque luego. Y tráteme de tú.

—Si lo hago tiene que ser recíproco —advertí.

Nos trasladamos a la cantina, que estaba cerca del comedor, apenas treinta pasos a través de la plaza de armas, y la invité a un café. No tenía nada demasiado concreto que preguntarle; me interesaban las impresiones de una mujer que veía todos los días a todos, quizá una de las pocas personas de la base de las que se podía decir eso, y que me había parecido despierta y observadora. Le formulé esta curiosidad lo mejor que supe y le pedí que hiciera memoria libremente, a propósito de la gente a la que habíamos ido viendo en la investigación, por si algo en alguno de ellos le había llamado la atención en los días anteriores al crimen. Esther se tomó muy en serio la petición.

—Antes que nada tengo que decirle que a mí, de todos los que ha mencionado, el que mejor me caía era el muerto. Era un hombre simpático, uno de esos que cuando lo ves te alegra, porque viene con una sonrisa y te suelta una gracia, o una impertinencia a lo mejor alguna vez, pero que te da vidilla. Los otros dos, Bernabé y Montoro, son más serios, y la mayoría de los días parece como si estuvieran cabreados. Sobre todo el brigada, que ya comprendo que tiene un trabajo que debe de estresar, atendiendo las peticiones de todo el mundo, pero no sé si es excusa. No se imagina lo que estresa la cocina, para seiscientos, y una procura poner así y todo una sonrisa cuando da de comer.

—Puedo dar fe de eso. Y hemos quedado en que nos tuteábamos.

—Vale. De Bernabé, no sé qué decirte, como todos los que están en lo del CNI va muy a lo suyo, con un aire de misterio que tampoco me gusta, para qué te voy a engañar. Y los americanos, entre ellos hay de todo, pero esos dos que dices, que sí, los conozco y los tengo localizados, no son la alegría de la huerta. Él siempre te mira y mira la comida como con desprecio, no sé si es que se crió en el Ritz, aunque no tiene pinta, y ella me parece muy rara, una tía que pudiendo irse se queda aquí... Entiéndeme, cualquiera puede decir que yo soy igual de rara, y por la misma razón, que aquí me pagan más y en España estaría en el paro, que a mis años no es plato de gusto. En su caso además tiene más aliciente, no sé si ella en su país tiene trabajo o no, la cuestión es que a esos contratistas los entierran en pasta, y no el plus que me dan a mí, que tampoco me saca de pobre, pero no sé, me da repelús.

—¿Viste algo extraño, diferente, en alguno, en los últimos días?

—Ahora que lo dices, no sé si es algo que vi o que me he inventado luego, por lo que pasó, pero para mí que Pascual estaba un poco más apagado que de costumbre, los días antes de que lo...

—¿Desde cuándo, exactamente?

—No sabría decir. Quizá el jueves, el viernes.

—¿Y los demás?

—Pues como siempre. Tirando a bordes.

—Oye, y con los afganos ¿tienes trato?

—Con algunos. Aquí en la cocina sólo hay un par, pero conozco a los de las tiendas, la lavandería, varios de los que hacen la limpieza.

—¿Hay alguno que te dé, no sé, mala espina?

—¿Mala espina? No, pobrecillos. Es una desgracia, haber nacido en este país, son chavales buenos, que lo único que quieren es escapar de la miseria, y quien más quien menos tener una posibilidad de largarse, porque aquí, hoy por hoy, no hay esperanza. Unos trabajan mejor y otros peor, los hay más y menos amables, pero yo no tengo queja de ninguno. Me da pena lo que les pase cuando nos vayamos.

En ese momento entró en la cantina Buffalo Bill. Es decir, alguien que era su viva imagen, con sombrero de *cowboy*, pelo largo, barba de chivo, tejanos, botas camperas y un guardapolvo oscuro hasta los pies que daban sudores de verle puesto bajo aquel calor. Me lo había cruzado alguna otra vez por la base, siempre vestido de esa guisa, como una aparición estrafalaria. No pude evitar preguntarle a Esther:

—Oye, ¿tú sabes quién es ese? ¿Y qué hace?

—Un contratista americano. Lleva aquí la torta de años, por lo visto, creo que se dedica a cosas de informática. ¿Ves? Es lo que te decía. Son gente rara. Raros por venir aquí, pero más raros por quedarse diez o doce años. Yo llevo cuatro y ya no sé si no se me ha ido la pinza...

Durante el almuerzo coincidí con Shideh, la intérprete de origen iraní. Como de costumbre, caminaba algo absorta y con la mirada baja. Le pregunté si sería posible que me concediera un rato después de la comida y dudó un instante: en una hora debía entrar en el ROLE, donde habían ingresado varios afganos heridos en los combates de Shindand. La revelación me sirvió para recordar que aquello, fuera de nuestra burbuja, seguía siendo una guerra, y averiguar a qué se debía el ruido extra de helicópteros que habíamos tenido aquella noche. Le prometí que no le robaría mucho rato y finalmente accedió.

Una vez que la tuve ante mí, sentada a una mesa en el ambiente umbrío de la cantina, dándole vueltas a una taza de té humeante, traté de ser lo más directo posible y de aprovechar el poco tiempo:

—Voy a serte sincero, no sé muy bien lo que estoy buscando, pero me da que tú ves cosas que aquí no ve nadie. Eres española, y al mismo tiempo no lo eres. De eso sé un poco, ya ves el apellido que acarreo por la vida, pero tú sabes más. No eres militar, pero llevas más tiempo que nadie en esta base paseando un uniforme por Afganistán. Y no eres afgana, pero estás más cerca de ellos que ninguno de nosotros, porque los tratas a diario y sabes vivir y pensar en su lengua.

—No sé si yo diría tanto —dudó, con modestia.

—Llevas toda la mañana con ellos, ¿no? ¿Qué te dicen, por cierto?

—Los heridos están muy angustiados, sobre todo cuando tienen alguna mutilación, aquí quedar inválido es muy malo. Al que pierde un dedo más o menos se me ocurre cómo darle consuelo; le digo que tiene más, o que tiene otra mano que está entera. Pero esta noche ha entrado uno que ha perdido la vista. A ese es más difícil.

—¿Y qué le has dicho?

—Algo que suelen decir por aquí, de los padres y de los ancianos: que su sombra sigue cubriendo a sus hijos, es decir, que sigue estando ahí, para velar por ellos y aconsejarles, aunque no pueda ver.

—Debe de ser duro.

—Lo es. Pero no es lo más duro que he visto en el hospital.

—¿Qué es lo más duro que has visto?

No dudó.

—Hace un mes, una niña de diecisiete años. Mayor, ya, aquí, para no tener marido. Esa fue su mala suerte. Su padre sólo la mantenía como criada, porque no esperaba que nadie se la comprara ya, y cuando se puso enferma no la llevó al médico. Aquí la trajo un primo, con una obstrucción intestinal terrible. Venía de color terroso, llevaba días sin comer, no le voy a dar detalles desagradables. No se pudo hacer nada para salvarla, pero cuando le pusieron el suero recuperó el color y era una chica hermosa. Se llamaba Nazanín, que significa eso, precisamente, hermosa. Al final, su rostro despedía luz. Tenía su mano en mi mano cuando murió. La piel en la piel. Yo no me pongo guantes para tocarlos, como los médicos; agradecen que los toque alguien que no esté forrado de látex. Verla irse es lo más triste que he visto en mi vida. Y le aseguro que he visto unas cuantas cosas tristes ya.

Sus ojos se empañaron. También los míos. En apenas un minuto, me había echado encima una historia que transmitía el dolor y la vergüenza de vivir en un pellejo humano como ninguna otra que me hubiera tropezado antes, y también yo llevaba ya unas pocas. Me sobrepuse como pude para redirigir la conversación al asunto que me incumbía, y que no era otro que tratar de conseguir ingredientes para el guiso de mi investigación, en aquel momento prácticamente encallada. Le hice una lista de la gente que a aquellas alturas teníamos más o menos identificada en nuestras pesquisas como relacionada de una u otra manera con el difunto. Shideh me escuchó atentamente.

—¿Qué me puedes decir de estas personas? —le pregunté.

—Todas me suenan, de verlas por la base. Trato, realmente, sólo he tenido con dos. La teniente Ginés y el sargento Bernabé.

—¿Qué me puedes decir de ellos?

—La teniente es buena persona. Fue ella una de las que se tomó más en serio lo de Nazanín, aunque la cosa tenía muy mal pronóstico. La he visto atender a los heridos y es buena profesional, se mantiene serena y trabaja a conciencia. Del sargento puedo decir menos, lo conozco de haberlos acompañado alguna vez, a los del equipo del CNI, pero de esto no puedo hablar nada si no me autorizan ellos; no sólo porque los intérpretes dependemos del CNI, y me la juego personalmente, sino porque lo que ellos hacen es todo clasificado.

—Tampoco quiero ponerte en un aprieto. Hay otra cosa que me gustaría preguntarte. Los afganos que trabajan en la base... ¿Tú qué crees, podría haber sido alguno de ellos el autor del crimen?

Aquí la intérprete se tomó su tiempo, antes de responder.

—Mire, yo sé lo que hablo con ellos cuando traduzco en las entrevistas que les hacen, y con alguno un poco más. La gente de este país, si no está en el opio o con los talibanes, o con las dos cosas, que también los hay, vive ya resignada a la miseria y a la guerra, incluso a que los invadan los extranjeros una y otra vez, para no resolver nunca la guerra civil que tienen desde siempre y complicarla un poco más, que es lo que viene pasando desde hace cuarenta años. Los que están con nosotros saben que fuera su vida vale poco si los denuncian a los talibanes. Muchos no cuentan dónde trabajan, por si acaso. Lo que les preocupa es poder conseguir un visado, a cambio de sus servicios aquí, y emigrar. A España, a Italia, a Estados Unidos. Donde sea. Los que yo conozco me dan más ese perfil que el de un talibán infiltrado. Pero en Afganistán no puede descartarse nada, mi subteniente.

Esta última frase de Shideh se quedó dando vueltas en mi mente, y adquirió un sentido preciso un rato después, mientras leía en mi corimec para hurtarme al azote de las horas más cálidas del día. Jamás he podido dormir la siesta, y he de reconocer que la lectura del libro que me había prestado Kirkpatrick se volvía cada vez más absorbente. Leí que en plena guerra afgano-soviética a los afganos los reclutaban a la fuerza en las aldeas, para unirse al ejército del régimen comunista: tenían que cercar literalmente las poblaciones, la operación preferida de los soldados soviéticos, porque también era la menos arriesgada. Nadie iba por propia voluntad a un servicio militar que implicaba un primer periodo de tres años y un segundo de cuatro, tras dos años de intervalo en el que podías librarte de la segunda parte si acertabas a casarte y formar una familia; es decir, a juntar el dinero para comprar una esposa, lo que la mayoría no lograba. Eso me hizo recordar con bochorno cómo por aquellos mismos años yo pedía prórrogas para eludir un servicio militar que sólo era de doce meses, de cuartel o maniobras; nada de una guerra a muerte en montañas inaccesibles y desfiladeros intransitables, a 50 grados en verano y 20 bajo cero en invierno. El resultado de este sistema de recluta era que tan pronto como podían los soldados desertaban y se unían a los muyahidines, pero cuando los rusos avanzaban se rendían y los volvían a alistar. Hubo gente, aseguraba el autor, y esto fue lo que me evocó las palabras de la traductora, que llegó a cambiar de bando hasta siete veces.

Estaba en ese punto, ponderando hasta qué punto era afortunado por poseer un pasaporte de la Unión Europea y estar sometido a la jurisdicción de un Estado que con sus claroscuros no padecía el oprobio de la guerra en su territorio desde hacía tres cuartos de siglo, cuando me entró un *whatsapp* de Chamorro. Era tan breve como inapelable: «Necesito verte. Ahora.» Le respondí por el mismo medio, pidiéndole que me dijera dónde estaba. «Ahora mismo en el corimec, con Claudia y Salgado». Le recordé que a ese corimec, en mi calidad de representante del nada fiable sexo masculino, tenía prohibida la entrada. «¿En la Garita?», me propuso. Le pedí que me diera cinco minutos.

Pongamos que Arnau y yo tardamos siete. Cuando llegamos, ya estaban allí las tres, con cara de haber asistido a la levitación de alguien. Fue Chamorro la que tomó la palabra para informarnos.

—Recordarás que le pedimos al capitán Biondi, de los Carabinieri, una lista de la gente que podía haber tenido acceso a ese teléfono del RC West desde el que llamaron a la víctima la víspera del crimen. Y recordarás también que me encargaste que le persiguiera.

—Lo recuerdo, cómo no.

—Pues le perseguí. Y ha hecho la lista. Es esta.

Puso un folio sobre la mesa.

—Creo que hay un par de nombres que te van a sonar —dijo.

Ajusté la distancia al folio para leerlo. Definitivamente, empezaba a necesitar gafas. Mientras lo tomaba, me fijé en la actitud de Claudia y Salgado, que mantenían un hieratismo inhabitual en ellas. En el folio había una quincena de nombres: la mayoría no me sonaba de nada, pero hubo dos, en efecto, que me saltaron al instante del papel.

—Os... tras —exclamé.

—Cómo lo ves —dijo Chamorro.

—Cómo lo voy a ver —respondí—. Jodido. ¿Y ahora qué hacemos con esto?

—Espera, que hay más —prosiguió—. Esta mañana, cuando íbamos para el comedor, hablando con Claudia, se nos ocurrió una idea. Cuando estuvimos en el ROLE, nos limitamos a preguntar por la teniente Ginés, pero no pensamos en una posibilidad. Que hubiera pasado algo en los días previos, y que ese algo hubiera requerido de alguna clase de intervención sanitaria. Claudia tiene una buena amiga, una capitán médico con la que tiene bastante confianza.

—Nos teñimos el pelo la una a la otra —explicó Claudia—, aquí no hay estilista disponible. Y eso une mucho, lleva un buen rato.

—En fin, que le pedí que hablara con ella, y ha estado sondeándola este mediodía. Mientras yo estaba con Biondi, recogiendo la lista, la capitán le ha soltado a Claudia la bomba. Hubo alguien que necesitó una atención médica algo peculiar, la semana pasada.

—¿Por qué peculiar?

—Un desgarro. Que no suele producirse espontáneamente.

—Lo más interesante es quién lo sufrió —dijo Claudia.

—¿Quién?

—Mira la lista. Está ahí —dijo Salgado, que no había abierto la boca hasta ese momento—. A ver si adivinas cuál de los dos.

Miré. Y adiviné.

—Pero... —dije—. No tiene ningún sentido. No puede ser.

—Eso mismo estábamos diciendo nosotras —asintió Chamorro—. Pero es. Ahí está. En la lista, y el otro día en el ROLE, sangrando.

No podía estar pasando, pensé. No encajaba: cinco días hablando con unos y otros, rastreando indicios y removiendo la base para acabar llegando a algo que no tenía ninguna explicación racional, que presentaba incluso, si se lo sometíamos a alguien que no nos tuviera en mucha estima, ribetes esperpénticos. En ese momento de zozobra, que vi que mis tres compañeras compartían, Arnau hizo un apunte audaz:

—Existe una manera sencilla de explicarlo.

—¿Eso crees? —pregunté—. A ver, sorpréndenos.

—Se trata de introducir una sola variable.

—Introdúcela —le pidió Salgado.

Arnau compartió su pensamiento y entonces, de pronto, vi una vía que nos sacaba de allí. Que no podía saber, todavía, si nos conduciría a alguna parte, o nos dejaría varados en la misma perplejidad que ahora nos paralizaba, pero que tenía la intuición de que iba a funcionar. Es lo que se desencadena en una investigación cuando, al cabo de horas, días o meses, uno ha juntado la masa crítica suficiente y los datos empiezan a encajar en un rompecabezas que se tiene en pie, donde todo conduce a todo y se anuda con todo, donde nada sobra y todo adquiere el sentido oculto desde el principio; ese que siempre tiene lo que existe y lo que sucede, por más que nuestra percepción a veces disminuida o alterada, y nuestro entendimiento a menudo incompetente, no sean capaces de aprehenderlo o establecerlo a primera vista.

—Tengo una idea —les anuncié—. Y dentro de quince minutos, casualmente, he quedado en la cantina con el comandante Kirkpatrick. Me alegro de que no pudiera atenderme esta mañana. Voy a pedirle ayuda, de la que quiero creer que él nos puede y querrá dar. Mientras tanto, os dejo tarea: primero, que pongáis en antecedentes al capitán; segundo, que me miréis a fondo, pero a fondo de verdad, lo que ahora os voy a decir. Esta vez, si hay una remota posibilidad, tenemos que movernos sobre seguro. O lo más sobre seguro que podamos.

Cuando llegué a la cantina, para mantener en su semioscuridad acogedora, sobre todo en contraste con el reverbero abrasivo del sol en la plaza de armas, mi tercera entrevista del día, Kirkpatrick ya estaba allí. Me enseñó su lata de refresco iraní de naranja y observó:

—Sigue sin haber cerveza.

—Me pediré yo otro —dije.

Fui a pedir mi refresco a la barra y volví a donde estaba el comandante, en un rincón apartado de la sala, sujetando la estilizada lata, más alargada que las convencionales, y de suave color azul, entre el índice y el pulgar. Me senté frente a él y me quedé mirándole sin decir nada.

—Has tardado en aceptar mi ofrecimiento —dijo—. Cinco días.

—Tenía cosas que averiguar. De nada habría servido aceptarlo con las manos vacías, o sin saber por dónde ir. Por cierto, le agradezco mucho el préstamo del libro. He aprendido muchas cosas, y al final me ha resultado iluminador. Providencialmente iluminador, diría.

—Tutéame, por favor. Así que ya sabes por dónde ir.

—Creo saber. ¿Hasta dónde puedo contar con tu discreción?

—Si me ofrecen inmunidad y me ponen una villa en Antibes, ahí por donde la tenía Picasso, diría que estás jodido. Por debajo de eso, soy una tumba. Y estoy entrenado para resistir torturas. Leves.

Una sonrisa maliciosa acompañó aquella última precisión.

—Voy a tener que arriesgarme, de todos modos.

—A veces la vida rueda así. Sin elección. Relájate, no es tan mala cosa. Es mucho más penoso tener que estar escogiendo siempre.

Le hice un resumen del estado en que estaban nuestras averiguaciones, le conté lo que le había pedido a mi gente y le expuse un bosquejo del plan que había urdido, a partir de lo que teníamos, para tratar de sacar el asunto adelante, pese a las dificultades de toda índole. Kirkpatrick me escuchó con sumo interés: sus facciones permanecieron inmóviles, pero el brillo de los ojos le delataba. Cuando terminé mi exposición, se quedó un buen rato observándome y cavilando.

—Creo entrever lo que quieres de mí —dijo—, pero me equivocaré menos, y seré más eficaz, si me lo planteas abiertamente.

—Cómo no. Y está sujeto a sugerencias, por supuesto.

—Dispara.

—Veo que tienes buena conexión con el comandante García, el jefe del CNI, y me da que a través de ti va a ser mucho más fácil moverle para que nos aporte algo de lo que sólo él puede disponer.

—De qué estás hablando, concretamente.

—De esas fuentes vivas que tiene repartidas por la base y también fuera de ella o, hablando en plata, de los informadores con que cuenta. Hasta aquí sólo podía pedirle vaguedades. Lo que ahora le pido, como ves, es algo mucho más específico. Y él sabrá qué fuentes son las indicadas y qué tiene que preguntarles para tratar de conseguirlo.

—Detalla lo que me pides que sometamos a esas fuentes.

—Sólo dos cosas. Te dejo adivinar.

Por un momento, temí que me mandara a la mierda. Pero a Kirkpatrick no le desagradaba el juego, y menos cuando tenía que ver con aquello, el pedazo oculto del iceberg. Tras una breve meditación, se avino a intentar adivinarlo. Y lo adivinó, tal y como esperaba.

—Me alegro —dijo—. Habría hecho el ridículo si no.

—Yo no dudaba de que lo adivinarías.

—¿Para cuándo quieres los resultados?

—Para ayer. Si la jurídica me da luz verde, quiero hacerlo mañana.

—Cómo sabéis tocar los huevos, los picoletos, lo mismo con el puto radar en la carretera que aquí, en el puto Afganistán.

Me encogí de hombros.

—Es una forma de ser. Como el escorpión de la fábula.

—No me hables de escorpiones, anda. Me pongo a ello. No pierdas de vista el Whatsapp. En cuanto sepa algo te aviso por ahí.

Esa noche fui al locutorio sintiéndome mucho más ligero. Hablé un rato con mi hijo, que notó la mejoría de mi humor y me preguntó si estaba cerca de resolver el caso y de volver a España. No le dije que sí, porque realmente no sabía si estaba cerca de eso o de un callejón sin salida y porque no tenía por costumbre informarle de cuestiones que por su naturaleza eran confidenciales y sobre las que tenía deber profesional de guardar secreto; pero tampoco le dije que no. Otro tanto me sucedió con mi madre, a la que no se le escapó mi optimismo.

—Tú te callas algo —dijo—. ¿Cuándo sale tu avión?

—Todavía no estoy en eso, por desgracia. Y cuando esté, no podré decírtelo, las normas de seguridad me lo prohíben.

—Anda, confiésalo. Y ahora ya puedes contarme lo que has hecho, no te creas que soy tonta. ¿Cómo es Afganistán? El campo, digo.

—Sigo en la base, mamá. Descansa, anda, y buenas noches.

Estuve a punto de marcar un tercer número, pero recordé la conversación de Skype, y lo peligrosa que es la mezcla de la euforia y la noche a la hora de tomar decisiones. Al final me abstuve. Al salir del locutorio me encontré en la puerta con Chamorro, que entraba.

—¿Qué, te ha pedido perdón? —le pregunté.

Negó con la cabeza.

—Sigo sin darle el número afgano. Voy a llamar a mi madre.

Un pitido me alertó desde el teléfono móvil. Lo saqué como el rayo y lo miré de forma que Chamorro pudiera verlo también. El *whatsapp* era de Kirkpatrick. Un solo nombre. Respiramos a la vez.

20

La grieta

Puedo entender que el hombre se sintiera intimidado. No debe de ser nada fácil responder un interrogatorio cuando para practicarlo se juntan frente a ti nueve personas. Allí estábamos, además de los cinco guardias civiles, Chamorro, Arnau, Salgado, Claudia y yo, el agente Mariano, del CNI, la intérprete Shideh, y los dos contratistas norteamericanos encargados de manejar el polígrafo: un tipo taciturno algo mayor que yo, de nombre Harry, y un veinteañero de lacia melena rubia y barba hirsuta a quien nos presentaron como Jed. Estar conectado a semejante cacharro no debía de proporcionarle a nuestro hombre mayor tranquilidad, y menos aún ser consciente de que el interrogatorio versaba sobre una imputación de asesinato y de que le iba a ser necesario mentir con extraordinario aplomo, para que la máquina no nos lo sirviera en bandeja como el culpable al que buscábamos.

Someterle al polígrafo había requerido cierto debate con la comandante jurídica. No era una prueba válida con arreglo a la ley española, como ella y nosotros sabíamos, y eso arrojaba una duda más que razonable sobre la conveniencia de utilizarlo. Sin embargo, traté de hacerle ver el matiz: no se trataba de una prueba que fuéramos a incorporar al sumario; de hecho aquella sesión, a diferencia de otras, no se estaba grabando, y tampoco contaba con su presencia para refrendarla como comisionada por la autoridad judicial competente. Era, simplemente, una vía para apuntalar y de paso acelerar la investigación, sometiendo al interesado a un procedimiento al que ya se le sometía de forma rutinaria, con arreglo a las normas de seguridad de la ISAF, y que no podía por tanto alegar que violara sus derechos. Tan sólo íbamos a aprovechar ese procedimiento rutinario para extraerle utilidad a nuestros efectos. Las pruebas que sustentarían la incriminación estaban en otra parte, y las aportaríamos sin sombra alguna de ilegalidad.

El contratista más joven, Jed, le hizo al interrogado la batería de preguntas que servía para calibrar la máquina, en función de sus reacciones. Eran preguntas de todo tipo, que iban de lo más obvio y banal a lo más abstruso y trascendente. Algunas eran literalmente absurdas, y nadie habría podido responderlas. La reacción de la persona ante su formulación también servía para ajustar el polígrafo al sujeto. Una vez que hubo concluido esta fase, Jed nos hizo la señal. Tomé entonces yo las riendas, y le pedí a Shideh que me fuera traduciendo.

—Ya lo hablamos, pero me gustaría que hiciera el favor de volver a contarnos dónde estaba usted el lunes 7 de julio, entre las tres y las cinco de la tarde. Y qué fue lo que estuvo haciendo, exactamente.

La intérprete tradujo mis palabras. En su voz suave y melodiosa perdían la sequedad con que yo las pronunciaba, pero, a juzgar por el gesto del destinatario, ni un ápice de su carácter requisitorio.

El hombre empezó a hablar, de forma balbuceante. Shideh lo fue acompañando con la traducción, escogiendo bien las palabras.

—Dice que lo que ya nos contó, que estuvo dedicado a las labores que tiene asignadas, dentro de su puesto de trabajo.

—¿Cómo va? —le pregunté a Jed en inglés.

—Miente —dijo sin inmutarse.

—Pregúntale dónde hizo esas labores —pedí a Shideh.

La traductora le trasladó mi pregunta. El hombre se

puso a explicar algo confuso, que Shideh nos tradujo con medida parsimonia.

—Dice que cree recordar que ese día no salió de la zona americana, que su trabajo lo desarrolla por toda la base, pero que ese día, si no se acuerda mal, estuvo todo el tiempo en la parte americana.

—Dile que se acuerda mal, a lo mejor —apreté, sin misericordia—. Que no fue eso lo que nos dijo el otro día, precisamente.

Volvió a traducir, a lo que el hombre negó con la cabeza. Luego se embaló en una especie de discurso embarullado, alzando la voz.

—Le jura que eso es lo que recuerda, que no sabe, que tampoco tiene memoria tan exacta de los días. Que por qué le estamos sometiendo a esto, que lleva años demostrando su lealtad a la ISAF, que él y toda su familia se juegan la vida, si los talibanes se enteraran.

—Cómo sigue —consulté con Jed.

—Ha vuelto a mentir, dos veces —afirmó—. En la última parte no.

Asentí y me volví a la intérprete.

—Pregúntale si los talibanes le ordenaron matar a Pascual.

Al oír esta pregunta, el hombre me miró desencajado. Luego soltó una frase seca, como un latigazo, que Shideh me tradujo así:

—Jura por su vida que no está con los talibanes.

—Dice la verdad —anotó Jed.

—Dile entonces si lo hizo por su cuenta.

Shideh preguntó y tradujo la respuesta:

—Que cómo iba a querer matar a un hombre al que no conocía.

—Verdad también —atestiguó Jed, alzando levemente las cejas.

Había llegado el momento. Tomé aire. No hablé en seguida, dejé que se hiciera a la idea de que había conseguido parar el golpe. No me olvidaba de que aquel hombre tenía nociones de inglés, y justamente por eso había decidido irle preguntando a Jed los resultados en tiempo real, para trasladarle la presión, y ahora para que se confiara.

—Pregúntale —le dije a Shideh—, ya que no fueron los talibanes, si fue otra persona la que le encargó acabar con nuestro compañero.

La intérprete le hizo la pregunta, con el mismo detenimiento con que yo la acababa de formular. El hombre quedó como paralizado. Al fin, volvió a sacudir la cabeza y dijo algo en voz apenas audible.

—Yo no lo hice, dice —tradujo Shideh.

—Miente —se adelantó Jed a mi consulta.

Detuve ahí el interrogatorio. Me quedé mirando a los ojos a aquel hombre, que en ese momento era la viva imagen del pánico y de la derrota. Su frente sudorosa daba fe del trago que estaba pasando. Sus pupilas dilatadas, más por el miedo que por la poca luz de aquella sala, nos lo entregaban como un cordero listo para el sacrificio. Pensé en lo que habría sido su vida, desde que naciera en un país en guerra, hasta esa mañana, en que la guerra continuaba pero de otra forma tan diferente, con hombres y mujeres de varios países y varias lenguas que lo conectaban a una máquina y lo exponían a sus mentiras para destruirlo. Me pregunté si, más allá de las leyes que me daban mis atribuciones y establecían sus responsabilidades, más allá de mi convicción de que él había asesinado a un hombre por la espalda, tenía derecho a hacerle lo que le estaba haciendo, a humillarlo y triturarlo así. Y me gustaría poder decir que la respuesta me pareció evidente y afirmativa, pero pensé en lo que había detrás de aquel crimen y de su implicación en él y me asaltó a mí, por primera vez, una duda de la que debía desasirme para rematar la faena. Para terminar de aplastarlo.

—Ahmad, sabemos que lo hiciste —dije, lentamente—. Es peor que eso: tenemos las pruebas. No tuviste el cuidado suficiente al manipular ese *dosh*, te dejaste un rastro que nuestras máquinas han encontrado. Sabes que tenemos máquinas poderosas para todo: para saber ahora que estás mintiendo, para encontrar tu huella en el cuchillo. Estás perdido y lo sabes. Lo único que puede darte alguna esperanza es que nos ayudes y nos digas quién fue quien te pidió que lo hicieras. Sé que no salió de ti, es más, que hubo alguien que se aprovechó de ti.

Shideh, que había estado tomando notas, me preguntó:

—¿Se lo traduzco todo?

—Palabra por palabra. Como las hayas anotado.

Shideh procedió. Me abandoné a la cadencia dulce de su voz, mientras pronunciaba las palabras extrañas de aquella lengua para mí desconocida. A la vez que la oía, vi cómo Ahmad se iba derrumbando poco a poco, cómo se iba abriendo paso en su mente el convencimiento de que no tenía más salida que rendirse, deponer toda resistencia y entregarse mansamente al hombre que le estaba dañando, al hombre que había venido desde seis mil kilómetros de distancia, desde ese país lejano del que apenas sabía nada, para hundirle y echar a perder el plan de fuga y de salvación a cuyo servicio había puesto aquel acto tan extremo, acaso el más extremo que con cualquier propósito puede ejecutar un ser humano: arrebatarle fríamente la vida a otro.

Con todo, era demasiado para acatarlo sin más trámite. Ahmad, con aquella cara de espanto, gimoteó, y Shideh tradujo:

—Yo no lo hice, me tienen que creer.

Me eché hacia atrás, para dejarle algo de aire. Pedí que le trajeran un vaso de agua. Se lo bebió como si nunca fuera a beber otro.

—Ahmad, soy consciente de que esto es difícil, pero te pido que me escuches bien. Te digo que sé que no querías hacerlo, que no fue idea tuya, y que quien te lo pidió te utilizó, se aprovechó de tu debilidad. En mi país hay jueces que tienen en cuenta esas cosas. Mi país es un país benigno, en las cárceles hay buena comida, no se maltrata a la gente, puedes estudiar, aprender español, hacer una carrera incluso. Y te diré algo más: lo que te estoy preguntando ya lo sé. Sólo te estoy dando la oportunidad de que seas tú quien me lo diga, eso será señal de que colaboras en la investigación, y contará a tu favor. Yo me encargaré de ponerlo en mi informe para el juez, pondré que Ahmad fue quien nos denunció a quien le encargó matar a nuestro compañero, y eso, te lo aseguro, despertará las simpatías del juez. Si pongo que lo supimos de otra manera, te habrás dejado de apuntar el tanto.

Shideh, que había vuelto a tomar notas en su bloc, para no interrumpirme, me consultó con la mirada. Con la mía le di luz verde. Mientras la escuchaba, algo en el rostro de Ahmad se iluminó fugazmente: quería creer en la esperanza, el mínimo paliativo que le estaba ofreciendo, pero al mismo tiempo, eso lo supe después, estaba calculando y seleccionando sus opciones, un cálculo que le llevó a hacer, como a veces ocurre, un movimiento completamente estúpido.

—*Mister Connor* —dijo.

Los dos norteamericanos dieron un respingo. No era para menos: descubrir en aquel momento, cuando la cosa se ponía emocionante, que su trabajo estaba sirviendo, o podía servir, para incriminar a un compatriota, a un contratista como ellos... Al menos, de eso nos habíamos cerciorado, trabajaban para compañías diferentes, por lo que no se planteaba conflicto empresarial. Sea como fuere, en la mirada que ambos intercambiaron creí leer el alivio que sentían ante el hecho de que aquel interrogatorio no se estuviera grabando en vídeo. Jed bajó entonces la mirada al aparato y certificó, con visible alborozo:

—Miente.

Moví la cabeza varias veces, sin dejar de mirar a Ahmad. Le hice sentir cuánto me decepcionaba su falsedad, qué pocas opciones tenía de engañarme, a mí, el extranjero omnipotente que lo sabía todo, lo que pasaba por su cabeza y lo que estaba intentando que no pasara.

—Claro que mientes, Ahmad. Sé que lo haces sin necesidad de la máquina, porque ya te he dicho que lo sé todo. Que sólo te estoy dando la oportunidad de que te hagas el favor de decirlo tú. Pero veo que no quieres hacértelo, así que no me va a quedar otra que retirar mi oferta. De aquí, donde entraste libre, vas a salir detenido, y ahora mis compañeros te leerán los derechos que tienes, conforme a la ley española, que también se conceden a quien como tú mata a traición a un español. En mi informe tendré que escribir que no colaboraste con la investigación, y recomendar que se te aplique la pena más dura. Es la última vez que pregunto, y no va a haber más: ¿quién te lo pidió?

Al término de la traducción, Ahmad temblaba. En aquel momento habría podido hacer cualquier cosa, y de reojo vi que Virginia, Arnau y Mariano, que eran profesionales atentos, echaban mano a sus respectivas pistolas. Quizá él lo vio también, porque, después de sopesar lo que tuviera que sopesar, no pudo más y se desmoronó:

—Kate McCrane. Ella me lo pidió.

—Dice la verdad —exclamó Jed, estupefacto.

Noté el disparo final de adrenalina, y a partir de ahí una especie de cosquilleo que se expandía por mis músculos. Le pedí a Shideh:

—Dile que me alegra que al final haya recapacitado. Y que soy un hombre de palabra. Que haré como le he prometido.

—Esto nos plantea un problema —constató Harry. Tenía una voz pausada y definitiva, como todos los hombres que hablan poco.

—¿Sólo uno? —pregunté—. Léele sus derechos, Juan, despacito, que Shideh pueda traducírselos bien. Y mientras, lo vas esposando.

—A la orden —dijo Arnau.

—Avisa al capitán —le pedí a Chamorro—. Dile que ya puede entrar la caballería para llevarse la pieza. Y ahora a prepararnos para todo lo que nos toca escribir, y para amarrarlo todo bien. Con un poco de suerte, compañera, la semana que viene estamos en casa.

—Muy sobrado te veo. Esto apenas acaba de empezar.

—Nosotros podemos lo que podemos. Desde ahí, serán otros los que tengan que fajarse. No tiene sentido que nos dejen aquí esperando.

—Estoy obligado a informar de esto a mis superiores, como comprenderá —me anunció Harry—. De ellos y de las autoridades estadounidenses dependerá el testimonio que llegado el caso se nos autorice a prestar sobre lo que acaba de ocurrir. Estamos obligados por los contratos de nuestra empresa con el Gobierno de Estados Unidos a mantener la confidencialidad de nuestras operaciones.

Me sentía tan pletórico que le puse la mano en el hombro.

—Tranquilo, Harry, soy consciente, y mis jefes también lo son. A partir de aquí, cada uno hará lo que pueda hacer, y ni espero que haga más ni voy a censurarle por ello. Quisiera agradecerle su colaboración. Nos han sido muy útiles, y es justo que se lo reconozcamos.

—No lo vaya diciendo muy alto por ahí —suplicó—, y por favor ruegue a sus jefes que no nos den una medalla ni nada parecido.

Me hizo gracia la cara de horror con la que contempló esa hipótesis.

—De acuerdo —dije—. Tomo nota.

En ese momento entraron Vellido y Acuña, ambos armados con subfusil y seguidos del capitán Pardo. Se hicieron cargo del detenido y se lo llevaron al calabozo donde quedaría bajo custodia. Disponíamos de 72 horas para entregarlo formalmente a la juez comisionada, y para que ella, con el aval del juez togado de Madrid, decretara la prisión provisional, como era de esperar. El capitán me tendió la mano.

—Mi subteniente, enhorabuena. Nos has jodido bien jodidos.

—No por mi gusto, se lo aseguro.

—Tenemos que ir a cantarle la lección a la comandante y luego al coronel. Pero antes tenemos que llamar al general Pereira. Me insistió mucho en que le avisáramos en cuanto lo tuviéramos derrotado.

Claudia se dirigió entonces a su jefe:

—No sabe lo que ha sido. Qué pena no grabarlo.

—Sí, para ser un cincuentón, el subte sigue en forma —dijo Salgado.

—A ti acabo poniéndote a hacer flexiones —le advertí—. O mejor aún, arrestándote. ¿Nos quedan calabozos libres, mi capitán?

—Unos cuantos —confirmó Pardo.

—Vamos, no te piques —medió Chamorro—. Digo lo que ellas: con intérprete y todo, jefe, has cuajado una faena para recordar.

No me gusta que me halaguen. No tengo cintura, y menos cuando lo hace mi gente, y menos cuando sucede en presencia de extraños, como a pesar de todo seguía siéndolo el capitán, que era además nuestro común superior. Quizá reaccioné de una manera desproporcionada, fruto de ese embarazo. Les señalé la puerta, a las tres, y dije:

—Desfilad, todas, por favor, antes de que me arrepienta.

El capitán informó a Pereira. Luego me tendió el teléfono.

—Gracias, amigo —me sorprendió el general; jamás me había llamado así, debía de ser que ambos nos íbamos haciendo mayores—. Lo que viene ahora es un pandemónium, pero de eso ya nos encargamos los oficinistas. Tú remata bien la labor sobre el terreno. En cuanto esté todo encajado, me ocupo de traeros de vuelta a casa, a ti y a tu gente, lo antes que se pueda. Os lo habéis ganado. Felicita a todos.

Quizá hubiera podido, pero elegí no olvidar mis galones y los suyos.

—De su parte, mi general.

La comandante jurídica, a quien habíamos explicado con detenimiento todo lo que teníamos, y con quien habíamos debatido previamente la estrategia, se limitó a tomar nota de que Ahmad había confirmado su participación en los hechos y confesado la identidad de la inductora y de que la máquina de los americanos, aun sin validez legal, confirmaba esta versión. Nos pidió que realizáramos todas las diligencias y comprobaciones pendientes a la mayor brevedad para poner al detenido a su disposición, acompañado de pruebas suficientes para persuadir al togado de dictar la prisión provisional. En todo caso, nos gustara o no, debíamos asumir que todo quedaba en cierto modo condicionado a lo que determinaran unas pruebas de ADN que no tendríamos disponibles antes de las 72 horas. Aunque nos firmó la orden para recoger la muestra de Ahmad esa misma mañana, había que salvar los seis mil kilómetros que nos separaban del laboratorio. Hasta que nos llegase la confirmación, no me engañaba, iba a sentir un frío en la nuca con el que no me apetecía en absoluto convivir.

Contentar al coronel jefe fue un poco más laborioso: también era de otro cariz la responsabilidad que nuestros hallazgos depositaban sobre su mesa. Después de contarle cómo habíamos llegado hasta Ahmad y cómo había ido el interrogatorio, se me quedó mirando y dijo:

—Le voy a pedir que se ponga en mi lugar. Imagínese que está en mi pellejo y que a quien tiene enfrente es al coronel americano. Deme una explicación que me permita convencerle de que tenemos razones suficientes para colgarle un asesinato a una civil norteamericana, de la que él es responsable, y para que ponga en marcha el procedimiento, que ni sé cuál es, que haga posible pedirle cuentas de sus actos.

Era un desafío, pero no había llegado hasta allí para arredrarme.

—Mi coronel, entiendo su preocupación, y no piense que trato de minimizar el asunto, pero le aseguro que lo que nos lleva hasta ahí es una secuencia sólida, tan sólida que el polígrafo lo confirma.

—Olvídese del polígrafo. Haga como que no lo tenemos.

—Que en realidad no lo tenemos —recordó Pardo.

—Se lo expondré ordenadamente —dije—. Cómo llegamos hasta ahí. Tengo que reconocer que las dos pistas iniciales son fruto de la perspicacia del más joven de mi equipo, el cabo Arnau. La primera, esas llamadas de teléfono desde una sala del RC West al teléfono de la víctima, nada menos que siete, y en la víspera de su asesinato. Ahí es donde por primera vez, de fuente independiente, la investigación de los italianos, nos sale el nombre de Kate McCrane, como una de las personas que accedían a esa sala, en el desarrollo de los servicios que como contratista del Army prestaba para el mando regional.

—Pero no sólo el suyo —objetó el coronel.

—No, también el de Connor y el de varios militares italianos. El caso es que eso nos lleva por primera vez a apuntar las sospechas hacia ella, pero hay una pega, y parece que insalvable: tiene coartada confirmada, no pudo estar en el lugar del crimen el día y a la hora en que se cometió, porque estaba en la base afgana. Aquí es donde por segunda vez mi cabo pone una pieza encima de la mesa: ¿Y si no lo hizo ella, sino que lo encargó a otro? Para montar la encerrona bastaba con convocar a Pascual, sabiendo que no se resistiría, a un encuentro en el barracón vacío, por medio de ese *whatsapp* desde un número que nadie podía asociar a ella. Avisándole antes de que así le concretaría la cita que le habría propuesto desde el teléfono del RC West el día anterior.

—Y si es así, ¿cree que ella conservará ese móvil?

—No, seguramente se ha deshecho de él. Pero podremos localizar, aunque nos lleve tiempo, desde dónde se envió ese mensaje, y no dude usted de que será desde la base donde estaba Kate. En todo caso, lo que ahora nos importa es que era una hipótesis plausible, que así pudo atraer a Pascual al corimec donde ya le esperaba el asesino. Fue al contemplarla cuando me hice la pregunta inevitable: ¿A quién podía encargárselo? ¿A quién podía convencer de hacer algo así, y con qué argumento? La idea más inmediata era Connor, su compañero y quizá enamorado; pero él estaba en la base afgana con ella, y que fuera capaz de darle unas voces a Pascual no quiere decir que estuviera dispuesto a cargárselo. Fue al desecharla cuando se me encendió la bombilla: ¿Y si Kate convenció a uno de los afganos de la base para hacerlo? ¿Con qué argumento? Mis charlas con la gente de la base y en especial con quienes tratan con los afganos me dieron la clave. Le bastó con manejar la zanahoria que los mueve a todos: ayudarle a obtener un visado para emigrar. No nos engañemos, esta gente no tiene motivos para sernos leales, como no los tuvo en su día con los rusos: son supervivientes, y harán lo que crean que haga falta para sobrevivir.

—¿Ha confesado eso él?

—No he querido preguntarle sobre ese detalle con los americanos del polígrafo delante. Se lo preguntaremos luego, con todas las garantías, para que conste en autos. Y lo confesará, no lo dude. Pero de nuevo, lo que nos importaba, a efectos de nuestra hipótesis de trabajo, es que nos ofrecía una posibilidad consistente. Lo siguiente que hice, con ayuda de nuestro personal de inteligencia, fue afinar la información: quiénes, entre los afganos, tenían o podían tener una relación más estrecha con los contratistas norteamericanos; y más en particular, con Kate McCrane. No les costó mucho averiguarlo: se lo confirmaron varias de sus fuentes, pero sobre todo nos lo confirma su pasado común. Ahmad hacía buenas migas con Kate, a quien había conocido hace años en Kandahar, de donde es él. Y la comunicación entre ambos no puede ser más fluida: Ahmad habla un aceptable inglés, y en cuanto a Kate, se expresa con soltura tanto en dari como en pashtún.

El coronel, que no era un necio ni estaba distraído, me objetó:

—Insisto, ¿por qué Kate y no Connor? Y olvide el polígrafo.

—Esto que acabo de decirle ya es un argumento. Connor sólo habla inglés, y según las fuentes de inteligencia no ha tenido nunca, ni de lejos, un trato tan directo con los afganos, en general, ni con Ahmad en particular. Aparte de que Ahmad, que sabe que ahora está en nuestras manos, acabe inculpándola en un interrogatorio con todas las de la ley y que valga como prueba, para mí el argumento crucial es otro: ella, más que Connor, tiene el carácter, la frialdad y, sobre todo, el móvil. Fue Kate la que se presentó en el ROLE, la última noche que pasó con Pascual, con un desgarro anal que requirió una cura de los médicos americanos. Mi teoría: lo que para Pascual fue desenfreno, ella lo sintió como una violación. En resumen: que nuestro hombre tuvo muy mal ojo para escoger a la mujer con la que desahogar sus ardores.

El coronel se quedó reflexionando con semblante grave sobre lo que acababa de exponerle. Finalmente, dio su brazo a torcer.

—Me busca un lío, pero no puedo decir que lo haya improvisado, o que no se gane el sueldo. Supongo que ahora me toca a mí ganarme el mío. En fin, recen por mí, si es que conservan la costumbre.

Y viéndolo en perspectiva, puedo decir que ahí se acabó la historia, tanto para mí como para mi gente. Permanecimos aún en la base cinco días más, y no estuvimos ociosos, desde luego. Documentamos todo lo que debía documentarse, recogimos y judicializamos los testimonios de las fuentes de inteligencia que atestiguaban la relación existente entre Kate McCrane y Ahmad y, sobre todo, nos las arreglamos para lograr que este, en un interrogatorio formal en presencia de la comandante jurídica y de un aterrado abogado afgano, que apenas despegó los labios, reconociera la autoría del crimen y que había sido la contratista, abusando de su desesperado deseo por obtener un visado que le permitiera emigrar a Estados Unidos, la que le había convencido de matar a Pascual González Barrantes, por motivos que nunca le dijo y que él tampoco quiso preguntar. Reconozco que en algún momento dudé de si la precisión milimétrica con que su testimonio se ajustaba a mi hipótesis no vendría de alguna manera inducida por el asidero que le había ofrecido en su momento, cuando todavía estaba enchufado al polígrafo, para que se aviniera a reconocer que ella le había hecho el encargo. Reconozco, también, que elegí no torturarme mucho al respecto: mi convicción era firme, y sobre todo, no se me ocurría una explicación alternativa que me resultara lo bastante convincente.

Cuatro días después de la detención, el laboratorio nos certificó que el ADN encontrado en el amapolero se correspondía con el de Ahmad. No iba a ser la única prueba material directa que sirviera para incriminarlo: en la suela de sus botas, que había protegido con bolsas para no dejar en el suelo huellas impregnadas en la sangre del muerto, se había filtrado no obstante un poco de esta. Y su móvil, que le requisamos al detenerle, había enviado un mensaje al número afgano desconocido desde el que pocos minutos después enviaron a Pascual el *whatsapp* que lo atrajo a la trampa. En cuanto a ese otro teléfono, jamás apareció, pero después de arduas e ímprobas gestiones la compañía de telefonía móvil local acabó certificando que en efecto estaba localizado en la base afgana cuando se mandó el mensaje.

Supimos que Kate había vuelto a la base, convocada por el coronel norteamericano, al día siguiente de que el nuestro hablase con él. Lo supimos pero nunca la vimos ni tuvimos oportunidad de entrevistarnos con ella. Todo lo que nos dijo el teniente Mendoza fue que la tenían bajo custodia y que se estaba estudiando la posibilidad legal de que nos dejaran interrogarla, pero jamás pasaron de la fase de estudio. Dos días después nos enteramos de que se la habían llevado a Kabul, y una semana más tarde ya estaba en Estados Unidos, donde esperaría la reclamación que la justicia española efectuara a los jueces estadounidenses, una vez que se consiguiera desbrozar el laberinto de jurisdicciones, inmunidades y demás zarandajas legales que dificultaban hasta el delirio pedirle cuentas a aquella mujer por el crimen que con tanto esfuerzo habíamos logrado imputarle. Entre otras cosas, los jueces norteamericanos debían examinar las pruebas que en debida forma presentara la justicia española, valorar si eran lo bastante concluyentes y, en el caso de que lo fueran, si era factible permitir que se procediera contra ella o si lo impedían las salvaguardas establecidas en favor del personal estadounidense destinado en misiones bélicas en el exterior. Porque para ellos, a diferencia de cómo lo considerábamos nosotros, aquello seguía siendo material, formal y legalmente una guerra.

Estoy, sin embargo, adelantando acontecimientos. Todo aquello se prolongaría durante meses, y ya al margen de nosotros, fuera de algún informe complementario que nos pidieron los jueces y que redactamos y enviamos cada vez con menos esperanza de que sirviera para algo. Una vez que quedó claro que nuestro trabajo en Herat estaba concluido, el general Pereira, honrando su promesa, nos consiguió plaza en el primer avión, uno de una compañía civil, fletado por el Ministerio de Defensa, que traía personal de relevo y devolvía a casa al que ya había cumplido su rotación. De nuestros compañeros, a quienes aún les quedaba un mes de verano afgano, nos despedimos por todo lo alto la noche anterior a nuestra partida, con una cena en el mejor restaurante de la base, el italiano: un lugar inverosímil con manteles de hilo en el que era posible, entre otros excesos, saborear langosta auténtica.

A la hora de los brindis, el capitán alzó su vaso y dijo:

—Por la interculturalidad. Y me explico. Por lo que en estos meses hemos aprendido de los afganos. Y —guiñó el ojo— por todo lo que nos enseñan los sudacas que traen a la Benemérita su sabiduría.

Rompieron todos a reír. Claudia me miró con cara de cansancio.

—Y así cuatro meses, mi subteniente...

—Te comprendo —le dije—. Salud.

—Y república —añadió el guardia Clemente.

—Es del sindicato —explicó Pardo, con resignación.

—Todo rebaño necesita su oveja negra —proclamó el aludido.

—Di que sí —le apoyó Salgado.

—¿Puedo proponer yo un brindis? —pregunté.

—Claro, hombre —dijo el capitán.

—Por los que os quedáis comiendo polvo un mes más; por cómo nos habéis cuidado. Por los míos, y en especial por mi buen cabo Arnau. Esta te la debemos. Y si hay justicia, habrá para ti chatarra.

—¡Eso, eso, por el cabo! —gritó Clemente—. Tienes testigos, por si luego se le olvida pedirte la medalla. Que prometer, prometen mucho.

Al día siguiente, en el avión, una vez que hubimos despegado y vi, con una extraña especie de nostalgia, cómo el paisaje afgano iba quedando atrás, vino alguien a sentarse a mi lado. Era el comandante Kirkpatrick. Me señaló el libro que me había prestado y que me proponía rematar en el vuelo, justamente para devolvérselo al aterrizar.

—Puedes quedártelo —me dijo—. Ya me conseguiré otro ejemplar. Así tienes un recuerdo de mí y de este fascinante país asiático.

—Gracias. A su manera lo es, desde luego.

—Feo desenlace, ¿no?

—Es lo que hay.

—Quería darte las gracias.

—También podría dártelas yo a ti.

—Agradecidos ambos, pues. Al final tapamos la grieta, parece.

—¿Tú crees?

Kirkpatrick me miró con semblante estoico.

—Claro que no. Tú y yo sabemos que la grieta siempre estará ahí. Esa es nuestra razón de ser. Y que no nos falte, mi subteniente.

Epílogo
Donde los escorpiones

El brigada Atienza, para mí López, invitó a la detenida a que tomara asiento en su modesta oficina. Las bridas se las habíamos quitado tan pronto como nuestro todoterreno se alejó de El Gallinero, donde los nuestros continuaban a esa hora con el registro de las chabolas, en las que habían de aparecer unos cuantos kilos de cobre sustraído de vías férreas, centros de transformación y en general cualquier instalación que fuera susceptible de proporcionarlo. Mircea, el primer y principal objetivo de nuestra incursión en el poblado, al amparo de aquella calurosa noche de julio de 2015, iba camino del hospital bajo férrea custodia. Cuando los médicos lo examinaran nos dirían si podían darle el alta o debían dejarlo ingresado, lo que determinaría cuándo y cómo le interrogaríamos, más que nada para cumplir con la formalidad antes de que se cumpliera el plazo legal para entregarlo al juez. Ni abrigaba la menor esperanza de que confesara, ni me hacía falta: tenía testigos, huellas, el paquete completo para poder despacharlo a prisión.

Jessica se dejó caer en la silla que le ofrecía el brigada. Se acomodó, cruzó las piernas y se nos quedó mirando con gesto desafiante.

—¿Y ahora qué? —preguntó—. ¿Vamos a jugar a algo?

No se me escapó la expresión de Chamorro. Tampoco a ella.

—Lo digo por todos, ¿eh? —le dijo—. No soy escrupulosa.

Chamorro no alteró el gesto. López le dedicó una sonrisa paternal.

—Vamos, Jessica, guapa. Que son amigos.

—No, en serio. ¿Y ahora qué? —insistió la mujer.

—No podemos soltarte en seguida —explicó López—. Y no deberías volver por allí hasta mañana. ¿Tienes donde pasar la noche?

—Claro. La puta calle. Es verano, ahora se está bien.

—Ya sabes lo único que yo puedo ofrecerte —dijo el brigada—, pero te lo ofrezco de corazón, y te dejamos la puerta abierta.

—Quita, quita, que seguro que está lleno de pintadas cutres.

López ensanchó aún más su sonrisa. Había conocido a poca gente, dentro y fuera del Cuerpo, que sonriera como él. Con toda la cara, con esa entrega que la gente sólo suele poner cuando se enfurece.

—Alguna de «picoletos maricones», nada más —le dijo—. Los pintamos hace poco. Y son calabozos casi de diseño. El edificio es nuevo, no son como esos agujeros infectos de las viejas casas cuartel.

—No sé, casi me lo voy a pensar. ¿Tiene aire acondicionado?

—Eso me temo que no.

—Jessica, ¿puedo hacerte una pregunta? —intervine.

Me miró con súbita desconfianza.

—¿Es que ahora soy sospechosa de algo?

—No —aclaré—. Y no tienes que responderme si no quieres.

—Pues a ver, pero puede que no quiera, te lo advierto.

—Estás en tu derecho. Tengo una curiosidad: ¿por qué aceptaste ayudarnos y entregarnos a Mircea? Te estamos muy agradecidos, pero si él o cualquiera de los suyos se entera no te lo agradecerá nada.

—¿Tienen que enterarse? Espero que no por vosotros.

—Con eso puedes contar —le aseguré—. Lo único que vamos a escribir sobre ti en el informe es que casualmente estabas con él cuando lo detuvimos. Tienes la palabra del brigada y también la mía.

—Menos mal. Ya me había acojonado.

—De todos modos. ¿Por qué?

Jessica me sostuvo la mirada y me asomé durante unos segundos al abismo oscuro que había al otro lado de sus pupilas. Creo que notó el horror que me transmitía y se forzó a contrarrestarlo abatiendo los párpados y dejando ver otra vez aquella dentadura que parecía datar no del siglo pasado, como era el caso, sino de varios siglos atrás.

—Me cae bien el brigada. Es majo. Y me ha quitado a algún hijoputa de encima. Una chica como yo sabe valorar esas cosas.

—¿Sólo por eso?

—No sé en el tuyo, subteniente, pero en mi mundo no hacen falta muchos motivos. A veces las cosas pasan sin más. Ya te digo.

Asintió varias veces en silencio, como si acabara de enunciar, para su asombro, una verdad especialmente decisiva y trascendental.

—Por qué será que no te creo —dijo López.

Jessica sonrió con amargura.

—Quizá porque no es verdad —reconoció.

—Insisto —dije—, no tienes que responder si no quieres.

Pareció pensarlo, y no sé qué cruzó por su cabeza, qué creyó deber a quién, de quién o qué quiso desquitarse, y menos aún para quién o qué quiso hablar, porque estoy seguro de que no fue para mí.

—Mircea es un mal bicho —dijo al fin—. Hay formas y formas de no tener suerte. Hay quien se jode y hay quien te jode. Y luego están los peores, los que son como Mircea: los que encima de joder se divierten jodiendo a los demás. Un día se le ocurrió divertirse jodiendo a quien no debía.

Porque esta que ves aquí, señor guardia, puede ser una puta y una tirada y una rata, pero tiene cojones. Y las devuelve.

—Entiendo.

—Esta noche voy a dormir como un bebé en el calabozo del brigada —añadió—. ¿Y sabes por qué?

—Lo imagino.

—No, no te lo imaginas. Voy a soñar con los veinte años que se va a comer Mircea en un talego chungo, sin permisos ni hostias, de puro malo que es, y voy a soñar que no llega a cumplirlos, porque un día en el patio se cruza con uno peor que él y lo raja de riñón a riñón.

—Nos ha quedado claro —dijo Chamorro.

Jessica se encogió de hombros.

—Lo siento. Habrá todavía por ahí, en casa de mi madre, una foto de una niña vestida de Primera Comunión. Esa ya no soy yo.

Asentí, tratando de no dejar traslucir demasiado mi consternación. Porque contra lo que ella decía, sabía que sí, que esa niña vestida de blanco, de algún modo triste y atroz, seguía dentro de aquel cuerpo apenas enfundado en aquella ropa demasiado estrecha, bajo aquella mirada que de tanto reflejar el infierno ahora lo devolvía. En ese punto, y quizá para restarle hierro al momento, López se sacó del bolsillo del pantalón el teléfono móvil de Jessica y se lo puso en la mano.

—Toma. Yo que tú borraría el último sms —le recomendó.

—Está bloqueado con código —dijo ella.

—Nunca se sabe —le advirtió Chamorro.

Tres horas después, tras rematar el registro en el poblado, llevé a Chamorro a su casa en nuestro coche camuflado, *ma non troppo*: esta vez era un Audi RS3, regalo involuntario de unos narcos, para variar. Tenía un buen equipo de música, y para amenizarnos el viaje por la desierta red viaria madrileña decidí poner el cedé que llevaba. Era el mismo del que me había acordado antes, al trasladar a Jessica desde el poblado hasta nuestras dependencias, pero entró otra canción:

> Yo que estudié al ser humano te digo que no,
> que ya nada espero...

—Muy propio —opinó Chamorro.

Aquella era, quizá, la canción más terrible y una de las mejores que le había oído a su autor e intérprete, Robe Iniesta. *Nana cruel*, se llamaba. Y lo era bastante; sobre todo cuando enumeraba, al hilo de aquello, las diversas formas de abuso de unos seres humanos sobre otros, y aseguraba que ahí afuera sólo había monstruos, gente que tras mentir, matar, robar, violar, etcétera, no sentía nada. Me adherí al parecer de Chamorro: la letra resultaba oscuramente acorde con el instante.

—¿Sabes de quién me he acordado al oírla? A Jessica, digo.

Chamorro se mantuvo con la vista fija al frente.

—Claro que lo sé —dijo—. De Kate McCrane.

—No se puede intentar sorprenderte.

—Nos tenemos muy vistos, ya. Y yo también me he acordado. Cómo no hacerlo. Kate, que por cierto sigue riéndose de nosotros en algún lugar de Estados Unidos, protegida por una legión de abogados y una maraña de cláusulas legales que nuestros jueces tienen tantas probabilidades de acabar venciendo como yo de lograr la paz mundial.

—Pienso muchas veces en Afganistán, y en aquella gente.

—Yo también.

—Me refiero a todos. Los nuestros. Los afganos. Pascual. Kate.

—Me pasa igual. Y cuando pienso en él, en Pascual...

—Qué.

Chamorro se volvió hacia mí.

—¿Tú dirías que era un violador? Ya sé que legalmente no, pero ¿crees que, moralmente, se buscó lo que le acabó pasando? Hay algo que me choca. Me vienen a la memoria los versos, el dibujo que tenía en su libreta: parecían una especie de homenaje a ella, a Kate.

—Quiénes somos tú o yo para decidir eso, Virgi —dije—. Y menos para decidirlo respecto de gente como esta. De Pascual, de Kate, de Ahmad. O de Jessica o del mismísimo Mircea, que es un cabrón con pintas. Quiénes somos tú o yo para juzgar lo que son y lo que hacen los que han tenido que vivir y salir adelante ahí, donde los escorpiones, adonde fueron a parar por su torpeza o porque alguien los envió, porque no lo pensaron bien ellos o no lo pensaron bien otros. Qué sabemos o podemos saber de cómo se decide o se deja de decidir cuando tienes rota o desencajada la máquina de tomar decisiones.

—¿Los exculpas?

—No. Todos somos culpables, porque todos existimos, y actuamos sin saber, y siempre nos acabamos llevando por delante algo, o a alguien. Mi duda es otra, hasta dónde pasó lo que pasó porque alguien hizo lo que no debía y alguien necesitó vengarse de la afrenta, o porque los dos habían perdido ya la capacidad de querer y entender a los demás como quiere y entiende al prójimo alguien normal.

—¿Y quién es normal?

—Nadie, por supuesto. Por eso es mejor que tú y yo nos dediquemos a lo que tenemos que dedicarnos: buscar pruebas para demostrar que se ha producido uno de esos hechos a los que el Código Penal atribuye alguna consecuencia. Lo hicimos respecto de Kate, y eso ahora es el problema de otros. Y Pascual, qué más da. Está muerto, y ya sabes que la muerte del reo extingue la responsabilidad criminal.

—Lo sé. A veces pienso que esa chica tiene razón.

—En qué.

—No arreglamos nada. Creamos una apariencia. Aramos el mar.

—No lo digas como si fuera un desdoro.

—¿Qué es, entonces?

No puedo negarlo, sentí por ella una irresistible ternura.

—Alguien tiene que salir a embestir los molinos, mi buen Sancho. Si toda la gente se quedara en casa poniendo pegas y haciéndose el listo, este mundo sería un lugar demasiado sórdido para vivir.

—Vale, mi buen señor don Quijote. Pero mira al frente, no vayas a empotrar nuestro Rocinante incautado a los malos contra ese camión de la basura que está a punto de pararse junto al contenedor.

La quería así como era, práctica, sabihonda y un poco tocapelotas, porque me ayudaba a equivocarme menos y a causar menos destrozos, y porque a medida que iban pasando los años, en su mirada y en su voz se iban enredando hebras cada vez más delicadas y profundas de aquello que el viejo Raymond Chandler, que era un sabio, aunque no le aprovechara mucho para sus asuntos, dejó dicho que es el principio y el fin de todo: la poesía, esa fuerza que vacuna contra el peligro de acabar alimentándote de tus propias ocurrencias y volviéndote, le cito, uno de esos «hombres pequeños que han olvidado cómo rezar».

La dejé en su casa y conduje sin prisa hacia la mía. Me gusta conducir de madrugada por las calles de Madrid, ver cómo brilla el asfalto pulido por los millones de neumáticos, o la lengua estrecha del río del que siempre se rió todo el mundo, ahora elevado a un protagonismo que ni en sus sueños más desaforados habría podido adjudicarse. De vez en cuando me acometía la estampa de aquel otro río mucho más ancho de mi ciudad natal, su luz grisácea o azul, su calma oceánica, pero supongo que uno ha de elegir antes o después de dónde acaba siendo, y lo que le había dicho a Arnau en broma, cuando trotábamos y me ahogaba bajo el polvo afgano, era quizá la seria verdad que aceptaba como la mía, a aquellas alturas de la vida en que todo empezaba a decidirse y a decantarse, a asentarse y a deslizarse hacia el fin. Lo que de mis huesos quedara debían arrojarlo allí, desafiando seguramente alguna ordenanza municipal, porque era a esa ciudad en mitad de la meseta y al norte de La Mancha, el «llano alto» de los sarracenos con los que mil años después seguíamos condenados a guerrear y entendernos, a donde necesitaba siempre regresar, para lamerme las heridas y tratar de asimilar los estupores de un mundo en el que tantas cosas importantes las resolvían desaprensivos, desalmados, ignorantes, o gentuza que acertaba a reunir las tres condiciones a la vez.

Mi humilde vivienda me recibió con una bofetada de calor que me aconsejó abrir todas las ventanas de par en par. Tenía una máquina de aire acondicionado en el salón, pero en los últimos tiempos el Gobierno había decidido autorizar a las compañías eléctricas a cobrar por la luz como si se produjera quemando azafrán y la paga extra ya tenía destino: al final, mi hijo, tras un año más o menos en barbecho, había decidido opositar para guardia civil. Después de que todos mis esfuerzos para disuadirlo se estrellaran contra el dique de su convencimiento, no me había quedado otra que unirme al enemigo y ayudarle a planear el asalto, lo que incluía matricularse en una academia donde le prepararan para enfrentarse con mayores opciones a la oposición.

No tenía sueño, después del chorro de adrenalina de aquella noche, y me pregunté cómo podía ayudar a que me viniera. Pensé en leer, pero tenía la mente algo sobrecargada y me senté en el sofá y dejé que mi mirada paseara por el salón. Sobre una de las estanterías tenía uno de mis recuerdos afganos, el cuchillo amapolero o *lohar*, o *dosh*, o como quiera que se llamara, que mantenía plegado para no asustar a las visitas; sobre todo a las femeninas: ya le costaba demasiado ligar a un cincuentón de bajo poder adquisitivo como yo. Sobre un perchero estaba el otro: la *pashmina* que había comprado para alguien que no estaba esperándome a mi regreso del desierto de los tártaros. En el torpor de las noches como aquella, o cuando bajaba la guardia por cualquier otra razón, daba en pensar que tenía otra destinataria; alguien que casi con toda probabilidad nunca iba a formar parte de mi vida.

Al final, descubrí sobre la mesa de escritorio lo que podía hacer para esperar a que el sueño me venciera. Lo tenía todo recogido, como es aconsejable que uno haga cuando su espacio vital viene medido por el precio del mercado inmobiliario madrileño, teniendo en cuenta además que el mío había sido adquirido, e hipotecado, en plena inflación de la burbuja. Me levanté y empecé a extenderlo todo sobre la mesa. La revista para impedir que se manchara el tablero, los botes de pintura, el disolvente, los pinceles de tres grosores, la lupa que desde hacía un tiempo me veía obligado a utilizar, y más si prescindía de las gafas contra la presbicia, que aborrecía con todo mi corazón y sólo me ponía cuando me podía el ridículo de no ver ya tres en un burro.

Abrí el bote de color árido. Ya había pintado los trozos de piel, las botas, los correajes, el barboquejo del casco. Ahora tocaba pintar la base del uniforme para después proceder a la tarea más ardua, esa que pone siempre a prueba el virtuosismo del pintor de soldados de plomo: reproducir, a pequeña escala, las manchas que contribuyen a producir el efecto de mimetización en los uniformes de camuflaje. En aquel caso, sólo había algo aún más difícil: pintar, en la mínima superficie del parche pectoral, el nombre y los galones de su grado.

Era aquella una pieza insoslayable para mi colección de soldados de plomo derrotados. Sentía que tenía el deber de hacerlo, que no podía no incluir en ella a aquel soldado de infantería español de la guerra de Afganistán y que en el parche debía arreglármelas para dibujar a tamaño ínfimo la palabra PASCUAL y los galones de un grado que sólo podía ser el de sargento primero. La figura no estaba en actitud bélica. No llevaba armas. Miraba al frente, como si esperara algo.

Cuando alguien la viera, y supiera del requisito que

exigía a las piezas de mi colección, quizá dedujera que, más allá del desdichado destino individual de Pascual González, encerraba un alegato sobre la inutilidad y el fracaso de aquella guerra. Y quizá acertara, o quizá no lo hiciera del todo. Me acordé de aquellos afganos a los que Claudia obligaba a prometer que jamás venderían a sus hijas. Y di en pensar que alguno, tal vez, llegó a cumplir su promesa. Por lo demás, sólo los imbéciles creen que es la victoria lo único que retribuye la lucha.

Illescas-Getafe-Madrid-Sofía-Castelldefels-Casablanca-León,
23 de agosto de 2015 - 4 de marzo de 2016

Agradecimientos

Todos los libros le deben algo a alguien que no es el autor. A veces se dice y otras se da por sobrentendido. En este caso no puedo no mencionar a las personas que me ayudaron a hacerlo mejor.

Por un lado, quienes suelen leer lo que escribo y advertirme contra los excesos de entusiasmo inherentes a la escritura: Noemí, Carlos, Juan, Manuel y Laure, además de mis editores, Emili y Anna.

Por otro, los hombres y mujeres a quienes tuve el privilegio de conocer y tratar durante los días que pasé en la base de la ISAF de Herat, Afganistán, en julio de 2014, y que fueron cruciales para que llegara a creerme esta historia y pudiera escribirla. Militares y civiles, españoles y de otras nacionalidades, que me ayudaron a entender un país duro pero apasionante y una misión controvertida pero repleta de sacrificio y vocación de servir a los demás. Muy en especial debo destacar al equipo de la Guardia Civil allí destinado en funciones de Policía Militar (y por su plus de colaboración, a Arturo, Gancho y Marianela), así como al personal de la Unidad Logística de la base, del Ejército de Tierra, cuyas orientaciones y experiencias, amén del apoyo in situ, han resultado insustituibles para escribir este libro. Igualmente debo gratitud singular al personal de la oficina de relaciones exteriores (PIO) y al coronel jefe de la base, del Ejército del Aire, por las facilidades que en todo momento me dieron, incluido el permiso para salir en convoy, que me sirvió para apreciar mejor la terrible belleza de Afganistán.

En otro orden de cosas, tampoco debo omitir en estas líneas a mi buen amigo José, quien no sólo me puso sobre la pista de ese oscuro rincón de Madrid llamado El Gallinero, sino que me proporcionó la posibilidad de mirarlo, junto a la vecina Cañada Real, como emblema de lo que una sociedad desecha y esconde pero también es.

Esta novela quiere servir, en fin, como homenaje a los guardias civiles José María Galera y Abraham Bravo, y a su intérprete, Ataollah Taefi, muertos en 2010 en Qala-i-Now, así como al resto de los ciento dos militares que dieron su vida en la larga, poco conocida y a menudo peor entendida misión de las tropas españolas en tierras afganas.